O Chamado do Falcão

MAGGIE STIEFVATER

O CHAMADO DO FALCÃO

O Sonhador, livro 1

Tradução
Monique D'Orazio

1ª edição

Rio de Janeiro-RJ / Campinas-SP, 2021

VERUS
EDITORA

Editora
Raïssa Castro

Coordenadora editorial
Ana Paula Gomes

Copidesque
Ana Resende

Revisão
Manoela Alves

Diagramação
Abreu's System

Título original
Call Down the Hawk

ISBN: 978-65-5924-017-3

Copyright © Maggie Stiefvater, 2019
Todos os direitos reservados.
Edição publicada mediante acordo com Scholastic Inc., 557 Broadway, Nova York, NY, 10012, EUA.

Tradução © Verus Editora, 2021
Direitos reservados em língua portuguesa, no Brasil, por Verus Editora. Nenhuma parte desta obra pode ser reproduzida ou transmitida por qualquer forma e/ou quaisquer meios (eletrônico ou mecânico, incluindo fotocópia e gravação) ou arquivada em qualquer sistema ou banco de dados sem permissão escrita da editora.

Verus Editora Ltda.
Rua Benedicto Aristides Ribeiro, 41, Jd. Santa Genebra II, Campinas/SP, 13084-753
Fone/Fax: (19) 3249-0001 | www.veruseditora.com.br

CIP-BRASIL. CATALOGAÇÃO NA PUBLICAÇÃO
SINDICATO NACIONAL DOS EDITORES DE LIVROS, RJ

S874c

Stiefvater, Maggie
   O chamado do falcão / Maggie Stiefvater ; tradução Monique D'Orazio. - 1. ed. - Campinas [SP] : Verus, 2021.
   448 p.   (O Sonhador ; 1)

   Tradução de: Call Down the Hawk
   ISBN 978-65-5924-017-3

   1. Ficção americana. I. D'Orazio, Monique. II. Título. III. Série.

21-70141
CDD: 813
CDU: 82-3(73)

Meri Gleice Rodrigues de Souza – Bibliotecária – CRB-7/6439

Revisado conforme o novo acordo ortográfico.

Seja um leitor preferencial Record.
Cadastre-se no site www.record.com.br e receba informações sobre nossos lançamentos e nossas promoções.

Atendimento e venda direta ao leitor:
sac@record.com.br

*aos mágicos que me despertaram
do meu sono de mil anos*

Não serei preso por um capuz,
Nem por uma gaiola, nem pousarei em seu pulso,
Agora aprendi a ter orgulho
Pairando sobre o bosque
Na baixa da cerração
Ou em uma nuvem que desce.
— WILLIAM BUTLER YEATS,
"O FALCÃO"

Se sonhar um pouco é perigoso, a cura não é sonhar menos,
mas sonhar mais, sonhar o tempo todo.
— MARCEL PROUST, *EM BUSCA DO TEMPO PERDIDO*, VOL. II

Tem certeza de que um piso não pode também ser um teto?
— M. C. ESCHER, "SOBRE SER UM ARTISTA GRÁFICO"

PRÓLOGO

Esta será uma história sobre os irmãos Lynch.

Eles eram três, e, se você não gostasse de um, podia tentar outro, pois o irmão Lynch que uns achavam muito azedo ou muito doce poderia ser perfeito para o seu gosto. Os irmãos Lynch, os órfãos Lynch. Todos tinham sido feitos por sonhos, de uma forma ou de outra. Eram lindos pra diabo, até o último deles.

Os irmãos Lynch cuidavam de si. Sua mãe, Aurora, morrera como alguns sonhos morriam: de forma horrível, inesperada, sem que ninguém tivesse culpa. O pai, Niall, fora morto ou assassinado, dependendo do quão humano você o considerasse. Havia outros Lynch? Improvável. Os Lynch pareciam ser muito bons em morrer.

Os sonhos não são a base mais segura sobre a qual se pode construir uma vida.

Como os irmãos Lynch tinham vivido em perigo durante grande parte da vida, cada um tinha desenvolvido métodos para eliminar as ameaças. Declan, o mais velho, flertava com a segurança ao ser o mais tedioso possível. E ele era muito bom nisso. Em todas as coisas — escola, atividades extracurriculares, namoro —, ele sempre escolhia a opção mais entediante. Tinha um verdadeiro dom para isso; algumas formas de tédio sugerem que o usuário, bem lá no fundo, possa realmente ser uma pessoa extravagante e refinada, mas Declan fazia questão de praticar uma forma de tédio que sugeria que, no fundo, havia uma versão ainda mais entediante dele. Declan não era invisível, porque o invisível tinha seu próprio charme, seu próprio mistério. Ele era de fato *tedioso*.

Tecnicamente, cursava a faculdade, participava de campanhas políticas, um jovem de vinte e um anos com toda a vida pela frente, mas era difícil se lembrar disso. Era difícil se lembrar dele e ponto-final.

Matthew, o caçula, flutuava na segurança sendo o mais gentil possível. Era bem-humorado, flexível e amável. *Gostava* das coisas, e não de uma forma irônica. Ele ria no fim das piadas. Não falava palavrão. E tinha uma aparência gentil também. O anjinho de cabelos louros tinha se transformado em um garoto de dezessete anos que mais parecia um Adônis de cabelos louros. Toda essa bondade melosa e cabeluda poderia ter sido insuportável se Matthew não fosse um comilão, preguiçoso e não muito inteligente. Todos queriam abraçar Matthew Lynch, e ele queria ser abraçado.

Ronan, o irmão do meio, defendia sua segurança sendo o mais assustador possível. Como os outros irmãos Lynch, ele frequentava a igreja, mas a maioria das pessoas achava que ele torcia para o outro time. Só vestia roupas pretas e tinha um corvo como animal de estimação. Raspava a cabeça, e suas costas eram cobertas por uma tatuagem com garras e dentes. Tinha cara de poucos amigos e falava pouco. As palavras que de fato ele tirava da bainha acabavam se mostrando punhais, reluzentes e afiadas e desagradáveis quando cravadas na gente. Seus olhos eram azuis. As pessoas costumam achar olhos azuis bonitos, mas os dele não eram. Não lembravam centáureas, nem o céu, nem tinham um tom azul-bebê, índigo ou royal. Os olhos dele eram como icebergs, vendavais, lembravam hipotermia e, no fim, morte. Tudo em Ronan sugeria que ele poderia bater sua carteira ou derrubar o seu bebê. Tinha orgulho do nome da família, e combinava com ele. Sua boca sempre tinha aquele formato como se ele houvesse acabado de dizê-lo.

Os irmãos Lynch tinham muitos segredos.

Declan era um colecionador de frases bonitas e específicas, que não se permitia usar em público, e tinha um sorriso iluminado e específico que ninguém jamais veria. Matthew tinha uma certidão de nascimento falsificada e nenhuma impressão digital. Às vezes, se deixasse sua mente divagar, ele se via caminhando em uma linha reta. Em direção a alguma coisa? Afastando-se de alguma coisa? Esse era um segredo até para ele mesmo.

Ronan tinha o mais perigoso dos segredos. Como muitos segredos importantes, havia sido transmitido a ele por meio da família — nesse caso, de pai para filho. Estes eram os lados bom e ruim de Ronan Lynch: o bom era que às vezes, quando adormecia e sonhava, ele acordava com aquele sonho. O ruim era que às vezes, quando adormecia e sonhava, ele acordava com aquele sonho. Monstros e máquinas, clima e desejos, medos e florestas.

Os sonhos não são a base mais segura sobre a qual se pode construir uma vida.

Depois que seus pais morreram, os irmãos Lynch mantiveram a cabeça baixa. Declan se afastou do ramo dos sonhos e foi para a faculdade para obter o diploma mais entediante possível em ciência política. Ronan mantinha seus jogos de pesadelo confinados à fazenda da família, na zona rural da Virgínia, o máximo que podia. E Matthew... bem, Matthew só precisava continuar se certificando de que não iria embora acidentalmente.

Declan ficava mais entediante e Ronan ficou mais entediado. Matthew tentava não deixar seus pés o levarem a algum lugar que ele não entendia.

Todos eles queriam mais.

Um deles tinha que ceder, hora ou outra. Niall tinha sido um sonhador selvagem de Belfast com fogo nos calcanhares, e Aurora tinha sido um sonho dourado com o céu infinito refletido nos olhos. Seus filhos tinham sido feitos para o caos.

Era um outubro inclemente, um outubro maluco, uma daquelas épocas inquietantes que sobem na nossa pele e voam por aí. Fazia dois meses que o semestre de outono havia começado. As árvores estavam todas quebradiças e com galhos que pareciam dedos crispados. As folhas moribundas eram arredias. O inverno uivava pelas portas à noite até que as fogueiras o afastavam por mais algumas horas.

Algo mais estava acontecendo naquele mês de outubro, algo mais que estava se esticando, estendendo e ofegando, mas a maior parte, até aquele momento, ainda não tinha sido vista. Mais tarde, teria um nome; por enquanto simplesmente agitava tudo de estranho que tocava, e os irmãos Lynch não eram exceção.

Declan foi o primeiro que cedeu.

Enquanto o irmão caçula estava na escola e o irmão do meio fingia estar na fazenda da família, Declan abriu uma gaveta em seu quarto e tirou um pedaço de papel com um número de telefone. Seu coração bateu mais rápido só de olhar para ele. Deveria tê-lo destruído, mas, em vez disso, ele o salvou no celular.

— O garoto Lynch? — disse a voz do outro lado da linha.

— Sim. — Foi só o que disse. — Eu quero a chave. — E desligou.

Declan não contou a ninguém sobre a ligação, nem mesmo aos irmãos. O que era mais um segredinho, ele pensou, em uma vida cheia deles?

Tédio e segredos: uma combinação explosiva.

Algo iria queimar.

1

Criaturas de todos os tipos começaram a adormecer.

O gato foi o mais dramático. Era um lindo animal, se você gostasse de gatos, com uma carinha delicada e pelo comprido e felpudo, do tipo que parecia que ia derreter e virar açúcar líquido. Era um tricolor, o que em circunstâncias normais significaria que certamente o gato não era um *ele*, mas sim uma *ela*. O padrão tricolor tinha que ser herdado de dois cromossomos X. Talvez essa regra não se aplicasse ali, naquela bela cabana rural de cuja existência quase ninguém sabia. Forças outras que não a ciência dominavam aquele lugar. A tricolor podia nem mesmo ser uma gata. Tinha a forma de um gato, mas alguns bolos de aniversário também tinham forma de gato.

Ela os tinha visto matá-lo.

Caomhán Browne tinha sido seu nome. Na verdade, ainda era seu nome. Como as boas botas, as identidades sobreviviam a quem as usava. Disseram que ele era perigoso, mas ele rebatera tudo contra eles, menos o que eles temiam. Uma pequena mesa de canto. Uma poltrona reclinável floral rechonchuda e desbotada. Uma pilha de revistas de design. Uma televisão de tela plana de tamanho modesto. Ele realmente havia apunhalado Ramsay com o crucifixo da parede do corredor, o que Ramsay achou engraçado mesmo enquanto era apunhalado. *Caramba*, ele tinha dito.

Uma das mulheres usava botas de salto de pele de carneiro em estilo "vestida para matar", e agora havia uma quantidade inacreditável de sangue nelas. Um dos homens tinha tendência a enxaquecas e podia sentir a magia onírica do lugar acionando as luzes de uma aura na periferia de sua visão.

No final, Lock, Ramsay, Nikolenko e Farooq-Lane haviam encurralado Browne e a gata na cozinha de teto baixo da cabana de férias irlandesa, nada ao alcance de Browne, exceto uma vassoura seca decorativa na parede e a gata. A vassoura não servia para nada, nem mesmo para varrer, mas a gata poderia ter sido usada, com bons resultados, se atirada corretamente. Poucos tinham o porte físico para lançar um gato corretamente, entretanto, e Browne não era um deles. Era possível ver o momento em que ele tinha percebido que não era capaz de fazer aquilo e desistira.

— Por favor, não matem as árvores — falou.

Atiraram nele. Algumas vezes. Os erros custavam caro e as balas eram baratas.

A tricolor teve sorte de não ter levado um tiro também, agachada atrás de Browne como estava. As balas atravessam coisas; essa é sua função. Em vez disso, a felina apenas ficou respingada de sangue. Ela soltou um uivo assombroso e cheio de raiva. Eriçou a cauda inteira e estufou a pelagem de algodão. Em seguida, lançou-se diretamente contra eles porque, você pode acreditar, o diagrama de Venn de gatos e pessoas dispostas a atirar gatos forma um círculo. Por um breve momento pareceu bem possível que um deles estivesse prestes a vestir uma gata com todas as garras estendidas.

Mas então Browne estremeceu pela última vez e ficou imóvel.

A gata caiu.

Um corpo bate no chão com um som inigualável; um *fhlomp* multifacetado de um saco de ossos inconsciente não pode ser replicado de outra maneira. A tricolor fez esse som e depois também ficou imóvel. Ao contrário de Browne, no entanto, seu peito continuou a subir e descer, subir e descer, subir e descer.

Estava impossivelmente, anormalmente, totalmente adormecida.

— Isso é que eu chamo de fodido — comentou Ramsay.

Sobre a pequena pia branca, via-se uma janela, e através dela era possível avistar um profundo campo verde e, mais perto, três pôneis peludos parados na lama remexida próximo ao portão. Eles caíram de joelhos, inclinando-se um contra o outro como companheiros sonolentos. Um par de cabras baliu uma pergunta confusa antes de cair como os pôneis. Havia galinhas também, mas já tinham adormecido: montículos multicoloridos e macios espalhados pelo gramado.

Caomhán Browne tinha sido o que os Moderadores chamavam de Zed. Isto é o que significa ser um Zed: às vezes, quando sonhavam, eles acordavam com algo com que tinham sonhado em suas mãos. A gata, como se suspeitava, não era gata. Era uma coisa em forma de gata que tinha saído da cabeça de Browne. E, como todos os sonhos vívidos de Browne, ela não poderia permanecer acordada se Browne estivesse morto.

— Anote a hora da morte para o registro — disse Nikolenko.

Todos eles voltaram a atenção para a presa — ou vítima, a depender de quão humano alguém o considerasse. Farooq-Lane verificou seu celular e digitou uma mensagem.

Em seguida, eles foram encontrar o outro Zed.

No alto, as nuvens estavam escuras, ofuscando o topo das colinas inclinadas. A pequena fazenda Kerry era cercada por um minúsculo bosque coberto de musgo. Era lindo, mas entre as árvores, o ar zumbia ainda mais do que na cabana. Não era como se eles não conseguissem respirar naquela atmosfera. Era mais como se não pudessem pensar, ou como se pudessem pensar demais. Estavam todos ficando um pouco nervosos; as ameaças pareciam mais verdadeiras ali fora.

O outro Zed nem estava tentando se esconder. Lock o encontrou sentado na curva de uma árvore musgosa com uma expressão perturbadoramente vazia.

— Você o matou, não foi? — perguntou o Zed. Então, quando Farooq-Lane se juntou a Lock, ele disse: — Ah, você.

Uma familiaridade complicada corria entre o Zed e Farooq-Lane.

— Não tem que ser assim — disse ela, estremecendo um pouco. Não era um calafrio. Não era um arrepio de medo. Um daqueles momentos em que pensamos estar sentindo a morte às nossas costas. — Tudo o que você tem que fazer é parar de sonhar.

15

Lock pigarreou como se achasse que a negociação não fosse tão simples assim, mas não disse nada.

— Sério? — O Zed olhou para Farooq-Lane. Sua atenção estava totalmente voltada para ela, como se os outros não estivessem presentes. Era justo; a atenção dela também estava voltada para ele. — Isso me mata de qualquer maneira. Eu esperava mais complexidade de você, Carmen.

Lock ergueu sua arma. Ele não disse isso em voz alta, mas achava aquele Zed um filho da puta particularmente assustador, e isso sem levar em conta o que ele tinha feito.

— Então você fez sua escolha.

Durante tudo isso, Ramsay pegou suas latas de gasolina na parte de trás do carro alugado; ele estivera morrendo de vontade de usá-las o dia todo. *Petróleo*, ele sorriu, como se a origem da substância fosse material suficiente para uma piada. Naquele momento, o pequeno bosque tinha começado a cheirar ao perfume doce e cancerígeno da gasolina depois que Ramsay chutou a última lata na direção da cabana. Ele provavelmente era o tipo de pessoa que arremessaria um gato.

— Precisamos vigiar a estrada enquanto a cabana queima — disse Lock. — Vamos fazer isso rápido.

O Zed olhou para eles com interesse distanciado.

— Eu entendo por que *eu*, pessoal, mas por que Browne? Ele era um gatinho. Do que vocês têm medo?

Lock disse:

— Tem alguém vindo por aí. Tem alguém vindo para provocar o fim do mundo.

Naquela floresta que zumbia, expressões dramáticas como *fim do mundo* pareciam não apenas plausíveis, mas prováveis.

O Zed esboçou um sorriso forçado.

— É você?

Lock atirou nele. Várias vezes. Estava bem claro que o primeiro tiro havia feito o serviço, mas Lock continuou até não sentir mais tanto medo. Quando os tiros pararam de ecoar entre as árvores, algo mais adentro no bosque caiu no chão com o mesmo som característico da gata na cozinha. Tinha algum peso. Todos estavam felizes que aquele sonho havia adormecido antes que tivessem a chance de encontrá-lo.

Agora que a floresta estava silenciosa, todos os sobreviventes olharam para Carmen Farooq-Lane.

Ela fechara os olhos com força, virando o rosto, como se estivesse se preparando para levar bala também. Sua boca se mexia, mas ela não chorava. Parecia mais jovem. Normalmente se apresentava com tal sofisticação corporativa — ternos de linho, lindos penteados — que era difícil adivinhar sua idade: via-se apenas uma mulher de negócios bem-sucedida e no controle de si. No entanto, aquele momento removeu a camada de glamour e revelou a jovem de vinte e poucos anos que ela era. Não fora uma sensação confortável; havia um forte desejo de enrolá-la em um cobertor para devolver sua dignidade. Pelo menos, eles não podiam duvidar de sua dedicação. Ela estava envolvida naquilo tanto quanto qualquer um deles e tinha ido até o fim.

Lock colocou a mão paternal em seu ombro. Com sua voz profunda, vociferou:

— Situação fodida.

Era difícil dizer se isso oferecia algum conforto a Farooq-Lane.

Ele disse aos outros:

— Vamos terminar isso logo e dar o fora daqui.

Ramsay acendeu um fósforo. Primeiro, acendeu um cigarro para Nikolenko e outro para si. Então, jogou-o na vegetação rasteira encharcada de gasolina, pouco antes de a chama atingir seus dedos.

A floresta começou a queimar.

Farooq-Lane virou as costas.

Soltando uma baforada na direção do cadáver do Zed, Ramsay perguntou:

— Salvamos o mundo?

Lock digitou a hora da morte de Nathan Farooq-Lane em seu celular.

— Muito cedo para dizer.

2

Ronan Lynch estava prestes a acabar com o mundo. Com seu mundo, pelo menos. Ele estava acabando com um e começando outro. No início daquela road trip haveria um Ronan Lynch e, no final, haveria outro.

— A situação é a seguinte — disse Declan. Aquela era uma maneira clássica de Declan de iniciar uma conversa. Outros sucessos incluíam: *Vamos nos concentrar na verdadeira ação* e *Isto é o que vamos precisar para terminar essa história* e *No intuito de esclarecer as coisas*. — Eu não teria nenhum problema com você dirigindo meu carro se você ficasse abaixo de 140 km/h.

— E eu não teria nenhum problema em andar no seu carro se você o conduzisse acima da velocidade *geriátrica* — respondeu Ronan.

Era um outubro glorioso: as árvores estavam bonitas, o céu estava claro, a felicidade estava no ar. Os três irmãos discutiam em um estacionamento da Goodwill; quem entrava e saía os encarava. Eles formavam um trio desconexo que chamava a atenção: Ronan, com suas botas sinistras e sua expressão sinistra; Declan, com seus cachos controlados à perfeição e terno cinza mais que adequado; Matthew, com sua calça xadrez extraordinariamente feia e seu casaco azulão acolchoado.

Ronan continuou:

— Existem manchas que se espalham mais rápido do que você dirigindo. Se você for no volante, vai demorar catorze anos para chegar lá. Dezessete. Quarenta. Cem. No fim, estaremos a caminho do seu funeral.

Era a primeira viagem que os irmãos Lynch faziam desde a morte dos pais. Fazia quinze minutos que tinham saído da casa de Declan quando este recebeu uma ligação que se recusou a atender no carro. Agora eles continuavam a ser atrasados pelas negociações para ver quem ocuparia o assento do motorista. Ronan havia dirigido até ali; as opiniões estavam divididas sobre se ele deveria obter o privilégio novamente. No estacionamento da Goodwill, os irmãos apresentaram os fatos: era o carro de Declan, a viagem de Ronan, as férias de Matthew. Declan recebeu uma carta da seguradora oferecendo melhores taxas por seu excepcional histórico como motorista. Ronan recebeu uma carta do estado aconselhando-o a mudar seus hábitos de direção para não perder a carteira. Já Matthew não tinha interesse em dirigir; ele disse que, se não tivesse amigos suficientes para levá-lo a qualquer lugar que ele quisesse, estava vivendo errado. De qualquer modo, ele tinha sido reprovado três vezes no exame de direção.

— Em última análise, a decisão é minha — disse Declan —, já que o carro é meu.

Ele não acrescentou *e também porque sou o mais velho*, embora essa declaração pairasse no ar. Batalhas épicas eram travadas entre os irmãos por causa desse sentimento subentendido. O fato de não ter sido dito em voz alta dessa vez representava um progresso considerável em seu relacionamento.

— Obrigado, Jesus — disse Ronan. — Ninguém mais quer.

— É muito seguro — murmurou Declan, sem tirar os olhos do celular. O tempo era queimado enquanto ele respondia a uma mensagem de texto ou e-mail da maneira peculiar que sempre fazia, digitando com o polegar esquerdo e o indicador direito.

Ronan chutou um dos pneus do Volvo. Ele queria estar na estrada. Ele *precisava* estar na estrada.

— A gente se reveza a cada duas horas — disse Declan finalmente, com seu jeito brando. — É justo, não é? Vocês estão felizes. Eu estou feliz. Todo mundo está feliz.

Isso não era verdade. Só Matthew estava perfeitamente feliz, porque Matthew sempre estava perfeitamente feliz. Ele parecia satisfeito como um porco na lama quando deslizou para o banco de trás com seus fones de ouvido. E disse alegre:

— Vou precisar de uns lanches antes dessa caranga chegar ao destino final.

Declan colocou as chaves nas mãos de Ronan.

— Se você for parado pela polícia, nunca mais vai dirigir o meu carro.

Em seguida, eles se mandaram, devidamente se mandaram; Washington, DC, no espelho retrovisor.

Ronan não conseguia acreditar que Declan havia concordado com a premissa daquela viagem. A excursão, projetada para Ronan fazer um tour por três apartamentos para alugar em um estado diferente, parecia cair solidamente sob o rótulo de atividades que Declan teria desaprovado no passado. Ronan, com seus sonhos perigosos, dormindo em algum lugar diferente da Barns ou da casa de Declan? Duvidoso. *Mudando-se* para algum lugar diferente da Barns ou da casa de Declan? Nunca.

Ronan não sabia por que Declan estava cogitando essa ideia. O que ele sabia era que levariam oito horas de carro para descobrir se Ronan começaria uma vida nova ou não. Além de um período miserável logo após a morte de Niall, seu pai, ele nunca havia morado em outro lugar a não ser na Barns, a fazenda da família. Ele amava a Barns, estava entediado com a Barns, queria ir embora, queria ficar. Na Barns, Ronan estava a dois segundos de suas lembranças de infância e a duas horas de carro de seus irmãos. Ele sabia que poderia sonhar com segurança ali, cercado por nada além de outros sonhos. Lá ele sabia quem ele era.

Quem seria Ronan Lynch em Cambridge?

Ele não fazia ideia.

Em Maryland, eles trocaram a direção e compraram lanches no posto de gasolina para Matthew. Ele comeu no banco de trás, ruidosamente, com prazer audível. Quando Declan voltou para a interestadual, ordenou que Matthew fechasse a boca enquanto comia; uma advertência inútil, visto que as pessoas vinham dizendo a mesma coisa a Matthew já fazia dezessete anos.

— Só traga comida macia para ele — Ronan aconselhou. — Essa é a solução. Ninguém ouve comidas borrachentas descendo pela goela.

Matthew riu novamente. A única coisa que ele gostava mais do que piadas sobre Declan eram piadas sobre si.

Depois de estarem na estrada por vários minutos, Declan perguntou a Ronan em voz baixa:

— Quanto tempo faz que você sonhou?

Matthew não estava ouvindo, perdido nos prazeres de seus fones de ouvido e do jogo no celular, mas não teria importado de qualquer maneira. Os sonhos de Ronan não eram segredo para Matthew. Declan apenas gostava mais de todas as coisas se fossem segredo.

— Recentemente.

— Recentemente o bastante?

— Não sei, me deixe verificar minha agenda do sonhador. Ela vai ser precisa ao me dizer o quão recente é recente o bastante. — Ronan esvaziou na boca um saco de amendoins com cobertura de chocolate, na esperança de que isso encerrasse a conversa. Não queria falar sobre o sonho, mas não queria demonstrar que não queria falar. Ele engasgou um pouco com os amendoins, mas, fora isso, conseguiu parecer hesitante. Despreocupado. Ficaria tudo bem, era o que queriam os amendoins. Vamos conversar sobre outra coisa, sugeriam os amendoins. Você está sendo insensato ao perguntar, concluíram os amendoins.

Declan segurava uma barra de proteína contra o volante, mas não a abriu.

— Não aja como se eu fosse insensato por perguntar.

Havia duas razões principais pelas quais viajar durante a noite era tão incômodo e perigoso para um sonhador. A primeira, e mais óbvia, era que Ronan nunca poderia estar cem por cento certo de que não manifestaria acidentalmente um de seus sonhos ao acordar. Às vezes, os sonhos eram inofensivos — uma pena, talvez, ou um peixe de aquário morto ou um vaso de planta; mas, às vezes, eram canções sem forma que faziam o ouvinte se sentir fisicamente doente, ou lagartos com apetite insaciável, ou dois mil sapatos Oxford, todos de pé esquerdo, todos tamanho 41. Quando essas coisas apareciam na vida desperta na remota Barns da família Lynch, eram aborrecimentos, às vezes um pouco mais do que isso (mordidas de lagarto podem ser muito dolorosas). Mas quando apareciam na vida desperta na casa de Declan na cidade ou em um quarto de hotel ou ao lado do carro onde Ronan dormia, no acostamento na estrada... bem.

— Posso abrir a barra de jovem executivo infeliz pra você? — perguntou Ronan.

— Não desvie do assunto — Declan o repreendeu. Mas, depois de um momento, ele entregou a barra de proteína.

Ronan abriu a embalagem e deu uma mordida antes de devolvê-la. Tinha gosto de areia molhada e suja.

— Quanta classe, Ronan. — Declan soprou levemente a ponta mordida da barra, como se seu hálito fosse tirar os germes de Ronan dali. — Eu só não sei se você está levando isso a sério.

A segunda razão pela qual viajar como um sonhador era tão preocupante era a tinta noturna: uma expressão sexy que Ronan tinha inventado para um fenômeno nada sexy. Era uma consequência relativamente nova para ele, e tudo o que sabia era que, se esperasse muito tempo entre a manifestação dos sonhos ou passasse muito tempo longe dos contrafortes no oeste da Virgínia onde ele havia nascido, uma gosma negra começava a escorrer de seu nariz. Depois, dos olhos. E dos ouvidos. Se não fosse controlado, ele poderia sentir a gosma enchendo seu peito, seu cérebro, seu corpo. Matando-o. Talvez houvesse uma maneira de fazer parar, mas Ronan não conhecia nenhum outro sonhador vivo para perguntar. Ele só conhecera dois em sua vida — seu pai e um aluno agora falecido de sua escola — e eles nunca falavam sobre esse assunto. Será que toleraria bem ficar em Cambridge, Massachusetts, em vez de na Barns por qualquer período de tempo? Não saberia até tentar.

— É minha vez de escolher a música — disse Matthew.

— *Não* — Declan e Ronan concordaram na mesma hora.

O telefone de Declan começou a tremer, pedindo atenção no console central. Ronan fez menção de pegá-lo, mas Declan arrancou-o de suas mãos com tanta velocidade que quase saiu da estrada. Ronan mal teve tempo de ver o início da mensagem recebida: *A chave é...*

— Calma aí, fora da lei — disse Ronan. — Eu não ia tocar na sua garota.

Declan enfiou o celular no compartimento lateral do motorista.

— Novo personal trainer? — Ronan sugeriu. — Novo fornecedor de barras de proteína? Propaganda exclusiva sobre algum tapete de milhares de fios para a casa e o jardim?

Declan não respondeu. Matthew cantarolava feliz com a música em seus fones de ouvido.

Nenhum de seus irmãos disse nada sobre como se sentiam em relação à mudança de Ronan, e ele não conseguia decidir se era porque não fazia diferença para eles ou porque eles realmente não pensavam que daria certo.

Ronan não sabia qual das duas opções preferia.

Nova York: pararam em uma praça de serviços de conveniência. Matthew deu uma corridinha até o banheiro. Declan atendeu outra ligação. Ronan ficou andando de um lado para o outro. O vento parecia astuto e inventivo ao trabalhar sob seu colarinho, e sua pulsação parecia tão rápida e falhada quanto as finas nuvens de outubro lá do céu.

As pequenas árvores que margeavam a praça de serviços eram esparsas e amorfas, mais como gravetos reunidos do que uma floresta propriamente dita. Eram árvores estrangeiras. Estranhas. Cidadãs frágeis de um código postal urbano. De alguma forma, a visão delas revelou a verdade do que Ronan estava tentando. Por tantos anos, nada mudara. Ele tinha largado os estudos no ensino médio, algo de que não se arrependia, não exatamente, e seus amigos haviam se formado. Dois deles, Gansey e Blue, o convidaram para uma viagem de carro de ponta a ponta do país em um ano sabático; mas, na época, ele não quis ir a lugar algum. Não quando tinha acabado de se envolver totalmente...

— ... com Adam? — Matthew tinha feito uma pergunta, mas Ronan não percebeu. Matthew tinha retornado com um pacote de gomas e as mastigava em silêncio. — Viu só? Eu aceito críticas contrustivas. Contursivas. Construtivas. Ah, que se dane.

Adam.

Adam Parrish era o destino daquela viagem.

Existe alguma versão sua que poderia vir comigo para Cambridge?, Adam perguntou no dia em que partiu.

Talvez. Ronan o visitara uma vez desde o início do semestre, mas tinha sido algo espontâneo — ele entrou no carro no meio da noite, passou o dia com Adam e saiu da cidade sem fechar os olhos nem por um segundo. Na realidade, ele não queria se testar.

Negação plausível. Ronan Lynch poderia se sair bem em Cambridge até prova em contrário.

Adam.

Ronan sentia falta dele como se tivesse perdido um pulmão.

Declan reapareceu, olhando para o relógio com a expressão de um homem acostumado a ser decepcionado por ele. Abriu a porta do lado do motorista.

— Ei, é a minha vez — Ronan protestou. Se não estivesse dirigindo, sabia que seus pensamentos se desgarrariam pelas duas horas finais da viagem. Adam sabia que Ronan viria naquele fim de semana, mas não sabia que Ronan tinha horários agendados para visitar apartamentos para alugar. Ronan não conseguia decidir como ele iria reagir. — Nós tínhamos um acordo.

— Um acordo cheio de caridade — disse Matthew. — Isso é uma piada.

— Você não vai dirigir o meu carro entre aquelas crateras. — Declan bateu a porta, botando um ponto-final na discussão. Matthew encolheu os ombros. Ronan cuspiu.

No carro, Matthew se inclinou para a frente com o objetivo de reivindicar triunfantemente o cabo de áudio. Um remix dubstep de uma música pop ressoou pelos alto-falantes.

Levaria duas longas horas até Cambridge.

Ronan colocou a jaqueta sobre a cabeça para abafar o som e silenciar seu nervosismo crescente. Ele podia sentir sua pulsação bombeando forte na mandíbula. Conseguia ouvi-la nos ouvidos. Parecia o batimento cardíaco de qualquer outra pessoa, ele pensou. Igualzinho ao coração de Adam descansando a cabeça em seu peito. Ronan não era tão diferente. Bem, ele poderia não parecer tão diferente. Ele poderia se mudar para seguir o cara que ele amava, como qualquer outra pessoa. Ele poderia viver em uma cidade, como qualquer outra pessoa. Poderia funcionar.

Ele começou a sonhar.

3

Havia uma voz no sonho de Ronan.

Você sabe que não é assim que o mundo deveria ser.

Estava em todo lugar e em lugar nenhum.

À noite, costumávamos ver estrelas. A gente conseguia enxergar com a luz das estrelas naquela época, depois que o sol se punha. Centenas de faróis acorrentados uns aos outros no céu, tão bons que dava vontade de comer, tão bons a ponto de querermos escrever lendas sobre eles, tão bons que dava para lançar homens neles.

Você não se lembra porque nasceu tarde demais.

A voz era inevitável e natural, como o ar, como o clima.

Talvez eu subestime você. Sua cabeça está cheia de sonhos. Eles devem se lembrar.

Por acaso alguma parte sua ainda olha para o céu e sente a dor?

Ronan estava deitado no meio de uma interestadual. Três pistas indo em cada direção, sem carros, apenas Ronan. Daquele modo comum aos sonhos, ele entendia que a estrada começava na Barns e terminava em Harvard e que ele estava em algum lugar no meio do caminho. Pequenas árvores estranguladas tentavam sobreviver entre a grama rala perto da estrada. O céu tinha a mesma cor de asfalto gasto.

Também costumávamos ouvir as estrelas. Quando as pessoas paravam de falar, havia silêncio. Agora você poderia fechar todas as bocas do planeta e ainda haveria um zumbido. Ar-condicionado rangendo na saída de ar ao seu lado. Caminhões semirreboque sibilando em uma rodovia a quilômetros de distância. Um avião reclamando dez mil pés acima de você.

Silêncio *é uma palavra extinta.*

Ele te incomoda, não incomoda?

Mas o sonho estava perfeitamente silencioso, exceto pela voz. Ronan não tinha pensado em quanto tempo havia se passado desde que ele experimentara o silêncio absoluto até aquele momento. Ele não tinha certeza se *havia* experimentado um silêncio absoluto antes daquele momento. Era pacífico, não morto. Como soltar um peso que ele não percebeu que estava carregando, o peso do barulho, o peso de todas as outras pessoas.

Mágica. É uma palavra barata agora. Coloque uma moeda de vinte e cinco centavos na máquina e ganhe um truque de mágica para você e seus amigos. A maioria das pessoas nem se lembra o que é. Não é cortar uma pessoa ao meio e tirar um coelho da cartola. Não é tirar uma carta da manga. Não é: Você está prestando bem atenção?

Se você já olhou para uma chama e não conseguiu desviar o olhar, é isso. Se já olhou para as montanhas e descobriu que não estava respirando, é isso. Se já olhou para a lua e sentiu lágrimas nos olhos, é isso.

É o que há entre as estrelas, o espaço entre as raízes, que faz a eletricidade acender de manhã.

Ela nos odeia pra cacete.

Ronan não tinha certeza a que a voz pertencia, ou se pertencia a alguma coisa. Em um sonho, as verdades físicas não eram importantes. Talvez a voz pertencesse àquela estrada abaixo dele. Ao céu. A alguém fora do campo de visão.

O oposto de mágico não é comum. O oposto de mágico é humanidade. O mundo é um letreiro de néon; diz HUMANIDADE, *mas tudo está queimado, exceto* IDADE.

Você está entendendo o que estou tentando lhe dizer?

Ronan sentiu um ruído contra seu crânio: caminhões distantes rugindo em sua direção, onde ele estava deitado na pista central.
Ele se recusou a deixar o sonho ser um pesadelo.
Seja música, ele disse para o sonho.
O ruído dos caminhões se aproximando se transformou na batida marcada do dubstep de Matthew.

O mundo está matando você, mas Eles vão matá-lo mais rápido. "Eles" com letra maiúscula. Eles. Você ainda não sabe quem são Eles, mas vai saber.

Bryde. O nome da voz repentinamente havia entrado nos pensamentos de Ronan da forma como o conhecimento sobre a interestadual, apresentado como uma verdade compreendida: o céu era azul; o asfalto estava quente; a voz pertencia a alguém cujo nome era Bryde.

Há dois lados na batalha à nossa frente, e, de um lado, estão o desconto da Black Friday, o ponto de acesso wi-fi, o modelo do ano, só por assinatura, agora com mais alcance, fones de ouvido com bloqueio-de-ruído-produção-de-ruído, um carro para cada verde, esta pista chega ao fim.

Do outro lado, está a mágica.

Com esforço, Ronan se lembrou de onde estava seu corpo físico, andando de carro com seus irmãos, a caminho de Adam e de uma nova vida com seus sonhos firmemente sob controle.

Não traga nada de volta, Ronan disse a si mesmo. Não traga de volta um caminhão, uma placa de sinalização ou um dubstep que nunca possa ser desligado, apenas enterrado em um quintal em algum lugar. Mantenha seus sonhos na cabeça. Prove para Declan que você consegue.

Bryde sussurrou:

Você é feito de sonhos e este mundo não é para você.

Ronan acordou.

4

— Acorde, Waaaaaashington, DC! As autoridades devem ser avisadas — disse, rindo, TJ Sharma, o anfitrião da festa. — Alguém diga a eles que uma moça com superpoderes está à solta.

Todos os olhares na mansão de subúrbio de Washington, DC, estavam fixos em Jordan, uma jovem com olhos que pareciam um milagre e um sorriso que parecia um acidente nuclear. As outras pessoas da festa usavam roupas casuais relaxadas; Jordan não acreditava em relaxar ou em ser casual. Ela vestia uma jaqueta de couro e um corpete de renda, seu cabelo natural preso em um enorme rabo de cavalo crespo e volumoso. As tatuagens florais em seu pescoço e dedos brilhavam contra a pele escura e seu entusiasmo brilhava contra a noite daquele bairro residencial.

— Shhh, shhh — disse Jordan. — Superpoderes são como filhos, cara...

— Dois vírgula cinco filhos para cada família americana? — perguntou TJ.

— É melhor vê-los do que ouvi-los — Jordan corrigiu.

Ao fundo, uma banda dos anos 90 lamentava desesperadamente sobre sua juventude. O micro-ondas apitou — mais pipoca barata. O clima da festa era igualmente irônico e nostálgico; TJ havia brincado que o tema era atraso no desenvolvimento. Havia uma tigela de ponche cheia de Cinnamon Toast Crunch e *Bob Esponja* estava passando na tela plana ao lado de uma pilha de jogos de PS2. Os participantes da festa eram quase todos mais brancos do que ela, mais velhos do que ela, mais seguros do que ela. Jordan não sabia o que estariam fazendo naquela festa se ela não fosse se apresentar para eles.

— Avante, apostadores; a fila é para seguidores de regras — disse ela. Jordan indicou o papel de rascunho que TJ havia fornecido. — Hora da lição de casa. Sem crédito parcial. Escrevam: "Vejo xá gritando que fez show sem playback",* e então coloque seu nome embaixo na sua melhor assinatura escolar.

Jordan estava participando daquela festa como Hennessy. Ninguém ali conhecia a verdadeira Hennessy, então não havia ninguém para dizer que não era ela. Até mesmo TJ a conhecia como Hennessy. Jordan estava acostumada a usar identidades que não eram dela — seria estranho, na verdade, alguém conhecê-la pelo nome verdadeiro.

— Vocês vão adorar — disse TJ aos outros, a voz carregada de grande entusiasmo. Jordan gostava dele até que bastante. Ele era o jovem vice-presidente de um banco da região, um Peter Pan esguio, um menino em um mundo adulto ou vice-versa. Ele ainda comprava brinquedos para si e esperava seu celular avisar quando era hora de ir para a cama. Vivia naquela mansão produzida em massa com colegas de quarto, não porque não pudesse morar sozinho, mas porque ainda não havia aprendido a fazer isso.

Eles se conheceram nas ruas de Washington apenas algumas semanas depois que Hennessy e Jordan chegaram pela primeira vez naquela área. Uma da manhã, nada além de expectativa e vapor de mercúrio iluminando a noite. Jordan estava no caminho para devolver um carro roubado antes que todos acabassem sendo baleados, e TJ estava voltando de uma entediada corrida da madrugada ao Walmart.

Dele: um Toyota Supra tunado comprado no eBay depois de ver um em uma série do YouTube.

---

* No original, "The quick brown fox jumps over the lazy dog" ("A raposa marrom veloz pula sobre o cão preguiçoso"). Trata-se de um pangrama: uma frase com todas as letras do alfabeto usada em tipografia para mostrar a visão geral de uma determinada fonte. O pangrama em português "Vejo xá gritando que fez show sem playback" tem o mesmo efeito: a personagem está testando todas as letras do alfabeto na caligrafia que está falsificando. (N. da T.)

Dela: um velho Challenger tunado que Hennessy havia roubado algumas horas antes.

Ele a desafiara para um racha em um posto de gasolina. O vencedor tomava o carro do outro. Jordan normalmente não era uma idiota, mas era parecida com Hennessy o suficiente para ser sugada por tal joguinho.

A versão resumida da história dizia que Jordan agora dirigia um Supra para tudo quanto era canto. Ela também já tinha levado TJ para lá e para cá por um tempo, mas Jordan não saía com ninguém por muito tempo. No entanto, eles ainda eram amigos. Ou, pelo menos, tão próximos quanto as pessoas poderiam ser quando uma delas fingia ser outra pessoa.

— A chave para uma boa falsificação — Jordan disse aos convidados — é lembrar que você não pode copiá-la... a assinatura. As curvas e os floreios vão parecer afetados, tudo vai terminar em paradas bruscas em vez de sumir aos pouquinhos lindamente. *Certo, ouvi você dizer, então vou desenhar por cima*. De jeito nenhum. Desenhando por cima, as linhas vão bambear pelo caminho do pub até a cama e vice-versa. Qualquer amador que olhar de perto sabe dizer se uma assinatura foi copiada. *Mas, Hennessy, ouço você dizer, então o que mais existe?* Você tem que internalizar a estrutura orgânica da coisa, não é? Você tem que ter a arquitetura nas suas mãos, tem que ter o sistema de formas memorizado. Intuição, não lógica.

Enquanto falava, ela desenhava assinaturas e combinações aleatórias de letras repetidamente. Mal olhava para seu trabalho enquanto fazia isso, seus olhos inteiramente voltados para a caligrafia das pessoas ali na festa.

— Você tem que se tornar um pouco essa pessoa.

Jordan se concentrou em apenas uma das amostras de caligrafia. "Vejo xá gritando que fez show sem playback", assinado com o nome incomum de *Breck Myrtle*. Era uma assinatura angulosa, o que era mais fácil do que uma assinatura fluida, e ele tinha alguns tiques específicos muito bons em sua caligrafia que tornariam o truque satisfatório para os espectadores.

Virando o papel para esconder seus rascunhos, ela escreveu com confiança um último conjunto de palavras no espaço em branco: *Transferi todos os meus bens neste dia de outubro para a fabulosíssima Hennessy.* Em seguida, ela assinou com perfeição: *Breck Myrtle.*

Jordan empurrou o papel para os convivas analisarem.

Ouviram-se ruídos de satisfação. Risos. Alguns sons de consternação zombeteira.

Breck Myrtle, o convidado em questão, teve uma reação complicada àquilo.

— Como você...?

— Ela pegou você, Breck — disse uma das outras mulheres. — Ficou perfeito.

— Ela não é assustadora? — perguntou TJ.

Nenhum deles tinha visto as partes mais assustadoras de Jordan — nem de longe. Se Breck Myrtle continuasse falando, Jordan também poderia ter aprendido a prever sua maneira de usar a linguagem, e poderia usar esse conhecimento para escrever cartas, e-mails e textos, em vez de ter que se esconder na linguagem contratual formal. A falsificação era uma habilidade aplicável em muitos meios, mesmo que ela geralmente os usasse mais em sua vida pessoal do que na profissional.

— Você é muito jovem para o crime! — Riu uma das outras mulheres.

— Ela está só começando a ficar craque nessas artes — disse TJ.

Mas já fazia um bom tempo que Jordan era bem craque nessas artes. Tanto ela quanto a verdadeira Hennessy eram falsificadoras de arte. As outras garotas em sua casa se interessavam por isso, mas eram mais propriamente copistas. Jordan descobriu que havia uma tendência para interpretar mal — confundir — falsificadores de arte com copistas. O mundo da arte tinha muitos artistas que podiam reproduzir pinturas famosas até a última prega em uma manga de camisa. *Cópias*, Hennessy diria com desdém, *não são arte*. Uma verdadeira falsificação era uma nova pintura feita *no estilo* do artista original. Copiar um Matisse existente não era nada: só era necessário um sistema de malha e um bom conhecimento de cores e técnicas. Para falsificar um novo Matisse, era preciso não apenas pintar como Matisse, mas também *pensar* como Matisse. *Isso*, diria Hennessy, *é arte*.

E Jordan concordaria.

Um toque de campainha cortou a música dos anos 90.

O coração de Jordan bateu forte de expectativa.

— Bernie! — disse TJ. — Você não precisa tocar a campainha como uma estranha! Entre, retardada!

Jordan ainda era amiga de TJ, mas não teria festejado com seus amigos mais chatos sem um motivo oculto. E aqui estava o motivo: uma mulher em um terninho roxo elegante e óculos redondos coloridos. Bernadette Feinman. Com o cabelo grisalho muito bem preso em uma fivela de pérola reluzente, Feinman parecia a única adulta na sala. Não parecia apenas uma adulta, mas também uma adulta pronta para fazer um casaco com cento e um dálmatas. Desconhecida para provavelmente todos os outros naquela sala, Feinman também era uma das guardiãs do Mercado das Fadas de Washington, um mercado clandestino global e rotativo que negociava todos os tipos de bens e serviços ilegais *prestigiosos*. Ênfase em *prestigioso*.

Não era qualquer velho criminoso que podia expor seus produtos no Mercado. Você tinha que ser um criminoso de alta classe.

Jordan queria entrar. Ela *precisava* entrar.

Bernadette Feinman decidiria.

Feinman entrou mais na casa. A mulher tinha um jeito peculiar de andar, como um louva-a-deus, mas, quando falava, sua voz era suave e melódica.

— Eu diria que não queria chegar tarde, mas acho que devemos ser honestos uns com os outros.

TJ colocou uma bebida na mão dela, parecendo um garotinho certificando-se de que uma avó respeitada tivesse tudo de que precisava. Todos os outros tinham ganhado cerveja, Jordan notou, mas Feinman ganhou uma taça com um vinho branco de lágrimas longas para uma das mãos e um cigarro de cravo, para a outra.

— Esta é a Bernie, pessoal. Ela é minha Yoda, minha mentora, então vamos fazer um brinde aos mais velhos! — disse TJ. Ele a beijou na bochecha. Os convivas fizeram um brinde aos mais velhos e então ligaram o PS2.

Feinman se inclinou sobre a mesa para olhar as assinaturas. Ela ergueu o olhar para Jordan.

— Então você é Hennessy. Certamente isso não é tudo que você tem para mostrar.

Jordan abriu um sorriso enorme para ela. Seu sorriso, que poderia devorar o mundo, era cheio de confiança e boa vontade. Nenhum sinal de nervosismo ou de como isso era importante para ela.

TJ franziu um pouco a testa.

— O que foi, Bernie?

— Hennessy está sendo entrevistada para uma vaga na agência. — Feinman mentiu tão rapidamente que Jordan se perguntou se ela havia preparado a mentira antes de chegar lá.

— Fazendo negócios na minha festa? — perguntou TJ. — Você precisa pagar a diária da minha sala de estar sala de conferências se for para fins comerciais.

Feinman entregou-lhe o copo ainda cheio.

— Vá pegar mais vinho para mim, Tej.

TJ foi, silencioso e obediente como uma criança.

Batendo as unhas prateadas na assinatura forjada de Breck, Feinman cortou o papo-furado.

— Pelo jeito vou presenciar mais do que truques de festa.

— Estas são barras de chocolate à venda no caixa — disse Jordan. — Não as confunda com uma *entrée*.

Os dentes de Feinman eram uma pequena linha de pérolas escondidas atrás de lábios apertados.

— Traga-me a refeição, então.

— Já volto, só um segundo.

O sorriso de Jordan desapareceu no momento que ela saiu para o frio de outubro. Por um momento, ela se firmou olhando para o Supra estacionado ali na frente, no lugar onde ela o ganhara, olhando para onde as casas eram iluminadas pelas luzes da varanda e da garagem, para a forma como os carros dormiam silenciosamente à meia-luz, embaixo das esqueléticas árvores outonais. Ela pensou em como pintaria aquele bairro, onde colocaria o ponto focal, ao que daria ênfase, o que empurraria para a obscuridade. Ela pensou em como tornaria aquilo arte.

Em seguida, pegou seis pinturas do carro e voltou à festa.

Lá dentro, ela colocou sua mercadoria na mesa da sala de jantar para Feinman examiná-la enquanto segurava a taça de vinho como um louva-a-deus. Eram cópias. Demonstrações de poder. Uma Mary Cassatt, um Hockney, um Waterhouse, um Whistler e uma *Mona Lisa* com as tatuagens de Jordan, porque Jordan gostava de uma boa brincadeira assim, como qualquer outra pessoa.

Se as pessoas da festa haviam se divertido antes, agora estavam devidamente impressionadas. Mesmo o forjado Breck Myrtle havia retornado para olhar mais de perto.

— Você é assustadora — disse TJ. — Você pode realmente se parecer com qualquer pessoa, não é?

Feinman se inclinou para estudar as partes importantes: as bordas de telas e das pranchas, marcas no verso, texturas, pinceladas, pigmentos usados, a precisão dos suportes. Ela não encontraria uma falha sequer.

— Como é a sua arte? — perguntou Feinman.

Jordan não sabia. Ela passava o tempo todo pintando a arte de outras pessoas.

— Uma dama nunca revela.

— Acho que deve ser bem espetacular. — Feinman e seu cigarro de cravo se aproximaram da paródia de *Mona Lisa*. A tinta estava envelhecida e rachada e parecia exatamente com um achado de museu, mas as tatuagens anacrônicas provavam sua etimologia. — Embora essas brincadeiras tenham seus prazeres.

Jordan prendeu a respiração.

Ela precisava disso. Elas precisavam disso.

TJ disse:

— Ela vai conseguir o emprego?

Feinman virou seu corpo de louva-a-deus em direção a Jordan e a fitou com o mesmo olhar intenso que havia usado anteriormente nas cópias, seus olhos sem piscar por trás dos óculos escuros. Ela era, Jordan pensou, alguém que estava acostumada a que sua palavra fosse deus — sua palavra fosse deus tanto para alguém como TJ quanto para alguém como Jordan. Pareceu a Jordan que, se a pessoa pudesse ter domínio sobre esses dois mundos — tanto de dia quanto de noite —, realmente teria muito poder.

— Às vezes — disse Feinman —, você tem que recusar alguém porque é qualificado demais. Você não quer pedir para eles se segurarem e não serem quem eles foram feitos para ser.

Jordan demorou um pouco para perceber que estava ouvindo um "não".

— Ah, mas...

— Estou lhe fazendo um favor — disse Feinman. Ela lançou um último olhar para a *Mona Lisa*. — Você pode não saber ainda, mas foi feita para os originais, Hennessy.

Se apenas alguma parte dessa frase fosse verdadeira.

5

Adam Parrish.
 Foi assim que tudo começou: Ronan estava no banco do passageiro do Camaro laranja 1973 de Richard Campbell Gansey III, pendurado para fora da janela porque paredes não podiam segurá-lo. A pequena e histórica Henrietta, na Virgínia, aninhada em si mesma, as árvores e os postes de luz se inclinando para a frente como se quisessem ouvir a conversa lá embaixo. Que dupla eles formavam. Gansey, procurando desesperadamente por um sentido, Ronan, certo de que não encontraria nenhum. Votados respectivamente como aquele que teria a maior e aquele que teria a menor probabilidade de sucesso da Academia Aglionby, a escola de ensino médio onde eles estudaram juntos. Naqueles dias, Gansey era o caçador e Ronan, o melhor amigo falcão, mantido encapuzado e com um sininho para evitar que se rasgasse em pedaços com as próprias garras.
 Foi assim que tudo começou: um estudante empurrando sua bicicleta pela última colina acima da cidade, claramente indo para o mesmo lugar que eles. Ele vestia o uniforme da Aglionby, embora, à medida que se aproximavam, Ronan tivesse visto que estava puído de uma forma que os uniformes escolares não conseguiam ficar em um único ano de uso — de segunda mão. As mangas estavam arregaçadas e seus antebraços eram rígidos, os músculos finos destacados em um relevo contrastante. A atenção de Ronan se concentrou nas mãos dele. Lindas mãos de menino com os nós dos dedos proeminentes, magros e longos como seu rosto desconhecido.

— Quem é aquele? — Gansey havia perguntado, e Ronan não respondeu, apenas continuou pendurado para fora da janela. Conforme eles passavam, a expressão de Adam era toda contradição: intensa e cautelosa, resignada e resiliente, derrotada e desafiadora.

Ronan não sabia nada sobre quem era Adam na época e, se possível, sabia ainda menos sobre quem ele mesmo era, mas, conforme se afastavam do menino com a bicicleta, foi assim que começou: Ronan recostando-se em seu assento e fechando os olhos e enviando uma oração simples, inexplicável e desesperada a Deus:

Por favor.

E agora Ronan havia seguido Adam até Harvard. Depois que Declan o deixou no portão ("Não faça nada estúpido. Me mande uma mensagem de manhã."), ele apenas deu um passo para dentro dos portões de ferro do Harvard Yard e ficou olhando os belos e refinados edifícios e as belas e refinadas árvores. Tudo era castanho-avermelhado: dormitórios e caminhos de tijolinhos, folhas de outubro e grama de outubro, cachecóis outonais ao redor do pescoço de alunos que andavam a esmo por ali. O campus parecia desconhecido, transformado pelas estações. Engraçado como um punhado de semanas podia tornar algo irreconhecível rapidamente.

Seis mil e setecentos alunos de graduação. Alunos cuja família tinha frequentado a mesma faculdade: vinte e nove por cento. Recebendo ajuda financeira: sessenta por cento. Ajuda financeira média: quarenta mil dólares. Custo anual do ensino: sessenta e sete mil dólares. Salário médio anual de um graduado em Harvard após dez anos: setenta mil. Taxa de admissão: 4,7 por cento.

Ronan conhecia todas as estatísticas de Harvard. Depois que Adam tinha sido aceito, ele passou noite após noite na Barns separando cada detalhe e fato que pudesse descobrir sobre a universidade. Ronan havia passado semanas com dois Adams: um certo de que conquistara seu lugar em uma instituição da Ivy League e outro certo de que a universidade logo descobriria o quanto, na realidade, ele era inútil. Ronan aguentou com tanta benevolência quanto pôde. Afinal de contas, para quem mais Adam poderia se gabar? Sua mãe era um espectro desconectado e, se seu pai tivesse conseguido o que queria, Adam poderia ter morrido antes de se formar no ensino médio. Então Ronan absorveu os dados, a ansiedade e a expectativa e tentou não pensar em como ele e Adam estavam trilhando caminhos diferentes. Tentou não pensar em todos os rostos viçosos, educados e francos nos folhetos pelos quais Adam Parrish poderia se apaixonar no lugar dele. Às vezes, Ronan pensava sobre o que poderia ter acontecido se ele tivesse terminado o ensino médio e também ido para a faculdade naquele outono. Mas aquilo era tão impossível quanto imaginar um Adam que tivesse abandonado o ensino médio e ficado em Henrietta. Eles sabiam quem eram. Adam, um estudioso. Ronan, um sonhador.

Existe alguma versão sua que poderia vir comigo para Cambridge?
Talvez. Talvez.

Ronan levou vários minutos vasculhando seu celular para encontrar o nome do dormitório de Adam — Thayer — e depois vários outros para encontrar um mapa do campus. Ele poderia ter mandado uma mensagem de texto para Adam dizendo que estava lá, mas gostava da ideia da surpresa suave daquilo tudo, de Adam saber que ele viria naquele dia, mas não saber quando. Ronan era bem versado em idas e vindas, no ritmo das marés de uma pessoa amada que era levada para o mar e que regressava com ventos favoráveis. Afinal, esse era seu pai, saindo da Barns com um baú cheio de sonhos e voltando alguns meses depois com um baú cheio de dinheiro e presentes. Afinal, essa era sua mãe, mandando-o embora e depois dando-lhe as boas-vindas em casa. Ronan se lembrava bem dos reencontros. A forma como o sorriso de Aurora era desembrulhado junto com o resto dos pacotes no porta-malas de Niall, a maneira como o de Niall era espanado da prateleira alta onde Aurora o mantinha.

Nos últimos dias, Ronan havia pensado em seu reencontro com Adam várias vezes, tentando imaginar que forma tomaria. Silêncio atordoado antes de um abraço na escada do lado de fora do dormitório de Adam? Sorrisos crescendo lentamente antes de um beijo em um corredor? *Ronan*, dizia esse Adam imaginário quando a porta de seu quarto se abria.

Mas não foi nenhuma dessas cenas.

Era Ronan finalmente descobrindo como se colocar no caminho para Thayer, Ronan andando rápido entre alunos e turistas, Ronan ouvindo, surpreso:

— Ronan?

Era ele, virando-se e percebendo que haviam se cruzado na calçada.

Ele tinha passado batido por Adam.

Mesmo olhando direito para ele agora, os dois a um braço de distância enquanto as outras pessoas eram forçadas a dar a volta por eles, ele percebeu por que tinha passado direto. Adam parecia ser ele mesmo, mas também não parecia. Seu rosto magro não mudara nas semanas desde que Ronan o vira pela última vez — ele ainda era aquele garoto com a bicicleta. Seu cabelo muito claro ainda era como Ronan lembrava, curto, charmoso e irregular como se fosse cortado por uma tesoura controlada por ele mesmo em um espelho de banheiro.

No entanto, toda a graxa de carro, suor e fuligem de que Ronan se lembrava haviam sumido.

Adam estava impecavelmente vestido: camisa de colarinho, mangas dobradas na medida certa, colete de tweed vintage, calças marrons perfeitas vincadas acima de sapatos elegantes. Ele tinha aquela postura precisa e reticente de sempre, mas parecia ainda mais distante e apropriado agora. Ele parecia pertencer a Cambridge.

— Eu não te reconheci — os dois disseram ao mesmo tempo.

Ronan achou que esse era um sentimento ridículo. *Ele* não tinha mudado. Completamente inalterado. Ele não conseguiria mudar nem se quisesse.

— Passei direto por você — disse Adam, espantado.

Ele até *falava* diferente. Não havia nenhum traço de seu sotaque sutil da Virgínia. Adam havia praticado incessantemente apagar o sotaque no colégio, mas nunca tinha conseguido. Agora estava escondido. A voz de um estranho.

Ronan se sentiu um pouco instável. Não havia espaço para essa experiência em seus devaneios.

Adam lançou um olhar para o relógio e Ronan viu então que era o *seu* relógio, o elegante relógio que Ronan tinha sonhado para dar de presente a ele no Natal, o relógio que marcava a hora certa de onde quer que Ronan estivesse no mundo. O solo se firmou um pouco abaixo dele.

Adam disse:

— Pensei que você ainda demoraria horas para chegar. Eu pensei que você... eu deveria saber como você dirige. Eu pensei...

Ele estava olhando para Ronan de uma maneira desconhecida e, depois de um momento, Ronan percebeu que Adam estava olhando para ele exatamente da mesma maneira que Ronan estava olhando para Adam.

— Isso é esquisito pra caralho — disse Ronan, e Adam riu de um jeito abatido e aliviado. Eles se abraçaram com força.

Isso foi do jeito de que Ronan se lembrava. As costelas de Adam se encaixaram em suas costelas da mesma forma que antes. Seus braços envolviam o corpo estreito de Adam da mesma forma que tinham envolvido antes. Sua mão ainda pressionava a nuca de Ronan como sempre quando eles se abraçavam. Sua voz estava sem o sotaque, mas agora parecia a dele de sempre quando murmurou contra a pele de Ronan:

— Você tem cheiro de lar.

Lar.

Ronan se sentiu mais estável. Tudo ficaria bem. Ele estava com Adam, e Adam ainda o amava, e daria tudo certo.

Eles se afastaram um do outro. Adam disse:

— Quer conhecer meus amigos?

Amigos eram um negócio sério para Ronan Lynch. Ele demorava a adquiri-los e demorava mais ainda para perdê-los. A lista era pequena, porque os segredos complicavam os relacionamentos e porque os amigos, para Ronan, consumiam muito tempo. Eles o consumiam por completo. Você não poderia, pensava Ronan, se entregar totalmente a muitas pessoas, ou não sobraria nada. Portanto, havia o polido Gansey, que poderia não ter salvado a vida de Ronan no colégio, mas, pelo menos, a tinha mantido fora do alcance de Ronan para que ele não pudesse derrubá-la e quebrá-la. Havia a Blue Sargent, em tamanho de bolso, a filha da médium, com seu feroz senso de certo e errado; eles se aproximaram devagar, um passo de cada vez, só se conhecendo de verdade pouco antes de o ensino médio terminar. Havia Adam e os irmãos de Ronan. Era basicamente isso. Ronan poderia ter tido amigos mais casuais, mas ele não via o sentido disso.

— Compro! Você deve dizer "Compro".

— O quê?

Ronan estava jogando cartas. Era um jogo de cartas confuso, com muitas regras, uma configuração elaborada e um prazo pouco claro para completar uma partida. Ele tinha quase certeza de que fora desenvolvido por alunos de Harvard. Estava bastante certo, na verdade, de que havia sido desenvolvido pelos alunos de Harvard com quem ele estava sentado naquele momento: Fletcher, Eliot, Gillian e Benjy. Adam estava sentado ao lado dele, com o ouvido bom virado para ele (era surdo do outro).

Embaixo da mesa, o sapato de Adam estava pressionado com força contra o de Ronan.

Eliot explicou:

— Para notificar os outros jogadores.

— Sobre o quê?

Eliot estremeceu com seu tom, embora Ronan não achasse que ele tinha sido mais ríspido do que o normal. Possivelmente, o tom de sempre já era o suficiente. A primeira coisa que Eliot disse quando conheceram Ronan foi:

— Ah, você é mais assustador do que eu esperava!

Prazer em conhecê-lo também, porra, Ronan pensou.

O jogo se desenrolava em uma mesa na sala comunal no porão do Thayer. Outros alunos jogavam bilhar, se reuniam em torno de TVs e laptops e ouviam música. Cheirava a alho e a comida para viagem.

Os arcos de tijolinhos que sustentavam o teto davam a todo o espaço a vibração de uma adega ou de catacumbas. Tudo aquilo era como estar em um clube secreto.

Gillian, que usava uma gravata com mais confiança e refinamento do que Ronan jamais tivera, balançou as cartas para ele.

— Você diz "compro" para eles para que possam avaliar o naipe e a cor da sua mesa e formar uma estratégia para impedir que você compre a última carta de que precisa para ganhar.

Ronan olhou para as cartas que ele já havia colocado na mesa.

— Eu só preciso de mais uma?

— Ele é um sábio — disse Fletcher, cuja grande e redonda amplitude era abarcada por um colete de lã estiloso. Ele parecia estar fumando um charuto ou retornando lentamente para a foto em preto e branco de onde tivesse saído. — Ele é um sábio e não sabe disso. A linda garota que não conhece sua beleza. O bruto que não conhece sua força. Vinte é o que você precisa. Vinte na sua mesa e você é o chefe, jogo acabado. E você, meu amigo, tem dezenove.

— Mas que *baralho* — disse Benjy baixinho, com raiva. Ele tinha apenas duas cartas em sua mesa.

— Mas você poderia desistir — explicou Gillian. — Adam, por exemplo, poderia pagar a conta dele com suas cartas de espada. Ele poderia colocá-las todas no monte, e então você não seria capaz de completar o jogo de espada da sua mesa com as cartas dele.

Embaixo da mesa, Adam pressionou o resto de sua perna contra a de Ronan, sua expressão imutável enquanto o fazia.

Aquele jogo de cartas, pensou Ronan, duraria para sempre.

— Mas, se Adam pagar as cartas de espada, então ele não seria capaz de completar a mesa dele com esse naipe — Fletcher interrompeu em sua voz amável. — Tecnicamente, sim; mas, na prática, não. Pagar espada ficaria no registro dele por mais dez rodadas, então ele não poderia jogar nenhuma carta de espada até depois disso. Nesse estágio do jogo, outra pessoa terá vencido antes que ele libere espada outra vez.

— Isso é pesado — disse Ronan.

— A pobreza é uma droga — Fletcher refletiu, alisando o suéter.

— Anedoticamente — ironizou Gillian.

Ronan lançou um olhar para Adam. Adam, que tinha crescido em um trailer; Adam, que mesmo agora usava aquele colete de tweed de segunda mão que o pai de Gansey lhe dera anos atrás; Adam, que nunca tinha poupado palavras sobre os alunos privilegiados na escola particular que ele pagava trabalhando em três empregos.

Mas Adam apenas inclinou suas cartas em direção ao peito para que os outros não pudessem mais ver sua mão.

— Bem, então eu Compro, porra — disse Ronan.

Gillian jogou um coringa ao lado da mesa de Ronan.

— Eu bloqueio você.

— Nobre — sussurrou Benjy.

— Escreva isso na minha lápide — disse ela.

Enquanto os outros jogavam mais uma rodada, pulando Ronan e Gillian por causa de sua jogada de sacrifício, Ronan olhou ao redor pela sala comunal e tentou se imaginar passando um tempo ali regularmente. Ele ainda não havia contado a Adam sobre os planos com a imobiliária. Não era uma conversa que ele queria ter na frente de todos ali; eles nem entenderiam por que seria uma decisão. Para quem via de fora, não havia motivo para Ronan não se mudar: seus pais estavam mortos, ele não tinha emprego, ele não ia para a faculdade e a Barns poderia virar uma selva e ficar ao deus-dará até ele voltar para visitar os irmãos nos feriados.

Para quem via de fora, Ronan Lynch era um perdedor.

— Ei, Scary — disse Eliot. — Scary Spice.

— Lynch, é a sua vez — acrescentou Adam.

Ronan lançou um olhar avaliador sobre a mesa. Pegando o coringa de Gillian, ele acrescentou os outros quatro coringas que havia reunido ao longo do jogo e colocou as cinco cartas iguais no centro da mesa.

— É assim que funciona, não é? — perguntou enquanto arrancava um rei de copas da mesa de Fletcher para adicionar às dezenove cartas que ele havia montado à sua frente, totalizando vinte.

— Deus, é sim. Deus, eu te odeio — Fletcher gemeu em tom de ópera.

— Quem é você para vir às nossas terras e levar nossas mulheres — murmurou Gillian.

— Não gostamos do seu namorado, Adam — disse Benjy.

Adam apenas sorriu um sorriso particular enquanto habilmente organizava suas cartas em uma pilha.

— Vou levar o vencedor embora, pessoal.

— Espere — disse Gillian. — Você e eu devemos falar com Yanbin antes de você ir.

— Só um segundo — disse Adam a Ronan. Inclinando-se para perto, ele acrescentou: — Não mate ninguém. — As palavras foram apenas uma desculpa para respirar no ouvido de Ronan, o que fez maravilhas com suas terminações nervosas.

Ronan ficou de frente para os outros amigos de Adam. Ele não sabia se eram amigos tão próximos assim. Não próximos o suficiente para serem mencionados em conversas telefônicas mais do que Gansey e Blue, mas próximos o suficiente para que eles pudessem exigir um jogo de Compra antes que Ronan tivesse Adam para si. Eles não eram o que ele esperava. Aglionby era um colégio interno particular, e ele tinha imaginado que os filhos de Harvard seriam uma variação desagradável dos aglionbros. Mas os amigos de Adam não eram nem remotamente da mesma espécie. Eles nem eram da mesma espécie uns dos outros; eles eram indivíduos peculiares e distintos entre si. Também eram mais aberta e alegremente gays do que qualquer aluno da Aglionby que Ronan já conhecera. Ronan, que tinha passado a maior parte de seus anos de ensino médio presumindo que os outros eram babacas ricos e que ele era a única pessoa gay que conhecia, achou esses desdobramentos um tanto perturbadores.

Não que ele achasse que Adam o substituiria. A questão só era que agora ele via precisamente com o *que* Adam poderia substituí-lo.

— Então, onde ele encontrou você chorando? — murmurou Benjy.

Ronan achou que tinha ouvido mal.

— O quê?

Eliot disse:

— Quando vocês se conheceram. Onde você estava chorando?

Suas palavras não esclareciam nada. Ronan não conseguia imaginar por que pensariam que ele seria um chorão, ponto-final. A última vez que Ronan tinha chorado foi por causa da memória de sua mãe sonhada, que tinha sido eviscerada enquanto uma floresta mágica que ele adorava era igualmente desmantelada ao redor dela. Parecia improvável que Adam tivesse contado a estranhos qualquer parte daquilo, mas a mera ideia, mesmo assim, disparava um calor desagradável por seu peito. Talvez Adam tivesse contado uma história falsa de como eles tinham se conhecido. Também era desagradável de se considerar.

Fletcher pareceu ler o rosto de Ronan, porque ele acariciou a ampla barriga com carinho antes de roncar:

— Então ele nem sempre colecionou chorões. Você é pré-chorões.

— Talvez ele não saia com chorões — Eliot apontou.

— Vocês vão ter que dar marcha à ré nesse caminhão — disse Ronan.

— Nós somos o Clube do Choro — explicou Benjy. — Éramos todos chorões.

— Adam Parrish e o Clube do Choro, como uma banda — disse Fletcher. — Ele tem faro para nós. Como um super-herói. Em algum lugar do campus de Harvard, alguém está escondido em uma escada chorando neste exato momento, e Adam está a caminho de encontrá-lo, confortá-lo e lhe dar alguém com quem jogar cartas em uma noite de sexta-feira.

Ronan passou alguns segundos tensos tentando conciliar o Adam reservado que conhecia com aquela descrição. O Adam que ele conhecia era um observador silencioso. Um catalogador da experiência humana. Um "olhe, não toque". A ideia de ele ser outra coisa, algo que Ronan não conhecia, era tão perturbadora quanto perceber que os novos amigos de Adam não eram horríveis. Ele e Adam construíam as mesmas memórias fazia tanto tempo que ele havia esquecido de que nem sempre tinha que ser assim. Adam estava ali tendo uma nova vida, se tornando uma nova pessoa, crescendo de algo derrotado em direção a quem ele deveria ser. E Ronan era... Ronan. Ainda escondido nos sopés da Virgínia. Alguém que tinha largado a escola. Morando no lugar onde tinha nascido. Mantendo a cabeça baixa para que pudesse permanecer vivo. Construindo as mesmas memórias que vinha construindo havia meses.

Adam estava mudando. Ronan não conseguia.

Ia se mudar para lá, ele pensou. Daria certo.

Ronan murmurou:

— Sim, ele sempre foi uma Florence Nightingale comum.

— Dizem que os opostos se atraem — comentou Eliot. Eles tiraram uma foto da mesa vencedora de Ronan e baixaram a cabeça para mandar a foto por mensagem para alguém.

— Sou eu — disse Ronan. — Ele salva pessoas; eu pego o dinheiro do almoço.

Benjy parou de recolher as cartas e, em vez disso, olhou pensativo para a pilha que havia feito. Baixinho, ele disse:

— Tenho inveja dele. Eu gostaria de ter a família dele.

Os dedos de Eliot pararam no meio das mensagens de texto.

— É. Eu gostaria que meu pai pudesse conhecer o pai dele. Odeio meu pai.

Disco riscado, tela congelada, pare a imprensa.

— Ele tem aquelas histórias maravilhosas das famílias do Sul — disse Fletcher, grandiosamente. — Ele é como Mark Twain, mas sem racismo. Suas palavras, o molho, nossas orelhas, os biscoitos.

Era uma vez, Ronan Lynch, que tinha socado o pai de Adam Parrish na frente do trailer dos Parrish. Era uma vez, Ronan Lynch, que estava lá quando o pai de Adam Parrish fez o filho perder a audição para sempre. Era uma vez, Ronan Lynch, que ajudou a trazer as coisas de Adam Parrish para um quarto alugado de merda para que ele não tivesse que viver com seus pais nunca mais.

Ronan sentia como se estivesse piscando em um sonho. Tudo sutilmente incorreto.

Ele ainda estava olhando para o Clube do Choro quando Adam reapareceu.

— Está pronto? — perguntou ele.

— Foi um prazer conhecê-lo, Ronan Lynch. — Fletcher estendeu a mão sobre a mesa.

Ronan hesitou, ainda meio fora do prumo. Então bateu na mão estendida de Fletcher para que, em vez disso, pudessem se cumprimentar com soquinhos.

— É.

— Vê se não some — disse Eliot.

— Tchau, tchau — acrescentou Benjy.

— Cai fora — disse gentilmente Gillian.

Enquanto eles se afastavam, Ronan ouviu Fletcher dizer:

— Esse homem é muito atraente.

Eles saíram da sala comunal e Adam estendeu a mão para pegar a mão de Ronan. Subiram as escadas. Ronan desembaraçou os dedos deles e, em vez disso, colocou o braço em volta de Adam para que subissem os degraus lado a lado. Eles entraram no quarto de Adam; não foram mais longe que isso. No escuro, enredaram-se por vários minutos e finalmente se separaram depois de a barba por fazer arranhar seus lábios.

— Senti sua falta — disse Adam, a voz abafada, o rosto pressionado contra o pescoço de Ronan.

Por um longo momento, Ronan não respondeu. Era ideal demais; ele não queria estragar tudo. A cama estava bem ali. Adam era caloroso e familiar, e ansiava por ele mesmo enquanto já o abraçava.

Mas então ele disse:

— Por que você mentiu para eles?

Era difícil precisar como ele sabia que Adam tinha reagido, já que ele não respondeu ou se moveu, mas Ronan mesmo assim sentiu.

— O Clube do Choro — Ronan acrescentou. — Não me diga que você não fez isso.

Adam se afastou. Mesmo no escuro, Ronan podia ver que sua expressão parecia mais com a do Adam que Ronan conhecia havia anos. Reservado.

— Na verdade, eu não menti — disse Adam.

— Como diabos você não mentiu? Eles acham que seu pai, eu nem quero *chamá-lo* assim, é algum tipo de santo.

Adam apenas sustentou seu olhar.

— Você está brincando de quê, Adam? — perguntou Ronan. — Você sentado lá naquela mesa com um bando de crianças ricas jogando um jogo de cartas cuja piada é a pobreza, fingindo que você deixou um touro Brady Bunch em casa?

Ele podia se lembrar como se tivesse acontecido no dia anterior. Não, como se tivesse acontecido minutos atrás. Não, como se ainda estivesse acontecendo, sempre acontecendo, fresco em uma lembrança perfeita e selvagem: Adam de joelhos fora do trailer, cambaleando, desorientado, destruído, a luz da varanda cortada em fragmentos por sua sombra estranha. Seu pai parado ao lado dele, tentando convencer Adam de que era sua culpa, sempre sua culpa. Na época, isso apenas inundou Ronan com uma raiva fervente, explosiva e inegociável. Mas agora ele se sentia mal.

— É tão ruim assim? — perguntou Adam. — É tão ruim começar de novo? Ninguém me conhece aqui. Eu não tenho que ser o garoto do estacionamento de trailers ou o garoto que apanha do pai. Ninguém precisa sentir pena de mim ou me julgar. Posso ser simplesmente eu.

— Isso é uma loucura do caralho. — Quando os olhos de Ronan se acostumaram à escuridão, ele viu o perfil de Adam nitidamente contra a noite azul opaca de Cambridge do lado de fora das janelas do dormitório. Sobrancelha franzida, lábios apertados. Sofrendo. O Adam antigo. Adam de antes da formatura, de antes do verão. Perfeitamente reconhecível de um modo deprimente, ao contrário daquele outro, de cabelo penteado, passeando com elegância pela calçada do campus.

— Você não entenderia.

Isso era demais. Adam não podia ser o dono das dificuldades. Ronan resmungou:

— Vou começar a dizer às pessoas que meus pais ainda estão vivos. Não quero que todos pensem em mim como aquele órfão de agora em diante.

— Isso é o que eu tenho. Você tem seus irmãos. Eu não tenho ninguém, ok? — disse Adam. — Me deixe em paz, porque você não faz ideia.

Sua voz falhou no *porque*.

E assim a briga entre eles tinha acabado. Mas, na realidade, nunca tinha sido uma briga. Para Adam, era o que sempre tinha sido: uma briga entre Adam e ele, entre Adam e o mundo. Para Ronan, também era o que sempre tinha sido: uma briga entre a verdade e as concessões, entre o preto e o branco que ele enxergava e a realidade que todos os outros experimentavam.

Eles se entrelaçaram de volta e ficaram assim, de olhos fechados. Ronan colocou os lábios no ouvido surdo de Adam, e odiou o pai de Adam, e então disse em voz alta:

— Vou procurar apartamentos. Amanhã.

Por um instante, ele estava preocupado que Adam não quisesse mais uma versão de Ronan que pudesse ficar com ele em Cambridge, mas então Adam disse:

— Não simplesmente diga isso. Não simplesmente jogue essa informação. Eu não posso...

— Eu não estou simplesmente dizendo. Declan está aqui. Matthew. Eles me trouxeram. Eu tive que ficar no Volvo por, tipo, oito horas. Nós temos... eu tenho... horas marcadas e essas merdas. Visitas. Para ver os lugares. Para escolher um. Você pode vir se não for fazer seu desfile em Harvard. Está tudo arranjado.

Adam se afastou novamente, mas desta vez sua expressão era bem diferente. Esse não era o velho Adam nem o recém-refinado Adam. Esse era o Adam que tinha passado o último ano na Barns, um Adam complicado que não tentava esconder ou conciliar todas as verdades complexas dentro de si, um Adam que simplesmente *era*.

— Como isso funcionaria?

— Posso manter sob controle.

— Você pode?

— Eu fico na casa do Declan o tempo todo. — Ronan não conseguia dormir muito lá, mas a afirmação ainda era verdadeira.

— E quanto ao seu rosto? A... tinta noturna. E quanto a isso?

— Vou sair da cidade todo fim de semana para sonhar. Vou encontrar um lugar seguro.

Adam disse:

— Que tal... — Mas não acrescentou mais nada. Ele apenas franziu a testa mais profundamente do que durante toda a conversa, sua boca toda enrugada de consternação.

— Por que essa cara?

— Eu quero muito isso — disse Adam.

Essa frase, Ronan pensou, foi o suficiente para desfazer todos os maus sentimentos que ele pudesse ter tido ao conhecer os amigos de Adam em Harvard, todos os maus sentimentos por parecer um perdedor, todos os maus sentimentos por se sentir preso, todos os maus sentimentos, desde sempre. Adam Parrish o queria, e ele queria Adam Parrish.

— Vai dar tudo certo — Ronan lhe disse. — Vai dar tudo certo.

6

Parecia que o apocalipse ainda era uma opção.

Carmen Farooq-Lane estava em um dos terminais infernalmente cheios de Heathrow, com a cabeça inclinada para trás para olhar os anúncios dos portões. As pessoas passavam por ela do jeito que os humanos faziam nos aeroportos e estações de trem, suas viagens eram mais um fluxo de consciência do que de lógica. A maioria das pessoas não gostava de aeroportos. Elas entravam em modo de sobrevivência, no piloto automático. Tornavam-se as versões mais viscerais e não filtradas de si. Em pânico, tagarelando, erráticas. Mas Farooq-Lane gostava de aeroportos. Gostava de horários, sistemas, coisas em seus devidos lugares, feriados com rituais comemorativos específicos, jogos onde as pessoas se revezavam. Antes dos Moderadores, os aeroportos representavam a emoção agradável de planos que estavam se concretizando. Novos lugares vistos. Novas comidas provadas, novas pessoas conhecidas.

Ela era boa em aeroportos.

Agora era uma visão de beleza profissional enquanto esperava, posicionada sob um refletor difuso, seu terninho de linho claro impecável; sua pequena e cara mala com rodinhas imaculada; seu cabelo comprido e escuro preso em uma trança frouxa; seus cílios absurdamente longos baixos sobre os olhos escuros. Suas botas eram novas; ela as comprara em uma loja no aeroporto e jogara fora no banheiro feminino o par manchado de sangue. Sua aparência era perfeita.

Dentro dela, entretanto, uma pequena Carmen Farooq-Lane gritava e batia contra as portas.

Nathan estava morto.

Nathan estava morto.

Ela o matara.

Claro, os Moderadores não tinham dito que iam matá-lo, mas ela sabia que não havia uma prisão para pessoas como Nathan. A única maneira de prender os Zeds com segurança era nunca deixá-los dormir — nunca deixá-los sonhar. Impossível, é claro.

Eu esperava mais complexidade de você, Carmen.

Seu irmão havia merecido a sentença de morte, vez após outra. Mas ainda assim... Ela lamentava a memória de quem ela pensava que ele era, antes de descobrir o que ele tinha feito. O coração era muito tolo, ela pensou. Sua cabeça sabia muito melhor das coisas.

Se ao menos isso pudesse, de fato, ter parado o apocalipse...

Um voo para Berlim apareceu no painel; ela seria a próxima. Chicago. Era de manhã ali. Já era o meio do dia lá. Dali a dez horas, ela estaria subindo as escadas da casa geminada, itens do supermercado nas mãos, bolsa pendurada no ombro, preparando-se para a longa tarefa de tentar se inserir de volta em sua antiga vida. De volta à própria cama, ao trajeto até o trabalho, ao emprego regular, aos amigos e ao que tinha restado de sua família. Ela havia cumprido o prometido aos Moderadores, e agora tinha sido recompensada com sua liberdade.

Mas como poderia gerenciar o futuro financeiro dos clientes sabendo que poderia *não haver* um futuro? Como Carmen Farooq-Lane voltaria para sua antiga vida quando não era mais a Carmen Farooq-Lane que a estava vivendo?

Ao lado dela, um homem espirrou ruidosamente. Ele procurou em seus bolsos, sem sucesso, por um lenço de papel. Farooq-Lane usara lenços fartamente e tinha acabado de reabastecer os estoques para outro dia tumultuado. Ela tirou um de dentro da bolsa e ele aceitou com gratidão. Ele parecia prestes a usar o gesto como uma desculpa para conversar, mas o celular dela tocou e ela se virou para atender.

— Você ainda está no terminal? — perguntou Lock.

— Prestes a embarcar — disse Farooq-Lane.

— Indo para casa.

Esta, Farooq-Lane não respondeu.

— Olha — resmungou ele —, vou direto ao assunto. Eu sei que você fez o que pedimos, eu sei que você terminou sua parte, mas você é boa nisso como ninguém.

— Quanto a isso, eu não sei.

— Não a parte de quebrar as coisas. A parte de achar as coisas. Pessoas como você. Isso é importante. Precisamos de você. Acha que poderia nos ajudar com mais uma?

Mais uma. Será que era mesmo mais uma? E por acaso importava? Era como se alguma parte dela estivesse esperando ou antecipasse que ele fosse perguntar, porque ela se viu aceitando antes mesmo de nem sequer pensar a respeito. Novamente aquela dissonância coração-cabeça. Ela queria terminar, mas simplesmente não poderia até que o mundo estivesse seguro.

— Eu esperava que você dissesse isso — respondeu Lock. — Nikolenko está aí com um pacote para você e novas informações de voo. Encontre-a no Costa.

Quando as informações de seu portão apareceram no quadro, Farooq-Lane as deixou para trás e seguiu pela multidão até encontrar Nikolenko, uma mulher baixa, de rosto impassível e cabelo curto cor de pedra. Nikolenko esperava ao lado de um jovem anguloso de camiseta, paletó e minúsculos óculos redondos. Ele era extraordinariamente alto e extraordinariamente curvado. Cotovelos, joelhos e pomo de Adão eram todos proeminentes. Seu cabelo loiro na altura dos ombros estava preso atrás das orelhas. Parecia-se um pouco com um jovem coveiro ou, com aquelas feições esqueléticas, com um dos cadáveres.

Nikolenko entregou-lhe algum dinheiro.

— Vá comprar um café.

Ele olhou para o dinheiro como se não quisesse café, mas as pessoas faziam o que Nikolenko mandava, então ele saiu arrastando os pés.

Nikolenko entregou um envelope a Farooq-Lane.

— Essa é a sua passagem e o endereço de onde você ficará hospedada.

— Lock disse que haveria um pacote?

— Ele é o pacote — disse Nikolenko, apontando o queixo dela para onde o rapaz estava na fila.

Farooq-Lane não entendeu.

— Ele é o Visionário — explicou Nikolenko. — Ele vai com você.

Ah.

O Visionário era o motivo pelo qual eles sabiam que o mundo iria acabar. *Visionários*, no plural. Aquele garoto era apenas o mais recente deles, o segundo Visionário com quem os Moderadores trabalhavam desde que Farooq-Lane havia começado com eles. Ela nem sabia quantos haviam existido antes. Cada um dos Visionários experimentava premonições intensamente vívidas e detalhadas, especificamente focadas nos Zeds e em outros Visionários.

Além disso, focadas especificamente no fim do mundo.

Cada um dos Visionários falava de um apocalipse provocado da mesma maneira, com um fogo faminto e inextinguível. Um fogo inextinguível *sonhado*. Farooq-Lane não sabia exatamente quanto tempo fazia que os Moderadores estavam procurando o Zed que sonharia esse fogo, mas ela sabia que, em algum momento, uma entidade intergovernamental tinha sido formada na surdina. Os Moderadores vinham de todos os cantos do mundo. Alguns deles eram convencidos por alguma das previsões do Visionário. Outros tinham sido convencidos ao conhecer um Zed e, em primeira mão, o que podiam fazer. E uma delas fora convencida pela necessidade de provar aos outros Moderadores que ela não era cúmplice dos crimes de seu irmão.

Nathan tinha sido a melhor pista deles até o momento. Eles já sabiam que ele queria ver o mundo queimar.

Mas sua morte não tinha posto fim às profecias ígneas do Visionário.

Farooq-Lane olhou para o Visionário enquanto ele contava o dinheiro no caixa.

— Voar em um avião comum? — ela perguntou a Nikolenko. — Isso é seguro?

— Ele está no controle há meses.

Farooq-Lane não conseguia identificar o sentimento dentro de si, mas não era um dos bons.

— Eu não sabia que teria que cuidar de um adolescente — disse ela. Nem sabia que o Visionário *era* um adolescente; só tinha visto descrições das visões dele. Farooq-Lane não era muito maternal. A vida era complicada até a gente entrar na casa dos vinte, ela sentia, e preferia esquecer todas as idades anteriores.

— Não é difícil andar com ele — Nikolenko garantiu. — Ele apenas faz o que você manda ele fazer.

Isso não o tornou nem um pouco melhor.

— Por que ele vai comigo? Eu me saí bem com as descrições anteriores.

— Ele está quase passado. Está ficando fragmentado. Será mais fácil para você conversar sobre as visões com ele.

Quase passado? Farooq-Lane não sabia muito sobre a expectativa de vida dos Visionários, mas sabia que o fim não era nada de que você quisesse estar perto.

— Eu...

— Olha, princesa — interrompeu Nikolenko —, você tem a missão mais fácil aqui. Pegue o Tropeço ali e encontre o Zed que ele tem visto. Esteja atenta a outro Visionário que o substitua. Ligue para nós quando encontrar algo. Então, os adultos vão voar e cuidar disso para que você não tenha que sujar os sapatos novamente.

Farooq-Lane não admitiria que a fizessem se sentir mal por ser uma assassina relutante. Ela e Nikolenko se encararam até que o Visionário voltou com o café.

— Eu não vou beber isto — ele disse a Nikolenko. Tinha um sotaque. Alemão, talvez. — Você quer?

Sem hesitar, Nikolenko tirou-o de sua mão e jogou-o na lata de lixo ao lado dela, com um único movimento suave.

— Problema resolvido. Entre em contato com o Lock quando chegar lá, Farooq-Lane.

Sem dizer outra palavra, ela partiu. O Visionário olhou para a lata de lixo onde o café acabava de encontrar seu fim e então olhou para Farooq-Lane.

Farooq-Lane estendeu a mão e se apresentou ao novo pupilo.

57

— Carmen Farooq-Lane.

Ele apertou-lhe a mão estendida, então repetiu o nome dela cuidadosamente antes de se apresentar a sua nova guardiã.

— Parsifal Bauer.

Quando ela abriu o envelope, duas passagens para eles deslizaram diretamente em suas mãos, ansiosas por saírem do confinamento.

— Acho que vamos passar muito tempo juntos em… Washington, DC.

Um lugar tão bom para salvar o mundo quanto qualquer outro.

7

A voz estava de volta.

Você está se perguntando se isso é real.

Você quer uma prova de que este é um encontro real e não apenas um pouco de merda mental subconsciente.

O que é real? Escute: Você pega no sono, sonha com penas, acorda com um corvo nas mãos e ainda está se perguntando: O que é real?

Ronan estava sonhando com a voz de Bryde, mas também sonhava com Lindenmere.

Lindenmere, Lindenmere.

Era um nome saído de um poema que nunca tinha existido. Não soava perigoso.

Lindenmere, Lindenmere. Era uma floresta, ou melhor, era uma coisa que, por enquanto, tinha a forma de uma floresta. Ronan tinha a ideia de que já havia existido em outro lugar fazia muito tempo, e só agora tinha sussurrado seu caminho para o mundo, desta vez na forma de uma floresta. Ela o conhecia, e ele sabia disso, na medida em que se podia saber, ambos cheios de mistérios, até para eles próprios.

Ele estava apaixonado por ela e ela por ele.

Enquanto caminhava entre as árvores de Lindenmere, ele ouviu a voz de Bryde vindo de algum lugar além deles. Talvez Bryde fosse um desses enormes carvalhos retorcidos. Talvez fosse uma das pequenas partículas voando no alto. Talvez fosse as flores que se enrolavam nos arbustos. Talvez ele fosse apenas o subconsciente de Ronan.

— Lindenmere — Ronan disse em voz alta. — O que é Bryde? Ele é real?

As folhas nas árvores murmuraram. Elas reuniram as palavras: *Você sabe.*

E, para além delas, a voz de Bryde continuou.

Você é maior do que isso, maior do que o que é real. Você foi criado entre lobos e agora esqueceu que tem polegares. Real era uma palavra inventada para outras pessoas. Risque-a do seu vocabulário. Eu não quero ouvir você dizê-la de novo. Se você sonha com uma ficção e acorda com essa ficção em suas mãos, ela se torna um fato.

Você entende? Para você, a realidade não é uma condição externa. Para você, a realidade é uma decisão.

Ainda assim, você anseia pelo que a realidade significa para todos os outros, mesmo que torne seu mundo menor. Talvez justamente porque torne seu mundo menor.

Ronan subiu uma ladeira coberta de musgo. A luz ali era cintilante, exuberante, dourada, tangível. Ronan deslizou os dedos por ela e ela agarrou-se à pele, ambas sensação e visão. Ele repetiu:

— Eu não teria perguntado se soubesse.

As árvores murmuraram novamente. *Sonhador.*

Outro sonhador? Aqui? Uma minúscula nuvem de mosquitos luminosos se espalhou ao redor de Ronan enquanto ele caminhava, examinando a vegetação rasteira em busca de sinais de outro humano. Ele sabia que era possível para um sonhador encontrá-lo no espaço dos sonhos, mas apenas um já o tinha encontrado, e aquele outro sonhador conhecera Ronan no mundo desperto antes de tentar encontrá-lo no outro mundo.

Além disso, agora ele estava morto.

Ninguém mais sabia que Ronan era um sonhador.

Ou não deveriam.

— Não acredito em você — disse ele em voz alta. — Eu tenho problemas de confiança.

Há uma brincadeira que as crianças fazem com giz e asfalto. Caracol, é assim que se chama. Desenhe uma espiral no chão com o giz, uma concha de caracol, e divida-a em quadrados cada vez menores. Jogue uma pedra; o lugar onde ela cair é uma casa proibida. Agora pule com um pé em uma espiral cada vez menor, com cuidado para não cair na casa com a pedra. Você vê como o jogo fica mais difícil quando mais pedras são atiradas. Quanto mais apertada a espiral fica. O objetivo é chegar ao meio sem cair.

Esse é o jogo que vamos jogar, você e eu.

— Talvez eu não queira jogar um jogo — disse Ronan. Sua caminhada sonhadora, que percorria ao mesmo tempo muito e pouco terreno, o levou a uma clareira dividida no meio por um profundo riacho negro. Uma prancha flutuante servia de ponte, e estacionada em cima dela estava uma motocicleta de aparência vintage que zumbia com vida, o escapamento visível em uma respiração delicada e trêmula atrás dela.

Adam estava sempre falando sobre como trocaria seu carro por uma moto, se pudesse. *Ele gostaria desta moto*, Ronan pensou. Ela o lembrava um pouco de Adam, na verdade. Elegante, rude e pronta, tudo ao mesmo tempo.

Quando Ronan pisou na ponte flutuante, ela estremeceu, mas se manteve firme. Abaixo, o riacho era uma verdade emocional em vez de física, a água presente, mas não molhada, a menos que ele voltasse sua atenção para ela: era assim que os sonhos funcionavam.

Ronan pousou a mão no assento de couro da moto. Já tinha o nome de Adam costurado na borda. Passou os dedos pela constelação perfurada de bordados. A sensação ao toque era real.

Cada casa será uma tarefa.

Estarei no centro, no final de tudo.

Primeira casa...

— Não sei se você é real ou fruto da minha imaginação — disse Ronan. — Mas estou tentando trabalhar aqui.

Primeiro vamos lidar com isso. Uma lição objetiva sobre real *ou* não. *Estou fazendo contas de cabeça, mas você quer que eu demonstre meu raciocínio na margem. Ótimo.*

Primeira casa: O que é real?

Primeira casa: Pergunte ao seu irmão sobre o Mercado das Fadas.

Primeira casa: Eles estarão sussurrando meu nome.

Prova? Eles terão que sussurrar. Você faz a realidade.

Ronan conduziu a motocicleta até a margem. Atrás dele, a ponte flutuante subiu vários centímetros, aliviada do peso da moto. Ao fazer isso, ele de repente descobriu que o riacho abaixo estava cheio não de água negra, mas de bichos.
Eles se agitaram.
— Merda — disse Ronan.

Pule, salte, jogue uma pedra, próxima rodada.

Vejo você do outro lado.

Ele acordou.

8

Era de manhã.

Ronan podia ouvir todos os tipos de sons matinais. Um barbeador elétrico zumbindo no corredor, música ecoando em outro cômodo, pés subindo e descendo escadas envelhecidas. Do lado de fora, ouviu sopradores de folhas asmáticos, portas de carro percussivas, alunos loquazes, caminhões de entrega resmungões, buzinas petulantes.

Ele tinha passado a noite em Cambridge.

Ronan olhou para si do alto.

Era como se ele fosse um anjo assombrando seu próprio corpo. Um espírito. O Fantasma do Natal Passado. O que quer que flutuasse acima de nós e nos vigiasse durante o sono. Os pensamentos de Ronan Lynch fitavam do alto o corpo de Ronan Lynch.

Ele viu um jovem na cama estreita do dormitório lá embaixo, imóvel, mas mesmo assim parecendo que estava com vontade de lutar. Entre suas sobrancelhas, duas linhas vincadas formavam o símbolo universal para *eu vou acabar com você*. Seus olhos estavam abertos, olhando para o nada. Adam estava encaixado entre ele e a parede, a boca aberta sem uma preocupação sequer, o cabelo rebelde contra o travesseiro.

Estavam completamente cobertos de monstros.

Seus corpos carregavam o peso de criaturas peculiares que pareciam uma espécie de caranguejos-ferradura à primeira vista. Um olhar mais atento revelava que, em vez de conchas duras, eles tinham máscaras dramáticas, com pequenas bocas abrindo e fechando avidamente em suas costas. Dentes de vaca de formato perfeito enchiam cada boca.

Os caranguejos pareciam horripilantes e errados, porque eles *eram* horripilantes e errados. Eram uma espécie que não existia até Ronan acordar. Eles eram uma espécie que só existia porque Ronan *havia* acordado.

Era isso que significava ser Ronan Lynch.

Sonhar e tornar realidade.

Eles se agitavam e se moviam lentamente, repuxando os lençóis em padrões ondulados com suas pernas pequenas e rígidas.

Adam não se moveu, porque seu ouvido bom estava enterrado no travesseiro e seu corpo perpetuamente exausto estava perdido para o sono.

Ronan não conseguia se mover. Ele sempre ficava paralisado por alguns minutos depois de conseguir trazer de volta algo de um sonho. Era como se trocasse aqueles minutos de capacidade alerta em seus sonhos por alguns minutos de sonolência inútil. Também não havia como acelerar, por mais ameaçadoras que fossem as circunstâncias quando ele acordava. Ele só podia flutuar assim, fora de seu corpo, vendo os sonhos fazerem seja lá o que eles queriam sem sua interferência.

Adam, ele pensou, mas não conseguiu dizer.

Sclack, sclack. As bocas monstruosas dos caranguejos pareciam úmidas ao abrir e fechar, exatamente como quando ele os tinha visto embaixo da ponte em seu sonho. As coisas dos sonhos não mudavam sua natureza no mundo desperto. Se desobedeciam às leis da física no sonho, como um pedaço de madeira que flutuava um pouco acima do solo, continuariam a desobedecê-las quando trazidas à vida real. Se fossem um conceito abstrato que se concretizasse no sonho, como uma canção que pudesse, de alguma forma, ser apanhada em suas mãos, a qualidade peculiar e perturbadora da coisa persistia quando ele acordava.

Se fossem caranguejos assassinos que queriam comê-lo no sonho, continuavam querendo comê-lo na vida desperta.

Sclack, sclack.

Ronan tentou mexer os dedos dos pés. Nada. Tudo o que podia fazer era flutuar sobre o próprio corpo e esperar. Felizmente, as bocas-de-máscara dos caranguejos ficavam em suas costas; então, no momento, Ronan e Adam estavam seguros.

No momento.

Adam.

Ele desejou que Adam acordasse.

Alguns caranguejos caíram da cama fazendo barulho, as perninhas batendo nas tábuas do chão. Era um som perturbador que combinava perfeitamente com sua aparência. *Sclack, sclack, skitter, skitter.*

Merda, e agora Ronan via que não tinha trazido apenas os caranguejos. A ponte flutuante também tinha vindo, pairando bem ao lado da cama como um skate rústico. E a linda moto estava no meio do quarto entre as duas camas do dormitório. Estava ligada, exatamente como no sonho, com uma fumaça intensa saindo do escapamento e girando atrás dela.

Ele trouxera cada droga de coisa que tinha à vista.

Como ele tinha feito uma merda tão grande?

Sclack, sclack.

Aquele outro sonhador — Bryde — o tinha feito perder o controle.

O outro sonhador. Outro *sonhador*. Ronan quase havia esquecido. Parecia impossível esquecer algo dessa magnitude, mas era assim que os sonhos funcionavam, não era? Mesmo o melhor e o pior deles poderiam se dissipar da memória imediatamente. Agora tudo voltava para ele numa enxurrada.

Ronan precisava de outro sonhador como precisava de uma tonelada de caranguejos assassinos em sua cama.

A única coisa boa era que a outra cama do dormitório ainda estava vazia. Ronan não sabia se Adam havia providenciado para que seu colega de quarto passasse a noite fora ou se era uma feliz coincidência, mas estava grato. Agora ele só precisava ser capaz de se *mexer*.

Um dos caranguejos assassinos subiu rapidamente pelo corpo de Adam em direção ao ouvido surdo.

Acorde, Adam, acorde.

Ronan teve a horrível ideia de que eles já haviam matado Adam e era por isso que ele não se levantava, porque ele já estava morto e esfriando, assassinado pelos sonhos de Ronan enquanto ele flutuava impotente no alto...

Um dos caranguejos assassinos correu para o rosto de Ronan, cada perna dura um ponto de pressão desagradável. De repente, ele enxergou de seu corpo físico em vez de do alto, então o controle estava voltando para seu corpo. Havia um código de barras no abdome do caranguejo, e, em letras minúsculas acima dele, Nº DE CONTROLE NOZES MISTAS 0111, e abaixo dele um conjunto de olhos azuis piscando com cílios realmente espessos. O 0111 era para o seu aniversário, que estava próximo, o bom e velho um-nove, mas só Deus sabia por que o resto estava lá. O subconsciente de Ronan Lynch era uma selva.

Outro caranguejo colidiu com o primeiro, virando um dos terrores de costas. Com a boca voltada para baixo. Seu objetivo era o olho.

Puta que pariu.

Por um breve momento, ele podia imaginar o que os minutos seguintes trariam: o caranguejo mordendo seu olho, sua boca incapaz de gritar ou mesmo de choramingar, ele silenciosamente perdendo metade da visão enquanto Adam estava deitado ao lado dele, dormindo ou morto.

Mas então ele conseguia se mover, ele conseguia se mover, todo o seu corpo era seu novamente.

Chutando os cobertores, ele derrubou o máximo de caranguejos que pôde de cima dele e de Adam. Os pequenos horrores rolaram e pularam para fora da cama, alguns deles pousando na prancha flutuante ao lado dela. A força do movimento fez a prancha disparar pelo quarto, um táxi caranguejo flutuante, antes de atingir a parede e desalojar todos eles.

— Ai, Deus — disse Adam.

Ele estava dormindo, não morto, e agora seu rosto refletia a verdade: ele havia acordado em um inferno de colegas de quarto crustáceos.

— Deus, Ronan, Deus! O que você *fez*?
— Estou resolvendo. — Ronan deslizou para fora da cama.
Bam.

Enquanto Ronan procurava uma arma, ele viu que Adam tinha esmagado um caranguejo contra a parede com um livro de biologia. As entranhas da criatura espirraram — uma meleca amarela como o interior de uma lagarta esmagada.

Isso levou o resto das criaturas a um frenesi.

— Resolva *mais rápido* — disse Adam.

A prancha oscilou para perto; Ronan saltou sobre ela. O impulso o projetou para o canto do dormitório, onde ele bateu contra a parede, mas manteve o equilíbrio. Empurrando a parede, ele disparou para o outro canto, onde havia uma bandeira apoiada. Ele a ergueu bem alto, empunhando-a como um valente herói irlandês de outrora.

Bam. Adam esmagou outro, e outro.

Ronan apunhalou um caranguejo com sua lança improvisada. Ela o perfurou bem no código de barras.

— Peguei vocês, seus desgraçados famintos — Ronan falou para eles.

Outro caranguejo pousou em seu braço; ele o esmagou contra a parede e o empalou com a mesma rapidez. Outro tombou de costas; ele o apunhalou no código de barras. Tum, tum, flick. Mais meleca. *Bam. Bam.* Adam estava matando os que andavam perto da cama. Aquilo provocava uma certa satisfação macabra.

Alguém bateu na porta.

Não estava claro quanto tempo fazia que isso estava acontecendo. Só agora, com todos os caranguejos mortos, havia silêncio suficiente para ouvir.

Adam olhou para Ronan, horrorizado.

— A cama — Ronan sibilou. — Coloque todos eles embaixo das cobertas por enquanto.

As batidas continuaram.

— Só um segundo! — disse Adam.

Os dois furiosamente rasparam um monte de cadáveres de caranguejo melequentos para debaixo do edredom. Ronan empurrou a prancha para baixo da cama, onde ela se pressionou firmemente contra o colchão, desesperada para voar.

Adam foi até a porta. Sem fôlego, ele abriu uma fresta.

— Sim?

— Adam Parrish — disse a voz adocicada de Fletcher. — O que diabos está acontecendo? Eles vão chamar o inspetor.

— Fletcher, olha, eu... — disse Adam.

Fletcher empurrou a porta e a abriu.

Ele ficou parado com sua largura gloriosa na porta, seu cabelo oleoso, os livros debaixo do braço.

O quarto era uma pintura contemporânea atraente, um experimento texturizado de pernas de caranguejo desencarnadas, vísceras líquidas reluzentes e um pouco do sangue de Adam e Ronan. Estava começando a cheirar a escapamento.

Os olhos de Fletcher percorreram tudo isso e pousaram na lança improvisada de Ronan.

— Minha bandeira — disse Fletcher.

Adam fechou a porta apressadamente atrás dele.

— As paredes — disse Fletcher.

As tripas de caranguejo estavam descascando a tinta e a prancha havia deixado várias marcas grandes no gesso.

— As camas — disse Fletcher.

Os lençóis estavam rasgados e arruinados.

— A janela — disse Fletcher.

Uma das vidraças de alguma forma tinha se quebrado.

— Uma moto — disse Fletcher.

Ocorreu a Ronan que o último era o que havia ali de mais provável para matá-lo, se Adam não o matasse, então ele a desligou. Ele levou um segundo para descobrir por que não tinha uma chave, mas instantes depois acabou encontrando um interruptor que dizia sim/não.

Não havia nada abertamente sobrenatural na imagem, se ignorássemos os caranguejos sob as cobertas ou a prancha debaixo da cama.

Havia apenas vários milhares de dólares em danos a um dormitório de Harvard, a culpa sufocante de Ronan e um inspetor a caminho.

Adam disse, muito simplesmente:

— Me ajuda.

9

Embora Breck Myrtle fosse tecnicamente o número um naquela coisa toda, ele fez Jeff Pick quebrar a janela para entrar na casa. Isso fez de Pick o cara que tinha dado o início. Era bobagem, mas fez Myrtle se sentir melhor por estar envolvido.

Invasão e roubo não era o *modus operandi* usual de Myrtle. Seus irmãos curtiam esse tipo de crime, o arrombamento e a invasão, preenchimento de cheques sem fundo, furto de bolsas em Nissans Sentra destrancados. Sua mãe tinha lhes ensinado todo esse tipo de criminalidade de baixo impacto. Não ensinando *ensinando*, não como resumos e fichamentos. Do jeito ensinando pelo exemplo. Ela era uma recepcionista do Walmart agora e havia incentivado seu prodígio a ser uma pessoa direita, mas Myrtle decidiu superar tudo isso. Ele vendia arte em uma loja em Takoma Park e também pelo eBay. O componente on-line funcionava melhor, pois as pessoas confiavam mais nele quando não podiam ver seu rosto. Todos os Myrtle tinham rostos compridos com olhos minúsculos e, mesmo quando eram mais benevolentes, pareciam algo que poderia rastejar para fora da escuridão e devorar seu corpo depois que você morresse. Mas isso não importava quando ele estava vendendo arte pela internet. Ele não era o centro das atenções: o foco era o trabalho. A maior parte era verdadeira, uma parte era falsa. Ele não se sentia mal com as coisas falsas; quase nem era criminoso. As pessoas só acreditavam em arte falsa porque queriam; então, na verdade, ele estava apenas lhes dando o que desejavam.

Ele não era um ladrão.

Mas estava abrindo uma exceção desta vez para Hennessy. Ela já era uma criminosa. Roubar de criminosos era como multiplicar números negativos. No final ficava positivo.

A mansão dos McLean, que tinham acabado de invadir, estendia-se por quase dois mil metros quadrados, mais ou menos do mesmo tamanho do lote esculpido onde ela estava. Se você não mora em uma casa de dois mil metros quadrados, é um tamanho difícil de assimilar. Tem aproximadamente o tamanho de cem vagas de estacionamento, ou pouco menos da metade do tamanho de um campo de futebol americano regulamentado pela NFL, ou duas vezes o tamanho de um shopping center americano médio construído entre 1980 e os dias de hoje. A mansão tinha oito quartos e dez banheiros e um salão de baile e uma piscina e uma fonte com estátuas de sereia e uma sala de cinema e uma biblioteca cheia de livros só com lombadas brancas e uma cozinha com dois fornos. A sala da frente era do tamanho da maioria dos apartamentos de Nova York e estava completamente vazia, exceto por um lustre grande o suficiente para ganhar consciência própria e duas escadarias extensas que iam até o segundo piso, apenas para o caso de você querer subir por uma e descer pela outra. Coisas que você não esperava que fossem revestidas em ouro eram revestidas em ouro. Os pisos eram feitos de mármore que já tinha estado em algum lugar famoso ou cobertos de troncos de árvores que agora estavam ameaçadas de extinção.

Era difícil dizer quanto tempo fazia que Hennessy estava morando ali. Propriedades como essas, posses de investidores sauditas, príncipes ou algo assim, poderiam ficar vazias por anos.

Eles — Myrtle, Pick e outro Jeff, Jeff Robinson — entraram pela sala de sinuca com paredes de vidro. Pick, que parecia bem versado nas artes de arrombar e entrar, trouxera um grande decalque de janela levemente adesivo anunciando ofertas especiais de motosserras. Ele o fixou em um dos grandes painéis de vidro e socou. O som tinha sido notório principalmente por sua falta de notoriedade — apenas um ruído surdo, arenoso, nada que alertasse sobre uma invasão domiciliar.

— Veja — sussurrou Pick enquanto tirava o decalque com sua nova crosta de vidro estilhaçado. — Eu te disse, sem alarmes. Hennessy não quer a polícia aqui.

Eles avaliaram algo que parecia ser uma enorme e grandiosa sala de estar. Uma parede de portas francesas dava para um pátio de pedra onde uma mulher de bronze atirava uma flecha na direção do céu. A sala era decorada com um delicado sofá estofado e duas cadeiras apontadas para a lareira entalhada, um tapete persa de valor inestimável, várias pinturas abstratas, um vaso de cheflera de três metros de altura e um supercarro Lexus amarelo brilhante estacionado meio na diagonal, como se tivesse entrado do pátio para desfrutar de uma fogueira. Um prato de papel com metade de uma fatia de pizza fria e endurecida estava no capô do carro; um cigarro tinha sido apagado no queijo extra. Esses três objetos finais forneciam à sala a maior parte do odor de escapamento, fumaça e molho marinara.

Apesar de todo esse excesso, o verdadeiro ponto focal era uma cópia perfeita da obra-prima de Sargent, *Retrato de madame x*, que estava apoiada em um cavalete substancial. O piso de mármore branco e preto abaixo do quadro era um universo de constelações de tinta e manchas de cometas. Era de cair o queixo. A mulher no retrato era quase tão alta quanto Myrtle e estava de pé graciosamente, uma das mãos segurando o volume de seu vestido de cetim preto. Seu cabelo era de um vermelho profundo; a pele, tão pálida que era quase azul. Uma assinatura tinha sido pintada no canto inferior direito: JOHN S. SARGENT, 1884.

A pintura era absolutamente perfeita, exceto pelos buracos de bala enrugados sobre a sobrancelha delicada e as orelhas coradas.

— Que maluquice — disse Pick.

Myrtle tinha ouvido falar de Hennessy antes da festa de TJ Sharma. Hennessy era considerada a melhor falsificadora da Costa Leste dos Estados Unidos. Muito cara para cópias comerciais comuns, mas, como evidenciado pela cópia perfeita do *Retrato de madame x*, a pessoa que você procuraria se fosse tentar vender uma obra falsa de alta qualidade para um comprador estrangeiro ingênuo e abastado, que estivesse decorando sua nova mansão. E lá estava ela — *ela*, que o ensinaria a fazer suposições —, naquela festa de Sharma. Mundo pequeno. Acho que o boato de quando Feinman iria deixar seu caixão para andar entre os mortais havia se espalhado. Ele ficou surpreso que Feinman tivesse recusado o pedido de Hennessy para entrar no Mercado das Fadas; Hennessy era claramente mais do que qualificada para o trabalho. Afinal, ele tinha recebido um convite e o que ele era senão um comerciante?

Era fácil o suficiente segui-la até em casa e ficar de butuca no local. Ele não teria nenhum problema em conseguir um bom preço pelas falsificações dela no mercado no qual ela não conseguia entrar.

Quando a vida dava limões, simplesmente fazia todo sentido *alguém* preparar a limonada.

— Vamos nos espalhar — falou Myrtle em voz baixa. — Procurem as coisas caras.

— Eletrônicos? — Pick quis saber.

Isso que dava andar com criminosos.

— Se for isso que você quiser fazer. A gente se encontra na piscina.

Robinson olhou para dentro do Lexus. Ele perguntou:

— E se Hennessy aparecer?

— Um carro saiu hoje de manhã. — disse Myrtle. — Hennessy estava nele.

Pick tirou um frasco de plástico com lacres da mesma sacola de onde tinha pegado o decalque adesivo.

— E, se houver mais alguém, é só amarrar.

Myrtle ficou novamente impressionado com as credenciais criminosas de Pick.

— Certo. Certo. Ninguém vai chamar a polícia, então só mantenha todo mundo em silêncio.

Eles se espalharam.

Cada cômodo estava cheio de pinturas. Era difícil dizer se eram de Hennessy ou originais. Alguns ele reconheceu — Mondrian, Waterhouse, Ruysch, Hockney, Sandys, Stanhope. Falsificações? Impressões de alta qualidade? Originais? Em uma casa como aquela, poderiam ser.

Ele começou a pegar tudo o que via, fazendo várias viagens para empilhar as molduras perto da porta.

Myrtle descobriu o espaço de trabalho de Hennessy em uma das alas. A luz estava acesa, embora a sala estivesse vazia. O teto era alto e coroado com outro lustre enorme. Uma cabeceira e um equivalente para o pé da cama estavam apoiados na parede atrás de rolos de tela, molduras douradas vazias e bastidores para estender tela. Papelada do governo, talões de cheques, passaportes e envelopes cobriam uma escrivaninha em estilo antigo. Um computador estava no chão ao lado dela, o teclado puxado o suficiente para o meio da passagem na sala a ponto de correr o risco de ser pisado. Em todos os outros lugares, havia tinta, lápis, papel, livros, pinturas, desenhos. Ele viu *As filhas de Edward Darley Boit*, de Sargent, *As irmãs*, de Abbott Thayer, *Para o soldado britânico desconhecido na França*, de William Orpen — mas certamente eram para a própria satisfação de Hennessy, sendo muito conhecidos para serem considerados originais.

Um retrato impressionante tomou o centro do palco. A personagem era uma adorável mulher de cabelos dourados em um blazer de homem; ela olhava com cautela para o expectator. Ele não costumava gostar de arte figurativa, mas aquilo o fazia sentir coisas em suas partes. Quais partes ele ainda não tinha decifrado. Sensações em múltiplas partes.

— O truque é comprar o máximo de pinturas velhas de merda que puder encontrar e depois trabalhar por cima delas. Você está ferrado se eles fizerem um raio-x, é claro, mas, para um olho leigo, a beleza não profissional, tudo o que o cliente vê é o painel velho e surrado, e lá estão eles com você. Dê às pessoas o que elas querem, tudo se resume a isso.

Myrtle se virou devagar.

Hennessy estava parada na porta da sala.

Ela havia se trocado desde que saíra no carro. Seu cabelo crespo estava agora preso em um coque preto irregular no topo da cabeça. Ela usava óculos coloridos, um casaco de pele de coelho, um bralette de renda branca contra sua pele escura e legging de couro, que revelavam uma tatuagem de escama de peixe na parte inferior da panturrilha. Mais tatuagens em tom pastel cobriam os nós dos dedos, que também estavam manchados de tinta. Ele ainda não sabia dizer quantos anos ela tinha. Ela poderia ter vinte e cinco. Poderia ter dezessete.

— As falsificações de maior sucesso mudam o mínimo possível — disse Hennessy, acendendo um cigarro. Tinha um rosto que parecia estar sorrindo, mesmo que ela não estivesse sorrindo. — Você segue as regras noventa e nove por cento do tempo, as pessoas não notam o um por cento onde você não seguiu. Mil pequenas mentiras, cara, é assim que se faz, não uma grande mentira. Um novo Van Gogh? Ninguém acredita. Mas eles vão comprar um Henry Tonks extraviado. Um novo lírio d'água de Monet? Pouco provável. Mas um obscuro Philip Guston? Dinheiro para o jantar. Conselho? Ninguém vai comprar aquele Degas que você está segurando.

Myrtle não tinha se preparado para aquela cena. Ele procurou uma resposta dentro de si e encontrou apenas raiva. Era a forma como ela era destemida. Era a forma como ela não havia gritado. Isso o deixou furioso. Sua mãe sempre o advertira que ele era uma pessoa raivosa e talvez fosse verdade, porque ele sentia sua raiva se multiplicar. Triplicando, quadruplicando, bilhonando.

Ele largou o Degas e tirou uma faca.

— Sua vadia. Você não chega e fala comigo assim.

Hennessy jogou cinzas no chão.

— Você não entra simplesmente na casa das pessoas como um filho da puta em alguma missão impossível, e ainda assim aqui estamos nós.

Um grito veio de outro lugar na mansão. Era difícil dizer qual era a idade ou sexo da pessoa que o havia produzido. Não parecia preocupar Hennessy.

Myrtle se jogou contra ela. Ele não era ruim com uma faca, e sua fúria nuclear lhe emprestava superpoderes. Hennessy desviou enquanto seus sapatos perdiam tração no tapete solto. Quando ele deslizou e caiu de bunda, a raiva se transformou em ódio incandescente. Ele não tinha machucado ninguém em vários anos, mas agora só conseguia pensar em como seria a sensação de enfiar as unhas na pele dela.

Ouviu-se outro grito. Vítima desconhecida, cena do crime desconhecida.

Ele se levantou atrapalhado para investir contra ela novamente enquanto ela ficava ali fumando ao lado de um nu semipronto.

— Espere aí — disse uma voz atrás dele. Algo frio e duro fez cócegas na pele sob sua orelha. — A menos que você queira lamber a meleca do seu cérebro.

Ele se deteve.

— Por que você não entrega essa faca para Hennessy?

Ele a entregou para Hennessy, que a jogou em uma lata aberta de tinta.

— Jordan — disse Hennessy —, você demorou uma eternidade para chegar aqui.

A voz ligada à arma respondeu:

— Acidente na 495.

A recém-chegada entrou em seu campo de visão. A primeira coisa que ele viu foi a pistola, agora apontada para seu rosto, uma Walther com a palavra D!PLOMACIA escrita no cano com caneta permanente. A segunda coisa que viu foi a pessoa que a segurava.

Ela era uma gêmea, tinha que ser. Ela se parecia com Hennessy — o mesmo cabelo, o mesmo rosto, a mesma argola no nariz, as mesmas tatuagens. Também se movia como ela, cinética, confiante, ocupando um espaço onde não havia espaço para ser ocupado, toda músculos e rebeldia e dentes desafiadores.

Ele também a odiava.

— Agora quem é a vadia? — perguntou Hennessy, daquele mesmo jeito preguiçoso e meigo.

Ele a chamou de uma palavra ofensiva que começava com um P e não era *permuta*.

— Não seja um estereótipo — disse Hennessy. Ela apagou o cigarro na careca dele e, quando ele concluiu o grito, a gêmea com a arma disse:

— Vamos dar um pequeno passeio até a porta e depois nunca mais quero ver você.

Juntos, os três caminharam pelo longo corredor, passando pela coleção de pinturas que ele estava reunindo e, em seguida, até a porta com o vidro quebrado.

Pick ficou ao lado dela, tremendo e se segurando. O sangue cobria metade de seu rosto, embora fosse difícil dizer de onde vinha. Robinson se agachou com uma variedade de dentes, provavelmente seus, na palma da mão.

Havia três outras garotas nas sombras cinzentas da manhã. A luz era fraca, mas, para Myrtle, elas todas se pareciam muito com Hennessy. No mínimo, todas se portavam como ela, como se fossem te foder ou foder com você.

A que se chamava Jordan vasculhou os bolsos de Myrtle e pegou sua carteira.

— Minha mente é como uma peneira — disse ela. A simpatia alegre de sua voz quando tirou uma foto da identidade dele era uma das coisas mais ameaçadoras que ele já tinha ouvido. — Eu não desejaria esquecer. Ah, oi.

Ela tirou o convite do Mercado das Fadas da carteira dele.

— Tem meu nome aí — disse ele.

Hennessy riu, como se esse fosse o detalhe menos importante.

— Você vai se arrepender — ameaçou ele enquanto Jordan o passava para uma das outras garotas e o fazia desaparecer.

— Acho que não vou não, amigo — respondeu Jordan.

Hennessy sorriu abertamente para Myrtle, sua boca larga o suficiente para engolir o planeta.

— Obrigada pela dança.

10

Ronan caminhou por horas.

No começo, não andava em direção a lugar algum, apenas um pé na frente do outro, olhos nas botas, botas nas folhas, folhas de árvores estranhas que não o conheciam e nem tinham interesse em conhecê-lo. Ele só mudava a rota quando uma calçada fazia curva, quando um prédio aparecia, quando o muro do Harvard Yard obrigatoriamente o fazia dar meia-volta. Chegou uma hora em que ele se viu caminhando no labirinto de um pátio isolado em frente ao Seminário. Alguns labirintos tinham paredes de pedra ou de arbustos; aquele era apenas um padrão semelhante a um cérebro incrustado nas pedras do pátio. A pessoa podia sair do caminho do círculo mais externo para o mais interno a qualquer momento. A única coisa que mantinha a pessoa naquele labirinto eram seus pés.

Ele caminhou pelo labirinto até o centro, e então caminhou de volta para fora, e então caminhou para dentro e então caminhou de volta para fora. Ronan não pensava, porque se pensasse pensaria em como, em algum lugar, Adam estava se explicando para seu inspetor e Deus sabia quem mais.

Ele apenas caminhava.
Ele apenas caminhava.
Ele apenas caminhava.

Se tivesse um carro, teria entrado nele e dirigido. Para onde? Para lugar nenhum. O mais rápido possível.

Você vê como o jogo fica mais difícil quando mais pedras são atiradas. Quanto mais apertada a espiral fica.

Declan ligou em algum momento.

— Eu disse para você mandar uma mensagem de manhã. As regras eram muito simples.

Ronan testou sua voz, achou falsa e tentou novamente. Funcionou dessa vez, embora não achasse que soasse como a sua. A voz disse para Declan:

— Eu arruinei o dormitório dele.

Houve silêncio, e então Declan disse:

— Vou ligar para o Adam.

Ronan continuou caminhando pelo labirinto. Em algum lugar, alguém tocava uma única e aguda trompa muito, muito bem. Era muito mais audível do que os sons murmurados do tráfego do dia.

Ele se sentou no centro do labirinto. Abaixou a cabeça nas pernas. Cruzou as mãos na nuca. Foi assim que Adam o encontrou algum tempo depois. Ele se sentou atrás de Ronan para que ficassem de costas um para o outro no centro do labirinto.

— Declan pegou os caranguejos — disse Adam.

Ronan não disse nada.

— Ele me disse para colocar a culpa de tudo em você — disse Adam.

Ronan não disse nada.

— Eu disse a eles... — Adam hesitou. — Eu disse a eles que você tinha ficado bêbado. Me desculpe eu...

— Bom — respondeu Ronan. *Perdedor bêbado vandaliza dormitório.* — Que bom. Foi minha culpa. Eu não me importo com o que eles pensam de mim. Não dou a mínima para o que eles pensam de mim. Você está ferrado?

— É claro. — Era impossível dizer como Adam se sentia em relação àquilo sem ver seu rosto. Ele estava no seu jeito mais preciso e remoto. — Tenho que consertar. Fletcher teve que declarar que tinha sido você em vez de mim. E eu não tenho mais permissão para levar você para o meu quarto. Eles me fizeram assinar um negócio dizendo que você não viria mais ao campus.

O trompista lamentou, decrescendo, antes de espiralar para o alto da escala novamente.

— Eu pago — disse Ronan. Seu pai havia deixado algum dinheiro para ele e ele nunca tocara. Em que gastaria dinheiro quando podia sonhar qualquer coisa de que precisasse?

Tudo exceto uma vida ali.

Adam se virou. Ronan também se virou e eles se sentaram frente a frente no centro do labirinto. Adam enxugou uma lágrima do olho direito de Ronan e lhe mostrou o dedo. Reluzia úmido com a única lágrima. Então estendeu a mão e enxugou a lágrima do olho esquerdo de Ronan. Ele também mostrou o dedo para Ronan.

Estava manchado de preto.

Tinta noturna.

— Isso não vai funcionar, Ronan — disse Adam.

Ronan já sabia. Ele sabia disso porque compreendia que era tarde o suficiente para ter perdido o horário marcado para ver um dos apartamentos e Declan não tinha ligado de novo. Ele sabia que isso significava que Declan havia cancelado os compromissos. Ele sabia que estava acabado porque Adam havia assinado um papel dizendo que Ronan não o visitaria no campus. Ele sabia que significava que Ronan voltaria a esperar por ele na Barns.

Parecia que a tristeza era como radiação, como se a quantidade de tempo entre as exposições fosse irrelevante, como se você tivesse um distintivo que, em dado momento, fosse preenchido pela vida inteira, e depois ele simplesmente matava você.

Adam Parrish e o Clube do Choro.

— *Nós* ainda estamos bem — disse Adam. — A questão não é essa.

Existe alguma versão sua que poderia vir comigo para Cambridge?

Não.

Adam continuou:

— Eu não estou preso aqui no campus. Ainda posso ir até você nas férias.

Ronan observou uma folha deslizar ao longo do labirinto, escapando sem esforço do anel externo para o interno antes de se juntar a várias outras. Eles se aconchegaram um no outro e estremeceram com a brisa por um momento antes de correrem para algum lugar juntos.

— Me fala para ir estudar em uma faculdade mais perto de você e eu vou — Adam disse de uma vez, com as palavras empilhando-se umas nas outras. — É só falar.

Ronan pressionou a palma da mão contra o olho, verificando se havia tinta noturna, mas ainda não estava ruim.

— Eu não sou um idiota tão grande assim.

— Ah, você é — disse Adam, tentando criar humor. Não conseguiu. — Só não sobre isso.

A trompa havia silenciado e tudo o que restava era o som da cidade que mataria Ronan lentamente se ele deixasse. Ele se levantou.

Tinha acabado.

Você é feito de sonhos e este mundo não é para você.

11

7H07: ACORDE, IDIOTA. VOCÊ ESTÁ VIVO.

Ronan estava acordado.

Ele olhou para uma lista escrita em letra escura e apertada e colada na parede de gesso inclinada acima de sua cama de infância na Barns. Depois de Ronan não ter respondido a nenhuma mensagem de texto ou telefonema por quatro dias após Cambridge, Declan fez uma visita surpresa e encontrou o irmão Lynch do meio na cama, comendo feijão enlatado vencido e usando o mesmo jeans que tinha vestido na viagem.

Você precisa de uma rotina, Declan havia exigido.

Eu tenho uma rotina.

Achei que você tivesse dito que nunca mentia.

7H15: VISTA-SE E RASPE ESSA BELA CARECA.

Já fazia muito tempo que Ronan não recebia um verdadeiro sermão de Declan. Depois que o pai deles tinha morrido, Declan se tornara legalmente responsável por seus irmãos até eles completarem dezoito anos. Ele havia atormentado Ronan constantemente: não mate aula, Ronan. Não leve outra multa, Ronan. Não fique fora até tarde com Gansey, Ronan. Não use meias sujas duas vezes seguidas, Ronan. Não fale palavrão, Ronan. Não beba até cair, Ronan. Não ande com gente que use perdedores, Ronan. Não se mate, Ronan. Não use um nó Windsor duplo com esse colarinho, Ronan.

Escreva sua rotina, Ronan. Agora. Enquanto eu estou olhando. Quero ver.

7H45: A REFEIÇÃO MAIS IMPORTANTE DO DIA.
8H: ALIMENTAR OS ANIMAIS.
9H30: REPARAR BARNS OU CASA.
12H: ALMOÇO NAQUELE POSTO ESTRANHO DE GASOLINA.
13H30: MARAVILHOSO EMPÓRIO DOS SONHOS DE RONAN LYNCH.

O que isso significa, Ronan?
Significava que a prática leva à perfeição. Significava dez mil horas para dominar alguma coisa. Se no início você não tinha sucesso, não existia isso de tentar: é fazer ou não fazer. Ronan passou horas no último ano sonhando objetos cada vez mais complexos e precisos, culminando em um intrincado sistema de segurança que tornara Barns um lugar praticamente impossível de encontrar, a menos que você soubesse exatamente para onde estava indo. Depois de Cambridge, porém, parecia que toda a diversão da brincadeira havia acabado.

Eu não pergunto o que você faz no trabalho, Declan.

18H: DIRIGIR POR AÍ.
19H15: BATER UM RANGO AÍ.
19H30: HORA DE FILME.
23H: MANDAR MENSAGEM PARA O PARRISH.

A mensagem mais recente de Adam dizia apenas: $4200.
Era a quantia que Ronan tinha de enviar para cobrir os reparos no dormitório.

*23H30: IR PARA A CAMA.
*SÁBADO/DOMINGO: IGREJA/WASHINGTON.

*SEGUNDA-FEIRA: LAVAR ROUPA & SUPERMERCADO.
*TERÇA-FEIRA: MANDAR MENSAGEM OU LIGAR PARA GANSEY.

Esses últimos itens da lista estavam na caligrafia de Declan, seus adendos sugerindo sutilmente todos os componentes de uma vida adulta gratificante que Ronan não tinha considerado ao elaborá-la. Só tinham servido para deprimir Ronan ainda mais. *Olha como todas as semanas eram iguais,* anunciava a rotina. *Veja como você pode prever as próximas quarenta e oito horas, setenta e duas horas, noventa e seis horas, veja como você pode prever o resto de sua vida.* A palavra *rotina* já era o suficiente para deprimir Ronan. A mesmice. Foda-se tudo.

Gansey mandou uma mensagem: *Declan me mandou te dizer para sair da cama.*

Ronan respondeu: *por quê?*

Ele observou a luz da manhã se mover sobre as formas cinza-quase-pretas variadas em seu quarto. Prateleiras para miniaturas de carros; um estojo aberto de gaita irlandesa; uma velha escrivaninha arranhada com uma baleia de pelúcia sobre ela; uma árvore de metal com galhos incrivelmente intrincados; pilhas de roupa suja enroladas em volta de lascas de madeira vermelho-beterraba.

Gansey respondeu: *não me faça entrar em um avião estou acorrentado a uma das maiores nogueiras negras do Oregon*

Com um suspiro, Ronan tirou uma foto de seu cotovelo dobrado para fazer com que parecesse uma bunda, mandou por mensagem e se levantou. Já tão no fim do ano, as manhãs eram escuras, mas ele não se deu ao trabalho de acender as luzes ao preparar seu café da manhã e pegar os instrumentos de que precisava. Ele conseguia se orientar pela casa no breu. Seus dedos conheciam o formato das paredes e seus pés conheciam o rangido das tábuas do assoalho e seu nariz conhecia a fumaça de madeira ou os aromas de limão muito antigo dos cômodos, tudo isso memorizado como a melodia de um instrumento. A casa continha muitas de suas lembranças de infância, o que poderia ter tornado um lugar infeliz para outros.

Mas para Ronan, a Barns sempre pareceu um dos poucos membros sobreviventes da família.

Se estava preso pelas circunstâncias, Ronan pensava, pelo menos havia lugares piores do que Barns.

Lá fora, a névoa era espessa e lenta nos campos lustrosos. Longas sombras roxas caíam atrás das várias dependências, mas os lados onde batia sol estavam tão iluminados que ele teve que piscar. Enquanto caminhava pelos campos inclinados, o orvalho encharcando suas pernas, ele sentiu seu humor melhorar. Engraçado, pensou Ronan, como parecia triste uma casa vazia e como era preferível uma paisagem vazia.

Enquanto ele ia andando com cuidado no terreno, criaturas que desafiavam a existência rastejavam pela grama alta atrás dele, algumas mais preocupantes em proporção do que outras. Ele amava seu zoológico estranho: seus cervos e vaga-lumes, seus monstros matinais e seus pássaros sombrios, seus ratos pálidos e pequenos dragões peludos. Eticamente, não tinha certeza se eram permitidos. Se você pudesse sonhar uma vida a partir do nada, você o faria? Nos dias de semana, ele cedia ao impulso de aumentar seus estranhos rebanhos. Nos fins de semana, ele passava a missa pesaroso, se desculpando a Deus por sua arrogância.

Naquela manhã, no entanto, ele estava seguindo para as criaturas dos sonhos de outra pessoa. O gado de cores lindas de seu pai eram residentes permanentes da Barns, montículos de chocolate, pardo, preto, ouro, osso, castanho, granito — todos cobertos de orvalho. Como todas as coisas que tinham ganhado vida através do sonho, elas não podiam ficar acordadas sem seu sonhador e, portanto, estavam dormindo desde a morte de Niall. Era um destino que Ronan tinha de aceitar que, um dia, seria o de suas criaturas também.

De repente, Ronan foi envolvido por uma nuvem de carvão fedorenta. Os músculos se curvaram e o atiraram no ar antes que ele percebesse o que era.

— Gasolina — exclamou, mais furioso do que deveria porque sabia que parecia estúpido —, é melhor você não ir longe.

85

Gasolina era uma criatura dos sonhos mais legal na teoria do que na prática — um enorme javali do tamanho de uma minivan, com olhos pequenos e inteligentes e pelo crespo, metálico. Se galopasse em superfícies duras, fagulhas surgiam de seus cascos. Se ficasse surpresa, se dissipava em uma nuvem de fumaça. Quando gritava, parecia um pássaro. Também não tinha genitália. Essa não parecia uma característica memorável para uma criatura de fazenda, mas uma vez que você notava a ausência, não podia ignorar.

A fumaça fedorenta soltou um distinto trinado aviário antes de se dissipar.

Ronan abanou as mãos para dissipar o resto dela enquanto se ajoelhava ao lado de uma das vacas adormecidas de seu pai, um delicado espécime cinza manchado com um chifre torto. Ele deu um tapinha em seu ombro macio e quente.

— Reservei seu voo. Você tem uma janela e um corredor.

Ele desdobrou um objeto de sonho que trouxera de casa — uma manta que parecia ser tricotada com folhas de outono, grande como uma toalha de mesa — e a esticou sobre os ombros dela, ficando na ponta dos pés para jogá-la por cima. Ele procurou a borda até encontrar o cordão oculto de que se lembrava do sonho de onde a manta viera. Estava enfiado embaixo, de uma forma que feria seu raciocínio lógico ao pensar muito a respeito, então ele não pensava. Apenas puxou-o para fora e para baixo e observou o cobertor apertar até que não aguentou mais olhar para ele porque seu movimento não fazia sentido lógico. Era melhor não olhar diretamente para algumas daquelas merdas. Havia muitos contos populares sobre bruxos e videntes enlouquecendo com a magia, e era verdade que alguns dos sonhos pareciam mais perturbadores do que outros. O cobertor de folhas era um deles.

Ronan deu três pequenos puxões no cordão e, assim como no sonho que o criara, o cobertor começou a flutuar, levando a vaca com ele. Agora Ronan tinha uma vaca em uma corda. Uma vaca-balão. Um dirigível bovino. No fundo de sua mente, ele pensava que poderia passar o inverno tentando novamente sonhar algo que despertasse os sonhos de um sonhador morto, uma tarefa que seria mais agradável no celeiro longo com clima controlado. Só precisava de um dispositivo de transporte de vacas.

Estava satisfeito com o funcionamento do dispositivo, mesmo que não estivesse convencido de que teria mais sorte em acordar as vacas do que nos últimos vários meses.

Ele se perguntou de repente se aquele outro sonhador, Bryde, saberia como despertar os sonhos de outro sonhador.

Isso seria algo que faria valer a pena jogar o jogo de Bryde.

— *Kerah!* — Um grito veio de cima. Ele inclinou a cabeça para trás no momento que um pássaro preto assassino deu um rasante nele.

Era Motosserra, uma de suas criaturas de sonho mais antigas. Ela era um corvo e, como Ronan, todas as partes que a tornavam interessante estavam escondidas do olhar casual.

Estendeu a mão para ela, mas ela apenas grasnou e defecou a alguns centímetros do ombro de Ronan enquanto circulava a vaca flutuante.

— Pirralha!

— *Krek!* — berrou Motosserra. Seu vocabulário inventado geralmente tinha espaço para extremos: coisas de que ela gostava muito (*kerah*, que era Ronan) ou coisas que ela odiava (*krek-krek*, uma forma enfática de *krek*, sua palavra para *coisa sonhada*, que se referia a uma coisa onírica específica e odiada chamada Opala, outro psicopompo de Ronan). *Cream Cracker* também era uma palavra boa, já em forma de corvês. Assim como *Atom*, que era quase reconhecível como *Adam* se você estivesse ouvindo com atenção.

— Sim — disse Ronan. — Se vier, venha logo.

Ele começou a levar seu balão de vaca até o celeiro comprido, segurando-o bem. Não achava que o cobertor de folhas jamais pararia de subir se ele o soltasse, e não estava entusiasmado com a ideia de a vaca ir para o espaço.

Quando ele chegou ao celeiro, seu celular tocou. Ele o ignorou enquanto assobiava para a porta até que ela, obediente, destrancasse. Teve um mau momento quando percebeu que a vaca nunca iria passar pela porta de entrada normal, e ele teve que amarrá-la à maçaneta para entrar e depois abrir a porta corrediça maior.

Seu celular tocou novamente. Ele o ignorou.

Lá dentro, o celeiro estava cheio de suas criações oníricas — máquinas com garras, criaturas cheias de engrenagens, condições climáticas sobrenaturais armazenadas sob lonas, e batimentos cardíacos contidos em lâmpadas incandescentes — e a bagunça não aderia a nenhum sistema além do seu próprio. Ele rapidamente limpou uma área do tamanho de uma vaca em frente à porta deslizante.

Seu celular tocou novamente. Ele o ignorou.

Ronan rebocou a vaca ainda flutuando, com cuidado para não bater a cabeça dela na porta. Ele torceu o nariz. Algo cheirava mal por ali.

Seu celular tocou, tocou, tocou.

— Mas que droga — Ronan comentou com Motosserra, que voou habilmente para dentro do celeiro sem encostar uma pena em nada da acumulação. Segurando a coleira da vaca com uma das mãos, ele atendeu o telefone. — O que foi, Declan? Estou tentando rebocar uma porra de uma vaca.

— Acabei de ter uma reunião de pais e mestres muito preocupante. Preciso de você aqui.

Aquilo não fez sentido imediatamente para Ronan, já que ele não tinha pais nem mestres. Então ele decifrou o que era enquanto recuava mais um passo cuidadoso para dentro do celeiro, a vaca balançando atrás.

— Matthew?

— Quem mais? — retrucou Declan. — Algum outro irmão problemático que tenha vindo dos seus sonhos?

Um sonhador, um sonho e Declan: esses eram os irmãos Lynch.

Motosserra era um sonho antigo de Ronan, mas Matthew era mais antigo. Um acidente. Ronan era um bebê. Ele nem tinha percebido na hora: tinha simplesmente aceitado a surpresa de um irmão mais novo que, ao contrário de Declan, quase sempre estava feliz. Ele o amou imediatamente. Todos amavam Matthew imediatamente. Ronan não gostava de pensar nisso, mas era possível que toda essa capacidade de amor fosse parte do sonho.

Aqui estava a razão pela qual o jogo de Bryde valeria a pena se ele soubesse como despertar os sonhos de um sonhador morto: Matthew iria dormir com o resto dos sonhos de Ronan se Ronan morresse.

Não havia tempo de confissão suficiente na Igreja Católica para fazer Ronan se sentir bem com o peso de sonhar outro ser humano.

Matthew não sabia que era um sonho.

— Tudo bem — disse Ronan. O cheiro horrível estava aumentando; era quase o tipo de cheiro-de-respirar-pela-boca. — Eu...

De repente, o cheiro desagradável tomou forma concreta quando Gasolina, o javali do tamanho de uma minivan, se rematerializou. Ronan foi derrubado. Seu celular voou alegremente pelo cascalho e pela terra. A vaca voou no ar, a corda balançando como a rabiola de uma pipa.

Ronan vomitou todos os palavrões que aprendeu. A vaca, de olhos fechados, alheia, inocente, foi vagando suavemente em direção ao sol.

— Motosserra! — gritou Ronan, embora não tivesse certeza de quais palavras ele achava que viriam após aquela. — A... a... *krek*!

Motosserra voou para fora do celeiro, circulando-o e grasnando alegremente:

— *Kerah*!

— Não! — Ele apontou para a vaca, que já havia flutuado até a altura do telhado do celeiro. — A *krek*!

Motosserra balançou para cima para circundar a vaca ascendente, olhando para ele com curiosidade. Que jogo divertido, sugeria a linguagem corporal dela. Que vaca excelente, que decisões fortes ela havia tomado naquela manhã, que maravilhoso que ela tivesse levantado voo daquele jeito. Com vários grasnidos alegres, ela girou perto antes de se desvirar de modo brincalhão.

— Me traz a *krek*! Tem um biscoito para você lá dentro! *Cream Cracker*! Carne! — Ronan ofereceu tudo em seu arsenal de guloseimas em potencial. — Bolo! Queijo!

A vaca e o corvo pareciam cada vez menores à medida que subiam.

— Lixo! — Ronan ofereceu desesperadamente, a única coisa que Motosserra sempre desejava desesperadamente e não tinha permissão para ter.

Motosserra prendeu as garras no cordão.

Por um segundo, Ronan teve medo de que o cobertor de folhas fosse esforço demais para o corvo. Mas então Motosserra fez progresso, batendo as asas um pouco mais forte do que o normal enquanto rebocava a vaca com firmeza. Ele estendeu a mão para ela, oferecendo apoio. No final, houve mais alguns momentos tensos, quando ele ficou preocupado que ela fosse soltar o barbante antes que ele conseguisse alcançá-lo — Motosserra era do tipo que desistia das coisas —, mas então o cordão estava em sua mão e ele havia rebocado a vaca para dentro do celeiro.

Ele acionou o canivete e cortou a manta de folhas de cima da vaca. Ela caiu os últimos centímetros no chão de terra.

Finalmente, ele se permitiu sentir alívio.

Sem fôlego, chutou a tampa da lata de lixo de metal para cumprir sua promessa à Motosserra e, em seguida, caminhou até o celular caído. O identificador de chamadas ainda mostrava uma chamada ativa com OTÁRIO LYNCH.

Ronan o colocou no ombro.

— Você ainda está aí? Eu estava...

— Não quero saber — disse Declan. — Venha para cá quando puder.

12

Declan Lynch era um mentiroso.

Tinha sido um mentiroso a vida inteira. As mentiras vinham a ele de maneira fluida, fácil e instintiva. Seu pai trabalha com o quê? Ele vende carros esportivos de luxo no verão e seguro de vida no inverno. Ele é anestesiologista. Ele dá consultoria financeira para divorciados. Ele faz publicidade para empresas internacionais em mercados de língua inglesa. Ele trabalha no FBI. Onde ele conheceu sua mãe? Eles estavam juntos no anuário no colégio. Eles foram apresentados por amigos em comum. Ela tirou uma foto dele na feira do condado, disse que queria guardar o sorriso dele para sempre. Por que Ronan não pode vir para uma festa do pijama? Ele é sonâmbulo. Uma vez ele foi andando até a estrada e meu pai teve que convencer um caminhoneiro que parou antes de atropelá-lo de que ele era realmente seu filho. Como sua mãe morreu? Hemorragia cerebral. Rara. Genética. Passa de mãe para filha, o que é a única coisa boa, porque ela só teve filhos. Como você está? Muito bem. Bem. Muito.

A certa altura, a verdade parecia pior. A verdade era um funeral de caixão fechado ao qual tinham comparecido seus parentes vivos distantes: Mentiras, Segurança e Segredos.

Ele mentia para todo mundo. Mentia para suas namoradas, amigos, irmãos.

Bem.

Na maioria das vezes, ele simplesmente não dizia a verdade a seus irmãos.

— É sempre tão bom aqui — disse Matthew ao sair do carro, os sapatos pisoteando o cascalho.

Os três irmãos estavam em Great Falls, no lado da Virgínia, um parque nacional densamente arborizado a apenas alguns quilômetros de distância da casa de Declan. A atração incluía uma caminhada agradável ao longo de um canal histórico e a oportunidade de testemunhar o Potomac prendendo a respiração e pulando de uma saliência rochosa de seis metros enquanto se revolvia apressado da Virgínia Ocidental para o Atlântico. O céu estava baixo, cheio de nuvens e cinzento, intensificando as cores do final do outono. Tudo tinha o cheiro nostálgico e enfumaçado de folhas mortas de carvalho. Era agradável, principalmente se você nunca tivesse estado lá.

Declan estivera lá muitas e muitas vezes.

— Eu sempre gosto de vir — Declan mentiu.

— É normal — disse Ronan, batendo a porta do passageiro. Seu lema parecia: *Por que fechar tudo quando você pode bater?* A derrocada de Harvard o deixara profundamente deprimido. Nem sempre era fácil dizer o quanto as coisas estavam ruins com ele, mas Declan, de alguma forma, havia se tornado um especialista no humor de Ronan. Bater significava que o coração ainda estava bombeando sangue. O silêncio significava que o perigo se desintegrava lentamente em suas veias. Declan havia sentido medo da ideia de um Ronan que se mudasse para Cambridge. Agora estava com medo de um Ronan que não pudesse se mudar.

Havia, Declan pensou, coisas demais a temer.

— Meu carro não fez nada para você — murmurou Declan, fechando a própria porta. — Matthew, o saco de papel.

Matthew pegou o saco de burritos para viagem. Estava de ótimo humor. Ele sempre estava com um humor excelente, é claro — isso era o que significava ser Matthew —, mas ficava com um humor ainda melhor quando era autorizado a vir para Great Falls. Ele viria todos os dias se pudesse, um fato que Declan havia descoberto no início daquele verão. Ele levava seu papel de pai substituto a sério. Lia artigos sobre disciplina, motivação, apoio. Estabelecia horários para voltar para casa, impunha castigos e servia como conselheiro em vez de amigo. Sua promoção a tutor legal significava que ele não poderia mais ser apenas um irmão. Tinha que ser a Lei. Isso significava que ele vinha sendo bastante rígido com Ronan depois que seus pais tinham morrido. Com Matthew, no entanto — bem, Matthew estava tão feliz que Declan descobriu que faria qualquer coisa para mantê-lo assim. Naquele verão, no entanto, ele tinha pedido para vir dia após dia até que Declan, pela primeira vez, teve que recusar.

Declan achava que ainda se sentia pior com aquela conversa do que Matthew.

— Me dá meu burrito — disse Ronan. — Estou com tanta fome que poderia comer duas vezes.

Estava claro para Declan que Ronan não estava nem remotamente com humor para piadas, mas também faria qualquer coisa para deixar Matthew feliz.

E funcionou. Matthew explodiu em sua risada fácil e contagiante enquanto colocava um chapéu feio. Ele tinha um péssimo gosto para moda. O menino era a razão pela qual os uniformes escolares tinham sido inventados.

— Meu chapéu de caminhada — disse ele, como se a trilha bem cuidada e plana pudesse ser interpretada como algo mais severo do que um passeio a pé.

Eles andaram. Eles comeram — bem, Ronan e Matthew comeram. Ronan, em grandes mordidas de lobo. Matthew, com a alegria espontânea de uma criança no Natal. Declan deixou a comida intocada porque não tinha trazido um antiácido e seu estômago estava uma ruína, como sempre. Os únicos sons eram de seus passos e o barulho contínuo das cascatas. Folhas amarelas úmidas às vezes caíam aqui ou ali, mais profundamente entre as árvores. Poças na calçada às vezes estremeciam como se chovesse nelas, embora não houvesse sinal de chuva. Parecia selvagem. Oculto.

Declan cautelosamente abordou o assunto do dia:

— Seus professores disseram que você estava sentado no telhado.

— Isso aí — disse Matthew alegremente.

— Ronan, Maria mãe de *Deus*, mastigue isso um pouco, senão você vai se engasgar e sufocar. — Para Matthew, Declan insistiu: — Disseram que você estava olhando para o rio.

— Isso aí — respondeu Matthew.

Ronan entrou na conversa:

— Da escola não dá para ver o rio, Matthew.

Matthew riu disso, como se Ronan tivesse contado uma piada.

— Eu sei.

Declan não podia investigar muito as motivações da misteriosa atração que Matthew tinha pelo rio porque isso poderia alertar Matthew sobre sua origem onírica. Por que Declan lhe negava essa porção da verdade? Porque Matthew havia sido criado como humano por seus pais e parecia cruel tirar isso dele agora. Porque Declan só conseguia lidar com um irmão em crise. Porque ele era tão treinado em segredos que tudo era um segredo até que fosse provado o contrário ou roubado dele.

— Disseram que você fica saindo da aula — disse Declan. — Sem explicação.

Os professores de Matthew tinham dito isso e muito mais. Explicaram que amavam Matthew (uma afirmação desnecessária; como poderiam não amar?), mas temiam que ele estivesse se perdendo. Os trabalhos eram entregues atrasados; as tarefas de arte, esquecidas. Ele perdia o foco durante as discussões em classe. Pedia para usar o banheiro no meio da aula e nunca mais voltava. Havia sido descoberto nas escadarias não usadas, salas vazias, no telhado.

No telhado?, Declan havia repetido, sentindo gosto de bile. Parecia que tinha vivido mil anos, cada um deles um inferno.

Ah, não desse jeito, os professores se apressaram em explicar. *Apenas sentado. Apenas olhando. Para o rio, disse ele.*

— O que você vai fazer? — perguntou Matthew, dando de ombros de um jeito amável, como se seu comportamento fosse algo intrigante até para ele mesmo. E provavelmente era. Não que ele fosse estúpido. Era mais porque ele tinha uma ausência deliberada de ceticismo intelectual. Subproduto de ser um sonho? Deliberadamente sonhado nele?

Declan odiava amar alguém que não era real.

Principalmente, ele odiava Niall. Se tivesse se importado em ensinar a Ronan alguma coisa sobre sonhos, a vida seria muito diferente agora.

Matthew parecia ter compreendido, finalmente, a ideia de que estava preocupando os irmãos, porque perguntou:

— O que vocês querem que eu faça?

Declan trocou um olhar com Ronan por trás da cabeça de Matthew. O olhar de Ronan dizia: *O que diabos você quer que eu faça?*, e o olhar de Declan para trás significava: *Este é muito mais território seu do que meu.*

Ronan disse:

— Mamãe gostaria que você fizesse um bom trabalho.

Por um instante, uma nuvem cruzou a expressão de Matthew. Ronan tinha permissão para invocar Aurora porque todos sabiam que Ronan a amava tanto quanto Matthew amara. Declan, cujo amor cético era imperfeito, não podia.

— Não estou deixando de tentar — disse Matthew.

O telefone de Ronan tocou. Ele passou o dedo para atendê-lo de imediato, o que significava que só poderia ser uma pessoa: Adam Parrish. Por alguns minutos, ele ouviu com muita atenção, e então, em uma voz muito baixa, muito pequena, muito *nada* Ronan, ele disse:

— *Alter idem.* — E desligou.

Declan achou tudo preocupante, mas Matthew apenas perguntou com uma curiosidade alegre:

— Por que você simplesmente não diz "eu te amo"?

Ronan rebateu:

— Por que você usa seu burrito na camisa em vez de na boca?

Matthew, não se incomodando com o tom, bateu a mão para tirar um pouco da alface de sua roupa.

Declan tinha sentimentos complicados sobre o assunto Adam Parrish. De jeito nenhum Declan contaria a alguém a verdade sobre a família Lynch. Era perigoso demais para alguém descartável saber. Mas Adam sabia de tudo, porque estava lá quando certas coisas aconteram e porque Ronan compartilhava tudo com ele. Então, teoricamente, o relacionamento era um elo fraco.

Mas Adam Parrish também era cauteloso, calculista, ambicioso, intensamente focado no longo prazo; portanto, uma boa influência. E bastava passar um minuto com os dois para ver que ele se dedicava profundamente a Ronan. Então, teoricamente, Adam era mais positivo do que negativo no quesito segurança.

A menos que ele deixasse Ronan.

Declan não sabia quanta complicação era complicação demais para Adam Parrish.

Também não era como se Adam fosse a pessoa mais honesta do mundo, mesmo que no momento estivesse fingindo ser.

Os irmãos Lynch haviam alcançado a vista favorita de Matthew, o Mirante 1. O deque robusto e complexo projetava-se em direção às cataratas, encaixado habilidosamente em torno de pedras maiores do que homens. Se a pessoa fosse menos ágil, poderia observar da grade. Se fosse mais ágil, poderia escalar as pedras para ter uma visão mais elevada. Matthew sempre preferia subir.

Aquele dia foi igual a todos os outros. Matthew colocou sua embalagem de burrito nas mãos de Declan. Seu chapéu feio tombou da cabeça, mas ele não pareceu notar enquanto escalava as rochas, chegando o mais alto que podia, o mais perto que podia.

Ele estava petrificado.

O Potomac era instável, rápido e amplo por ali, enquanto cravava-se nas rochas. Apoiado na grade, Matthew fechou os olhos e inspirou profundamente, como se estivesse sufocando até aquele momento. Suas sobrancelhas liberaram uma tensão até então despercebida. Seus cachos de Adônis levantavam com o vento do rio, revelando não o perfil de uma criança, mas de um rapaz.

— Matthew... — Declan começou, mas parou. Matthew não o tinha ouvido. As cascatas o tinham em suas garras.

Depois de muitos minutos, Ronan simplesmente sussurrou: *porra*.

Era verdade que era assustador ver seu irmão normalmente efervescente se transformando naquele príncipe encantado. Matthew não tinha tendência à introspecção; era bizarro ver seus olhos fechados e sua mente em outro lugar. E piorava quanto mais os minutos se arrastavam. Cinco minutos, dez, quinze — aguardá-lo parecia uma longa espera, mas não era impossível. Uma hora, duas, três — isso era outra coisa. Isso fazia arrepiar os cabelos da sua nuca. Estava, Declan pensou, se tornando mais óbvio o que ele realmente era, sua existência dependendo de Ronan e talvez de algo para além disso. O que alimentava Ronan? O que alimentara Niall? Algo relacionado àquela água agitada.

Parecia apenas uma questão de tempo até que Matthew descobrisse.

Ronan inspirou o ar pela boca e soltou lentamente pelo nariz, um gesto tão familiar de Ronan que Declan poderia tê-lo identificado apenas pelo som. Então Ronan perguntou:

— O que é o Mercado das Fadas?

O estômago de Declan ouviu a pergunta antes de seu cérebro. Ele foi tomado por uma grande ansiedade.

Droga.

Seus pensamentos seguiram rapidamente o fluxograma dos segredos, das mentiras. Como Ronan nem sequer sabia fazer essa pergunta? Ele tinha encontrado algo de Niall na Barns; alguém se aproximou dele; seu sigilo estava em jogo; o que Declan desencadeara quando tinha feito aquela ligação, quando pegou aquela chave, quando foi para aquela casa em Boston enquanto Ronan se encontrava com Adam...

Declan disse suavemente:

— O quê?

— Não minta — disse Ronan. — Estou muito irritado para suportar balela.

Declan olhou para seu irmão do meio. O irmão mais natural dos dois, mas não muito. Ele crescera e era o retrato do pai. Faltavam nele os longos cachos de Niall e seu charme efervescente, mas o nariz, a boca, as sobrancelhas, a postura, a inquietação fervilhante nos olhos, tudo o mais era o mesmo, como se Aurora não tivesse participado da transação. Ronan não era mais um menino ou adolescente. Estava se transformando em um homem, ou uma versão madura de tudo o que ele era. Um sonhador.

Pare de protegê-lo, Declan disse a si mesmo. *Diga a ele a verdade.*
Mas uma mentira parecia mais seguro.

Ele sabia que Ronan estava fracassando sozinho na Barns. A fazenda que ele adorava não era o suficiente para ele. Seus irmãos não eram suficientes. Adam não era, na realidade, o suficiente também, mas Declan sabia que ele não tinha chegado tão longe ainda. Havia algo estranho, oco e faminto dentro de Ronan, e Declan sabia que ele poderia alimentá-lo ou se arriscar a perder Ronan para um final muito mais mundano e, por extensão, perder seu outro irmão também. Sua família inteira.

Declan cerrou os dentes e então olhou para o rio se jogando sobre as rochas.

— Querem vir comigo?

13

Às vezes, Hennessy se imaginava jogando-se do telhado. Ela imaginou como, por apenas alguns segundos, estaria subindo quando seu salto a colocasse um pouco acima do nível do telhado, antes que a sensação de gravidade sugadora envolvesse seu corpo. Só então ela começaria oficialmente a cair. Nove vírgula oitenta e um metros por segundo ao quadrado: essa era a velocidade de uma queda, e tudo o mais era uma constante. Resistência do ar, atrito, forças equilibradas e desequilibradas, seis outras garotas inclinando-se sobre a borda do telhado gritando *Hennessy, volte!*

Os franceses tinham um termo para isso. *L'appel du vide*, o chamado do vazio. O desejo que até mesmo pessoas não suicidas sentem de pular quando confrontadas com um lugar alto. Cinquenta por cento das pessoas pensam em se atirar de alturas, para grande surpresa delas mesmas. Uma a cada duas. Portanto, não seria apenas Hennessy que imaginaria seu corpo despencando nos zimbros três andares abaixo.

Hennessy estava na varanda de concreto no telhado da mansão McLean, as pontas de suas botas despontando na borda, olhando para o quintal lá embaixo. A música soava ao fundo, algo murmurante, sensual e contínuo. Uma das meninas cantava junto, embora fosse em um idioma que Hennessy não falava — tinha que ser Jordan ou June. A conversa dava picos e caía na calmaria. Copos e garrafas tilintavam. Em algum lugar, uma arma disparou, uma, duas, três vezes, distante e percussiva dentro da casa, soando como bolas de bilhar distantes em uma mesa de sinuca. Era uma festa vulgar. Uma festa secreta. Uma festa para pessoas que tinham tanta roupa suja para lavar que se podia confiar que não sairiam divulgando a roupa suja de outras pessoas.

— Você grita, eu grito, todos nós gritamos por sorvete! — disse uma voz ao lado dela.

Era a voz de Hennessy, mas de um corpo diferente. Não um corpo diferente. Um *outro* corpo. Hennessy teve que olhar para saber qual das garotas era, e mesmo assim não tinha certeza. Trinity, talvez. Ou Madox. As mais novas eram mais difíceis de identificar. Eram como olhar num espelho.

A menina olhou para a linguagem corporal de Hennessy e continuou:
— Você pula, eu pulo, todas nós pulamos.

Todos naquela festa secreta pensavam que a grande revelação de Hennessy era que ela era uma das mais prolíficas falsificadoras de arte da Costa Leste. O verdadeiro segredo era este: Hennessy, Jordan, June, Brooklyn, Madox, Trinity. Seis garotas com um só rosto.

Hennessy havia sonhado todas elas.

Apenas duas das meninas podiam ser vistas ao mesmo tempo. Gêmeas era algo compreensível. Trigêmeas era uma certa novidade. Quadrigêmeas, quíntuplas — qualquer número acima de três chamava cada vez mais a atenção.

A vida de Hennessy já era complicada o suficiente. Não desejava ser mais extorquida por alguém que soubesse a verdade sobre ela.

— O paisagismo deste lugar foi feito por um bêbado italiano *fanboy* do Tim Burton — disse Hennessy, olhando para o quintal intrincadamente construído. Não havia sido bem-conservado, mas sua geometria ainda não havia se perdido com o crescimento desordenado das plantas. Canteiros freneticamente intrincados, labirintos de buxinho e musgo crescendo entre caminhos delicados de ladrilhos. Aí, para esconder que não sabia dizer qual era a garota que estava ao seu lado, ela perguntou: — O que você quer, vadia?

— Madox, idiota — disse Madox; ela conseguia identificar os truques de Hennessy imediatamente porque ela *era* Hennessy. — A vodca. Onde foi parar?

— Não está no Porsche?

Madox balançou a cabeça.

— Quais demônios entraram nele, é a pergunta que não quer calar — comentou Hennessy em tom leve. — Então vai circular e estragar esses prazeres mortais em meu nome e eu vou ficar olhando. Quais cômodos já estão transbordando comigo?

— Só a cozinha — disse Madox. — Acho que a June e a Trinity estão lá.

Hennessy saiu da beira do telhado e voltou para a própria festa. Enquanto ela cintilava pela casa, as pessoas para quem ela já havia forjado e as pessoas de quem ela já tinha conseguido dinheiro e as pessoas com quem já tinha escondido corpos e as pessoas com quem já tinha dormido acenavam para ela ou tocavam seu cotovelo ou beijavam sua boca. Ela não estava procurando a vodca. Madox não se importava com a vodca. Provavelmente ainda estava no Porsche. Madox havia subido lá para tirá-la da beirada. Alguém a tinha enviado, mais provavelmente.

Hennessy caminhou por um dos corredores laterais, pisando em vidro quebrado e sangue da invasão de Breck até chegar ao quarto que Jordan usava para a maior parte de suas falsificações. Jordan, como Hennessy, gostava de trabalhar depois que escurecia, o que significava que não precisava de um quarto com janelas; ela precisava de uma sala com tomadas elétricas para que pudesse sentar-se perto da tela com suas luminárias tão brilhantes quanto luzes de palco. Sempre verificava suas cores com luz natural mais tarde. Hennessy não sabia por que as duas preferiam trabalhar à noite; era uma má prática artística, com certeza. Mas o sol nunca tinha parecido um amigo.

— Eu não ia — disse Hennessy enquanto entrava no estúdio sem janelas.

Com certeza, Jordan estava instalada ali entre as grandes telas escuras, a aguarrás, os trapos e os pincéis armazenados com o lado das cerdas para cima, com tinta pingando em cores ricas e luxuosas nos cabos. Ela estava trabalhando em seu convite para o Mercado das Fadas. Sob o microscópio na mesa estava o convite original de Breck, um quadrado de linho delicado e peculiar, como um lenço misterioso. Vários rascunhos descartados estavam espalhados sobre ele. Jordan estava com os dedos presos em torno de canetas permanentes muito pequenas enquanto testava outro tecido sobressalente.

— Não sei do que você está falando — disse Jordan, sem tirar os olhos do trabalho.

Hennessy subiu em uma cadeira para ver a mesa do alto.

— Bem, isso parece uma baboseira total.

Jordan usou um microscópio de mão para avaliar o sangramento da marca que acabara de fazer.

— Quase consegui.

Jordan tinha sido a primeira das cópias que Jordan Hennessy sonhara muitos anos antes. Ela mantinha *Hennessy* para si mesma. Tinha dado *Jordan* para essa nova garota. Por ser a primeira cópia, e a mais velha, Jordan era a mais complexa de todas as cópias — mesmo que Hennessy tivesse sonhado as outras meninas com tanta complexidade quanto ela havia sonhado Jordan, esta tinha mais de uma década de suas próprias memórias e experiências.

Às vezes, Hennessy esquecia que Jordan na verdade era ela.

Às vezes, ela achava que Jordan também se esquecia.

— Seu otimismo eterno deveria ser transformado em uma estátua de bronze — disse Hennessy. — Deveria ser exibido em um museu em algum lugar onde os estudantes pudessem ver, ler a placa e aprender com ele. Deveria ser cortado em pedaços menores e colocado em solo fértil com bastante luz solar para que cada pedaço pudesse crescer em um novo otimismo pronto para ser colhido por...

Jordan virou o linho e fez uma marca com uma caneta diferente.

— Quanto tempo você acha que temos?

Em outros tempos, Hennessy havia se perguntado se compartilharia o mesmo rosto — a mesma vida — que duas dúzias de garotas. Cinquenta. Cem. Mil. Agora ela sabia que isso nunca aconteceria. Cada vez que Hennessy sonhava com uma cópia dela mesma, isso lhe custava algo fisicamente, e estava piorando.

Mas ela não conseguia parar. Nem de sonhar, nem de sonhar a si mesma.

Cada noite era dividida em segmentos de vinte minutos, seu alarme a tirando do sono antes que ela pudesse começar a sonhar. Cada dia era gasto esperando que o sangue negro sinalizasse que ela não poderia adiar os sonhos para sempre.

Ela sabia que isso a mataria em breve.

A menos que o plano de Jordan sobre o Mercado das Fadas funcionasse.

Em vez de responder à pergunta de Jordan, Hennessy disse:

— Você deveria esticar esse linho.

Se você fitasse os quebra-cabeças por tempo suficiente, começaria a resolvê-los mesmo quando não havia colocado seu cérebro em ação para a tarefa. Todo esse tempo, ela estava olhando para o convite do Mercado das Fadas e para os esforços de Jordan e tentando conciliar a diferença. Bastava puxar e esticar o linho, pintá-lo, soltá-lo e a tinta teria a mesma quantidade de sangramento que o original de Breck.

— Claro — disse Jordan. Ela balançou a cabeça para si mesma, já se levantando para encontrar o equipamento de que precisava. — É por esse motivo que você deveria estar fazendo isso.

Ela estava errada, é claro. Jordan tinha que fazer isso porque ela se importava. Essa era a regra: se você se importava com o trabalho, o trabalho era seu. Hennessy estava a fim de sobreviver, é claro, mas o resultado era que ela simplesmente não achava que esse plano do Mercado das Fadas ia colar.

Jordan parecia ler sua mente — mais fácil, é claro, quando as mentes eram tão semelhantes — porque ela disse:

— Vai funcionar, Hennessy.

No fim das contas, essa era a diferença entre Hennessy e Jordan. Enquanto Hennessy se imaginava jogando-se de um telhado e caindo, Jordan se imaginava jogando-se de um telhado e voando.

14

Farooq-Lane levou apenas um dia para descobrir que Nikolenko se enganara inteiramente a respeito de Parsifal Bauer. Ele não era *tranquilo*, ele era passivo, o que era uma coisa completamente diferente. Ele não fazia nada que não quisesse particularmente fazer, mas muitas vezes era difícil dizer que ele havia conseguido evitar ou subverter. Quando Farooq-Lane era pequena, sua família tinha um cachorro que se comportava da mesma forma. Muna, um belo espécime de pastor mestiço com pelos pretos exuberantes e cheios ao redor da garganta, como uma raposa. Ela parecia perfeitamente flexível até que lhe pediam para fazer algo que não queria fazer — sair na chuva, entrar em uma sala para uma visita admirá-la. Então ela se jogava no chão, uma boneca de pano sem ossos, e tinha que ser arrastada, o que nunca valia a pena.

Este era Parsifal Bauer.

Para começar, ele tinha uma frescura infernal para comer. Farooq-Lane era uma excelente cozinheira — o que era cozinhar senão um sistema delicioso? — e acreditava em comida boa sendo bem servida, mas Parsifal Bauer a fazia parecer uma leitoa qualquer. Ele preferia não comer a consumir uma refeição que violava suas secretas regras internas. Sopas e molhos eram tratados com desconfiança, a carne não podia ficar rosada no meio, as crostas em produtos de panificação não podiam ser toleradas. As bebidas gaseificadas eram um ultraje. Ele gostava de um tipo específico de pão de ló amarelo, mas não de cobertura. Geleia de morango, mas não morangos. Conseguir fazê-lo comer no hotel naquela primeira noite em Washington, DC, tinha sido um fracasso absoluto. Já era tarde o suficiente para haver apenas pouca coisa aberta, e Farooq-Lane tinha se sentido virtuosa por encontrar sanduíches para eles dois. Parsifal não disse que não comeria o seu, mas olhou para o sanduíche no prato até meia-noite e depois meia-noite e meia, e, finalmente, Farooq-Lane desistiu dele.

Parsifal tinha regras para outras partes da vida também. Ele tinha que se sentar perto de uma janela. Não podia ser o primeiro a passar por uma porta. Não gostava de ser visto sem sapatos. Não permitia que outros carregassem sua mala. Precisava ter uma caneta consigo o tempo todo. Queria ouvir ópera ou silêncio. Tinha que escovar os dentes três vezes ao dia. Preferia não dormir em uma cama grande. Não dormia com as janelas fechadas. Não bebia água da torneira. As cabines dos banheiros tinham que ter portas que iam até o chão se ele quisesse fazer algo importante. Não saía em público sem antes tomar banho.

Ele era mais flexível na primeira hora da manhã, e então lentamente piorava à medida que ficava mais cansado. À noite, tornava-se uma impossibilidade de regras e desejos enjaulados, seu humor secreto e sombrio. Os humores eram tão intratáveis e meticulosos que Farooq-Lane passava diretamente da empatia à irritação.

A primeira briga que tiveram foi quando Parsifal descobriu que iam dividir um quarto, por ordem dos Moderadores. Era uma suíte, então ele tinha uma cama dobrável na área de estar, e ela tinha uma porta que podia fechar, mas o banheiro só era acessível pelo quarto de Farooq-Lane — impossível! — e ele insistiu que a janela estivesse aberta enquanto ele dormia. Estava congelando, Farooq-Lane apontou, e ela não achava que qualquer um dos dois pegando uma gripe serviria para a situação. Parsifal, no processo de empilhar almofadas do sofá em um lado da cama para fazê-la parecer mais uma cama de solteiro do que de casal, argumentou que Farooq-Lane poderia manter a porta do quarto fechada. Farooq-Lane rebateu que o termostato interno responderia à janela aberta e aumentaria o calor a níveis intoleráveis. Ela achava que a conversa havia sido encerrada. Decidido. Eles foram dormir.

Depois que a porta dela se fechou, ele abriu a janela.

Ela cozinhou. A janela estava fechada quando ela se levantou, mas Farooq-Lane sabia que ele a tinha fechado antes de ela sair. Ela o confrontou. Ele não se desculpou, não respondeu. A janela estava fechada agora, não estava?

Este era Parsifal Bauer.

— Eu não vou — Parsifal lhe disse, sua forma alta empoleirada na beira do sofá-cama com sua barricada de travesseiros.

Era noite no quarto dia — não, quinto dia, ela pensou. Sexto dia? Quando a gente estava viajando o tempo ficava confuso. Esticava-se e se apertava para criar formas inesperadas. Farooq-Lane e Parsifal ficaram juntos no hotel por várias noites sufocantes, lutando por janelas secretamente abertas e comida para viagem contra um pano de fundo de carpete genérico de hotel e ópera alemã obscura. Parsifal ainda não tivera outra visão, então ela estava operando com as informações da última. Ela e os outros tinham levado dias de árdua pesquisa para descobrir que sua visão apresentava algo chamado Mercado das Fadas, um mercado clandestino itinerante que só começava depois de escurecer. Era difícil dizer o que eles encontrariam lá, mas se Parsifal estava tendo uma visão sobre isso, tinha que envolver um Zed ou um Visionário.

Lock acabara de enviar a ela um ingresso através de um emissário. Não havia nenhum outro Moderador na cidade, mas Farooq-Lane tinha um número para ligar e pedir reforços para funcionários da agência local se ela encontrasse algo que precisasse de ação imediata. Isso significava que alguém precisava ser morto. Alguma *coisa* precisava ser morta. Um Zed.

— Você tem que vir — disse Farooq-Lane a Parsifal. — Esse não é um pedido meu. Isso vem de cima.

Parsifal não respondeu. Ele apenas começou a dobrar sua roupa, que ela acabara de lavar perto do hotel.

— Vou ficar fora por horas — disse Farooq-Lane. Já deveria ter saído àquela hora. A noite estava totalmente negra por trás das feias cortinas cinzentas do hotel. — É inaceitável ficarmos separados por tanto tempo. E se você tiver uma visão?

Ele dobrou duas meias pretas muito longas uma na outra, arrancando meticulosamente alguns fiapos de uma antes de pressioná-la em cima de sua roupa já dobrada. Parsifal nem se incomodou em discutir; ele simplesmente não se levantou. O que ela iria fazer? Arrastá-lo?

Farooq-Lane nunca perdia a paciência. Quando criança, ela era famosa por sua imperturbabilidade — tanto sua mãe quanto Nathan tinham temperamentos intempestivos. Sempre podiam contar com sua mãe para perder a paciência com qualquer coisa que começasse com a palavra *boleto*, enquanto Nathan ficava otimista por dias, semanas, antes de repentinamente explodir em uma fúria surpreendente por causa de gatilhos que ninguém mais conseguia identificar. Farooq-Lane, no entanto, não podia ser nem alfinetada nem frustrada. Ela havia nascido com uma cabeça para planos. Fazê-los, mantê-los, revisá-los, executá-los. Enquanto houvesse um plano, um sistema, ela estaria serena.

Parsifal Bauer a estava fazendo perder a paciência.

— Comida — disse Farooq-Lane, odiando-se primeiro por não ser mais eloquente e depois por ter sido reduzida ao suborno. — Venha comigo e vamos encontrar a comida que você quiser.

— Nada estará aberto — racionalizou Parsifal.

— Os mercados estarão — disse ela. — Você pode comer chocolate amargo. Setenta por cento. Noventa, até. Vamos comprar mais água mineral.

Ele continuou dobrando as roupas como se ela não tivesse falado. Farooq-Lane podia sentir sua temperatura subindo continuamente. Era assim que Nathan se sentia antes de matar pessoas? Essa urgência crescente e sombria?

Farooq-Lane afastou a sensação.

— Você pode esperar no carro — disse ela. — Com seu celular. Você pode me enviar uma mensagem se começar a ter uma visão, e eu saio do hotel.

Lock ficaria abalado com aquela negociação miserável, mas Parsifal não parecia se dar conta do esforço que ela estava fazendo. Ele cuidadosamente dobrou os braços de um suéter com cotoveleiras em uma forma perfeitamente geométrica.

Farooq-Lane não tinha absolutamente nenhuma ideia de como obrigar um adolescente a fazer qualquer coisa que ele não queria.

Mas, para seu alívio, Parsifal estava agora em pé. Selecionando algumas das peças de roupa. Indo em direção ao quarto.

— O que você está fazendo? — perguntou ela.

Ele se virou, sua expressão insondável por trás dos óculos minúsculos.

— Se vou sair, tenho que tomar banho primeiro.

A porta se fechou atrás dele. Ela podia ouvir a música começando a tocar no alto-falante do celular. Duas mulheres arrulhavam vigorosamente uma para a outra com o drama trêmulo que só era possível em óperas antigas. A água do chuveiro começou a correr.

Farooq-Lane fechou os olhos e contou até dez.

Esperava que encontrassem aqueles Zeds logo.

15

Pergunte ao seu irmão sobre o Mercado das Fadas.
   Realmente existia.
   Ele realmente existia, e isso significava que Bryde existia também.
Todos estarão sussurrando meu nome.
   Estava preto lá fora, preto, preto, preto, e o humor de Ronan era elétrico. Ele e Declan estavam no Mercado das Fadas, que Declan conhecia porque Niall Lynch o frequentava e Ronan sabia porque um estranho tinha sussurrado para ele em um sonho. As coisas estavam mudando. Sua cabeça ainda não sabia se era para melhor ou para pior, mas seu coração não ligava. Estava bombeando noite pura através dele.
   O Hotel Carter, local do Mercado das Fadas, era um prédio grande e mais antigo, perfeitamente quadrado, com muitas janelas pequenas e entalhes intrincados no telhado, formal e esfarrapado como um vovô vestido para a igreja. Era o tipo de hotel usado como ponto de referência ao se dar direções, não um hotel em que as pessoas se hospedavam. O estacionamento estava cheio de carros e vans. Muitas vans. Ronan se perguntou o que tinham trazido. Armas? Drogas? Sonhadores? Bryde estaria ali naquela noite?
   — Ele não teria ficado feliz por eu estar trazendo você para isso — declarou Declan, olhando no espelho retrovisor escuro. Para que, quem é que saberia? — Ele não gostaria que nada de ruim acontecesse com você.
   Ele não enfatizou o *com você*, mas ficou subentendido. Nada de ruim aconteceria com *você*, algo de ruim poderia acontecer *comigo*. Fi-

lhos e pais, pais e filhos. De todas as coisas que Niall Lynch havia sonhado, sua família era a mais maravilhosa. Claro, tecnicamente, ele tinha sonhado apenas uma parte dela — sua gentil esposa, a adorada mãe dos meninos, Aurora Lynch. Uma criatura dos contos de fadas em quase todas as medidas: a noiva com um passado misterioso, a mulher que nunca tinha sido menina, a moça de cabelos dourados, a amante com uma voz adorável. Niall não tinha sonhado com seus filhos, mas eles não podiam deixar de ser moldados pelos sonhos do pai. Seus sonhos tanto povoavam quanto pagavam por Barns. Seus sonhos ensinaram os meninos a manter segredos, ensinaram a importância de se esconder, o valor das coisas não ditas. Seus sonhos os tornavam uma ilha: Niall não tinha parentes de quem falasse em algum momento — havia uma tia e um tio em Nova York, mas mesmo quando crianças, os irmãos entendiam que "tia" e "tio" eram apelidos, não títulos verdadeiros — e Aurora, claro, não tinha outra família. Sua linhagem começava na imaginação de Niall Lynch, e isso não era algo que você pudesse visitar no Natal.

Os irmãos Lynch não eram os sonhos de Niall Lynch, mas tinham crescido de acordo com eles, de qualquer forma.

E quem mais do que Ronan, um filho com o rosto e a habilidade sonhadora do pai?

— Se ele quiser, pode voltar para me impedir — disse Ronan.

— Não faça disso um desafio, ou ele pode voltar — disse Declan enquanto entrava de ré numa vaga, examinando seus vizinhos automotivos, avaliando seu desejo e aptidão para abrir as portas e atingir as laterais de seu carro.

— Estamos em um mercado clandestino ilegal e você está preocupado com algum Honda abrindo a porta no seu carro? — Os Declanismos do irmão nunca deixavam de surpreender Ronan; justo quando sentia que havia alcançado o pico de Declan, ele sempre se aprofundava e encontrava novos artifícios.

— Não aquele Honda; eles o mantêm limpo. Você está carregando algo que possa ser considerado uma arma? Às vezes, eles revistam.

— Eu tenho isto.

Ronan tirou do bolso o que parecia ser um canivete e apertou o botão que normalmente liberaria a lâmina. Em vez da lâmina, surgiu uma explosão de asas e garras. Eles retalharam o ar, uma revoada de terror contido em uma pequena haste.

— Maria, mãe de Deus — Declan rebateu. — Não estrague meu painel.

Ronan soltou o botão. No mesmo instante, as asas se dobraram para dentro. Declan se inclinou para tirar uma partícula de penugem do painel e então lançou ao irmão um olhar mordaz.

Lá fora, o asfalto reluzia sombriamente. Luzes traseiras vermelhas acendiam poças aqui e ali. O ar cheirava a churrasco grego e fumaça de escapamento. O céu estava escuro como uma noite nublada, a tempestade dos últimos dias ainda persistindo. No noticiário, disseram que era mudança climática; era isso que as tempestades faziam agora, elas se mudavam para um lugar e acampavam lá, esbanjavam atenção em um lugar em vez de muitos, até que os objetos de seu carinho não suportassem mais todo o amor e fossem carregados pela água. *Temos inundações*, observou o âncora, *mas pense em Ohio, pense na seca deles* — como se pensar fosse mudar alguma coisa. Tudo isso irritava Ronan. Era ainda pior pensar que não era apenas seu mundo pessoal que estava fora de esquadro.

Declan olhou para a placa antiga com suas letras maiúsculas: HOTEL CARTER. Poderia ser dessa década, ou de quatro décadas atrás. Parecia que eles tinham viajado no tempo.

— O último a que fui com papai aconteceu em Tóquio. O primeiro foi Los Angeles, eu acho. Talvez Berlim. As lembranças são mentirosas.

Ronan tinha que encaixar isso nas memórias da própria infância. Quando Declan havia escapado para Tóquio? Será que tinha passado como uma viagem esportiva da escola? Quantas vezes tinha sentido uma inveja absurda de Declan por poder dormir na casa dos amigos quando, na realidade, Declan estava bocejando e saindo de um avião em Berlim? Ronan sabia que Declan era feito de segredos, mas ainda assim conseguia ficar chocado com a revelação de um segredo novo.

Um porteiro esperava na entrada. Era uma boa entrada, intrincadamente esculpida, um portal sólido para a aventura, e ele era um porteiro de verdade, vestido como um porteiro de desenho, em um uniforme com debrum dourado. Um cara mais jovem, com uma boca meio úmida e vermelha demais.

Ele olhou para Ronan com expectativa.

Ronan demorou para perceber que o porteiro tinha avaliado os dois irmãos — Declan em seu terno cinza sem graça e sapatos limpos, Ronan com suas tatuagens, coturnos e rosto arranhado por caranguejos-assassinos — e concluído que Ronan era o líder do show.

Essa foi uma sensação estranha.

Declan silenciosamente recapturou a atenção do porteiro, oferecendo-lhe um lenço de linho do bolso. Tinha marcas incomuns impressas acima do nome de Declan. O porteiro estudou as marcas por apenas um momento antes de devolvê-lo, junto com um cartão impresso fino, como um cardápio, tirado de seu blazer.

Ele entregou a Ronan um cartão-chave sem identificação.

— Tinta na pele significa que você está escondendo coisas — disse ele a Ronan.

— É isso que respirar significa — respondeu Ronan.

O rosto do porteiro se transformou em um sorriso hemorrágico e ele abriu a porta.

O enorme saguão do Carter era forrado por tapetes vermelho-sangue e iluminado por lustres de latão datados com arabescos longos e irregulares, parecendo costelas. Ronan podia sentir a pelúcia do tapete mesmo sob a sola das botas. Cheirava a palito de fósforo queimado e limão. Tudo tinha uma aparência elegante e degradada, como um lugar para ser esteticamente morto por um *poltergeist* muito famoso. Também parecia estar vazio. Não havia ninguém atrás da polida recepção e as poltronas de couro estavam desocupadas.

— Tem certeza de que este é o lugar certo?

— Todos estão nos quartos — disse Declan. Ele inclinou o cartão impresso para que Ronan pudesse lê-lo com ele. Os números dos andares e dos quartos ocupavam uma coluna. Em outra, havia pequenas combinações alfanuméricas. — Cada um desses códigos representa uma coisa. Arte, animais, armas, drogas. Serviços.

— Limpeza — disse Ronan. — Contabilidade. Creche.

— Provavelmente sim, na verdade — disse Declan —, mas não da maneira que você está pensando. — Ele passou o dedo pelo cartão. — Não sei todos os códigos tão bem quanto deveria. Mas acho que será em um quarto 84 ou 12. Talvez um z-12.

— O que estamos procurando? — perguntou Ronan.

Declan colocou o cartão no paletó.

— *Você* não está procurando nada. Você vai apenas olhar. E ficar comigo. Está entendendo? Alguns desses códigos... você entra no quarto e não sai.

Tudo sobre aquilo parecia falso, elevado, imprevisível. Tudo sobre aquilo parecia um sonho.

— Diga que você entende — disse Declan.

— Eu entendo, idiota.

— Papai teria odiado isso — murmurou Declan outra vez, mais para si mesmo do que para Ronan.

— Declan? Declan Lynch?

Suavemente, Declan se virou. O saguão não estava mais vazio. Havia uma mulher atrás da mesa da recepção. Tinha cabelos escuros e era voluptuosa. Usava um vestido ou blusa com uma gola que parecia o franzido no topo de uma mochila-saco que fechava os cordões das alças. Ela fez uma quantidade desconfortável de contato visual com os dois irmãos. Suas sobrancelhas foram modeladas em formatos muito surpresos.

— Angie — respondeu Declan. Impossível dizer como ele se sentia em relação a ela.

— Já faz tanto tempo, querido — disse ela.

Ela estava encarando Ronan, então Declan o conduziu e apresentou:

— Esse é o meu irmão.

Angie ainda estava fazendo uma quantidade desconfortável de contato visual. Ronan era um campeão em olhar fixamente, mas ela poderia tê-lo derrotado por pura intensidade.

113

— Ele parece...

— Eu sei — interrompeu Declan.

— Você fala? — Angie perguntou a Ronan.

Ronan mostrou os dentes. As sobrancelhas dela continuaram parecendo surpresas.

— Onde vocês estão se mantendo? — perguntou Angie. — Seu pai sempre me dizia para vir jantar se eu estivesse na área, e aqui estamos. Sempre pareceu um paraíso. A fazenda Lynch. Eu acho que poderia desenhar aquela fazenda se fosse preciso. Ele era um ótimo contador de histórias.

Ronan sentiu uma pontada de traição. A Barns era o segredo da família Lynch, não algo para ser oferecido durante uma cerveja ou duas. Ele idolatrava Niall antes de o pai morrer; talvez não quisesse saber mais sobre esse lado dele.

— Queimou inteira — Declan mentiu tranquilamente, sem pausa. — Vândalos, enquanto estávamos fora na escola.

O rosto de Angie ficou trágico.

— Vocês já receberam mais más notícias do que merecem. São como um podcast. Olhe para vocês. Tragédia. O que os traz de volta? Estão aqui como todo mundo, para ver se conseguem dar uma olhada nele antes que o tragam?

— Ele?

Ela se inclinou sobre o balcão, toda se derramando sobre o fecho de cordão. Em um sussurro de mentira, falou:

— Ele está quebrando as regras, disseram. Do lado errado de tudo. Não se preocupa com as regras lá fora nem com as regras aqui dentro. Apenas faz o que quer. Dizem que está aqui porque aqui há lei e todos nós sabemos como nos sentimos em relação a isso.

Declan disse:

— Quem?

Angie deu um tapinha em sua bochecha.

— Você sempre quis respostas.

O aborrecimento rompeu brevemente os traços de Declan antes de ser substituído mais uma vez por sua expressão neutra.

— É melhor irmos. Tempo é dinheiro.

Sempre era uma boa hora, pensou Ronan, para apresentar um Declanismo.

— Cuidado com o po-po — disse Angie.

Declan já estava se virando.

— Vou ter cuidado.

Enquanto os irmãos Lynch se retiravam por um longo corredor vermelho, Ronan perguntou:

— Ela ajuda a administrar o Mercado?

— Angie? Por que você pensaria isso?

— Ela estava atrás da recepção.

— Ela provavelmente estava tentando ver se conseguia tirar dinheiro das gavetas. Você está com o cartão-chave? Precisamos dele para entrar no elevador.

Isso também parecia um sonho, essa admissão casual da criminalidade de Angie, dita no mesmo tom suave que Declan dizia tudo. Mas esse costumava ser o mundo de Declan, Ronan lembrou a si mesmo. Antes da casa cinza, antes do terno cinza, antes do tom de voz cinza, antes da invisibilidade, antes do assassinato de seu pai, Declan Lynch vinha a lugares como aquele com frequência suficiente para ser reconhecido.

Às vezes, Ronan não tinha certeza se de fato conhecia alguém de sua família.

As portas do elevador no final do corredor eram como um portal para um outro mundo: latão, reluzente e rodeado por uma moldura elaboradamente trabalhada, incrustada como uma joia na parede vermelho-sangue.

Declan passou o cartão no leitor do elevador e as portas se abriram, revelando laterais espelhadas. Os irmãos de fora olhavam para os irmãos de dentro. Declan, com seu bom e enfadonho terno, o nariz e cabelo escuro e cacheado de Niall Lynch. Ronan, com sua cabeça raspada e sua tatuagem saindo pelo colarinho, e a boca e o nariz de Niall Lynch e olhos e queixo e porte físico e habilidade de sonho e tudo mais. Os filhos de Niall Lynch, inconfundivelmente irmãos.

Eles entraram.

— E lá vamos nós — anunciou Declan.

16

Jordan estava sentada no carro, no estacionamento do Hotel Carter. Foi pura sorte ter encontrado uma vaga lá. Ela deu uma última volta ao redor dos carros, dizendo a si mesma que, se tivesse que encontrar uma vaga, haveria uma, e lá estava.

Estava atrasada, mas se demorou um pouco mesmo assim; estava passando por um de seus episódios.

Jordan não sonhava quando dormia — ela não achava que alguma das garotas sonhadas por Hennessy sonhava —, mas, quando aquele sentimento começava, ela achava que talvez soubesse como era sonhar. Seus pensamentos pulsavam com lembranças levemente erradas e lugares onde ela nunca estivera e pessoas que ela nunca conhecera. Se não se focasse, esses devaneios começariam a parecer tão importantes quanto a realidade. Jordan se pegava respirando no ritmo de uma pulsação externa a ela. Se não se focasse, quando desse por si, estaria ainda na direção do Potomac, ou apenas rumo ao oeste. Uma vez, quando se dera conta, tinha descoberto que havia dirigido duas horas até as Montanhas Blue Ridge.

Foi necessário usar toda a sua concentração para chegar ao Hotel Carter.

Por favor, passe, ela pensou. *Não esta noite. Esta noite não é uma boa hora.*

Ela se forçou a permanecer no momento presente, considerando como recriaria em uma tela a vista que tinha diante de seus olhos. O grande e quadrado Hotel Carter parecia uma casa de bonecas feita de uma caixa de mudança, suas pequenas janelas acesas com um brilho amarelo e silhuetas movendo-se com alegria do outro lado. Seria fácil tornar a cena encantadora; mas, para falar a verdade, tudo ali tinha um quê um pouco intimidador. Folhas escuras e mortas ondulavam sem cessar diante das luzes externas. As calçadas estavam apocalipticamente vazias. Para cada janela bem iluminada havia uma janela amortalhada por cortinas. Estatisticamente, alguém atrás de uma delas estava sendo ferido.

Ela se sentiu um pouco firme com os pés no chão — ou, pelo menos, o mundo real parecia mais verdadeiro do que o nebuloso mundo fantasma do episódio. Quando ela finalmente saiu do carro, o celular tocou.

— Onde você está, vadia? — A voz amável de Hennessy estava distorcida do outro lado da linha.

— Acabei de estacionar.

Quando Jordan abriu o porta-malas do Supra, Hennessy começou uma conversa encorajadora cheia de profanidades. Jordan juntou os suprimentos. Três telas, sua paleta selada, seus pincéis, sua terebintina. Duas das telas não significavam nada para ela — eram apenas mais um dia no escritório. A terceira, que ela passaria para uma das garotas assim que entrasse, era tudo. Era *tudo*.

Somos boas ou não?, ela se perguntou.

Jordan deslizou tudo para fora do carro.

As melhores.

Ela fechou a porta e deixou suas dúvidas lá dentro.

Saiu dali.

— ... jogo de conchas no qual todas as conchas são viradas ao mesmo tempo — concluiu Hennessy.

— Eu estava justamente pensando em *jogo de conchas* — disse Jordan.

— Mentes brilhantes pensam igual.

— Beleza, cara. Estou entrando.

— Pra cima deles. — Hennessy desligou.

O porteiro, fumando, observou-a atravessar o estacionamento e ir até ele. Sem grosseria, sem interesse sexual. Apenas curiosidade. Mesmo com grandes pacotes debaixo do braço, ela caminhava como se uma explosão estivesse acontecendo atrás dela em câmera lenta. Jordan também ficaria se observando passar se não fosse ela mesma.

No entanto, provavelmente tinha menos a ver com isso e mais a ver com o fato de que ele já teria visto várias outras versões dela naquela noite, todas vestidas da mesma forma, até o último fio de cabelo. Uma para vigiar. Uma para distrair. Uma para roubar. Uma para substituir. Uma para ser um álibi. Apenas June esperava em algum lugar do estacionamento. Ela precisava ser a motorista da fuga — havia alisado o cabelo para conseguir aquele emprego no banco e não conseguia mais se parecer com Hennessy sem precisar de um chapéu. Jordan apreciava o sentimento, o pequeno gesto de individualidade, mas com certeza aquilo era um pé no saco.

Jordan se aproximou do porteiro. Esperava que as outras garotas não tivessem falado com ele ou conversado amenidades de que ela precisasse se lembrar. Elas eram boas nisso, Jordan recordou, uma sendo a outra — falsificações de Hennessy. As meninas teriam mandado mensagem se ela precisasse saber de algo para ser convincente. *Seja casual. Seja Hennessy.*

— O que está pegando, amigo?

Ele ofereceu seu cigarro em resposta. Ela aceitou, deu uma tragada profunda enquanto ele a observava e exalou a fumaça pela noite fria. Ela queria outra tragada, mas havia largado fazia seis meses, então o devolveu. Hennessy havia informado a Jordan que ela tinha uma *personalidade dada ao vício*, e talvez tivesse mesmo.

— Obrigada, cara — disse ela.

— Esqueceu alguma coisa? — perguntou ele.

— Precisava dar uma reabastecida. Os materiais acabaram. Os soldados estavam com fome.

— Você sabe que tenho que perguntar.

— Você sabe que tenho uma resposta. — Ela enfiou a mão no casaco (*casual, seja casual*) e entregou-lhe o lenço de linho. Havia forjado quatro cópias do convite de Breck com JORDAN HENNESSY. Tinha levado séculos. Sua mão já estava doendo no final, então Hennessy se prontificou e fez a última. Era impossível saber qual das meninas tinha a falsificação de Hennessy e qual tinha a de Jordan. Nem mesmo Jordan conseguia distinguir.

Ele estudou o convite.

Ela prendeu a respiração.

Ele estava olhando para a ponta do lenço, que ela havia puído cuidadosamente para combinar com todos os outros que ele vira as meninas usarem.

Agora ele olhava para ela. O piercing no septo; o rabo de cavalo desgrenhado; a tatuagem floral subindo pela garganta; o corset de crochê embaixo da jaqueta de couro; os dedos cobertos de anéis e mais tatuagens florais; o sorriso amplo e perfeito que quase certamente se divertia às custas do observador. O estilo de Hennessy. O que fazia dele o estilo de Jordan também.

Tanto o convite quanto Jordan eram cópias perfeitas.

O porteiro devolveu o lenço.

Ele disse:

— Bem-vinda de volta.

Ela estava dentro.

17

Quando Ronan era mais novo e não sabia direito das coisas, pensava que todos eram como ele. Fazia regras para a humanidade com base na observação do mundo; sua ideia da verdade tão ampla quanto era o seu mundo. Todos devem dormir e comer. Todo mundo tem mãos, pés. A pele de todos tem sensibilidade; o cabelo, não. Todos sussurram para se esconder e gritam para serem ouvidos. Todo mundo tem pele clara e olhos azuis, todo homem tem longos cabelos escuros, toda mulher tem longos cabelos louros. Toda criança conhece as histórias dos heróis irlandeses, toda mãe conhece canções sobre mulheres tecelãs e barqueiros solitários. Cada casa é cercada por campos secretos e celeiros antigos, cada pasto é vigiado por montanhas azuis, cada caminho estreito leva a um mundo escondido. Todo mundo, às vezes, acorda com seus sonhos ainda presos nas mãos.

Então, ele saiu da infância e, de repente, a singularidade da experiência se revelou. Nem todos os pais são deuses selvagens, trapaceiros charmosos, magros, fortes e de olhos distantes; e nem todas as mães são amigas doces e de fala mansa, pacientes como botões na primavera. Existem pessoas que não ligam para carros e existem pessoas que gostam de viver nas cidades. Em algumas famílias, não há irmãos mais velhos e mais novos; em algumas famílias não há irmãos. A maioria dos homens não vai à missa todos os domingos e a maioria dos homens não se apaixona por outros homens. E ninguém dá vida aos sonhos. Ninguém dá vida aos sonhos. Ninguém dá vida aos sonhos.

Essas eram as características que faziam de Ronan Lynch ele mesmo, mas ele não havia percebido até conhecer o resto do mundo.

O Mercado das Fadas não começou de verdade para Ronan até que os irmãos saíram do elevador e entraram em outro corredor vermelho. Passaram por um homem negro muito alto que parecia estar falando ao telefone, mas cuja boca não emitia nenhum som. Uma mulher branca muito velha se curvava em torno de uma mala de rodinhas que pingava líquido enquanto ela caminhava. Duas mulheres bronzeadas que pareciam estar vendendo maquiagem passeavam de braços dados, dando risada. Nenhuma dessas pessoas se preocupara em esconder as encaradas.

Aquilo se parecia demais com um sonho. Por todo aquele tempo, lugares assim haviam existido, mas Ronan estivera arrastando os pés por estacionamentos bem pavimentados e piscando os olhos sob o sol do subúrbio. Não sabia se aquele era um lugar para ele, mas suspeitava de que fosse mais o seu lugar do que o mundo onde ele estava escondido. Declan também devia saber disso, mas não tinha contado a ele. Seu pai devia saber, mas também não tinha contado.

Ronan fora criado em um ninho comum e parecia não ter parentes ou pessoas como ele.

— Não fale com ninguém sobre o papai — Declan disse a Ronan em voz baixa. — As pessoas o conheciam aqui. Como colecionador, não como sonhador. Eles pensavam que ele encontrava todas as coisas que vendia. Não dê a eles nenhuma outra ideia. Não...

— Tenho cara de quem vai sair batendo papo? — perguntou Ronan.

Declan se olhou no espelho enquanto eles passavam. Ronan também olhou. Viu o reflexo do irmão endireitar os ombros. Viu o reflexo do irmão mexer a boca para dizer: *Não faça eu me arrepender disso.*

Eles chegaram à primeira porta. Declan passou o cartão-chave; a porta soltou um zumbido elétrico.

Ronan se lembrou, de repente, de uma das primeiras coisas que Bryde tinha lhe dito:

Você é feito de sonhos e este mundo não é para você.
Eles mergulharam no misterioso.

Sala um: têxteis. Era um quarto de hotel típico: duas camas queen size, edredons com um brilho molhado, espelho grande em uma parede e uma TV de tela plana na outra. Mas também era um bazar, um quiosque de vendas. Tapetes estavam estendidos sobre as camas e enrolados em espirais de Fibonacci no chão. Echarpes transparentes dependuravam-se dos varões da cortina dourada. Uma esfarrapada tapeçaria de parede cobria a maior parte da tela da TV. Dois homens com a pele profundamente enrugada olharam para os irmãos quando eles entraram. Um estava comendo arroz amarelo-claro de uma embalagem para viagem. O outro jogava no celular.

Ronan não tinha certeza do que esperava de um mercado clandestino mitológico, mas não eram *tapetes*.

Um dos homens disse:

— Declan.

Declan apertou a mão dele, com familiaridade, como se fossem parceiros.

— Heydar.

Quantas pessoas ali conheciam Declan?

Enquanto os dois conversavam aos sussurros, o outro cara ofereceu a Ronan algum tipo de biscoito quadriculado. Ronan balançou a cabeça.

— Por um instante achei que estivessem falando do seu pai — Heydar estava dizendo. — Todo mundo está falando disso.

— Quem? — perguntou Declan.

— "Ele", "ele", toda essa conversa sobre um homem com coisas incríveis, levando-os a uma alegre perseguição àquela coisa na Irlanda.

Declan repetiu:

— Quem?

Heydar encolheu os ombros. Ele olhou além de Declan para Ronan.

— Seu irmão é filho do Niall, com certeza.

A expressão de Declan mudou. De uma expressão vazia passou a outra ainda mais vazia. Ele sempre parecia irritado que Ronan fosse tão semelhante ao pai deles.

— Quero oitenta e quatro para pinturas, certo?

— Oitenta e quatro ou dois-y — disse Heydar. Ele ainda estava olhando para Ronan. — Faz a gente sentir falta do desgraçado, não é?

— Já estou acostumado — respondeu Declan. — Ei, me dá uma ligada quando você estiver na cidade.

No corredor, Ronan esperou até que a porta se fechasse e então questionou:

— Tapetes?

— Roubados — respondeu Declan. — Ou saqueados de sítios arqueológicos.

— Vai ser tudo assim tão chato?

Declan disse:

— Espero que sim.

Sala dois: máscaras mecânicas. A maior parte da luz vinha de um conjunto de velas tremeluzindo em frente à TV desligada. Cada uma das máscaras tinha olhos de vidro fixados nelas e o que parecia ser pelo de animal de verdade preso a estruturas faciais humanas. Dezenas de olhos vazios olhavam para o nada. Peles de animais haviam sido esticadas de um gancho a outro nas paredes, de tal jeito que dava agonia. Listras de zebra, manchas ameaçadas, branco-marfim e cinza-pele-de-tubarão; todo o lugar cheirava a coisas que tinham estado vivas havia pouco tempo. Aquele quarto estava cheio de gente; tiveram que encolher os ombros para caberem entre os visitantes.

Declan foi direto para uma coleção de molduras no canto. Ronan ficou parado; não queria se aproximar mais das máscaras. Tudo o lembrava de forma desagradável dos caranguejos assassinos, que o lembravam desagradavelmente de Harvard. Ele prendeu a respiração para não inalar mais o fedor de animal morto.

A mão de alguém agarrou seu braço.

Uma mulher alta e branca com tremor de dopamina olhou para ele. Ela parecia que deveria estar ensinando aritmética em vez de estar em uma sala de máscaras. O cabelo era repuxado em um coque, apertado como aquelas peles em seus ganchos, a blusa abotoada até o queixo, uma gravata borboleta com um nó em sua garganta.

— De volta? — perguntou.

Ronan tentou se soltar, mas os dedos dela eram longos o suficiente para envolver todo o seu bíceps. Ele poderia ter forçado a situação, mas ela era forte o suficiente para que ele acertasse as pessoas reunidas atrás dele se puxasse com mais força.

— Uh, número errado, moça. Foi engano. Tenta ligar de novo.

— Ela não comete erros — disse outra mulher, afastando-se das máscaras.

Ronan piscou — ela parecia igual à mulher que estava segurando seu braço. Então ele percebeu que havia diferenças sutis: nariz mais longo, pés de galinha mais pronunciados, órbitas oculares mais profundas. Irmãs, uma mais velha que a outra. Ela se inclinou para Ronan.

— Alguma dessas máscaras olha para você? Se elas olharem para você, elas devem ser suas.

— Você não teria voltado se eles não olhassem para você — disse a primeira mulher.

Ele torceu o braço novamente.

— Eu não *voltei*.

— Então você já está de máscara — disse a segunda mulher. — Quem é você de verdade?

A sensação também era a de um sonho; a diferença era que, em um sonho ele seria capaz de mudar o conteúdo. Ali ele só era tão poderoso quanto seu corpo físico desperto.

Ronan se desvencilhou. As irmãs riram quando ele recuou.

Quando Declan pegou seu braço um momento depois, ele se encolheu.

— Pare de brincar por aí — disse Declan, virando-o para empurrá-lo no meio da multidão. Antes que Ronan pudesse protestar, Declan acrescentou em voz baixa: — Estão falando sobre aquele cara aqui também. Aquele de que Angie e Heydar estavam falando. *Aquele*.

Diga, Ronan pensou. *Diga Bryde*.

* * *

Quarto três, quarto quatro, quarto cinco. Quarto seis, sete, oito, nove: viram obras de arte roubadas, vestidos cravejados de pedras preciosas, quartos listrados de sangue, mais espécies ameaçadas penduradas nas paredes, joias de coleções de gente morta. Armas. Muitas armas. Venenos também e drogas. Abriram uma porta e do outro lado dela um homem tinha as mãos em volta da garganta de uma mulher. Os olhos da mulher estavam arregalados e as veias, salientes, mas quando ela viu os irmãos observando, mexeu a boca sem fazer som, dizendo: VÃO EMBORA. Havia algo terrível na cena, na cumplicidade dela, na maneira como a mulher não estava se salvando, na maneira como não sabiam dizer se ela era a cliente ou o produto. Ronan deixou a porta se fechar, mas sabia por experiência própria quando tinha visto uma imagem que o assombraria novamente em sonhos.

Quando passaram por uma sala, uma vidente com um terceiro olho visível tatuado sobre seu terceiro olho invisível disse a Ronan:

— Vinte dólares, oferta final, seu futuro.

Como se Ronan já tivesse iniciado uma negociação com ela.

— Eu já tenho um — disse Ronan.

— Tem?

— Ronan — chamou Declan. — Vamos.

— Menino Lynch! — Um homem apoiado em uma bengala ao lado de uma caixa com outras caixas reconheceu Declan. — Você o viu? Você o viu correr?

Declan, todo profissional, apenas contraiu os dedos com desdém ao passar, mas Ronan se deteve.

— Quem? — perguntou Ronan. — Me conte. Sem joguinhos.

O velho gesticulou para que ele se aproximasse e assim pudesse lhe sussurrar ao ouvido. Ele cheirava a alho e algo mais doce e algo mais fedido, que lembrava o odor de Gasolina, o javali que desaparecia.

Declan parou, olhando por cima do ombro para Ronan, os olhos estreitados. Ele não sabia o que estava acontecendo, mas não gostava nada daquilo, provavelmente *porque* não sabia o que estava acontecendo.

— Eu quero o nome dele — disse Ronan.

Você está se perguntando se isso é real.

Diga, pensou Ronan.

O velho sussurrou:

— Bryde.

Quarto dez: esse era uma biblioteca no último andar, um resquício de uma era muito anterior. O cômodo era muito comprido e muito estreito, escuro e fechado, um lado forrado com estantes escuras, o outro, com papel de parede profundamente vermelho e dourado, que combinava com o tapete profundamente vermelho e dourado. Cristais empoeirados brilhavam sem força em lustres baixos, como insetos apanhados em teias de aranha. Havia arte por todo canto: pendurada nas paredes, empilhada em cravos e pianos no meio do quarto. Música tocava de algum lugar, algum tipo de instrumento de bambu melodioso e improvável.

Um homem com uma capa impermeável roxa perguntou a Declan ao sair:

— Você tem as horas?

— Hoje não — disse Declan, como se respondesse a uma pergunta totalmente diferente. A capa impermeável roxa se virou para Ronan, e Declan colocou a mão no peito do cara com firmeza. — Ele também não.

O homem suspirou e seguiu em frente.

Declan parou diante de um par de peças abstratas, uma delas violenta e passional, dependendo do ponto de vista; a outra era de um negror complexo. Em ambos os lados dos quadros pendurados, viam-se violinos antigos, de corpo esguio e fragilizado pelo tempo. Ronan não se importou com a primeira pintura, mas a segunda era atraente porque podia ser muitas coisas diferentes ao mesmo tempo, embora ainda fosse inteiramente preta. Ele podia *sentir* tanto quanto ver.

— Sonhado? — perguntou Ronan.

Declan respondeu:

— Esse é um Soulages. O outro é um De Kooning. Somados, valem vários milhões de dólares. Gostou deles?

Ronan apontou com o queixo para o Soulages.

— Esse aqui é legal.

— "Legal." Vai vendo... Tudo em preto, não é? — disse Declan, pesaroso. — Soulages falou uma coisa: "Uma janela olha para fora, mas uma pintura deve fazer o oposto: deve olhar para dentro de nós" — Ele recitou cuidadosamente, perfeitamente. Como o pai, ele tinha um ouvido especial e um desejo de encontrar uma frase astuta, mas, ao contrário de Niall, era raro que demonstrasse.

— Você gosta deles? — perguntou Ronan.

Declan respondeu:

— Me dão vontade de, caramba, chorar.

Ronan nunca tinha visto o irmão mais velho, caramba, chorar, e não conseguia nem imaginar uma coisa dessas. Declan já havia passado a vasculhar uma pilha de telas encostadas umas nas outras em uma banca temporária. Eram tão entediantes que Ronan deixou o irmão lá para circular em perímetros cada vez maiores. Telas, pinturas em pastel atrás de vidros, papel enrolado em rolos desiguais, esculturas alcançando as luzes, tábuas inclinadas uma na direção da outra como alguém iniciando um castelo de cartas. Ele queria tirar uma foto de tudo aquilo para mostrar a Adam, mas suspeitava de que esse era o tipo de lugar que não aceitava fotos numa boa.

Então Ronan viu.

Aquilo. Aquilo. *Ela.*

— Declan — chamou Ronan.

Declan continuou olhando entre as pinturas.

— *Declan.*

O irmão se virou ao ouvir o tom de sua voz. Ronan não apontou; apenas ficou olhando e deixou Declan olhar com ele.

Estava a quinze metros de distância, entre cabines desordenadas e com pouca luz, mas não importava. Ronan reconheceria sua falecida mãe em qualquer lugar.

18

Bryde, eles diziam.

Todo mundo dizia isso, por todo o hotel. Era como se Farooq-Lane ouvisse o fim da palavra quando entrava em um quarto e o início, quando saía.

Bryde. Bryde. Bryde.

Talvez um Zed. Definitivamente alguém digno de nota. Quem quer que fosse, todos ali naquele lugar pareciam estar sob seu estranho feitiço. Quem era ele? Alguém em quem ficar de olho.

E se ele tinha a atenção das pessoas em um lugar como aquele, só podia ser algo estranho, de fato.

Infelizmente, ela percebeu de pronto que estava perdida. Aquela não era Carmen Farooq-Lane em um grupo de Moderadores armados enfrentando um Zed ou dois. Tratava-se de Carmen Farooq-Lane, uma cidadã antes discreta que rapidamente se tornara uma agente especializada, em um prédio cheio de pessoas que existiam à margem da maior parte do mundo. Sentia que eles podiam ver isso nela assim que entrava em um novo quarto. Olhavam para ela e logo desviavam o olhar. Farooq-Lane só notava a atenção que recebia pelo canto do olho. Assim como aquele nome. *Bryde. Bryde. Bryde.* Não tinha passado por sua cabeça que o usual terninho de linho e casaco longo seriam uma escolha inadequada, mas eram. Ela parecia limpa demais, certinha demais, muito à vontade no mundo como ele estava construído no momento.

— Eles não gostam da lei lá naquele lugar — Lock dissera a ela ao telefone. — Eles têm um entendimento.

— Um entendimento? — ela repetiu. — Como uma zona de exclusão aérea? Uma zona proibida? Um...

Já tinha ouvido falar de lugares como esses no noticiário, mas no momento não conseguia se lembrar de que nome tinham. Lugares aonde os policiais não iam, lugares com suas próprias leis locais. Ela supôs que não tinha acreditado de fato naquilo tudo antes.

— Fora do nosso orçamento, Carmen. Salve o mundo — disse Lock — e então você poderá voltar para o Mercado das Fadas e fazer uma limpeza.

Ela deveria estar procurando sinais de Zeds, o que geralmente significava algo incomum. Mas tudo ali era incomum. Desconfortável. Armas. Arte roubada. Uma sala de rapazes e moças recatados exibidos como mercadorias. Cachorros tosados para parecerem leões. Eletrônicos com números de série adulterados. Caixas de carteiras de motorista, passaportes. Aquelas máscaras? Tinham sido sonhadas? Aquele marfim?

Ela não sabia dizer.

Conforme os olhares desinibidos aumentavam em número, Farooq-Lane se viu perdendo a paciência com Parsifal mais uma vez. Inacreditável, considerando que ele nem mesmo tinha entrado com ela. No entanto, ele conseguira. Se a visão dele tivesse sido mais específica, ela saberia o que estava procurando ali.

Seu disfarce, se alguém perguntasse, era que ela era uma compradora. Tinha trinta mil dólares em dinheiro para fazer par com seu convite de lenço de linho. PADMA MARK. Ela não achava que parecia uma Padma. Parsifal também tinha um convite, não que o estivesse usando; estava em seu próprio nome. Quando ela perguntou a Lock por que ele podia ser PARSIFAL BAUER quando ela precisava ser Padma, ele disse que era porque Parsifal tinha uma história devidamente disruptiva, se alguém se incomodasse em pesquisar. Parsifal parecia alguém que frequentava um daqueles eventos.

Parsifal Bauer? Disruptivo?

Bryde. Bryde. Bryde.

Todos estavam olhando para ela. Ela pensou: *Compre alguma coisa.* Todos parariam de olhar se ela comprasse alguma coisa.

129

Mas não queria comprar nada ilegal; isso a faria se sentir cúmplice. O mundo dela operava em um sistema em que ela no geral acreditava, um sistema de leis projetado para promover a ética, a justiça e a sustentabilidade dos recursos.

Havia um número determinado de seus princípios que ela estava disposta a violar, até mesmo para salvar o mundo.

Ali. Uma vidente. A adivinhação da sorte era duvidosa em seu valor, mas não em legalidade. Farooq-Lane esperou até que um grupo de homens que pareciam padres saísse de seu caminho e então se aproximou. A mulher atrás da mesa tinha um terceiro olho tatuado entre as sobrancelhas e estranhos cachos grisalhos por toda a cabeça, tão perfeitamente espiralados que pareciam ser de metal. Talvez ela fosse sonhada, Farooq-Lane pensou, e quase riu.

Percebeu que estava muito assustada.

— Quanto? — perguntou à mulher. Pela voz não parecia que ela estava assustada. Falava como Carmen Farooq-Lane, uma jovem profissional em quem você poderia confiar o seu futuro.

Os cachos não balançaram quando a mulher olhou para cima. Talvez fossem uma peruca.

— Dois mil.

— Dólares? — Essa era a pergunta errada, de alguma forma. Farooq-Lane sentiu que chamava atenção. Quatro mulheres em trajes que pareciam formais em algum lugar que não fosse o lado corporativo dos Estados Unidos lançaram um olhar por cima dos ombros para ela. Os padres pareceram se mover em câmera lenta. Um homem alto colocou a mão dentro da jaqueta de forma preocupante. Apressada, ela retirou as notas e se sentou na cadeira indicada pela mulher.

Ela se sentiu bastante zonza depois de se levantar. O ar tinha um cheiro forte; talvez ela estivesse chapada. Talvez fosse apenas seu coração acelerado, sua respiração rápida demais. As pessoas ainda estavam olhando? Ela não queria verificar.

Bryde, Bryde. Eles continuavam sussurrando mesmo naquele momento. Talvez ela já estivesse imaginando.

— Me dê sua mão — instruiu a vidente.

Relutante, Farooq-Lane deslizou a palma da mão; a vidente juntou todos os dedos como se juntasse um feixe de gravetos. A mulher sentiria seu pulso acelerado, ela pensou.

Mas a vidente disse com um sotaque antigo de Nova Jersey:

— Macia. O que você usa?

Farooq-Lane piscou.

— Ah. Hum. Creme de aveia e óleo de argan?

— Muito bonita — disse a mulher. — Como você. Mulher bonita por fora. Vamos ver por dentro.

Farooq-Lane arriscou uma olhada ao redor quando a vidente fechou os olhos. Os olhares se desviaram dela; mesmo assim ela se sentiu observada. Ela se perguntou o quanto Lock ficaria aborrecido se ela emergisse daquela experiência apenas com um nome: *Bryde*.

De repente, foi dominada pelos cheiros de neblina, de umidade, de sangue quente recém-derramado. Ela estava de volta à Irlanda, e o corpo de Nathan recebia as balas da arma de Lock sem protesto. A mente de Farooq-Lane girou e os olhos da vidente se abriram outra vez. Suas pupilas eram enormes; seus olhos, inteiramente pretos. Sua boca de alguma forma tinha uma expressão diferente de antes. Seu aperto era forte nos dedos de Farooq-Lane.

Ela deu um sorriso sagaz.

— Bryde... — a vidente começou, e os cabelos da nuca de Farooq-Lane arrepiaram. — Moça bonita, Bryde diz que, se você quiser matar alguém e manter isso em segredo, não o faça onde as árvores possam vê-la.

Farooq-Lane sentiu as palavras antes de ouvi-las.

Seus lábios se separaram em choque.

Ela puxou a mão que a vidente estava segurando.

A vidente piscou. Ela olhou para Farooq-Lane com seus olhos normais, sua expressão composta, como antes. Apenas uma mulher. Apenas uma mulher com cachos grisalhos, olhando para Farooq-Lane como havia olhado quando ela parou pela primeira vez na frente de sua mesa.

Mas então a expressão da vidente endureceu. Ela disse em voz alta e clara:

— *Quem quer a lei aqui?*

Cada cabeça ali por perto se virou e olhou para Farooq-Lane.

Farooq-Lane não esperou.

Ela correu.

19

Declan não disse a ninguém que sabia que Aurora Lynch era um sonho.

Afinal, era um segredo e ele sabia lidar com segredos. Era mentira também, pois Niall esperava que eles acreditassem que ela era tão real quanto o restante deles, mas Declan sabia como lidar com mentiras.

Era um pouco mais pesado para carregar do que seus outros segredos e mentiras.

Mais pesado, não.

Mais solitário.

Aurora não adormeceu logo depois que Niall morreu. Ela deveria. No dia do assassinato de Niall, as vacas adormeceram. O gato. A família de tentilhões que se aninhava fora da casa. A máquina de café que sempre parecia quente devia estar tecnicamente viva, porque, mesmo que outras engenhocas sonhadas continuassem funcionando, ela parou. Todas as outras criaturas sonhadas adormeceram segundos depois de sua morte, mas Aurora não.

Era uma quarta-feira. Declan se lembrava disso, porque, por anos, ele considerou as quartas-feiras como dias de más notícias. Talvez ainda considerasse. Ele não agendaria algo para uma quarta-feira se pudesse evitar. Pensamento mágico, provavelmente, mas parecia que o meio da semana ainda azedava as coisas.

Na quinta-feira, Aurora ainda estava acordada. Acordada? Insone. Ela ficara acordada a noite toda, andando, inquieta, como aqueles animais que pressentem um desastre natural iminente. Declan sabia que ela estava acordada, porque ele também estava. Na quinta-feira, os irmãos Lynch ainda não eram órfãos.

Sexta-feira, um Ronan de olhos mortos levou Matthew para um passeio no campo de feno e com isso deixou Declan sozinho na casa vazia com a coisa sonhada chamada Aurora Lynch. Declan ficou aliviado. Ele não suportava olhar para Ronan naquele momento. Algo asqueroso e sombrio se aninhou dentro de Ronan no momento em que ele encontrara o corpo de seu pai; foi como se acordasse enquanto todo o resto adormecesse. Era o aspecto mais assustador da situação até aquele momento — prova, parecia, de que as coisas nunca mais seriam as mesmas.

Aurora ficou lenta na sexta-feira. Desnorteada. Ela ficava seguindo em uma direção e depois se distraía com coisas que normalmente não teriam chamado sua atenção. Espelhos. Pias. Vidro. Ela se esquivava do metal, ficava alerta de repente quando quase tocava uma maçaneta ou torneira, antes de ficar zonza mais uma vez.

Declan a encontrou remexendo no armário do corredor. Ela estava empurrando os mesmos três casacos de um lado para o outro, ofegando um pouco, como se o espaço estivesse sem ar. Seus olhos estavam vidrados, semicerrados. Ele a observou por vários longos minutos, o medo enregelando seu coração. Pavor e antecipação.

A essa altura, ele tinha certeza de que era o único naquela casa que sabia a verdade sobre ela. O único que sabia o que estava por vir.

Ah, Ronan, ah, Matthew. Os irmãos Lynch. Eles não achavam que seus corações se partiriam ainda mais.

Aurora o notou, enfim, e flutuou dos casacos até chegar nele.

— Declan — disse ela. — Eu ia andar. Eu ia sair para procurar...

Ele ficou imóvel e rígido enquanto ela o abraçava, completamente, desordenadamente, seu rosto pressionado contra o cabelo dele. Ele a sentiu cambaleando. Sentiu seu batimento cardíaco. Ou talvez fosse ele mesmo. Talvez ele estivesse cambaleando. Talvez fosse seu coração. Talvez ela nem tivesse coração. Os sonhos não tinham regras como as dos homens.

Ele ficaria sozinho, pensou, ele ficaria sozinho e seria apenas ele e aquele novo Ronan aterrorizante, e Matthew, cuja vida dependia dele, e em algum lugar havia algo que matava os Lynch.

— O testamento está na caixa de cedro do armário do nosso quarto — disse ela, nos cabelos de Declan.

Ele fechou os olhos. Então sussurrou:

— Eu o odeio.

— Meu destemido Declan — disse Aurora, e então deslizou com suavidade para o chão.

Os órfãos Lynch.

Agora Declan observava Ronan encarar uma pintura que se parecia muito com Aurora Lynch. Chamava-se *A dama sombria*, e era a razão pela qual Declan tinha vindo ao Mercado das Fadas.

O tema da pintura era uma mulher com cabelos louros presos formando um chanel na altura do queixo, com uma postura específica e pueril, cabeça e pescoço projetados para a frente, mãos desafiadoras nos quadris. Ela usava um vestido azul-pervinca diáfano e tinha um paletó masculino sobre os ombros, como se tivessem lhe oferecido para protegê-la do frio. Sua cabeça estava virada para encarar o observador, mas o significado de sua expressão era difícil de discernir, uma vez que as cavidades de seus olhos estavam projetadas em sombras profundas, quase como uma caveira. Cada cor na pintura era preta ou azul ou marrom ou cinza. A imagem inteira era sutilmente imbuída de desejo, de uma forma que os observadores quase com certeza pensaram que fosse boa arte, mas Declan entendia que era parte da magia do objeto sonhado. Estava assinado com uma caligrafia familiar.

Niall Lynch.

— É uma peça do papai — disse Declan.

— Eu estou vendo, porra. — Ronan parecia furioso, o que dizia a Declan pouco sobre o que ele de fato estava sentindo. Cada emoção que não era felicidade em Ronan geralmente se apresentava como raiva. — Foi para isso que você veio? Não achei que você fosse sentimental com as coisas do papai.

Declan não era, mas queria aquela pintura.

Ele *precisava* dela.

Por anos, o quadro estivera em uma coleção em Boston, tendo sido vendido para Colin Greenmantle, o colecionador desonesto que acabou matando Niall Lynch. Vários meses antes, o próprio Greenmantle havia morrido — em circunstâncias também duvidosas — e um dos comerciantes que havia conhecido os dois entrara em contato com Declan. Ele oferecera a chave para a coleção ímpar de Greenmantle.

Pegue o que quiser do seu pai antes de eu vender, dissera. *Você ganhou esse direito com sangue.*

Uma oferta generosa. Muito generosa. Generosidade em uma escala de dezenas de milhares de dólares.

Eu não quero, foi o que Declan disse.

Ele iria manter a cabeça baixa. Ficar invisível. Fingir que aquela parte de sua vida nunca tinha acontecido.

Eu não quero nada disso, e, ao dizer essas palavras, ele sabia que era mentira.

Mas o que era Declan Lynch senão um mentiroso?

— Ela tem uma lenda — Declan explicou a Ronan, que olhou para onde a peça estava, uma das várias pinturas encostadas nas paredes de uma banca de venda temporária. — Quem dorme no mesmo quarto que ela sonha com o oceano.

Aparentemente, deixava as pessoas loucas. Enquanto Ronan destruía um dormitório de Harvard, Declan examinava o que restava da coleção de Greenmantle em Boston. Ele havia descoberto que *A dama sombria* tinha sido vendida logo após a morte de Greenmantle e então havia mudado de mãos dezenas de vezes, sem que ninguém ficasse com ela por mais de três semanas. E ela seria vendida de novo, desta vez no Mercado das Fadas em Washington, DC.

Era como se tivesse que acontecer assim.

— Vou comprá-la, se tiver dinheiro — disse Declan. Os irmãos Lynch eram ricos, mas havia uma condição. Niall deixara para cada um deles um pedaço de propriedade: a Barns para o filho favorito, um campo vazio em Armagh, Irlanda do Norte, para o filho favorito de Aurora, e uma casa estéril em Alexandria para o filho que sobrou, além de uma soma em dinheiro que os manteria no conforto da classe média durante a maior parte de suas vidas, desde que não fizessem muitos gastos exagerados como compra de carros, internações em hospitais ou negócios com pinturas sobrenaturais. — Fica de boa.

— Fica de boa — zombou Ronan baixinho, mas rearranjou a expressão no rosto com indiferença enquanto se dirigiam para o estande.

O homem que cuidava dele não parecia que deveria estar vendendo arte. Parecia que deveria estar gerenciando uma academia, sorrindo em um outdoor para fazer propaganda do programa de levantamento de peso que havia desenvolvido, promovendo shakes de proteína, perdendo tudo quando fosse preso por uso de esteroides. Seu cabelo estava untado de um jeito que formava pontas quase tão fortes quanto o resto dele.

— Quanto por aquele? — perguntou Declan. — Da loura?

— Vinte mil por aquela pequena dama — disse o homem entre as telas. — Olhe para o espírito dela. Que garota. Você pode dizer que ela esconde uma risadinha em algum lugar.

Declan avaliou o tom e a postura do sujeito, e a colocação da pintura no estande, analisando o quanto o homem havia investido e o quanto ele achava que realmente valia. E parte dele também registrou a forma como o homem falava. A coleção particular de palavras e frases de Declan era gratuita e para sempre um segredo, um hobby perfeito.

Ele disse:

— Por um quadro de um zé-ninguém?

O olhar de Ronan fazia buracos na lateral de sua cabeça. Não teria machucado Ronan nem um pouco se ele aceitasse de uma vez as mentiras para uma boa causa, Declan pensou.

— Ela vai fazer você sonhar com a costa — disse o homem. — Minha filhinha disse que a fez sonhar com a praia. Eu tive que experimentar por mim mesmo. Imagina só se não fez mesmo sonhar. Lá estava o litoral, durante todas as noites em que ela ficou sob o meu teto. Como férias grátis! É ga-ran-ti-do.

— Eu não preciso de um truque de salão — respondeu Declan. — Eu só preciso de algo para pendurar em cima da mesa da minha sala de jantar. Três e quinhentos.

— Vinte mil é meu preço final.

O preço de objetos misteriosos sempre era subjetivo. Quanto valia a sensação de que você possuía algo que não deveria existir, ou algo que tangenciava um reino sobrenatural ao qual você não teria acesso de outra forma, ou algo que o fizesse acreditar que havia mais no mundo do que aquilo que você tivesse recebido? A resposta sempre era *muito*. Declan não sabia o quanto ele poderia amaciar o cara. Mas vinte mil era um grande desperdício de suas economias cuidadosamente acumuladas. Uma soma imprudente para uma decisão já imprudente.

— Quatro mil.

— Dezenove.

Declan disse suavemente:

— Não quero dizer isso, mas não vou fazer outra tentativa. Quinze é a minha oferta final.

O homem cedeu e aceitou as notas.

— Vou pegar um papel de embrulho.

Você está realmente fazendo isso, Declan pensou. *Pronto para a viagem.*

Ao lado de Declan, Ronan se ajoelhou ao lado da pintura. Sua mão pairava sobre o rosto da mulher, mas não tocava a superfície. Não era difícil dizer que significava muito para ele ver Aurora outra vez; Ronan não conseguia mentir nem com sua linguagem corporal. De alguma forma, verdades objetivamente perturbadoras sobre seus pais não tinham conseguido arruinar os sentimentos de Ronan por eles. Declan o invejava. Tanto seu amor quanto sua tristeza.

O vendedor voltou com o papel de embrulho e um livro-razão grande e esfarrapado.

Declan olhou para aquele segundo objeto.

— O que é isso?

— Vou precisar do seu nome e do seu CEP. Esta peça está registrada — disse o vendedor. — As vendas são rastreadas.

Isso era incomum em um mercado definido por discrição. Objetos rastreados eram perigosos, absurdamente valiosos ou vinculados ao crime organizado de uma categoria ou outra.

Declan sentiu uma explosão de apreensão.

— Por quem?

— Boudicca — disse o vendedor.

A palavra não significava nada para Declan, mas ele não gostava mesmo assim. Ele não agia com restrições.

— Vou te dar dezenove, mas sem registro.

O grande homem musculoso balançou a cabeça com pesar.

— Não posso fazer isso, amigo.

— Vinte e cinco.

— Não posso. Não com a Boudicca. Não vale a pena.

Declan refletiu sobre a situação. Já era ruim o suficiente vir àquele lugar onde as pessoas o conheceriam e comprariam um dos velhos sonhos de seu pai. Outra coisa era ir e ser incluído em um registro sobre a transação. Ele também não gostava da forma como o cara tinha falado Boudicca. Parecia poder. Parecia maldade. Ele não gostava nem um pouco.

Já havia distribuído seu cartão de visita uma vez naquela noite e isso já parecia perigoso o suficiente.

— Então essa peça não é para mim — disse Declan. Ele estendeu a mão para pegar o dinheiro de volta. — Desculpe.

— Ora, fala sério — disse o cara. — O negócio está quase fechado.

— Desculpe.

O cara continuou segurando o livro-razão.

— Não é um endereço. Apenas nome e CEP. Fácil. Você dá essas informações no drive-thru da Starbucks. Você escreve na parede do banheiro.

Declan continuou com a mão estendida para pegar o dinheiro.

Ao fundo, os sons do Mercado das Fadas continuavam. Havia algum tipo de confusão acontecendo do outro lado do quarto. Pessoas brigando. Vozes elevadas. Aquela noite era perigosa; sempre era perigoso naqueles lugares. Declan sabia disso e tinha vindo mesmo assim. Tinha trazido Ronan. Havia se dependurado naquele galho e esticado a mão para pegar aquela pintura do passado. Ele sabia qual atitude era certa e qual não era.

A Dama Sombria olhava para ele com desconfiança.

— Lynch — disse Ronan abruptamente.

Tanto Declan quanto o cara olharam para Ronan. Por um momento, Declan não conseguiu decidir se Ronan tinha de fato dito algo, ou se era só coisa da sua imaginação.

— Ronan Lynch, 22740.

Declan poderia matá-lo. Poderia absolutamente matá-lo.

O homem escreveu. Declan podia sentir sua pele formigando quando viu as palavras escritas. Ronan. Lynch. Uma verdade revelada. Uma verdade transcrita para sempre. Ele odiava aquilo. Mentir não lhe causava problemas. Muito mais fácil só largar a pintura e o que ela prometia e ir embora.

O homem ergueu a pintura da mulher de cabelo louro e a colocou nos braços de Ronan.

— Aproveite o oceano.

20

Jordan estava se apresentando novamente.

Naquela noite não seria diferente da festa na casa de TJ; a diferença era que o público era composto de criminosos. Jordan esperava muito que Feinman *não* aparecesse e as apostas eram ainda maiores, porque, se o plano falhasse, ela não conseguia pensar em como seria um plano de contingência.

Jordan estava copiando *Rua em Veneza*, de John Singer Sargent, no meio do Mercado das Fadas. Ela havia copiado aquela pintura em particular muitas e muitas vezes antes, mas a familiaridade a tranquilizava em vez de entediar, como assistir de novo a um filme favorito. Na pintura, uma garota agarrava seu xale enquanto caminhava depressa por um beco. Dois homens, vagamente retratados em cores escuras, olharam para ela quando ela passou. Os olhos da garota estavam semicerrados, de soslaio, observando furtivamente os homens observá-la. Um casal também estava sentado em um café, mas Jordan nem mesmo os notou nas primeiras vezes em que viu a pintura. Apenas a garota cautelosa, observada com ar sombrio, e a cidade se aproximando.

Como todas as obras de Sargent, o truque para copiá-la era pintar sem hesitação. Ele tinha traços largos, livres e sem esforço, e se o artista abordava a obra com timidez, a cópia resultante parecia complicada e forçada.

Jordan não hesitou.

Não muito depois de ela estar com tudo montado, Hennessy ligou.

— Todos os olhos em você?

— Sinal verde.

— Li minha sorte. A mulher disse que a nossa casa vai ser invadida outra vez.

Jordan expirou.

— Não temos uma casa.

— Pode ter certeza de que temos uma casa — afirmou Hennessy. — Vou me encontrar com um homem para ver um cachorro.

Ela desligou.

Jordan voltou sua atenção para a tela à sua frente. Arte, arte, pense na arte. Se ela pensasse na arte, não pensaria em tudo que poderia dar errado. A arte era uma parte sólida de Jordan. Não arte como *pegue no pincel e deixe a alma vazar através dos pigmentos*, mas arte como objeto no porta-malas do carro, arte como prova física de identidade cultural, arte como mercadoria. Jordan tinha cicatrizes, manchas e bolhas por causa da arte. Provavelmente era inevitável, dada sua linhagem. O pai de Hennessy colecionava arte, incluindo sua mãe, e sua mãe pintou retratos até morrer. Os retratos de sua mãe eram um pouco famosos antes de seu falecimento e agora eram muito famosos. Isso acontecia, Jordan descobriu, porque a arte sempre durava mais tempo quando misturada com sangue.

— Eu gostaria de poder dizer que fiquei surpresa — disse uma voz familiar.

Feinman. Bernadette Feinman parecia ainda mais agitada e dramática naquele ambiente, adicionando um longo casaco de pele aos óculos rosa que Jordan a vira usar antes. Ela parecia uma equilibrada senhora mais velha que tinha visto algumas coisas no passado e estava aberta a ver mais coisas no presente. Ainda trazia seu cigarro de cravo; ela o fumava naquele momento com uma longa piteira. Jordan apreciava o compromisso com a estética, mesmo que estivesse sentindo seu coração sair pela boca.

— Droga — disse Jordan. Rapidamente, ela tentou pensar em como o plano mudaria se Feinman a expulsasse.

— Acalme-se e pinte — disse Feinman. — Não vou delatar você. Eu sabia quem você era quando recusei você na casa do Tej. Eu sabia que você poderia encontrar seu caminho até aqui. Às vezes, você só precisa ser um oponente perspicaz. Queria deixar registrado que sinto que você pode fazer mais por si mesma.

— Sem sombra de dúvida. Explorar todo o meu potencial. Um pé na bunda benevolente. Eu agradeço. As pessoas sempre querem ser mais — disse Jordan. — Então esta é apenas uma visita cordial de vizinhos?

Feinman olhou para Jordan de uma forma complicada, como se pensasse que os motivos de Jordan para escolher uma vida de crimes poderiam vir à tona se ela olhasse com atenção suficiente. Por fim, ela simplesmente disse:

— Mantenha esse sorriso. É um original.

Depois que ela se foi, Jordan soltou um longo, longo, longo suspiro de alívio. Tardiamente, Trinity mandou uma mensagem para ela: *Acho que vi Feinman indo na sua direção.*

Jordan respondeu: *Dica das boas. O que está acontecendo com a H?*

Trinity: *Ainda desaparecida.*

Nenhuma notícia era algo bom. Ou, pelo menos, não era ruim.

Normalmente Hennessy e Jordan eram falsificadoras de arte.

Naquela noite, eram ladras.

Hennessy havia entrado mais cedo para descobrir onde estava o alvo pretendido. Com tantos andares e quartos, e nenhum dos vendedores catalogados de forma organizada, era uma façanha e tanto. Depois que ela descobriu onde estava a pintura, Jordan chegou com seu precioso chamariz embrulhado e o material de pintura. Ela se instalou no local mais público possível para demonstrar seu ofício. *Olhem para mim*, sua presença gritava. *Olhem para mim sendo Hennessy, sentada aqui pintando uma cópia de Sargent, definitivamente não em outro lugar roubando uma pintura. Olhem para mim e meu álibi.* Era para ser o crime perfeito: Jordan passara semanas trabalhando em uma cópia perfeita da pintura que elas pretendiam roubar, e o trabalho de Hennessy era trocá-las enquanto o proprietário não estivesse olhando.

Elas precisavam da peça.

Jordan voltou ao trabalho. Tentou não pensar no que Hennessy estava fazendo. Recebeu algumas encomendas. Ela ouviu a palavra *Bryde* sussurrada de um lado e de outro; não sabia o que significava. Sorriu para sua pequena multidão de observadores. A maioria só parava por alguns segundos, a menos que desejasse fazer uma encomenda.

Exceto uma pessoa.

Ele ficou tempo suficiente para que Jordan erguesse os olhos. Terno cinza conservador e caro. Relógio preto conservador e caro. Gravata preta de seda conservadora e cara. Todos os elementos se comportavam tão bem em conjunto que eram totalmente esquecíveis.

— Dizem que dez por cento das obras em museus são falsas — observou ele.

Jordan o encarou. Ele era jovem e bonito de uma forma tão alinhada com as expectativas culturais que sua aparência passava da atração diretamente para o tédio. Seu cabelo era cuidadosamente desgrenhado e cacheado, sua barba havia sido deixada cuidadosamente por fazer para conferir uma sombra ao queixo, mas de uma forma ordenada. Tinha dentes bonitos, pele bonita. Olhos muito azuis. Era inofensivo em todos os sentidos. Ela disse:

— E o quê? Outros quarenta por cento atribuídos erroneamente sem qualquer intenção maliciosa?

Ele respondeu com delicadeza:

— Isso torna, pelo menos, metade da apreciação da arte o cultivo de uma suspensão voluntária da descrença.

— Diversão para todas as idades.

Ele riu. Era uma risada suave e natural. Não significava que ele estivesse rindo dela. Implicava que poderia estar rindo dele mesmo, se fosse isso que ela quisesse. Ou poderia ser apenas rir, se ela preferisse. Ele observou:

— Você é excelente.

— Sim — concordou Jordan.

— Não consigo desenhar nem um boneco de palitinhos — disse ele. — Eu não tenho...

— Não seja tedioso — interrompeu ela. — Apenas diga que você nunca tentou. As pessoas estão sempre dizendo *talento* quando se referem à *prática*.

— Nunca tentei — concordou ele. — Pratiquei outras habilidades.

— Tipo quais? Apresente uma lista detalhada.

Ele olhou para a multidão. De um jeito não muito arisco, porque arisco não parecia ser seu estilo. Mas algo mais estava demandando sua atenção.

— Você me lembra meu irmão.

— Parabéns — disse ela.

— Pelo quê?

— Por ter um irmão tão lindo.

Nesse momento ele riu de verdade, um som bem menos uniforme, e desviou o olhar dela enquanto ria, como se pudesse abafar a verdade ao fazê-lo. Obviamente, aquele não era um som que ele pretendia distribuir assim tão fácil às pessoas. Ela teve curiosidade em saber o quanto ele estava entranhado naquele mundo. Ele não parecia ter aquele quê especial que as pessoas ali precisavam ter para sobreviver. Parecia mais propenso a vender anuidades ou títulos.

Ela voltou ao trabalho.

— Posso perguntar o que você está fazendo aqui esta noite?

— Não — disse ele.

Ela ergueu os olhos da pintura e olhou para ele. Ele sorriu aquele sorriso suave, mas não recuou daquele *não*. Era um *não* que não era malicioso ou grosseiro. Era simplesmente um fato. *Não. Você não tem permissão para saber.*

De repente, ela notou como ele poderia sobreviver naquele mundo.

— Declan — alguém chamou, e seus olhos se estreitaram. Era uma expressão muito mais memorável do que qualquer outra que ele tinha usado até aquele ponto. Ele se mexeu e, ao fazê-lo, ela notou os sapatos. Eles também eram surpreendentes. Excelentes sapatos sociais macios como manteiga e com elegantes adornos impressos no material. Não eram sem graça. Não eram esquecíveis.

— Esse é você? — perguntou Jordan.

Em vez de responder, ele colocou um cartão de visita logo atrás da borda da tela. Havia uma palavra acima do número do telefone, impressa em prata: LYNCH.

Lynch.

Ora, esse nome era coincidência. Ela gostou; parecia significar que as coisas iam dar certo.

— Se quiser saber mais — disse ele —, me ligue.

— Sutil — disse ela. — Bom trabalho.

Ele sorriu seu sorriso corporativo de dentes retos para ela novamente.

— *Declan.*

Ele se foi. Outros expectadores vieram tomar seu lugar, mas Jordan descobriu que continuava olhando para aquele cartão de visita. LYNCH.

Coloque sua cabeça no jogo, Jordan, ela disse a si mesma. *Esta noite tem um objetivo maior que esse.*

O telefone tocou. Era Hennessy. O coração de Jordan acelerou quando ela atendeu.

— Alguém comprou — disse Hennessy. — Agora mesmo.

— O quê?

— Alguém comprou. Logo antes de eu chegar lá. Já era.

Dentre todas as pinturas à venda embaixo daquele teto. Depois de todo aquele tempo rastreando o quadro. Alguém tinha chegado primeiro a *A dama sombria*.

O estômago de Jordan afundou.

— Nós sabemos quem?

— Não é como se pudéssemos ir lá e pedir para aquele merdinha — disse Hennessy. — Mas a Brooklyn viu o alvo. Vamos tentar localizá-lo antes de ele ir embora. Então, tipo, avaliar a maldita situação.

Jordan já estava recolhendo e guardando seus tubos de tinta na bolsa e procurando por alguém que estivesse segurando um pacote do tamanho correto.

— Qual é a aparência do comprador?

— Jovem. Vinte e poucos anos. Cabelo escuro, olhos azuis. Brooklyn disse que ele tinha olhos muito azuis.

Cabelo escuro. Olhos azuis. Jordan olhou para aquele cartão de visita: LYNCH.

Droga.

Ela se levantou de um salto, mas Declan Lynch já tinha ido embora.

21

Os irmãos Lynch estavam de volta ao elevador espelhado, os sons da biblioteca deixados para trás, substituídos pelo silêncio mortal do elevador que descia. O silêncio era pontuado apenas pelo *ding* distante que marcava cada um dos andares por onde iam passando. O corpo de Ronan ainda parecia acelerado depois de descobrir a verdade sobre Bryde, o choque de ver o rosto de sua mãe, a carga do negócio concluído, o calor da raiva de Declan. Seu irmão mais velho ainda parecia irritado. Mais irritado do que o vira nos últimos meses.

— Não posso acreditar em você — disse Declan. — Eu te trouxe aqui. Eu confiei em você.

— Qual é o problema? — questionou Ronan. *Ding.* — As pessoas reconheciam seu rosto em todo este lugar.

— Eles não colocaram meu nome em um registro para algum sindicato monitorar — disse Declan.

— É isso que Boudicca é?

Declan encolheu os ombros.

— Você viu a cara daquele sujeito quando ele falou? Isso se chama medo, Ronan, e você pode tentar arranjar um pouco para você.

Declan não tinha ideia.

Ding.

— Você sabia que ia ser uma pintura da mamãe? — Era um retrato peculiar. A cabeça de Aurora no corpo de outra pessoa. Aurora nunca ficava daquele jeito, petulante e desafiadora. Até mesmo seu rosto estava um pouco diferente do que Ronan lembrava, os traços mais agudos, mais propensos à batalha, do que os de Aurora na vida real. Era possível que não fosse um retrato muito bom, ele supôs. Mas também era possível que houvesse um lado de sua mãe que ele não conhecia.

Antes daquela noite, ele teria negado essa possibilidade, mas no momento, quase tudo parecia possível.

Declan tinha começado a bicar seu telefone, sua técnica peculiar de polegar e indicador.

— Eu tinha um palpite.

— O que mais você sabe que não me contou?

Ding.

A porta do elevador se abriu. Não era o andar térreo. Era o terceiro andar, aquele com as máscaras. Uma mulher esperava do outro lado, as mãos nos bolsos de uma jaqueta bomber cinza. Primeiro Ronan notou a postura. Tensa, pronta para dar o bote, uma predadora. Então ele viu o cabelo: louro. E os olhos: lindos, azuis.

Centáurea, céu, bebê, índigo, royal, céu.

Pela segunda vez naquela noite, Ronan se viu olhando diretamente para sua falecida mãe, só que desta vez era de carne e osso.

Seu cérebro estava rejeitando — *isso não acontece quando você está acordado, não é o que você pensa que é..*

E ela estava apenas olhando para ele, encarando-o, seu olhar petulante, ansioso pela batalha, assim como o retrato encostado nas pernas de Declan. Então ela olhou para Declan e se encolheu.

Nenhum deles se moveu — nem para perto, nem para longe — eles apenas olharam, olharam, *olharam*. Fascinados, como Matthew nas cachoeiras. Enfeitiçados, perdidos. Os irmãos Lynch e sua mãe morta.

Então as portas do elevador se fecharam em Aurora.

Ronan foi levado à ação com um sobressalto.

— A porta, Declan...

Ambos apertaram o botão para abrir a porta, mas o elevador os ignorou, já em caminho descendente. Ronan apertou o botão do segundo andar bem a tempo, as portas se abriram obedientemente e ele disparou para o corredor.

— Ronan... — Declan começou, mas Ronan já tinha partido.

Ele caminhou pelo corredor, saltando sobre uma mulher que havia se curvado para pegar a bolsa caída. Desviou de alguns homens que estavam saindo de uma sala. Saltou sobre uma bandeja, reparando em detalhes estranhos e intensificados enquanto voava sobre ela e percebendo que fazia parte de um jogo de chá antiquado e ornamentado, completo com uma bandeja em camadas para sanduíches.

Tinha que chegar ao terceiro andar antes que a mulher pegasse outro elevador, antes que ela saísse dali.

Ele derrapou para diminuir a velocidade pouco antes de chegar à porta de saída no final do corredor. *Não esteja trancada*, pensou, e não estava, e ele passou por ela e se atirou escada acima. Os degraus retiniam e rugiam como uma máquina a vapor à medida que ele saltava dois de cada vez. Ali: a porta do terceiro andar. *Não esteja trancada*, pensou, e aquela também não estava, e ele passou por ela também, correndo de volta pelo corredor em direção aos elevadores onde ela estivera.

Ele chegou assim que as portas se fecharam com um sininho, ocultando-a lá dentro. A seta apontava para baixo, para baixo, para baixo.

Ele apertou o botão da porta novamente, mas nada aconteceu.

Ofegando, ele soltou um palavrão. Colocou os braços atrás da cabeça e tentou respirar, tentou encontrar a realidade. Droga, droga. Ele estava recuperando o fôlego, mas não o coração, que pulava corda e se divertia fora do ritmo. Sua *mãe*. Um fantasma.

Três portas adiante, duas mulheres saíram de um quarto e caminharam até os elevadores. Estavam de braços dados, falando em voz baixa. As irmãs. As irmãs da sala de máscaras. Elas olharam para ele com curiosidade, parecendo achar sua confusão mais interessante do que perturbadora.

— Ah, o homem da máscara — disse uma delas.

A outra perguntou:

— Onde está sua linda dama?

Ele juntou uma coisa com a outra.

— A dama, a dama que você viu antes. Ela era loura... estava vestindo uma jaqueta... será que tinha... tinha olhos azuis? — Ele apontou para os seus.

As duas mulheres olharam para ele com os lábios franzidos, como os de uma professora rígida contrariada.

— Olha, ela estava morta. Estava morta. Eu vi... eu preciso saber o que está acontecendo — disse Ronan. *Por favor, ajudem. Por favor, me ajudem a entender.* — Por favor. Vocês falaram com ela?

As irmãs o examinaram. Uma delas, a mais velha, estendeu a mão para traçar a órbita do olho de Ronan levemente, como se o estivesse medindo para uma máscara. Seu dedo era gélido. Ele desviou o rosto.

— Ela nos deu esse cartão — disse uma das irmãs. — Você pode ficar com ele; nós não queremos isso. — E entregou um quadrado. Havia uma impressão em estêncil de uma mulher com uma cruz pintada no rosto.

Não significava nada para ele, mas ele pegou mesmo assim.

— O que ela queria?

— O que todo mundo queria. Saber mais sobre...

Ele sabia o que estavam prestes a dizer, porque era a palavra que estava concluindo quase todas as frases naquela noite. Ele terminou para elas.

— Ele.

— Sim — disse a irmã mais velha. — Bryde.

22

Farooq-Lane nunca tinha colocado sua resistência física à prova. Não a uma verdadeira prova. Não a uma situação gazela-leão. Não se lançando de forma desenfreada por corredores e saltos através de portas e joelhos-erguidos-agora-cuidado em uma espiral descendente por doze lances de escada. Ela só tinha corrido na esteira de sua academia local, fones cuspindo batidas nos ouvidos, e às vezes ao redor do lago em dias bons, tênis combinando com shorts combinando com o top esportivo combinando com Fitbit, aumentando a contagem até a saúde em seu pulso e, ocasionalmente, nas academias em hotéis, a água mineral de garrafa refletindo o sobe e desce de suas pernas suavemente tonificadas. Ela só corria para ficar bonita.

Nunca tinha corrido para salvar sua vida.

Mas foi assim que ela saiu do Hotel Carter, arrastando um número crescente de antagonistas em cada andar. Ela ouviu coisas baterem nas paredes atrás dela, mas não olhou para ver o que eram. A certa altura, sentiu uma mão envolver seu tornozelo, então se livrou e imprimiu mais velocidade.

Enquanto disparava pelo saguão, uma mulher de top amarrado e franzido na frente sorriu para ela, de uma forma pouco agradável, e disse:

— Corre, policial.

Farooq-Lane derrapou pelas portas da frente. Ela desceu as escadas tão depressa que quase colidiu com o carro estacionado na base delas.

Era seu carro. Seu carro alugado.

Parsifal Bauer estava sentado ao volante, perfeitamente ereto, parecendo um agente funerário dirigindo um rabecão.

Ouviu alguém — provavelmente o porteiro — vindo em sua direção.

Ela se jogou no banco de trás. O carro já estava se movendo quando ela arrastou a porta para fechá-la atrás de si. As portas se fecharam batendo ruidosamente.

Um pequeno baque enquanto se afastavam indicou o som de uma bala atingindo o carro e Farooq-Lane se sentiu feliz por ter contratado cobertura total de seguro no aluguel do veículo.

A cerca de um quilômetro e meio de distância, Parsifal encostou e estacionou o carro.

— Eu não quero mais dirigir. Não tenho carteira de motorista.

Farooq-Lane ainda estava sem fôlego, a lateral do corpo doendo e repuxando. Não conseguia acreditar que Parsifal estivera bem ali, esperando por ela. Era bem possível que ele tivesse acabado de salvar sua vida.

— Você teve uma visão?

Ele negou com a cabeça.

— Como você sabia que deveria estar lá?

Parsifal desafivelou o cinto de segurança.

— Bom senso.

23

Devolvemos o mundo a eles antes de sabermos o certo a fazer.

Eles já estavam contando histórias sobre nós e nós estávamos acreditando neles. A história era esta: a desvantagem de ser um sonhador era a enfermidade emocional. Podíamos sonhar, mas não podíamos suportar ficar acordados. Podíamos sonhar, mas não podíamos sorrir. Podíamos sonhar, mas não era para morrermos jovens. Como eles ainda nos amavam, apesar de nossas fraquezas, de nossa inadequação para todas as coisas práticas.

E acreditávamos neles. Um conto de fadas benevolente e perverso, e acreditávamos nele. Não podíamos comandar o mundo. Não podíamos nem mesmo correr.

Entregávamos a eles as chaves do maldito carro.

Ronan sonhou com o verão, com Adam.

Ele estava em uma horta banhada de sol, cercada por pés de tomate da sua altura. Verdes. Tão verdes. As cores nos sonhos não eram vistas com os olhos, eram vistas com a emoção, então não havia limite para sua intensidade. Um rádio estava inclinado na cobertura, tocando a voz de Bryde, e Adam estava lá, seu rosto magro, elegante e bronzeado. Ele era um adulto. Recentemente, aparecia como adulto em todos os sonhos de Ronan, não apenas com idade legal para fumar, mas, de fato, um adulto, maduro em todos os aspectos, certeiro, resolvido — provavelmente havia alguma explicação psicológica para isso, mas Ronan não conseguia saber o que era.

Agora eles construíram tudo de dentro para fora. Consciente, isso é o que chamam de estar acordado. Inconsciente, é o que eles chamam de sonho. Subconsciente, é assim que chamam tudo entre uma coisa e outra. Você e eu sabemos que isso é besteira.

Mas assim falou Zaratustra ou sei lá quem e agora eles nos deram espiritualidade e tomaram a realidade para si.

Que audácia!

Nesse sonho, esse Adam mais velho, confiante e poderoso, ainda com a magreza de um menino, mas com o queixo escurecido por uma bela barba por fazer, colocou um tomate-cereja maduro, muito maduro, na boca de Ronan. Quente do sol, pele esticada na sua língua. Sementes doces e salgadas chocantemente quentes explodiram quando Ronan esmagou a polpa do tomate no céu da boca. Tinha gosto da sensação de verão.

Você precisa entender isto: eles precisam que você seja destruído. Eles não aguentam de outra forma. E se você pudesse fazer o que você faz, mas sem nenhuma dúvida?

Não me diga que não tem dúvidas.

Não me diga que tem tudo sob controle.

Seus caranguejos de pesadelos estão em você, não em mim. Não era meu aniversário impresso na barriga deles. Você ainda não acredita na realidade dos seus sonhos. De você.

Não quero que pense isto nunca mais: foi apenas um sonho.

Essa é uma boa maneira de se matar.

— *Tamquam* — disse Adam.
— Espere — pediu Ronan.
— *Tamquam* — disse ele outra vez, gentilmente.
— *Alter idem* — respondeu Ronan, e se viu sozinho. A horta havia desaparecido e agora ele estava em uma orla marítima irregular, tremendo, curvado contra o vento. O ar estava gélido, mas o oceano era de um azul tropical. As rochas que se erguiam atrás dele eram pretas e ásperas, mas a costa era de areia bege cor de creme. Ele estava cheio de desejo. O sonho era feito de anseio por coisas fora de alcance. Ele flutuava no ar como umidade. Foi levado até a costa com a água salgada. Sugou mais anseios com cada inspiração; exalou um pouco de sua felicidade do outro lado. Que tristeza.

Não. Ronan não estava à mercê do sonho.

— Feliz — Ronan disse para o ar. Quando falou, foi com intenção, para que o sonho o ouvisse. Que o ouvisse de verdade. — Malditos golfinhos.

Costas cinzentas e lisas emergiram alegremente a alguns metros da costa. Os golfinhos guinchavam. A tristeza saiu um pouco de seu peito.

Aí está você. Você até que tem habilidades. Acho que você está ficando intrigado, não é?

— Não gosto de gente que não se mostra — disse Ronan em voz alta.

Você ouviu como foi ontem à noite. Todo mundo me quer. Você vai ter que vir um pouco na minha direção primeiro. Lembra do nosso jogo? Jogue a pedra, pule para a próxima casa, mais perto do centro?

Um saco plástico de dentes foi parar na praia. Ronan o agarrou; ele odiava as notícias sobre plástico no oceano.

— Não tenho tempo para jogos.

A vida é um jogo, mas apenas alguns se preocupam em jogar.

Próxima casa: Você não sabe qual coelho perseguir agora, eu ou ela.

Próxima casa: Não importa. Qualquer um dos coelhos o levará para a mesma toca. Estamos todos lutando para seguir na mesma direção atualmente. Procurando migalhas.

Próxima casa: Jogue uma pedra, pule, pule. Pule atrás dos coelhos.

Próxima casa: Boa caçada.

24

Na manhã seguinte ao Mercado das Fadas, Ronan acordou no quarto de hóspedes de Declan. Desde Cambridge, ele tivera que dar um certo sermão em si mesmo antes de se convencer a sair da cama, mas, naquele dia, ele imediatamente saiu de baixo do edredom e se vestiu.

Pela primeira vez em muito tempo, ele estava mais interessado em ficar acordado do que em dormir.

Bryde.

Bryde.

Bryde.

Um mercado clandestino que parecia ter saído de um sonho e uma estranha com o rosto de sua mãe. O mundo parecia enorme e extraordinário, e seu sangue estava quente novamente nas veias.

Pule atrás dos coelhos.

Ronan até que tinha uma pista: o cartão que a mulher da máscara lhe dera do lado de fora do elevador.

Tirou-o do bolso da jaqueta e deu uma olhada melhor. Era uma cartolina grossa, mais parecida com um porta-copos do que com um cartão de visita. Era agradável de segurar. Um quadrado perfeito, de cantos arredondados, feitos por profissionais. Um lado apresentava a imagem da mulher com uma cruz larga no rosto, passando sobre a testa e o queixo verticalmente; cruzando sobre os olhos e as maçãs do rosto horizontalmente. O outro lado era totalmente preto. Não havia nenhuma outra informação que ele pudesse ver, mesmo segurando-o contra a luz.

Tirou uma foto do cartão, digitou *você sabe o que é isso?* e mandou por mensagem para Gansey, na esperança de que ele ainda estivesse amarrado àquela nogueira preta ou em algum outro lugar com sinal de celular. Richard Campbell Gansey III era a pessoa mais acadêmica e mítica que ele conhecia, e o mais provável dentre qualquer um dos conhecidos de Ronan a ter uma ideia de qual poderia ser o significado da imagem. Ele queria enviá-lo para Adam, mas não queria que Adam pensasse que ele tinha que dedicar tempo a isso. Já tinha fodido a vida dele o suficiente para o momento. Não achava que Adam estivesse com raiva, mas as coisas estavam diferentes desde a destruição do dormitório. Mais silenciosas, por assim dizer. Ronan não sabia como consertar as coisas novamente e tinha medo de piorar tudo.

Então, ele apenas mandou uma mensagem: *sonhei com você*.

Enquanto descia as escadas e entrava na cozinha, a voz de Declan tinha todo jeito de sermão.

— Você não está nem remotamente vestido para o recital. Preciso de, pelo menos, quarenta minutos extras para o trânsito. E, por favor, pare.

Matthew repetia alguma coisa melodiosa e alegremente com a boca cheia de panqueca e geleia, acompanhando o som com uma dancinha. Seu canto soava como: "Ror a ror a ror a ror". Era difícil dizer se era uma frase de cuja sensação ele gostava ou um fragmento de uma música, não que particularmente fizesse diferença; ele havia, em ocasiões anteriores, cantado, por horas, frases de cuja sensação gostava.

Declan parecia resignado. Mastigou um punhado de antiácidos engolindo-os com café, o que Ronan suspeitava ser contraindicado, mas, diabos, todo mundo tinha seus vícios.

— O que ele está dizendo? — perguntou Ronan.

— Ele está dizendo que quer se atrasar para o recital — respondeu Declan, amargo.

Matthew, ainda dançando e cantando, apontou para *A dama sombria*, agora desembrulhada, onde ela estava encostada nos armários. Era maravilhoso vê-la sob a plena e forte luz da manhã. O sonho da noite anterior tinha sido realidade e vice-versa. O Mercado das Fadas existia; Bryde existia; a mulher que eles viram com o rosto de Aurora existia. A Dama Sombria olhou para Ronan com seu olhar severo. Aurora tinha sido carinhosa, confiante. Não havia nada disso naquele retrato.

Matthew finalmente engoliu a panqueca que tinha na boca e cantou, com mais clareza:

— Mor oh core-ah, Mor oh core-ah!

Juntando-se a Ronan, ele virou a pintura. O verso havia sido selado perfeitamente com papel pardo para proteger a tela. Matthew bateu no canto inferior direito, onde havia uma inscrição com a caligrafia do pai. *Mór Ó Corra.*

Ronan pronunciou ele mesmo em voz alta, retornando aos seus "r" irlandeses.

— "Mor oh core-ah".

Tinha um certo toque viciante. Um certo formato nostálgico nas vogais que o lembrava do pai, das partes de sua infância ainda não maculadas por tudo o que tinha vindo depois. Ele quase havia se esquecido do sotaque da Irlanda do Norte de seu pai. Que coisa ridícula de esquecer.

Ronan olhou para o irmão mais velho.

— O que é *Mór Ó Corra*?

Declan respondeu:

— Quem é que sabe? É apenas um sonho. Poderia ser qualquer coisa. Matthew, por favor, pelo amor de Maria. Vá se vestir. Por favor, sebo nas canelas.

Esse declanismo levou Matthew para o andar de cima.

As palavras de Declan — *apenas um sonho* — ecoaram na mente de Ronan quando ele se lembrou de como Bryde o proibira de repeti-las pelo resto da vida. Ele perguntou a Declan:

— Você sonhou com o mar?

— Sonhei — disse Declan. — Um mar irlandês.

— Então funciona conforme anunciado.

— É o que parece.

O telefone de Ronan vibrou com uma mensagem: Gansey.

Entrei em contato com alguns pares, dizia, como se ele tivesse sessenta anos em vez da mesma idade de Ronan. *Imagem que você enviou com logotipo confirmado para Boudicca. Grupo só de mulheres envolvido na proteção e organização das mulheres de negócios. Henry diz que a mãe dele acha que elas são muito poderosas.*

Chegou outra mensagem. *Boudicca é, na verdade, uma figura histórica muito interessante por si mesma.*

Outra: *Ela foi uma rainha guerreira dos celtas por volta de 60 d.C. e lutou contra os romanos*

Outra: *Blue quer que você saiba que Boudicca é*

Outra: *Desculpe, enviei antes da hora, a citação é "Boudicca é a primeira gótica. Ronan Lynch gostaria de ser tão fodão quanto ela"*

Outra: *A palavra fodão é positiva ou negativa*

O celular de Ronan exibia reticências para mostrar que Gansey estava escrevendo outra mensagem.

Ronan respondeu apressado: *Se você precisa perguntar, você não é. Obrigado, cara. Vou procurar na Wikipédia.*

Declan perguntou:

— Parrish?

— Gansey — disse Ronan. — Ele sabe o que é Boudicca. Sabe sobre o cartão que aquela mulher... — ele não sabia como chamar a mulher com o rosto de sua mãe — ... deixou com as mulheres das máscaras ontem à noite.

— Não vá atrás disso, Ronan — Declan entoou. Levantando a pintura, ele a deslizou para o armário mais próximo e fechou a porta na cara dela. Ronan não era aficcionado por arte, mas não tinha certeza de que aquele era o método de exibição que ele teria escolhido. — Percebo que você acha que vai ser divertido, mas não vai. — Ele estava sempre fazendo isso, adivinhando a próxima ação de Ronan corretamente, mas palpitando a motivação incorretamente.

— Você não quer saber?

— Não. — Ele começou a se preparar para ir: enfiando os pratos na pia, jogando comida no lixo com uma espátula, enxaguando a xícara de café e colocando-a de cabeça para baixo sobre um pano de prato. — Não, eu não. Matthew, vamos, rápido, dois minutos! Cancelei meu dia todo por causa disso!

Ronan reclamou:

— Parece que você desertou da família quando nasceu.

Ele sabia que era maldade. Sabia que era o tipo de coisa que faria Gansey dizer *Ronan*, e Adam olhar para ele daquele jeito de quem compreendia as coisas. Mas ele não conseguia. Era como se quanto menos Declan se irritasse, menos ele parecesse se importar e mais Ronan quisesse fazê-lo ceder.

Porém, Declan apenas continuou a empilhar os pratos, sua voz tão calma como se eles estivessem discutindo sobre jardinagem.

— A evolução favorece o organismo mais simples, Ronan, e agora nós somos o organismo mais simples.

Ronan fez uma promessa de nunca ser uma pessoa tão monótona, tão sem paixão, uma pessoa tão morta quanto Declan Lynch.

— A porra de um organismo unicelular é o organismo mais simples — disse Ronan. — E nós somos três.

Declan lançou um olhar pesado para ele.

— Como se eu não pensasse nisso todos os dias.

Matthew reapareceu, todo vestido de preto — não o preto elegante de um funeral, mas o preto amarrotado de um garçom em uma churrascaria ou de um aluno em uma orquestra de colégio.

— Graças a Deus — disse Declan, pegando as chaves do carro.

— Você pode agradecer a Deus, se quiser — disse Matthew. — Mas eu me vesti sozinho.

Ele lançou um olhar para Ronan para ter certeza de que sua piada tinha sido engraçada.

Agindo como se Ronan não tivesse acabado de ser cruel com ele, Declan perguntou:

— Ronan, você vem com a gente para esse negócio?

Ronan não tinha cem por cento de certeza de que tipo de recital era, mas tinha cem por cento de certeza de que preferia correr atrás de coelhos em busca de Bryde e Boudicca. Também estava bastante certo, pela expressão de Declan, de que Declan sabia.

— Você super deveria vir — disse Matthew, saltando na direção dele. — Sou *péssimo*, é ótimo. Tem um solo de órgão que é tão ruim que você vai se mijar de tanto rir. Tem... ah. Ronan?

Ele se interrompeu e fez um pequeno gesto embaixo do próprio nariz, o tipo que você faz quando pretende ser um espelho benevolente para outra pessoa.

Ronan imitou o gesto de Matthew, esfregando os nós dos dedos contra a narina. Olhou para o dorso da mão. Uma mancha preta, escura como tinta, cobria sua pele.

Tinta noturna.

Nem mesmo tinha sentido o negócio escorrer. Ele sempre pensava que deveria ser capaz de sentir o fenômeno acontecendo.

Os olhos de Declan se estreitaram, como se ele estivesse desapontado com Ronan. Como se fosse culpa dele.

— Acho que você não vem com a gente — disse Matthew.

25

— Parsifal? — Farooq-Lane chamou. — Eu preciso entrar aí uma hora ou outra.

Ela estava esperando sua vez de ir ao banheiro fazia muito tempo. Ele já estava lá quando o alarme dela a acordara, depois de silenciosamente atravessar seu quarto e ir para o banheiro em algum momento da noite. Ela não queria saber por que ele estava demorando tanto. Nathan tinha sido limpo e reservado quando adolescente, mas a ideia cultural de garotos adolescentes serem nojentos invadiu seu subconsciente com força total. Ela não fez perguntas.

Preparou uma xícara de café instantâneo ruim, comeu uma maçã e, quando ele continuou sem aparecer, preparou uma omelete de clara de ovo. Ela se curvou sobre o laptop e vasculhou os fóruns em busca de pistas sobre *Bryde*. Era a única coisa que poderia usar para prosseguir — a única outra coisa que conseguira no Mercado das Fadas tinha sido uma corrida. O que ela precisava era de mais visões com as quais trabalhar. Farooq-Lane nunca avaliara como esse lado do trabalho era difícil. Antes, quando estava viajando com os Moderadores, outra pessoa já havia interpretado as informações do Visionário com desenhos, locais ou horários. Com frequência, era incrivelmente detalhado — eles basicamente tinham recebido instruções por escrito sobre onde encontrar Nathan na Irlanda. Ela não havia pensado sobre o verdadeiro processo envolvido em adquirir aquela informação: que em algum lugar um Moderador tinha que se sentar em um quarto de hotel com um Visionário com quem poderia ou não ser impossível conviver, esperando que as visões aparecessem.

Ela não sabia se a falha era sua ou de Parsifal.

Depois de algum tempo, Farooq-Lane fez uma segunda xícara de café ruim e a levou até a porta do banheiro como uma oferta ressentida, cheia de má vontade. Ela bateu.

— Parsifal.

A única resposta foi um som vago de dentro, algo se movendo contra o azulejo, possivelmente. Ela colocou a caneca no chão.

O telefone tocou. Era Lock.

— Está tudo bem — disse ele. — Nós entendemos. Acontece com todos nós. Você estava em território inimigo. Não tinha reforços. Eu não culpo você. Pelo menos, você conseguiu um nome.

Ela suspirou.

— Devo fazer alguma coisa para que Parsifal tenha uma visão?

— Não há nada que você possa fazer — disse Lock. — Sabemos que ele está fragmentado. Estamos procurando por outro Visionário do nosso lado, para não ficarmos sem quando ele terminar. Mas Bauer ainda é o mais provável de encontrar outro. Diga a ele para se concentrar. Dê a ele o que ele precisar. Use a verba que enviamos para você. Mantenha-o feliz. Mantenha-o produtivo.

Farooq-Lane não tinha nem a mais remota certeza de que *feliz* era uma palavra que poderia usar para descrever Parsifal, mas prometeu dar o seu melhor. Desligando, ela voltou para a porta.

— Parsifal?

Nenhuma resposta. Ela sentiu uma pontada incerta. Tentou a maçaneta. Destrancada.

— Vou entrar — disse ela, e abriu.

Um fedor saiu dali.

Dentro do banheiro, encontrou Parsifal deitado na banheira vazia, todo vestido. Ele também estava usando seus óculos escuros enormes (seus pequenos óculos redondos pareciam tristes e vulneráveis dobrados na borda da pia). Havia vômito do lado de fora da banheira e por todo o chão; era como se ele tivesse entrado na banheira como um barco contra um oceano de vômito. Suas pernas estavam dobradas para caber na banheira e seu rosto estava pálido.

— Ah — disse Farooq-Lane, recuando.

Ele rolou a cabeça na direção dela, e ela pensou que ele diria alguma coisa, mas ele apenas piscou. Pela primeira vez, ela se lembrou da idade dele. Não de uma forma *Eu não posso acreditar que tenho que viver com um garoto adolescente*, mas de uma maneira *Esta é uma pessoa que vai morrer antes de atingir os vinte anos.*

Uma coisa era ouvir Lock falando em seu jeito clínico sobre como era problemático ter que substituir os Visionários depois que eles se esgotavam. Outra era olhar direto para um Visionário esgotado.

Farooq-Lane saiu do banheiro, vestiu o casaco sobre o pijama de seda, pegou o cartão-chave e saiu para o corredor. Poucas portas adiante, ela encontrou o pessoal da limpeza e trocou uma nota de vinte dólares de seu fundo para compras no mercado clandestino por um conjunto de toalhas extras e artigos de limpeza.

De volta ao quarto, enrolou a calça e as mangas do pijama e calçou as botas antes de pôr um limão em um copo d'água e chapinhar no vômito para colocá-lo ao lado da mão inerte de Parsifal. Então colocou os fones de ouvido e ligou sua música, e enquanto o hip-hop berrava para ela, Farooq-Lane silenciosamente limpou o chão e a parte externa da banheira. Assim que o banheiro ficou limpo, ela colocou os óculos de Parsifal ao alcance dele, juntou tudo que estava sujo e levou para fora, de volta para a equipe da limpeza.

— Meu amigo está com uma virose — contou a eles, e lhes deu mais vinte dólares porque parecia apropriado.

Quando voltou, o copo de água vazio com o limão estava sobre o balcão da cozinha e Parsifal sentava-se ereto e correto no sofá, de óculos, bem vestido, como se nunca tivesse estado em situação diferente. Sua boca parecia rígida e mal-humorada como de costume. Ela estava começando a perceber que a expressão perene no rosto dele poderia ser de dor. Ela estava começando a entender que ele poderia querer controlar tudo o que pudesse por causa das coisas que não podia.

Ela estava começando a entender por que os outros Moderadores estavam ansiosos para se livrar daquele trabalho.

Ele não agradeceu por ela ter limpado o vômito e ela não perguntou como ele estava se sentindo.

— Tive uma visão — disse ele.

26

Ronan não foi para casa logo de cara.

O líquido preto estava vazando devagar de sua narina direita, e ele realmente precisava pegar a estrada e percorrer as duas horas de viagem até a Barns para cuidar disso; porém, ele se demorou na cidade. Sentia menos vontade de colocar os quilômetros entre ele e o Mercado das Fadas e mais vontade de caçar os coelhos de Bryde.

Tinha tempo, pensou. Poderia jogar com essas probabilidades.

Sentia-se como um herói de uma das antigas histórias de seus pais. Quando Niall estava em casa, contava histórias de loucas aventuras de crianças transformadas em cisnes, velhas fervilhando sabedoria em caldeirões e reis derrubados por cavaleiros poderosos, pouca capacidade de decisão e filhas adoráveis. Quando ele estava longe, Aurora recontava essas histórias, mas do ponto de vista dos cisnes, das velhas, das rainhas e das filhas. As histórias de Aurora eram mais amáveis, no geral. Mais suaves. Mas ela não suavizava os tabus dos heróis. Seus *geasa*. Todos os heróis os tinham. Uns eram adquiridos ao longo de suas viagens; alguns eram dados a eles por outros heróis; outros eram herdados. Todos eram peculiares. Alguns heróis não podiam recusar comida de uma mulher, e outros não podiam ser atingidos três vezes seguidas sem dizer alguma coisa entre os golpes; alguns não podiam matar um javali e outros não podiam passar por um órfão sem ajudá-los. A pena por desafiar o próprio *geis* era deliciosamente terrível: a morte.

Nas versões de Aurora, uma morte comovente, de foco suave. Nas de Niall, um remate complexo e de vários minutos.

Em longas viagens de carro, Ronan e Matthew, às vezes, inventavam novos *geasa* para passar o tempo. Um herói que tinha de acariciar cada cachorro que via pelo caminho. Bater palmas toda vez que entrava em uma igreja. Dizer exatamente o que ele estava pensando. Usar um terno cinza todos os dias.

Seu pai tem o geis da persuasão, Aurora costumava dizer. *Ele tem que contar histórias ou morrerá.*

Geis *de falastrão,* Declan respondeu uma vez, e prontamente foi enviado para recolher esterco de vaca no frio.

Este era seu *geis,* Ronan pensou: sonhar coisas que passavam a existir ou se dissolviam em nada.

Ele estava voltando para o Hotel Carter. Não tinha certeza do que esperava encontrar lá... Inspiração. Provas. Um funcionário que se lembrasse de alguma coisa, qualquer coisa. No fundo da sua mente, havia um conselho que o tio costumava dizer. Se você tivesse perdido coisas, ele diria que você deveria refazer seus passos até onde estivera com elas pela última vez. Ele tinha sido um grande repositório desses fragmentos selecionáveis de sabedoria popular com temperos variados, provérbios de cidra de maçã localizáveis, palavras de cozinha do interior bordadas em ponto cruz e as usava como parâmetros de vida. Se quiser tomar café na cama, durma na cozinha. Por que se encaixar quando você nasceu para se destacar? Você tem que ser ímpar para ser o número um. Vá tão longe quanto puder alcançar; quando chegar lá, conseguirá enxergar um pouco mais longe. Faça da sua vida uma obra-prima; você só tem uma tela. Ronan se perguntou o que acontecera com ele e a tia. Quando era criança, ele nunca tinha pensado em lhes perguntar seus nomes verdadeiros. Quando era criança, ele não pensava que houvesse outro tipo de nome.

Declan tinha mandado mensagem quando ele estava chegando perto do hotel. *Me conte quando você tiver resolvido aquilo.*

Ronan sabia que o verdadeiro significado da mensagem era *Me avise quando você estiver instalado em segurança na Barns, em vez de ir atrás de coisas que eu te disse para não ir atrás.*

Ele não respondeu. Ficou sentado em meio ao tráfego. Limpou o nariz. Ele se aproximou do hotel. O sol ardia, tocando tudo, brilhante e cáustico.

Declan ligou.

— *O que foi?* — Ronan questionou. — Esse carro tem uma merda de um câmbio manual.

— Você está indo para casa, não está? — perguntou Declan. Havia algum tipo de canto juvenil terrível audível ao fundo.

— Não me chateie só porque você está passando por um momento ruim.

— Você está?

Ronan não gostava de mentir, mas também não gostava de sermões. Ele resmungou sem se comprometer.

— Não faça nada estúpido — disse Declan, e desligou.

Eis o *geis* de Declan: sempre tenso como se tivesse vestido uma calça apertada demais.

— Você chegou ao seu destino — indicou o GPS.

Mas Ronan não tinha chegado. Ele teve que encostar e baixar a janela para ver melhor, porque não conseguia acreditar no que estava vendo.

O Hotel Carter havia desaparecido.

A fita de advertência estava solta sobre a entrada do estacionamento, como serpentinas de aniversário desanimadas. Além dela, o estacionamento estava vazio, exceto por um único pequeno sedan branco anônimo e montinhos de cinzas sendo carregados pelo vento. O edifício do hotel era apenas uma ruína negra e achatada.

Ainda estava fumegando em alguns lugares.

Ronan limpou o nariz. E ficou olhando. Limpou o nariz outra vez. E encarou mais um pouco.

Simplesmente *já era*.

Podia sentir o cheiro dos escombros, o cheiro tóxico e complicado de coisas que derretiam em vez de queimar, combinado com o cheiro apetitoso e selvagem de madeira e papel queimados.

Ronan se perguntou se esse era o custo de hospedar o Mercado das Fadas. Talvez todos os locais tenham sido totalmente incinerados no dia seguinte. Talvez essa fosse outra coisa que Declan sabia e que nem passara pela cabeça de Ronan perguntar. Isso era o que ele chamava de encontro de uma noite só.

Bem, a pista já era.

Ele sentiu o gosto da tinta noturna quando escorreu sobre o seu lábio. Era acre. O tipo de sabor de que, quando você sentia o cheiro, sentia o gosto também; o tipo de sabor que fazia você recuar instantaneamente ao compreender a toxicidade. Impaciente, ele procurou no porta-luvas alguns guardanapos. Não tinha nenhum; tinha cupons fiscais do posto de gasolina. Ele os usou para limpar o rosto e cuspiu a tinta noturna pela janela até que sua boca não mais repuxasse com o sabor adstringente. Quando ele se endireitou outra vez, viu duas pessoas serpenteando entre os destroços até o sedã branco parado no estacionamento.

Quando entraram, ele só teve tempo de ver que uma delas tinha cabelos louros e brilhantes.

O tio estava certo.

Ronan já estava negociando consigo mesmo, elencando todas as razões pelas quais tinha permissão para perseguir em vez de encontrar um lugar seguro para sonhar e banir a tinta noturna novamente. Ele não precisava fazer todo o caminho de volta para a Barns. Poderia parar em algum lugar próximo a Warrenton e encontrar um campo tranquilo. Seria bom o suficiente.

Boa caçada.

O sedan branco teria de passar ao lado do BMW para sair do estacionamento. Ronan se atrapalhou para colocar o carro em marcha. A manopla do câmbio estava escorregadia com tinta preta. Ele esfregou a palma da mão na calça jeans e conseguiu segurar melhor. Podia sentir que estava se preparando para o choque de ver o rosto de sua mãe novamente, ficando tenso como a gente fica em uma montanha-russa para não ter aquele frio na barriga desagradável. Não funcionou inteiramente. Suas entranhas voltaram a rosnar quando ele viu o rosto dela atrás do volante do sedan.

E essa nem foi a parte mais surpreendente.

Quando o carro saiu do estacionamento passando ao lado do BMW pela primeira vez, Ronan deu uma boa olhada no ocupante do banco do passageiro.

Ele estava sentado no banco do passageiro. Ronan Lynch.

Estava olhando para o próprio rosto. Um espelho improvável. Não as portas do elevador se abrindo para revelar uma mulher que se parecia assustadoramente com sua mãe, mas *Ronan* olhando para *Ronan*.

Você está acordado, ele disse a si mesmo. *Você está acordado.*

Após o primeiro picossegundo de choque, ele percebeu que não era um retrato perfeito. O cabelo estava errado. O de Ronan estava raspado, e aquele outro Ronan tinha cabelos cacheados até os ombros. Este Ronan estava bem barbeado e aquele Ronan tinha uma sombra escura no queixo. Este Ronan estava em choque. Aquele outro Ronan, não.

Os dois se entreolharam.

Então o pequeno sedã branco arrancou com um uivo dos pneus.

Era apenas um pequeno importado despretensioso, não um carro esportivo, mas mesmo assim abriu vantagem em relação a Ronan. Teve a vantagem de se mandar para não ser alcançado.

Ronan não percebeu que iria perseguir até que estivessem correndo.

E como corriam. Direto e reto por algumas quadras tranquilas, furando sinais de PARE, mal se detendo conforme os cruzamentos ficavam mais movimentados.

Ronan não percebeu o que estava em jogo até que o sedan cortou na frente de um carro que vinha em sentido contrário e subiu no meio-fio. Percorreu a calçada ruidosamente por alguns metros antes de entrar em disparada por um terreno de esquina, que abrigava um posto de gasolina, só para evitar um semáforo.

Buzinas reclamaram.

Ronan não achava que havia alguém menos cauteloso em um carro do que ele, mas descobriu que havia. Ele não conseguiu jogar o BMW bem na frente de um caminhão de entrega que se aproximava. Ficou parado no semáforo, angustiado, contando os segundos até ser liberado, e então disparou atrás deles novamente. Não haviam feito progresso suficiente para sair de sua vista, então, quando se lançaram em uma vizinhança, ele foi capaz de segui-los alguns segundos depois.

Sua boca tinha gosto de lixo, de podridão. Ele sabia que, se olhasse no espelho e abrisse a boca, sua língua estaria coberta de preto.

Merda.

Ronan negociou consigo mesmo novamente. Ele poderia voltar para a casa na cidade depois disso. Declan o proibira de sonhar lá, mas ele poderia sonhar algo pequeno. Poderia estar no controle. Declan nunca saberia. Ele poderia continuar.

O sedan branco disparou por uma rodovia de quatro pistas, abrindo caminho entre os carros que se aproximavam de uma forma que, novamente, Ronan não sentiu que deveria replicar. Não com todas as criaturas e irmãos que adormeceriam se algo acontecesse com ele. Ele compensou enfiando o pé no acelerador do BMW o máximo que pôde depois de cruzar; o carro deles tivera menos cautela, mas o Beemer sonhado de seu pai tinha mais potência.

A batalha da perseguição continuou por mais bairros. A cada quilômetro, Ronan chegava um pouco mais perto do sedan, e a cada quilômetro, ele sangrava um pouco mais de tinta noturna. Estava pingando de suas orelhas pelo pescoço e respingando no volante. Seu corpo implorava para sonhar. Era uma sensação diferente de qualquer outra, uma sensação que ele não precisava aprender. Quando ele estava cansado, sabia que tinha de dormir. Quando estava com fome, sabia que tinha de comer. Essa sensação — a sensação de ser desfeito, desconstruído, descosturado de uma forma que outros corpos nunca haviam sido costurados, para começo de conversa — não tinha nome, mas ele sabia que significava que tinha que sonhar.

Mais à frente, o sedan vacilou; tinha entrado por engano em um beco sem saída. A única rota de fuga passava por Ronan. Ele ganhara.

Mas Ronan não conseguia respirar.

A tinta noturna o estava sufocando, afogando seus batimentos cardíacos, enchendo seus pulmões de preto.

Os melhores *geasa* nas histórias de Niall e Aurora eram aquelas que colaboravam para aprisionar os heróis no final de forma angustiante. Mesmo os heróis mais invencíveis podiam ser presos por *geasa* conflitantes. O poderoso Cão do Ulster, um dos heróis favoritos dos meninos, tinha um *geis* para nunca comer cachorro ("Que pena", dizia Niall, "é muito saboroso.") e um *geis* para nunca recusar hospitalidade, e então quando lhe ofereceram carne de cachorro por um anfitrião, que outra escolha ele tinha senão mergulhar na tragédia?

Tragédia pungente, mas nada sangrenta na versão de Aurora. Horror complexo e demorado na de Niall.

E ali estava Ronan, preso entre seus dois *geasa*: O *geis* que crescia dentro dele, que demandava sonho, e o *geis* que Declan colocara nele, a necessidade de permanecer escondido.

O pequeno sedan branco fez a volta e ficou de frente para ele. Teria sido a coisa mais fácil do mundo dar ré e manobrar o BMW cruzando a rua para bloquear a passagem. Estavam presos. À sua mercê. Ele ainda poderia fazer aquilo, mas seu coração... seu...

O BMW andou devagar e parou no meio do beco sem saída.

Merda, ele pensou, *não aqui...*

27

— Você estava certo — disse Farooq-Lane, impressionada.

— Claro que eu estava — respondeu Parsifal com rigidez.

Os dois estavam sentados em seu carro alugado, olhando para as ruínas ainda fumegantes do Hotel Carter. Ele dissera que tinha visto o Hotel Carter totalmente destruído em sua visão, e, assim como falou, assim foi. Parecia inacreditável que houvesse tempo suficiente para todo o hotel pegar fogo desde que ela havia fugido. Deveria haver pedaços, ela pensou. Colunas. Chaminés. Ossos do esqueleto do hotel alcançando o céu azul, muito azul. Mas havia apenas uma vasta extensão enegrecida com marcas de pneus através dela. Ninguém poderia ter feito um trabalho melhor obliterando um edifício se tivesse tentado. E certamente alguém tinha feito isso, ela pensou. Não poderia ter sido um acidente.

— Não foi isso que eu quis dizer — respondeu Farooq-Lane. — A questão era mais eu do que você.

Podia senti-lo observando enquanto ela bebia seu café. Ela perguntara se ele queria parar para tomar um café ("Se você quiser." "Você vai beber?" "Parece improvável.") e então fez um desvio no caminho para encontrar uma boa cafeteria mesmo assim. Ela sentia falta de sua rotina de bom café, bom trabalho, boa vida, e sentia que o aparecimento de uma visão bem-sucedida merecia o retorno de, pelo menos, uma dessas coisas.

Agora tinha um bom café espresso e estava se sentindo mais ela mesma do que nunca, e Parsifal tomou um chocolate quente e parecia como se uma carga de roupa tivesse sido retirada da secadora antes de ficar pronta. Nada em sua linguagem corporal indicava que ele estivesse gostando da bebida em suas mãos.

Ela perguntou:

— Você viu como aconteceu? Foi intencional?

Parsifal não respondeu. Ele baixou a janela e respirou fundo. Cheirava a cinzas. Tóxico. O rosto azedo dele combinava com a cena.

— Lock me perguntou se havia algo que pudéssemos fazer para deixar você feliz — comentou Farooq-Lane. — Qualquer coisa para melhorar seu conforto. Tem algo que você gostaria?

Ele se virou para o rádio e começou a apertar botões silenciosamente. Ela se recusou a deixá-lo arruinar seu bom humor e bom café.

— Tenho uma boa verba.

— Só gostaria de um pedaço de Bienenstich do jeito que minha mãe fazia para mim — disse Parsifal, conseguindo falar de um jeito como se Farooq-Lane tivesse, de alguma forma, difamado sua mãe. Seus longos dedos contraíam-se do rádio como pernas de uma aranha moribunda. Ele tinha encontrado ópera. Um homem de fôlego arrulhava dos alto-falantes do carro alugado. — E isso não é possível.

Farooq-Lane rapidamente pesquisou *Bienenstich* no Google, com a intenção de provar que ele estava errado. Afinal, estavam nos Estados Unidos, era possível pedir qualquer coisa no Uber Eats ou encontrar qualquer coisas aberta de madrugada em uma metrópole, se você tivesse um cartão de crédito sólido e uma atitude positiva. Levou apenas alguns minutos, no entanto, para ela descobrir que as atitudes positivas não se aplicavam a Bienenstich. Era uma espécie de bolo alemão sem graça com cobertura de amêndoas que não parecia ter encontrado público na região de Washington, DC, nem entre o tipo de confeitarias que entregaria bolos em um quarto de hotel. Também não parecia ter uma versão americana.

Por que ele não podia apenas querer dirigir um carro veloz ou transar ou o que quer que os meninos devessem querer?, ela pensou com irritação.

Farooq-Lane furtivamente mandou uma mensagem para Lock. *Encontre Bienenstich pra mim.*

Então ela perguntou:

— Posso fazer alguma coisa para ajudá-lo a se lembrar do que viu na visão? Me dê algumas ideias. Vamos fazer um *brainstorm*. Fazer alguma ideia se soltar das demais.

Ele olhou para as cinzas.

— Por que você faz isso?

— Pelo mesmo motivo que você — respondeu ela.

Parsifal piscou para ela, os olhos confusos e surpresos por trás dos óculos.

— O quê?

— Eu disse que faço isso pelo mesmo motivo que você faz — respondeu Farooq-Lane. — Para salvar o mundo. Quem não faria isso?

Ele parecia perplexo.

— O quê?

— Você não pode me dizer que não está sentado neste carro comigo porque quer impedir que o apocalipse mate toda a humanidade — disse Farooq-Lane.

— *O quê?*

— Você perguntou por que eu fazia isso.

Ele balançou a cabeça, olhando para ela com cautela.

— Eu não disse nada.

Farooq-Lane colocou o café no porta-copos com um pouco mais de força do que o necessário. Suas mãos estavam trêmulas de novo. Ela repassou o último minuto em sua mente. Tinha mesmo ouvido Parsifal? Ou em vez disso será que tinha soado como Nathan zombando dela, dentro da sua cabeça, como ele fazia quando era vivo?

— Ah, desculpe — disse ela. — Acho que estou meio com os nervos à flor da pele.

Parsifal lançou a ela um olhar extremamente irritante que indicava que ele concordava, e então falou:

— É ele. — Ele apontou pela janela para as marcas de pneus que tinham arrastado cinzas pela rua. — Eu vi isso. Eu lembro disso. Eu vi o carro dele fazer. Hoje. Tenho certeza de que foi hoje.

Ela sentiu o coração bater um pouco mais rápido. Era melhor assim. Assim era como tinha acontecido quando eles estavam se aproximando de Nathan. Pequenas peças específicas do quebra-cabeça que formavam mais e mais uma imagem, conforme cada uma era revelada. Coisas que poderiam ser ticadas de uma lista. Coisas que poderiam provar a Lock que sua fé nela não era infundada.

— Que bom. Isso é bom, Parsifal. O que aconteceu depois disso? Para onde vamos?

Os dedos de Parsifal apertaram com um pouco mais de força o copo para viagem.

— A visão não foi tão boa depois disso.

— Tente.

— Eu o vi em um carro cinza. Eu... eu o vi em um carro branco também. Acho que o carro cinza está correto. Um BMW. Eu acho. Não sei. Estou mais confuso do que antes. Eu poderia dizer antes se... eu poderia dizer se... — ele parou. Sua boca assumiu uma forma agitada.

— Tudo bem se não fizer sentido — disse Farooq-Lane. — Apenas vá contando. É pra isso que estou aqui.

— Eu vi uma estrada que faz isso. — Parsifal fez um gesto um tanto rude com a mão. — Eu não sei em inglês.

— Rotatória?

— *Sackgasse?* — ele sugeriu.

— Alça de acesso?

Ele desenhou uma rua imaginária no painel.

— Aqui casa, aqui casa, aqui casa, aqui, aqui, aqui casa, vire aqui, casa, casa, casa.

— Rua sem saída — disse Farooq-Lane imediatamente. Ele apertou os olhos, sem entender. Ela tentou outra vez. — Rua sem saída.

Ele se iluminou.

— Sim, sim.

— Perto daqui?

— Certamente ele está perto se os rastros dos pneus ainda estiverem visíveis na rua — disse Parsifal, usando a lógica. — Ninguém ainda passou por eles.

Aliviada por ter algo para fazer, Farooq-Lane abriu rapidamente um aplicativo de mapas. Ela afastou o zoom até que pudesse ver as ruas do bairro ao seu redor. Na pior das hipóteses, não haveria rua sem saída por perto. Na hipótese do mundo real, haveria várias ruas sem saída por perto. Na melhor das hipóteses, haveria apenas uma rua sem saída em um raio de alguns quilômetros.

Eles estavam vivendo na melhor das hipóteses.

Parsifal, inclinado sobre o ombro dela, respirando com a boca no ouvido dela, apontou, espirrando chocolate quente na tela. Ela fez um ruído suave de aborrecimento. Ele tinha um dom.

— *Da*, ali, ali — disse ele. — Andover. Essa foi a palavra que eu vi. Essa rua é onde está o seu Zed.

E, simples assim, eles tinham um destino.

Parsifal fechou a janela e colocou seu copo de chocolate com segurança no suporte atrás do de Farooq-Lane.

As palavras da vidente voltaram a ela.

Se você quiser matar alguém e manter isso em segredo, não o faça onde as árvores possam vê-la.

Farooq-Lane estremeceu. Ela estava fazendo aquilo tudo pelo motivo certo. Estava salvando o mundo.

— Esse Zed — perguntou a Parsifal enquanto colocava o carro em marcha. — Na sua visão, ele estava armado? Era perigoso?

Eu esperava mais complexidade de você, Carmen.

Ela continuava sonhando com Nathan sendo baleado e Nathan vivo outra vez, e ela não conseguia decidir qual era pior.

— Não — disse Parsifal. — Eu me lembro bem dessa parte. Ele está completamente indefeso.

Ela disse:

— Vamos atrás dele, então.

28

Preto.

É mais difícil quando você está longe.

Tudo era preto.
Preto, não.
Era seja lá como se chame a ausência de luz.
A garganta de Ronan cheia daquilo, sufocando...

Você acha que é difícil ouvir os sonhos quando está longe de suas montanhas. Das nossas linhas ley. Da sua floresta. De Lindenmere. Isso não está certo. Não está errado, mas está apenas parcialmente certo. É difícil para os sonhos ouvir você.

Mesmo no sonho, ele estava morrendo.

Já te pediram para identificar uma música tocando em um restaurante cheio? Há barulho por toda parte. Aquele pai de merda dando um sermão no filho na mesa atrás de você. Os garçons cantando parabéns para alguém que nem queria se lembrar da ocasião. A música está tocando em alto-falantes comprados por quem deu o lance mais baixo, uma reflexão tardia. Quando as pessoas calam a boca por um segundo, você pode ouvir parte da música aqui e ali. Se um desses momentos de calma coincidir com o refrão, você consegue. Feito, grite o título, pareça inteligente.

Seus olhos, molhados com aquilo...

Caso contrário, é apenas uma música que você ouviu uma vez, mas não consegue localizar nas memórias. Isso é o que você é para a linha ley, para sua floresta, quando está muito longe.

Ronan tentou alcançar Lindenmere. Ele nem sabia que caminho seguir na escuridão. Ele só sabia que precisava pegar alguma coisa para trazer de volta se quisesse acabar com a tinta noturna. Mas havia apenas escuridão. A ausência de sonhos.

Está tentando localizar você, mas você não está facilitando. Está adivinhando o que você quer. Preenchimento automático, e todos nós sabemos como isso funciona. É quando as merdas começam a dar errado.

Por favor, Ronan pensou, mas ele nem sabia o que estava pedindo.

Você não deveria ter esperado tanto. Eu farei o que puder, mas você é uma música em um restaurante lotado e é muito difícil de ouvir com todo esse barulho de merda.

Ronan estendeu-se e a escuridão recuou.

Aguente, garoto.

29

Ronan acordou. Devagar. Pegajoso. Seus cílios estavam colados.
Ele estava congelado, imóvel, olhando para si do alto. Um feixe gloriosamente incandescente de sol dourado queimava seus olhos, mas ele não conseguia desviar a cabeça. Um único rastro de preto vazava em um fiozinho por uma das narinas; o resto de sua pele, limpa.

Seu corpo estava no banco traseiro do BMW. Um dos moletons escolares de Matthew estava enrolado sob sua cabeça como um travesseiro. As mãos estavam cruzadas sobre o peito de uma forma que parecia diferente de qualquer posição que ele teria escolhido para elas. A qualidade da luz no carro era curiosa; não parecia nem dia nem noite. Estava escuro, exceto por aquele feixe de luz forte. Não conseguia entender. Não conseguia entender como tinha ido para o banco de trás. E não conseguia entender o que havia trazido de seu sonho.

Suas mãos estavam em concha sobre algo, mas a forma embaixo dos dedos não fazia sentido. Ele não *sentiu* nada se movendo, mas quem poderia saber. Poderia ser um caranguejo assassino esperando a luz para ativá-lo. Poderia ser um grito sem corpo. Poderia ser qualquer coisa. O que ele lembrou de seu sonho não oferecia nenhuma pista. Ele acabava de se lembrar de uma terra devastada com muitas trevas convulsionantes e a voz de Bryde irrompendo dela suavemente.

Ronan conseguia se mover novamente.

Ele abriu as mãos com cautela. Em suas palmas, estava o punho de uma espada quebrada, seu acabamento complexamente negro, assim como a pintura de Soulages do Mercado das Fadas, aquela que fez Declan Lynch querer, caramba, chorar. A lâmina preta fosca havia sigo quebrada logo abaixo da guarda. Na empunhadura, três palavras foram impressas em letras minúsculas, também pretas, visíveis apenas quando o cabo estava inclinado contra a luz: RUMO AO PESADELO.

Ele não se lembrava de ter sonhado aquilo.

Era possível que Bryde tivesse acabado de salvar sua vida.

Era uma sensação estranha, grande demais para ser rotulada como boa ou má por enquanto. Tinha sido potente o bastante para saber que o mundo era muito mais vasto e misterioso do que ele acreditava. Ele não era capaz de imaginar que o mundo lhe dava cobertura.

Ele se sentou para se orientar.

A qualidade de nem-dia-nem-noite daquela luz era devido ao carro estar estacionado em algo como um alpendre ou um velho galpão. O revestimento externo estava danificado e enferrujado, construído apenas o mínimo necessário. O feixe de luz que queimara os olhos de Ronan era de uma placa que estava faltando.

O assoalho do banco traseiro estava coberto com lenços de papel amassados, cada um deles encharcado de preto. Ele não tinha lenços de papel no carro, tinha? Não, ele tinha cupons fiscais para enxugar o rosto. O banco do motorista estava puxado para a frente, revelando um depósito de lixo anteriormente escondido pelo assento, e no tapete havia duas pegadas pretas, pequenas demais para serem dele. Alguém havia colocado as chaves do carro no console central, onde ele poderia vê-las.

Era estranho dormir em um lugar e acordar em outro diferente em vez de adormecer para que sua mente pudesse voar para outro lugar. Tudo era impossível naquele dia.

Ele saiu do carro, cambaleando um pouco. O solo seco estava coberto de pegadas de cascos — aquele era um abrigo para animais. Ao sair do galpão, ele protegeu os olhos da longa luz vespertina, fazendo uma avaliação dos arredores. Cavalos distantes cortavam grama, sem se interessar por ele enquanto ele olhava ao redor do longo campo inclinado. Dava para ouvir o barulho de carros por perto. A interestadual. Um caminho achatado em meio ao gramado ia do alpendre até um portão distante e, além dele, a uma estrada de duas pistas em ruínas.

Não havia sinal do pequeno sedã branco; aliás, nem de quaisquer outros carros.

Ele pegou o celular e abriu o mapa. Estava a quarenta minutos de distância da cidade. Noroeste, nem remotamente no caminho da Barns.

A verdade da situação estava se revelando lentamente. Um deles — a mulher, provavelmente, porque o assento tinha sido puxado para a frente — devia tê-lo levado para longe da cidade para sonhar, para ter certeza de que seus dois *geasa* conflitantes não o colocassem em apuros desta vez. Em seguida, escondido seu carro. Limpado seu rosto. Deixado as chaves onde ele pudesse encontrá-las. Ido embora com o homem que tinha o rosto dos Lynch, deixando Ronan com mais perguntas do que respostas.

Eles tinham salvado seu corpo e Bryde tinha salvado sua mente, e ele não estava mais próximo de saber quem eram um ou o outro.

Ronan chutou o chão.

Um passo para a frente, dois passos para trás.

Aguente, garoto.

30

— Hennessy.
Era culpa de Hennessy.

Esse era o começo e o fim da maioria dos problemas das meninas, na verdade. Elas não podiam ir para a faculdade ou fazer qualquer coisa que exigisse um número de seguro social específico para cada uma: culpa de Hennessy. Foram banidas do Nine O'Clock Club: culpa de Hennessy. Tinham sisos doloridos quando fazia mau tempo: culpa de Hennessy. Tinham que recorrer a um plano elaborado para forjar e roubar uma pintura em vez de apenas liquidar alguma merda e comprá-la com um maço de dinheiro: culpa de Hennessy.

Tudo a respeito do caso *A dama sombria* era culpa de Hennessy.

— Hennessy.

No ano anterior, Hennessy tinha vendido uma falsificação de John Everett Millais para Rex Busque, um comerciante musculoso de retratos e peças pré-rafaelitas, antigo participante do Mercado das Fadas. Era uma jovem mulher, de cabelos castanhos, segurando uma única carta, o rosto pressionado contra o peito, deixando para o espectador decidir se era uma carta de baralho, uma carta de tarô ou algo totalmente diferente. Seus olhos sugeriam que era a opção mais misteriosa. A falsificação era um pouco mais corajosa do que a de Hennessy — teria sido mais seguro "encontrar" alguns esboços de Millais ou obras inacabadas —, mas Busque havia pedido algo vistoso, pois estava com um certo problema de dinheiro e queria encontrar alguma coisa que gerasse muito dinheiro em pouco tempo. Ela avisara Busque que era um achado muito bom para passar sem atrair atenção e que ele deveria apenas oferecer no exterior para um colecionador particular.

— Hennessyyyy.

Claro que tinha sido descoberto na primeira galeria de prestígio para a qual Busque tentou passá-lo. Millais trabalhava suas composições diretamente em tela, sobre um desenho em grafite e tudo mais, e Hennessy tinha improvisado e, uma vez feita a pergunta, o dominó tinha caído: as pinceladas eram muito grandes, o verniz estava errado, onde você disse mesmo que encontrou isso?

Hennessy era cruelmente incontrita. Ela avisara, disse ela; culpa dele que ele fosse um preguiçoso otário que não estava a fim de procurar um código de DDI.

Claro que seria ele quem acabaria com *A dama sombria* meses depois.

— Prefiro queimar uma pintura a vendê-la para você — ele tinha dito a Hennessy.

Culpa de Hennessy.

Ela já teria desistido se não fosse pelas outras.

Estava tão cansada...

— Heloise — disse Jordan. Hennessy não estava olhando para as meninas, mas sabia que era Jordan; só Jordan a chamava assim. O nome de Hennessy não era Heloise. Essa era a piada. — Sua cara.

Hennessy sabia sobre a cara dela. Limpar não mudaria nada. Ela estava deitada de costas no chão de ladrilhos da cozinha, fumando, e um pequeno filete preto escorria de sua narina para a bochecha.

Já fazia muito tempo desde que ela havia sonhado.

E como o plano tinha fracassado, logo haveria outra cópia dela. Outra flor na tatuagem circundando sua garganta. Outro passo na direção da morte. Mais um passo em direção a todas as garotas daquela cozinha irem dormir para sempre.

Culpa de Hennessy.

— Acabou de começar? — perguntou June. Pobre June. Ela se esforçava muito e era a segunda com maior probabilidade de aparecer se você ligasse e era a melhor em manter um emprego legal de meio período. Como Hennessy, ela bebia demais e gostava de cachorros. Ao contrário de Hennessy, ela alisava o cabelo e também gostava de gatos. Era a segunda cópia mais antiga viva, o que significava que era a cópia mais complexa depois de Jordan.

Pobre Jordan. Ela não merecia aquilo. Nenhuma delas merecia, mas ela com certeza não.

— Se você pensar sobre isso metaforicamente — disse Hennessy —, alguma vez parou de verdade?

As meninas estavam limpando a cozinha branca e cobre da mansão, que estava destruída. Sempre estava destruída. Era usada por seis falsificadoras para criar tintas pastel, misturar pigmentos, fazer cola, manchar o papel e reaquecer pizza, e todos esses componentes estavam espalhados pelo chão e pelo balcão, junto com alguns cabelos e dentes da invasão de Breck. A longa luz noturna que entrava pelas janelas do jardim iluminava a tinta respingada no chão de mármore, teias de aranha passando pelos potes de cobre pendurados no alto, embalagens de comida para viagem cobrindo a ilha de mármore.

— Você sabe quem eu odeio? — disse Madox. Ela parecia furiosa. Ela sempre falava como se estivesse furiosa. Era como se o gênio de Hennessy fosse a principal coisa que tivesse se manifestado nela. — Busque, aquele maldito manipulador.

— Quer calar a sua boca? — disse June. Ela tendia a ser prática. Era como se as habilidades de resolver problemas de Hennessy fosse a principal coisa que tivesse se manifestado nela. — Então cai fora. Qual é o lance?

— Está com o garoto. O garoto Lynch — respondeu Hennessy.

— Ele mora aqui — disse Madox. — Eu vi a casa de almofadinha dele na cidade. Eu ainda voto para darmos o bote nele.

— Você é *mesmo* a estúpida. Ele trabalha para um senador — disse June. — Você não acha que isso não vai ser manchete em algum blog chocante? É arriscado.

— June está certa — disse Trinity, pensativa. Ela sempre parecia pensativa, abatida consigo mesma, como se o ódio de Hennessy por si mesma fosse a única coisa que a dominava. — Teríamos que sair da cidade, o que só vale a pena se *A dama sombria* funcionar.

Hennessy trocou um olhar com Jordan, que estava encostada no balcão com um punhado de pincéis. Era difícil dizer o que Jordan estava pensando. Ela estava olhando para a tinta preta que escorria do rosto de Hennessy e tocando a tatuagem floral em seu próprio pescoço, a que era igual à de Hennessy.

Jordan, dentre todas as meninas, deveria ter uma vida própria. Ela não era Hennessy. Ela era Jordan. Com suas próprias características independentes, presa à vida de merda de Hennessy.

Culpa de Hennessy.

— Estou cansada de dar nomes a vocês, meninas — disse Hennessy.

— Podemos comprar dele? — Brooklyn sugeriu, parada ao lado da pia com uma pá de lixo cheia de gizes pastel destruídos. Essa era uma sugestão chocante, ainda mais porque as sugestões de Brooklyn normalmente tendiam para o sexual, a única parte de Hennessy que de fato tinha passado para ela.

— Se ele não quiser vendê-la, nós o avisamos, não é? — disse June.

— Talvez devêssemos só desistir. Pode não funcionar de qualquer maneira — disse Madox.

— Abordagem ruim, Mad — disse June.

— Ou, pelo menos, entrar sabendo que é uma opinião impopular — murmurou Trinity.

O princípio por trás da aquisição de *A dama sombria* era simples. Sua lenda tinha sido bem documentada: quem dormisse sob o mesmo teto que ela sonharia com a praia. Hennessy, portanto, seria forçada a sonhar com o litoral, em vez de seu pesadelo recorrente, e traria de volta uma gaivota, areia ou alguma outra parafernália de praia, tudo o que custaria menos fisicamente do que produzir uma cópia de si mesma.

Jordan enfim falou:

— E se trocarmos de novo?

Trinity perguntou:

— O que... invadir a casa dele?

— Mesmo plano — disse Jordan. — Exatamente o mesmo plano. Entrar, deixar nossa cópia, roubar a verdadeira.

As meninas pensaram.

— Você está zangada — disse Madox.

Como se ela não tivesse dito nada, June refletiu:

— Ainda corremos riscos de exposição.

Brooklyn jogou a poeira do giz pastel no lixo.

— Não se quebrarmos uma janela e substituirmos o vidro quando terminarmos.

— Precisamos de tempo — disse Trinity. — Ele teria que ficar fora de casa por um bom tempo.

Todo esse maldito problema, pensou Hennessy. Tudo porque Hennessy não conseguia parar de ter o mesmo maldito sonho.

Culpa de Hennessy.

Jordan cruzou a sala e pegou o cigarro de Hennessy. Deu uma tragada antes de jogá-lo na pia. Essa, pensou Hennessy, era a maior diferença entre as duas. Como Hennessy, Jordan tentava quase tudo, mas no final, Jordan sempre poderia jogar fora o que era ruim para ela antes que a matasse.

Exceto Hennessy. Hennessy era o hábito mais mortal que qualquer uma delas tinha, e nenhuma delas poderia abandoná-la.

Jordan disse:

— Acho que sei como fazer isso.

31

—Não, obrigado.
Uma coisa era ser vitimizada pela natureza intransigente e sem tato de Parsifal Bauer. Outra coisa era ver alguém ser vitimizado por ela. Vários alguéns. Uma sala inteira de alguéns. Toda a equipe da Confeitaria Alemã Pfeiffer's, em Alexandria, Virgínia, tinha vindo da sala dos fundos e de trás do balcão para assistir a Parsifal Bauer dar sua primeira mordida em um Bienenstich em anos. Lock, que havia encontrado a confeitaria, parecia ter exagerado e floreado demais quando ligou para garantir o bolo. Eles só faziam Bienenstich em épocas específicas do ano mas ele explicou que Parsifal Bauer era um jovem muito doente e que estava no país em busca de tratamento médico, longe de sua família. Eles também estavam muito mal para viajar; uma família que costumava fazer Bienenstich para ele para motivá-lo a pensar nas coisas mais doces da vida.

A Pfeiffer's havia se prontificado habilmente a enfrentar o desafio. Nos deem algumas horas, eles disseram, galantes, para nos certificarmos de termos as amêndoas, o creme de confeiteiro, a massa de fermento, o vigor!

— Você não quer uma caixa para levar o resto? — perguntou um dos funcionários.

Parsifal Bauer estava sentado na beirada de uma cadeira barata de cafeteria como sempre se sentava, o cabelo comprido preso atrás das orelhas, o corpo ereto, como se todos os seus ossos tivessem sido montados com muito esforço e fossem propensos a desmoronar se ele desequilibrasse demais a estrutura. O quadrado do bolo Bienenstich estava em um prato na frente dele. Ele era o único cliente da loja. Confeiteiros tinham vindo da sala dos fundos para presenciar sua primeira mordida. Os caixas tinham saído de trás da vitrine dos doces. As câmeras estavam prontas para filmagem. Velas estavam envolvidas. Algo energético e alemão tocava do alto.

Farooq-Lane se sentiu mal por eles no momento em que entrou lá. Ela já sabia como aquilo iria se desenrolar.

— Não vamos tirar essa fatia de você — disse o caixa, entendendo mal o seu *não, obrigado*. — Queremos dizer, o resto do bolo! Fizemos um bolo inteiro! Para você!

Parsifal olhou de novo para aquele único quadrado de Bienenstich no prato. O quadrado olhou para ele. Ele não se moveu em direção ao bolo nem se afastou. Era como se sua cabeça fosse um copo d'água e ele estivesse se esforçando muito para não derramar.

— Não, não é divertido para mim — disse Parsifal novamente, educado.

— Não é divertido? — repetiu o segundo confeiteiro.

Ele enrubesceu um pouco.

— Talvez não seja assim que se diz nessa língua.

Um dos outros membros da equipe riu alegremente e disse:

— Ah, filho, aqui se fala alemão! Todo mundo fala alemão! Você veio ao lugar certo! — E ele começou a falar com Parsifal em um fluxo de alemão. Todos eles participaram, entusiasmados, como se aquilo, eles sabiam, fosse ser o verdadeiro presente: ouvir sua língua nativa depois de tanto tempo longe de casa. Eles tagarelavam ao redor dele enquanto Parsifal ouvia, imóvel.

Não tinha sido um bom dia. Farooq-Lane e Parsifal haviam chegado ao único beco sem saída a tempo de ver o que realmente parecia ser um BMW cinza escuro estacionado bem no meio dele, mas antes que pudessem chegar perto o suficiente para conseguirem um número de placa ou ver o motorista, um pequeno sedan branco saiu de ré da entrada de garagem de uma casa e bateu na lateral do carro alugado. O motorista, pedindo desculpas, tinha acenado freneticamente, fazendo o maior esforço para desalojar seu carro do deles, mas quando conseguiu se desvencilhar, o BMW já havia sumido. Ele balbuciou em alguma língua estrangeira que nem Parsifal nem Farooq-Lane entendiam, mas eles descobriram a essência: *ele não tinha seguro, ele sentia muito, e agora estava indo embora.*

Farooq-Lane o deixou ir. Já havia um buraco de bala no veículo alugado. O que era mais um amassado?

Ela percebeu que o pessoal da padaria havia ficado em silêncio, esperando a resposta de Parsifal. Ele disse algumas palavras em alemão. Farooq-Lane podia perceber pelo rosto deles que eles não gostavam dele mais em alemão. Câmeras de celulares estavam sendo abaixadas. Ouviam-se murmúrios bilíngues. Eles estavam se aproximando de Farooq-Lane como se ela fosse a cuidadora dele e pudesse explicar.

— Talvez ele esteja cansado demais e mude de ideia mais tarde — alguém da equipe disse a ela em voz baixa, enquanto outro funcionário começava a baixar as luzes e um terceiro segurava as chaves para ligar o carro remotamente.

— Acho que você provavelmente está certo — Farooq-Lane mentiu.
— Ele está tão sobrecarregado de emoções. Amanhã ele vai se sentir diferente. Agradecemos tudo o que vocês fizeram.

Uma semana antes, ela provavelmente teria se sentido humilhada, mas agora o conhecia bem demais. Claro que ele não tinha gostado, pensou Farooq-Lane. Ele não gostava da maioria das coisas. Ela pegou a caixa branca de Bolo Picada de Abelha — essa era a tradução de Bienenstich. Alguém desenhou uma pequena abelha alegre nele com um balão de pensamento que dizia PARSIFAL! MELHORAS! Ela agradeceu novamente e levou a caixa e o menino para o carro alugado que tinha sido sitiado.

No carro, ele disse:
— Não vou me sentir diferente amanhã.

Ela tirou a mão da ignição e lançou-lhe um olhar fulminante.

— Eu sei que você não vai, Parsifal. Isso é algo que a gente diz a uma pessoa para fazê-la se sentir melhor depois de gastar muito tempo fazendo algo para alguém e então essa pessoa ficar simplesmente olhando a comida como se ela fosse causar uma doença.

— Eu não gostei — disse ele.
— Acho que eles entenderam.
— Eu não estava tentando ofendê-los.
— Acho que eles não entenderam.
— Não era igual ao da minha mãe — disse ele. — Eu sabia que não seria. Eu avisei. Não pedi a ninguém para fazer aquilo por mim.

— Às vezes — disse Farooq-Lane, sentindo que estava perdendo a paciência de novo —, as pessoas ainda tentam, mesmo que achem que nada vai funcionar. Às vezes, há boas surpresas neste mundo, Parsifal.

Ele estava sentado como no café, ereto, a caixa no colo, olhando adiante, com o olhar fixo no estacionamento escuro. Sua mandíbula estava travada. Até que falou:

— Ela fazia todos os meses no primeiro dia, sempre com a mesma receita, e ela congelava, para que eu pudesse descongelar e comer um pedaço todos os dias no café da manhã.

— Todos os dias?
— Todos os dias. Se algo sempre funciona, por que mudar?

Eles ficaram sentados ali na noite escura e cinzenta, o carro frio e cheirando a amêndoas torradas e bolo doce fermentado. Ela não sabia para onde iriam em seguida. Após o fracasso do beco sem saída, Parsifal não estava disposto a fazer um *brainstorm* sobre qualquer outra coisa que ele pudesse ter experimentado durante a visão. O moral estava baixo para todos os envolvidos. Farooq-Lane. Parsifal. O carro alugado estava coalhado de balas.

— Você tem a receita? — perguntou ela. — Da sua mãe? Posso pedir a ela? Ou a alguém que fale alemão? Você pode pedir a ela? — Ocorreu-lhe apenas depois de perguntar que ela não tinha visto Parsifal ligar ou mandar mensagem para ninguém desde que estava com ele. Não o tinha visto fazer nada com o celular além de colocar sua ópera sempre presente para tocar.

Parsifal olhou pela janela lateral para a confeitaria fechada, mantendo-se, muito, muito imóvel.

— Ela está morta — disse ele, em seu jeito rígido e sem emoção.
— Eu matei todos eles quando vi o fim do mundo pela primeira vez.

32

A maioria das pessoas fingia não notar a mulher no posto de gasolina. O posto de gasolina, cerca de trinta minutos a oeste de Washington, DC, era um daqueles oásis interestaduais comuns no corredor leste, sempre movimentado por causa de sanduíches com marcas fortes e promissoras que não cheiravam mal e banheiros em que você não grudava. A mulher era adorável, com pele clara e longos cabelos ruivos, e ela estava limpa, com um casaco bonito sobre um lindo vestido florido, mas parecia perdida — não no espaço, mas no tempo — e isso significava que ninguém poderia encontrar os olhos dela.

Shawna Wells estava observando a mulher pelos últimos vinte minutos. Shawna esperava que seu marido, Darren, parasse de ficar emburrado e voltasse para sua nova caminhonete, estacionada ao lado dela, para que pudessem continuar sua caravana de volta para casa em Gaithersburg. Possivelmente ele esperava que *ela* ficasse mais bem-humorada. Ela não sabia dizer e, de qualquer forma, não ia sair da van para buscá-lo. Estava com dois assentos ocupados no carro, nos fundos, caso ele tivesse esquecido, e não estava disposta a desafivelar o cinto deles só para encerrar uma briga.

Em vez disso, ela observou a mulher. A princípio Shawna pensou que ela estivesse pedindo dinheiro, mas quanto mais observava, mais pensava que ela estava tentando conseguir uma carona. *Que mulher pega carona hoje em dia?*, ela se perguntou. Não diziam para todas as mulheres que era perigoso entrar no carro de um estranho? Depois de um tempo, no entanto, Shawna percebeu que sua pergunta havia se transformado em outra — *Que tipo de mulher pega carona?* — e ela também percebeu que estava prestes a perguntar à mulher para que direção ela estava indo.

A briga entre Darren e Shawna era sobre se Shawna era ou não egoísta por ficar com raiva de ele ter comprado a nova caminhonete para si. Ela queria um novo deque para festas. Ele queria a nova caminhonete Raptor para seu trajeto até o trabalho. Ela não conseguia enxergar como isso a tornava egoísta. Ele disse que era esse o ponto.

Ela decidiu que, se a mulher pedisse antes de Darren voltar, ela diria que sim.

Conforme os minutos se arrastavam, no entanto, e parecia cada vez mais provável que Darren logo fosse ceder, ela se tornou impulsiva. Ela colocou a van em marcha. As crianças murmuraram. Quando saiu do local, viu Darren e a mulher olharem para cima. O primeiro em confusão, e a mulher em algo parecido com reconhecimento.

Shawna abaixou a janela. A velha van nem sempre funcionava direito, então a janela enroscou no meio do caminho, mas foi o suficiente para perguntar:

— Você quer uma carona?

A mulher era muito adorável de perto, com olhos verdes que pareciam de vidro e uma boca cor de coral e sardas por toda a pele translúcida. Às vezes, olhar para uma mulher bonita pode fazer com que outra mulher se sinta constrangida sobre a própria aparência, mas Shawna sentiu o contrário — ela foi inundada por uma nova consciência das coisas em seu corpo que ela considerava bonitas.

— Estou tentando chegar a Washington, DC — disse a mulher.

— Eu estou indo nessa direção. — Shawna lançou um olhar para Darren, que observava com espanto. — Entre.

A mulher sorriu então, e Shawna se lembrou de ainda mais coisas de que gostava em si mesma — seus olhos, por exemplo, sempre lhe davam uma expressão feliz, mesmo que ela não estivesse rindo, e Darren, às vezes, dizia que bastava olhar para eles que ele também ficava feliz. Ele realmente não era um idiota, na maioria das vezes; era uma pena a história da caminhonete.

A mulher entrou.

Shawna sustentou o olhar de Darren por um segundo (ele estava fazendo o gesto universal para *Que diabos você está fazendo, Shawna?*) antes de sair do posto.

— Muito obrigada — disse a mulher.

— Sem problemas — respondeu Shawna, como se fizesse isso o tempo todo. Seu telefone, preso a um suporte ao lado do rádio, zumbia rapidamente com mensagens de texto. *O que você está fazendo?* Outro zumbido. *Você está com os nossos filhos no carro.* — Qual o seu nome?

— Liliana.

Eles entraram na interestadual. A velha van não era rápida, mas acabou chegando ao limite de velocidade. Shawna se considerava uma motorista que dirigia com segurança.

— É um nome muito bonito — disse Shawna. A mulher não parecia ter sotaque, mas a maneira como ela dissera *Liliana* parecia sugerir que ela vinha de um lugar que tinha.

— Obrigada. Quais são os nomes dos seus filhos?

Shawna estendeu a mão para clicar no botão na lateral do celular e desligar a tela. Ela não queria que a mulher visse as mensagens de Darren e pensasse que estava incomodando.

— Jenson e Taylor. Eles são meus bebês.

— Deus te abençoe, Jenson, e abençoe você também, Taylor — a mulher disse baixinho. Para Shawna, foi como se pudesse *sentir* as palavras, como uma verdadeira bênção, como se, mesmo que a mulher tivesse acabado de ver seus filhos no banco de trás, ela realmente os amasse.

Por um tempo, seguiram viagem em silêncio. Shawna normalmente não gostava de silêncio, mas o fato de a mulher, aquela mulher estranha, aquela *carona*, estar na van era tão ruidoso que ela não percebeu a falta de conversa. O tráfego ficou mais pesado e as vias se multiplicaram. O sol da tarde brilhava forte e dourado atrás deles; o céu adiante escurecia com a noite e com um banco de nuvens de tempestade.

— Então, o que você tem lá em Washington, Liliana?

— Estou procurando alguém. — A mulher olhou pela janela. Ela tinha cabelos ruivos compridos e cheios, e Shawna se lembrou de repente de como seu cabelo ficou cheio quando ela estava grávida. A mulher não perdia cabelo quando estava grávida, e por isso ela ficou com muito cabelo, grande, fantástico e glorioso, até que os hormônios mudaram e eles começaram a cair novamente depois que Taylor nasceu. Shawna não tinha pensado em ter outro bebê, mas então, naquele momento, naquele exato momento, a ideia apareceu e era convincente. Ela gostara muito da gravidez e Darren amava os bebês. Sentia como se tivesse um propósito quando estava gestando vida dentro de si.

Ela perguntou à mulher:

— E essa pessoa está em Washington?

A mulher sacudiu a cabeça.

— Mas posso descobrir como encontrá-la lá. Eu espero. — Quando algumas pessoas dizem que esperam, querem dizer que não têm esperança nenhuma, mas a mulher dissera *Eu espero* como se a esperança fosse algo sagrado, uma ocupação.

O que você faz?

Eu espero.

No espelho retrovisor, Shawna viu o perfil da nova caminhonete de Darren se aproximando, preso atrás de várias fileiras de tráfego rápido, mas, de qualquer forma, ela estava ali. Ela descobriu que não se ressentia mais da caminhonete. Sim, ela teria preferido o deque, mas a caminhonete era a evidência de que Darren ainda era volátil, ainda sujeito a acessos de desejos juvenis. Não era isso que ela amava nele?

Adiante, o trovão retumbou, audível até mesmo sobre o som da minivan. O relâmpago saltou aos solavancos de nuvem em nuvem. Shawna tinha medo de tempestades quando era menina. No início, havia sido um medo infundado, mas depois, ela estava deitada na cama quando um relâmpago fez um arco atravessando a janela e atingindo o interruptor de luz na parede de seu quarto. A nova compreensão de que havia eletricidade sem lei no mundo significava que mesmo a menor cobertura de nuvens a enviaria em disparada para dentro de um cômodo sem janelas. Ela superara o episódio havia muito tempo, mas olhando para a tempestade naquele momento, descobrira que tinha tanto medo daquele poder quanto antes.

Parecia estúpido que ela e Darren brigassem por algo tão inútil. Eles estavam bem juntos e iam ter outro filho.

O raio disparou novamente, carregando a atmosfera de eletricidade, e ela olhou no espelho retrovisor para a caminhonete de Darren. Ela queria que estivesse perto. Queria ver o rosto dele.

Estava perto. Ele a alcançara e estava bem atrás deles, fazendo um gesto de telefone para ela pelo espelho retrovisor. Ela se arrependeu de não ter feito as pazes com ele antes de partirem.

O som foi sugado de dentro da minivan.

Rolou até retornar ao nada, ao ar morto, como se o botão tivesse girado para desligar o volume da realidade. A minivan avançava como um fantasma através do tráfego silencioso.

Shawna tentou dizer *Senhor!* mas isso exigia ruído, e não havia nenhum.

Em seguida, todo o som voltara. Uma cacofonia de cada som de cada tipo e de cada volume berrava dentro da minivan. Eram décadas de sons empilhados uns sobre os outros.

Era um ataque.

O barulho atingiu os ocupantes do carro violentamente. Se houve gritos, não era possível ouvi-los em meio ao resto do som. O para-brisa explodiu; as janelas estouraram; sangue espirrou de algum lugar. A minivan parou repentinamente de se mover para a frente, e a caminhonete veio tombando de trás. Esse som também foi absorvido pelo uivo da minivan. Os dois veículos giraram, giraram, giraram e foram atingidos novamente, e novamente, e novamente, e o som continuou.

Então, todos os veículos ficaram imóveis na pista mais à direita, e o mundo retomou suas notas normais.

Na caminhonete, Darren estava amontoado sobre o volante. A minivan vazava fluido anticongelante. Shawna estava encostada com o corpo largado para trás no assento, o sangue escorrendo de seus olhos e ouvidos, seu corpo espancado. Tudo no interior da minivan parecia ter sido derrubado e esmagado — o epicentro de um terremoto pessoal.

No banco de trás da minivan, Jenson e Taylor choravam. Eles estavam tranquilos e ilesos, embora a parte traseira estivesse amassada em outra forma e os assentos estivessem compactados e rachados.

Uma adolescente saiu do banco do passageiro da minivan. Ela estava tão intocada quanto as crianças no banco de trás. Tinha longos cabelos ruivos, sardas por toda a pele e olhos verdes cor de vidro, e estava chorando baixinho.

Ela se agachou no acostamento da estrada e se balançou com os nós dos dedos pressionados contra os dentes até ouvir o som de uma sirene se aproximando. Então ela se levantou e começou a caminhar em direção a Washington.

Começou a chover.

33

Já escurecera fazia muito tempo quando Ronan chegou à Barns. A entrada de automóveis era difícil de ver, um túnel de folhagem para um labirinto escondido, mas seria difícil de encontrar mesmo sob sol forte, por causa do sistema de segurança recentemente sonhado. Levara semanas para aperfeiçoar o sonho e, embora ele normalmente fosse um sujeito desleixado em sua oficina, havia feito uma limpeza minuciosa depois de terminar aquele projeto em particular. Ele destruíra todos os rascunhos; jamais ia querer cruzar com algum acidentalmente. Tinha sido projetado para trabalhar com as emoções do mundo desperto, um tipo de objeto de sonho que Ronan normalmente evitava. Foder com o livre arbítrio parecia distintamente anticatólico para ele — uma daquelas encostas escorregadias sobre a qual os fiéis eram advertidos. Mas ele queria que a Barns estivesse segura, e todas as suas outras ideias se fundamentavam em danos físicos. Ferir intrusos significava exposição, e matar intrusos significava limpeza, então era uma merda.

O sistema de segurança sonhado confundia, entristecia e obscurecia, enredando o intruso em nada mais ou menos venenoso do que as terríveis verdades em suas próprias histórias. Não bloqueava com precisão a vista da garagem, mas uma vez capturada, a pessoa simplesmente não conseguia lembrar do presente bem o bastante para notar a entrada entre as árvores. Tinha sido monstruoso de instalar; Ronan levara quase um dia para suportar esticá-lo por alguns metros pela pista de entrada da propriedade. Ele tivera que parar várias vezes para colocar a cabeça nas mãos até que o medo e o arrependimento passassem.

Naquela noite, mesmo sabendo muito bem que a casa de sua família ficava do outro lado da soleira da garagem, mesmo tendo passado a maior parte de sua vida ali, Ronan ainda tivera que se dar um sermão firme quando seu GPS alcançou as coordenadas da casa.

— Apenas acabe logo com isso — falou.

E então avançou pela entrada. Dúvida e lembranças desagradáveis o inundaram e então...

O BMW havia passado e descido pela entrada da garagem do outro lado. Seus faróis iluminaram uma vaca imóvel aqui ou ali. Bem do outro lado dos campos profundamente dobrados, vaga-lumes sonhados piscavam na floresta.

Então os faróis iluminaram a velha casa branca na escuridão e, além dela, os lados cintilantes de numerosos anexos, como criados silenciosos. Casa.

Por vários longos minutos, ele ficou sentado no carro no estacionamento em frente à casa, ouvindo os ruídos noturnos da Barns. Os grilos e os sonhados pássaros noturnos e o silêncio do vento das montanhas embalando suavemente o carro. Tudo naquele lugar estava igual a como ele havia deixado, exceto pela pessoa que morava ali dentro: ele.

Ele mandou uma mensagem para Adam: *tá acordado?*

Adam respondeu imediatamente. *Sim.*

Ronan, aliviado, ligou para ele.

— Bryde salvou minha vida.

Ele não havia pensado que contaria tudo a Adam. No início, não quis ligar enquanto Adam estava na aula, e então ele não quis ligar quando ele poderia estar jogando cartas com o Clube do Choro, porque a ideia de ele lhes dizer *esperem só um instante, é o Ronan* para atender a ligação depois do incidente no dormitório era insuportável. Além disso, ele não tinha certeza de como falar sobre uma coisa que ele mesmo não entendia. Porém, uma vez que tinha começado a explicar o dia para Adam, não conseguia mais parar, não apenas porque *precisava* ouvir aquilo tudo em voz alta, mas porque precisava contar em voz alta para Adam.

Adam ouviu em silêncio enquanto Ronan lhe contava tudo o que acontecera, e então, no final, ele ficou em silêncio por um longo tempo. Por fim ele disse:

— Eu quero saber o que ele ganha com isso. De salvar você. Todos eles, na verdade. Eu quero saber por que eles mudaram você de um lugar para o outro.

— Por que eles têm que ganhar algo com isso?

— Eles têm que ganhar — disse Adam. — É assim que o mundo funciona.

— *Você* salvou minha vida. — Ronan se lembrava disso recentemente porque o sistema de segurança da entrada da garagem às vezes trazia isso à tona. Não o final bem-sucedido, mas os sentimentos anteriores: Ronan se afogando em um lago ácido, a mão estendida para seu pequeno psicopompo Opala, fracassando completamente em salvá-la ou a si mesmo. Adam e sua habilidade excepcional, raramente usada, mergulhando para resgatá-lo, o que surpreendeu a todos.

— Isso é diferente.

— Diferente como?

Adam transparecia irritação na voz.

— Salvei sua vida porque eu te amo e estava com medo e não sabia mais o que fazer. Não parece o mesmo com Bryde.

Essa declaração ao mesmo tempo agradava e irritava Ronan. Sua mente guardou a primeira metade para referência futura, para tirar e olhar novamente em um dia ruim, e decidiu descartar a segunda metade porque parecia esvaziá-lo.

— A maioria das pessoas não é como você, Ronan — Adam continuou. — Eles têm muito medo de arriscar o pescoço por nada. Existe um elemento de... como você chama aquilo, mesmo? Autodefesa. Sobrevivência. Não fazer algo arriscado sem um bom motivo porque o corpo é frágil.

— Você não sabe se ele teve que arriscar o pescoço — disse Ronan. Ele usou a chave do carro para tirar migalhas de biscoito do acendedor de cigarros. — Você não sabe se eles estavam arriscando alguma coisa para transportar dali meu carro e eu nele.

— Existe algo como um custo emocional — disse Adam. — Investir na sobrevivência de outra pessoa não é algo gratuito, e o banco emocional de algumas pessoas já está zerado. De qualquer forma, eu sei o que você quer que eu diga.

— O que eu quero que você diga?

— Você quer que eu diga que está tudo bem ir atrás de Bryde e daquelas outras pessoas, não importa o que Declan pense.

Adam estava certo. Assim que Ronan ouviu, soube que era, de fato, exatamente o que ele queria ouvir.

Adam continuou:

— O único problema é que eu concordo com o Declan.

— Pelo amor, porra.

— Eu não disse que tinha os mesmos motivos. Não acho que você tenha que passar a vida embaixo de uma pedra, mas não acho que você deva perseguir tigres até ter certeza de que tenham as mesmas listras.

Agora Ronan sabia que *ele* deixava transparecer irritação na voz.

— Poético. Você é um sábio do cacete. Vou anotar isso.

— Só estou falando. Vai devagar. Se você esperar pelo recesso escolar, posso ajudar, talvez.

Ronan não queria ir devagar. Ele sentia que era uma vela que podia se extinguir se ele esperasse tempo demais.

— Eu só quero saber — disse Adam por fim, com uma voz ligeiramente diferente de antes — que quando eu for passar essas férias, você ainda vai estar aí.

— Eu vou estar aqui. — Ele sempre estivera. Caranguejos assassinos de dupla face tinham garantido isso.

— Inteiro.

— Inteiro.

— Eu te conheço — disse Adam, mas não acrescentou mais nada, nada sobre o que significava conhecer Ronan.

Eles ficaram sentados no silêncio de um telefonema sem nada nesse meio-tempo por quase um minuto. Ronan podia ouvir os sons de portas abrindo e fechando do lado de Adam da chamada, vozes murmurando e rindo. Ele tinha certeza de que Adam podia ouvir os ruídos noturnos da Barns na ponta de Ronan.

— Tenho que ir cobrir com tinta um pouco de sangue de caranguejo — disse Adam, por fim. — *Tamquam...*

Fazia mais de um ano que nenhum dos dois tinha aulas de latim, mas continuava sendo sua língua particular. Tinha sido uma das línguas faladas nos sonhos de Ronan por um longo tempo, e então latim foi uma das poucas aulas em que Ronan se jogara de cabeça quando estavam na escola. Adam não suportava não ser o melhor em qualquer aula em que estivesse, então ele teve que se lançar no assunto com o mesmo fervor. Era possível que dois alunos da Aglionby nunca tivessem conseguido um conhecimento tão profundo de latim (ou, possivelmente, um do outro).

— ... *alter idem* — concluiu Ronan.

Eles desligaram.

Ronan saiu do carro com um humor melhor do que quando entrara nele. Cutucando Motosserra, o corvo fêmea, onde ela dormia na grade da varanda da casa, ele destrancou a porta, e então os dois entraram. Acendeu a lareira na sala de estar e começou a esquentar uma lata de sopa no fogão enquanto tomava banho e limpava todo o lixo preto de suas orelhas e cabelos com algodão. Uma curiosa energia o percorria. Adam não tinha lhe dito "sim", mas também não tinha dito "não".

Dissera para ele "ir devagar".

Ele poderia ir devagar, disse a si mesmo.

Poderia ir ver as fotos de sua mãe verdadeira e compará-la com a mulher que tinha visto naquele dia, mais cedo. Isso era ir devagar. Não atrapalharia nada. Ele poderia fazer isso enquanto tomava sopa em frente ao fogo. Certamente manteria Adam e Declan felizes.

Ele pegou uma velha caixa de fotos de um espaço de armazenamento do antigo quarto de seus pais e voltou a descer. Com uma caneca de sopa, ele se sentou perto do fogo na sala de estar. Era um espaço confortável, de teto baixo com vigas expostas, a lareira aberta em uma parede de gesso irregular, tudo parecendo pertencer a um país mais antigo do que aquele em que fora construído. Como o resto da casa, parecia tão orgânico e vivo quanto Ronan. A sala era uma boa amiga com quem olhar aquelas fotos.

Ele realmente estava de bom humor.

— Cracker — Ronan disse à Motosserra. Ele estendeu um biscoito para ela, onde ela estava empoleirada em seu tapetinho higiênico no sofá. Ela tinha um olho no biscoito salgado desejado e outro no fogo, em que não confiava. Cada vez que estalava, ela estremecia com suspeita.

— Cracker — disse ele novamente. Ele deu uma batidinha no bico dela para que ela prestasse mais atenção a ele e menos ao fogo.

— *Kreker* — ela grasnou.

Ele acariciou as pequenas penas ao lado do grande bico e deixou que ela o pegasse.

Ronan se sentou no chão e abriu a caixa. Dentro, havia fotos antigas empilhadas de maneira desordenada, algumas em álbuns de fotos, outras não. Ele viu sua mãe, seu pai, tia e tio (ele puxou essa para guardá-la para um estudo posterior), seus irmãos quando eram muito mais novos, uma variedade de animais e instrumentos musicais. Sua mãe tinha a aparência de como ele ainda se lembrava dela — mais suave do que naquele retrato. Mais suave do que aquela mulher usando o rosto dela no pequeno sedan branco. Ele estava feliz em ver que sua memória não o havia enganado, mas realmente não fornecia uma resposta para a existência da outra mulher.

Ele continuou cavando, mais, mais, mais, até o fundo da caixa, até que, de repente, ele viu o canto de uma foto enfiada debaixo de outra que fez seus dedos recuarem. Ele não conseguiu ver muito da foto, mas reconheceu o canto. Não foi que reconheceu de fato. Em vez disso, ele se lembrou do que sentia quando olhava para ela. Ele sabia, sem tirar o resto, que era uma foto de Niall Lynch em sua juventude, não muito antes de ele vir de Belfast para os Estados Unidos. Ronan não via essa foto havia muitos, muitos anos, e não recordava nenhum dos detalhes dela, exceto a lembrança esmagadora de não gostar dela. A imagem tinha feito com que um Ronan mais jovem se sentisse mal o suficiente para enfiá-la bem no fundo da caixa de fotos, onde não a descobriria facilmente de novo em outros momentos em que resolvesse olhar as fotos da caixa. Tudo de que ele lembrava agora era a energia feroz de seu pai nela — ele era uma pessoa selvagem, mais viva do que qualquer outra pessoa que Ronan já conhecera, mais desperta do que qualquer outra pessoa que Ronan já conhecera — e sua *juventude*. Dezoito anos. Vinte.

Pensando nisso agora, Ronan achava que a juventude era o que havia gerado sua aversão pronunciada. Para o menino Ronan, ver seu pai com tanta vida pela frente parecia assustador em retrospecto. Como se o Niall da foto tivesse inúmeras escolhas restantes a fazer, e que qualquer uma delas poderia fazer com que ele nunca terminasse como pai de Ronan e de seus irmãos.

Mas agora Ronan tinha a mesma idade do homem da fotografia e, de qualquer forma, o pai deles já havia feito todas as escolhas que faria, e todas elas o haviam levado à morte.

Ele puxou a foto e a estudou novamente naquele momento.

Niall usava uma jaqueta de couro com a gola levantada. Uma camiseta branca com decote em V. Pulseiras de couro enroladas nos pulsos, que ele havia parado de usar antes de Ronan nascer — estranho pensar que Ronan as usasse agora sem ter se lembrado desse detalhe. Aquele jovem Niall tinha cabelo longo e encaracolado quase até os ombros. Tinha uma expressão feroz e viva. Ele era jovem e vivo, vivo, ah.

Ronan não se sentiu mal por olhar para a foto. Ela o fez sentir o oposto. Também lhe deu algo que ele não esperava: uma resposta.

Não era o rosto de Ronan que ele vira espiando do carro perto do hotel queimado. Era o de seu pai.

34

Jordan passava um bom tempo trabalhando em museus. Educação continuada. Estabilidade. Controle de sanidade. Pelo menos duas vezes por semana, ela se juntava às fileiras dos estudantes de arte da região que iam às galerias para aprender por imitação. Por algumas horas, ela própria se tornava uma falsificação: ela se parecia exatamente com os outros jovens artistas que trabalhavam no museu, embora na realidade não fosse como eles.

Washington não era uma boa escolha quando o assunto era museus. Galeria Nacional de Retratos em tons de rosa. O astuto e desconfortável Renwick. O caoticamente colorido Museu de Arte Africana. O Museu de Arte das Américas e o Instituto Cultural Mexicano, com seus belos azulejos maias e dos *pueblos*. O lindo jardim de Dumbarton Oaks. O NMWA, do qual Hennessy uma vez fora expulsa por causa de uma altercação, então agora nenhuma delas poderia realmente voltar. O Kreeger e o Phillips, o Hillwood e o Hirshhorn. Havia tantos. O pequeno e frio Freer era o favorito de Jordan, sua pequena coleção organizada havia muito tempo por um homem que colecionava primeiro com o coração e depois com o cérebro. Ela e Hennessy tinham um acordo: Jordan não trabalharia no Sackler logo ali, e Hennessy não trabalharia no Freer.

Uma coisa, pelo menos, que elas não compartilhavam.

Mas naquela manhã, já que não daria peças reais de si mesma, ela se dirigiu para a Galeria Nacional de Arte. Era um edifício grande e bonito, com tetos altos, molduras pesadas de gesso entre o teto e as paredes ricamente discretas para mostrar seus tesouros emoldurados em ouro. Sempre havia muitos alunos e grupos de arte desenhando, e várias das salas já tinham cavaletes enormes e pesados para os artistas visitantes copiarem suas obras. Um falsificador poderia trabalhar bem no meio daquilo sem ser o centro das atenções.

Ela verificou a hora. Estava um pouco atrasada. Hennessy dizia que chegar atrasada para uma reunião era um ato de agressão. Era como enfiar a mão no bolso de alguém, dizia ela, e pegar a carteira. Era encostar no carro delas e sifonar a gasolina, dizia ela, fazendo contato visual. Ou era apenas o trânsito de Washington, Jordan respondeu uma vez, e Hennessy disse que elas teriam que concordar em discordar.

Ela avistou uma figura do outro lado do saguão, estudando uma das estátuas de mármore. Estava de costas para ela, e seu terno cinza era inespecífico e anônimo, mas mesmo assim ela tinha certeza de que reconhecia a postura, o cabelo escuro encaracolado. Era uma cena artística com a luz filtrada entre as colunas, tudo marrom e preto e branco. Teria sido uma boa pintura, se ela pintasse originais.

— Ouvi dizer — anunciou ela — que você é filho do Diabo.

Declan Lynch não virou a cabeça quando ela se aproximou, mas ela viu sua boca tensa em um sorriso reprimido. Ele disse:

— Isso é verdade.

Foram necessárias apenas algumas teclas para descobrir que ele era o filho mais velho de Niall Lynch, o criador de *A dama sombria*. Ela não estava tentando pesquisá-lo. Na verdade, só queria saber o que esperar do encontro marcado. Nas poucas fotos que ela encontrara dele — nos arquivos do site de sua escola particular, em fotos de fundo em artigos de notícias políticas, em fotos posadas na abertura de uma mostra de arte — ele parecia entediante e esquecível. *Retrato de um jovem com cabelo escuro*. Não havia nada para lembrá-la do que tinha parecido atraente de uma forma fugaz no Mercado das Fadas; provavelmente a atmosfera intensificada da noite lhe emprestara charme, ela pensou. Seria uma tarefa árdua, ela concluiu. Uma tarefa aceitável que ela poderia fazer enquanto eles enfiavam a mão no bolso e pegavam sua carteira, mas uma tarefa, mesmo assim. Ela estava aliviada, na realidade. Melhor assim.

Ela se esgueirou por ele. Ele não era tão monótono quanto as fotos e sua memória sugeriam. Ela já havia esquecido que ele era bonito. Parecia uma coisa estranha de esquecer. Ele estava perfumado com algo sutilmente masculino, suave e desconhecido, um óleo em vez de uma fragrância. Jordan se lembrou, no nível mais básico, de todos os estranhos com quem ela já tinha ficado, estranhos de perfume agradável e que ela nunca mais encontrara, fragrâncias que para sempre pertenceriam somente a eles em sua memória.

— Li um pouco sobre você desde nosso último encontro.

— Coincidentemente — disse Declan, o olhar ainda fixo na estátua —, eu também. Ouvi dizer que você cresceu em Londres.

O que se encontrava ao pesquisar Jordan Hennessy? Encontravam sua mãe, que possuía uma história trágica tão familiar que era registrada menos como tragédia do que como previsibilidade. A artista genial e problemática, a vida encurtada, o corpo da obra repentinamente considerado significativo e caro. Hennessy havia crescido com ela em Londres; Hennessy tinha sotaque londrino e, portanto, Jordan e todas as outras garotas também.

— Eu cresci em toda parte. Ouvi dizer que você cresceu a oeste daqui.

— Eu nasci adulto — disse ele com suavidade.

— Eu descobri sobre seu pai. Trágico.

— Eu descobri sobre sua mãe. Também trágico.

Mas foi a tragédia de Hennessy, não de Jordan. Ela disse:

— Menos trágico que um assassinato. No caso da minha mãe, foi culpa dela mesma.

— É possível argumentar que no do meu pai também — disse Declan. — Hum. Arte e violência. — Ele finalmente virou a cabeça para ela; ele olhou para sua boca. Ela só teve tempo de ver... de *sentir*: um calor intenso, surpreendente e agradável... e então ele disse: — Andar e conversar?

Hennessy o odiaria.

Hennessy não estava ali.

Eles começaram a caminhar pelo museu. Havia algo de raro e incomum naquilo, sobre caminhar a esmo de manhã em um museu povoado por alunos, aposentados e moradores locais. O tempo funcionava de maneira diferente antes do meio-dia quando a gente normalmente ficava acordado a noite toda.

Os dois se deixaram levar pela rede de uma fila para a exposição itinerante de Manet.

Declan disse:

— Achei que você não ligaria.

— Eu também não, sr. Lynch.

— Ah, isso me lembra de uma coisa. — Ele enfiou a mão no bolso do blazer. — Eu trouxe algo para você.

Isso era desconfortável. Ali estava ele, fazendo a coisa certa em um encontro e, no momento, as outras garotas certamente estavam invadindo a casa dele.

— Flores não, espero.

Avançaram alguns passos mais em direção à entrada da exposição.

— Mão — disse ele quando a fila parou novamente. Ela estendeu a mão. Ele colocou o presente no meio da palma.

Ela ficou surpresa.

— É realmente o que diz no rótulo? — perguntou.

Ele deu a ela aquele sorriso suave.

Era um frasco de vidro muito pequeno, do tamanho que você encontraria com cosméticos sofisticados. Dentro havia uma mera poeira de pigmento roxo, tão pequena que nem mesmo era visível, a menos que você virasse o vidro de uma determinada maneira. Uma etiqueta manuscrita do lado de fora dizia: *Púrpura tíria*. Um pigmento histórico, quase impossível de obter. Era feito de corante excretado de caramujos do mar, tais como o *Purpura lapillus*. Os caramujos fabricavam pigmentos apenas como forma de defesa; era necessário um grande número deles para produzir até mesmo uma pequena quantidade de púrpura tíria. Jordan não conseguia se lembrar do número exato. Milhares. Milhares de caramujos. Era muito caro.

— Não posso...

— Não seja chata e diga "Não posso aceitar isso" — disse Declan. — Deu muito trabalho conseguir tão em cima da hora.

Jordan não esperava se sentir em conflito sobre aquela experiência. Tudo sobre aquela experiência deveria ser descartável. Um meio para o fim. Não era um encontro real, nada que implicasse a verdadeira questão de *será que eu ia gostar dessa pessoa*.

Ela escondeu tudo isso atrás de seu largo sorriso antes de colocar o frasco no bolso.

— Droga. Então não vou. Vou proferir seu nome quando pintar algo com o pigmento.

— Diga agora — disse ele, e quase se permitiu sorrir. Quase.

— Declan — disse ela, mas teve que desviar os olhos porque podia se sentir sorrindo, e não o sorriso sagaz que ela normalmente exibia. *Porra*, ela pensou.

— Jordan — disse ele, experimentando, e ela piscou, surpresa. Mas é claro que ele a chamaria pelo primeiro nome. Ele não tinha vindo até ela a partir do mundo da falsificação, dos rachas noturnos, de ela se apresentar como Hennessy. Ele havia pesquisado sobre ela e encontrado seu nome completo: Jordan Hennessy.

Normalmente era aqui que ela corrigia as pessoas. Dizia a eles, não, é apenas Hennessy, sério, porque isso é o que Hennessy diria, e todas eram ela.

Mas ela não o corrigiu.

A exposição de Manet estava lotada de gente e, enquanto saíam, Declan e Jordan ficaram momentaneamente presos na porta. Paletós roçaram suas mãos; bolsas pressionavam suas costas. Ela foi esmagada contra Declan e ele contra ela. Por um momento, eles se encararam, e Jordan viu uma intriga brilhante em sua expressão e soube que ele a via refletida. Em seguida, eles saíram da sala e ela recompôs seu gingado e ele se revestiu de sua compostura corporativa sem graça novamente.

Algum tempo depois, eles se viram na Galeria 70, olhando para *Rua em Veneza*, a pintura que ela havia copiado diante de tantos olhos no Mercado das Fadas.

Em torno deles, as pessoas se moviam como um relógio errático. Jordan havia passado tanto tempo naquela sala copiando *Rua em Veneza* que todas as pinturas pareciam velhas amigas. Em dado momento, ela disse:

— Quando fui procurar um Sargent pela primeira vez em um museu, eu não sabia em qual ala procurar as obras dele. Nascido nos Estados Unidos, ala de pintura norte-americana? Viveu na Inglaterra, ala de pintura britânica? A gente pensaria que viver nos dois mundos tornaria mais fácil encontrar o sujeito; mas, de verdade, foi igual a quando ele era vivo. Pertencer a mais de um mundo significa que você acaba não pertencendo a nenhum deles.

Quem era ela? Jordan. Hennessy. Jordan Hennessy. Ambas e nenhuma.

Isso era um pouco mais sobre ela do que ela esperava entregar antes de ir ao museu naquele dia, mas ele lhe dera a púrpura tíria. Parecia justo que ela, pelo menos, lhe desse um pouco de verdade em troca.

Declan não desviou o olhar do Sargent. Ele disse pensativo:

— Quando Sargent estava em Veneza, ele costumava ficar no Palazzo Barbaro... Supostamente um lugar muito bonito. Ele era parente dos proprietários. Primo, eu acho. Você já sabe disso? Não me deixe te aborrecer se você souber.

— Continue.

— Eles recebiam convidados em salões de arte quase de forma contínua, com os maiores americanos expatriados da época. Wharton, James, Whistler... É incrível pensar neles todos sob o mesmo teto. Mas o dono do lugar, Daniel Sargent Curtis, não era um artista. Ele era apenas um homem de família. Tinha sido juiz em Boston. Por décadas, viveu uma vida muito monótona e esquecível lá, até que um dia ele deu um soco na cara de outro juiz. Bam! Imagine aquele outro juiz. Foi derrubado por um homem de quem as pessoas mal se lembram.

Declan parou um pouquinho como se estivesse pensando, mas Jordan percebeu que ele também estava fazendo uma pausa para o efeito retórico, permitindo que ela digerisse as palavras que ele acabara de proferir antes de oferecer mais; esse era um homem que tinha ouvido histórias em algum momento e se lembrava de como isso era feito.

Então ele concluiu:

— Assim que ele saiu da prisão, mudou-se com toda a família para Veneza, comprou o Palazzo Barbaro e literalmente não fez nada a não ser viver e respirar arte pelo resto da vida.

Ele desviou os olhos para ela. Ele era um bom contador de histórias. Era óbvio que ele gostava do som e do jogo de palavras lançado no ar.

Ela sentia que ele tinha lhe dado tanto quanto ele dera a ela. Ela queria perguntar quando ele iria socar um juiz, mas uma pergunta como aquela era basicamente implorar por mais intimidade, e ela já havia se envolvido demais para um encontro descartável.

— Arte e violência. Essa história é verdadeira?

— Não sou tão desinformado quanto você pensa.

— Eu não acho você desinformado — disse Jordan. — Eu acho que você é seguro e tem a cabeça no lugar. Por que você não veste o resto de você da forma como calça os pés?

— Por que você só pinta o que outras pessoas já pintaram?

Touché, touché.

O celular de Jordan vibrou. Era Hennessy. *Missão cumprida, a Trinity vai te buscar.*

— Eu... — disse ela, mas não sabia como terminar.

Ele antecipou suavemente a deixa.

— Tenho que ir para a aula de qualquer forma.

Era impossível imaginá-lo em sala de aula. Sala de aula de *quê*? Provavelmente pós-graduação em administração. Qualquer que fosse a opção mais chata. Ela estava começando a entender o jogo dele; era o mesmo jogo dela, jogado da maneira exatamente oposta.

Os dedos de Declan encontraram a lapela do paletó e avaliaram se havia manchas. Um aperto firme restabeleceu uma certa aura de rivalidade.

— Você quer me ver de novo?

Eles se entreolharam. Agora era impossível não ver as linhas da Dama Sombria em seu rosto: seu nariz, sua boca, o nariz dela, a boca dela, aqueles olhos azuis que os dois tinham.

Como um sexto de uma pessoa — um sexto de uma pessoa que estava roubando aquele cara — Jordan sabia agora qual era a verdadeira resposta.

Mas respondeu como faria se sua vida fosse só sua.

— Quero — respondeu.

35

A manhã de Farooq-Lane começou com becos sem saída, mas terminou com novas pistas.

Tudo começou de forma bastante típica. Quando ela disse a Parsifal que precisavam sair e rodar de carro até encontrar algumas pistas, ele desapareceu no banheiro do quarto do hotel e ligou a água. Ele ficou lá por tanto tempo que Farooq-Lane tinha terminado o café e cedido à curiosidade dela. Sentindo culpa, em silêncio, ela digitara o nome dele em um site de busca para descobrir o que havia acontecido com a família dele. Matado todos eles, Parsifal tinha dito, e ela havia especulado sobre as generalidades do fato. Ela, como qualquer outro Moderador, tinha recebido o mesmo curso intensivo sobre Visionários: os visionários viam o futuro em surtos assemelhados a sonhos. As visões sempre tinham um Zed ou um Visionário não escolarizado nelas. Visionários não direcionados eram mortais quando tinham seus episódios, então era necessário abordá-los com tanto cuidado quanto se abordaria um Zed. Possivelmente mais: eles te matariam, quer eles quisessem ou não, se você estivesse por perto durante uma visão. Um novo Visionário deveria ser avisado de que as visões não precisavam ser mortais para outras pessoas se os Visionários as voltassem para dentro de si, segundo lhes disseram. Eles saberão o que isso significa. Não diga que, em vez disso, matará a eles mesmos. Eles vão descobrir mais dia, menos dia.

Vinte e dois mortos na Alemanha; Sobrevivente adolescente sob investigação

No banheiro, Parsifal soltou um gritinho e então houve um barulho de algo se quebrando.

— Parsifal? Tudo bem aí dentro? — Farooq-Lane fechou o laptop com um estalo.

Quando ele saiu, totalmente vestido, mesmo assim parecia nu e nada como ele era normalmente. Seus óculos quebrados estavam aninhados na gaiola ossuda de sua mão.

— Você está bem? — perguntou ela.

— Estou quase sem pasta de dente — respondeu ele.

Mais tarde, enquanto estava sentado rigidamente na sala de espera de uma ótica em um shopping, apertando os olhos para o nada, ele perguntou:

— Que tipo de lugar tem muitos bules?

Farooq-Lane ergueu os olhos da revista de casa e jardim que estava lendo. Ela gostava muito desse tipo de revista quando morava em uma casa e tinha um jardim.

— Lojas de artigos para a cozinha. Colecionadores. Lojas de novidades. Que tipos de bules?

— Coloridos. — Ele franziu a testa. Ele não parecia real, sentado ereto entre as fileiras de armações da loja. Ele parecia um manequim muito convincente esperando para servir de modelo para os estilos mais recentes. — Feios.

— Isso é sobre algum Zed?

— Experimente esses, querido. — A técnica de optometria voltou com os óculos de Parsifal. Ele mal tolerou que ela os colocasse em seu rosto. Tudo em sua linguagem corporal silenciosamente se enfurecia contra o contato dos dedos da mulher na lateral de sua cabeça. — O que achou deles? Gostou?

Farooq-Lane poderia dizer pelo rosto de Parsifal que ele não tinha gostado, ele realmente não tinha gostado, mas lançou um rápido olhar para Farooq-Lane e disse:

— Muito obrigado.

Parsifal Bauer acabara de ser educado com outro ser humano por causa dela.

Os milagres nunca cessavam.

— Vamos dar um pequeno ajuste neles — disse a técnica. — Se você gostou deles agora, é só esperar até ajustarmos para você ver como assentam no rosto!

A boca de Parsifal se mexeu. Ele havia chegado ao fim de sua polidez. Desviou os olhos para Farooq-Lane novamente.

Farooq-Lane o salvou.

— Na verdade, estamos com pressa. Temos um compromisso.

Ele se levantou com alívio imediato.

Lá fora, no carro, ao abrir a porta, ela disse:

— Foi muito gentil da sua parte. Podemos consertá-los depois de encontrarmos o Zed.

A voz era brusca e impaciente quando ele deslizou para o banco do passageiro. Ele disse:

— Não sei se vai dar tempo.

Em seguida, eles vasculharam a cidade em busca de bules. Foram de loja de tralha em loja de tralha, e então de loja de utensílios de cozinha em loja de utensílio de cozinha, e então de loja de artesanato em loja de artesanato. Nenhuma delas era a certa, mas a maneira como estavam erradas continuaram a estimular a memória de Parsifal, dando-lhe cada vez mais pistas a seguir. Era Springfield. Era perto de uma interestadual. Era uma loja de rua, não de um shopping center.

Era a casa de dois andares diante da qual eles estavam estacionados.

Era um bairro despretensioso, casas térreas e sobrados com gramados irregulares, mas aparados e sem árvores. VARIEDADES DA MARY, ENTRE dizia uma placa pintada à mão perto da garagem, com uma pequena flor sorridente pintada ao lado. Não parecia o tipo de lugar aonde muitas pessoas iam.

— Nenhum BMW — disse Farooq-Lane.

— Pessoa diferente — respondeu Parsifal.

— Era perigoso? O que você viu? Devemos apenas entrar?

Parsifal já estava desafivelando o cinto de segurança.

Na porta, ela estava prestes a bater, mas apontou para outra placa: APENAS ENTRE!, com uma ilustração de uma xícara de café sorridente.

Lá dentro, eles encontraram uma sala de estar escura, de teto baixo, organizada como uma pequena loja de artesanato deselegante, despretensiosa e atraente em sua completa falta de ambição. Bules irregulares e brilhantes nas cores do arco-íris cobriam a lareira com etiquetas de preço escritas à mão. Canecas irregulares e altas estavam reunidas em prateleiras feitas de caixotes velhos. Mantas tricotadas de forma irregular nas mesmas cores psicodélicas da cerâmica estavam penduradas nas costas de um sofá de vime. O tapete tinha cores fortes que ofuscavam a gente, era tecido à mão e também tinha uma etiqueta de preço. Tudo parecia incomum, mas não em um sentido Zed. Aquele era apenas o hobby de uma velha mulher, ela pensou.

Parsifal deixou escapar um pequeno suspiro. Ele não disse nada junto com o suspiro; mesmo assim, Farooq-Lane sentiu que poderia interpretar o significado daquilo muito bem. Era o som de satisfação, ou melhor, de alívio. De uma tarefa concluída.

Ela acompanhou seu olhar. Ele estava olhando para a cozinha; uma fatia da bancada era visível através da porta da sala de estar. Aquela mera fatia de visão foi o suficiente para revelar um sonho. Ela sabia que era um sonho porque debilitou um pouco seu cérebro. A coisa nem era realmente um objeto de sonho, era apenas uma coleção de cores vibrantes sobre o balcão. Não havia palavras lógicas para descrevê-lo. Não era uma coisa de cor vibrante. Era apenas o conceito das cores em si, amassadas umas nas outras no balcão. As cores em si combinavam com os itens que o Zed havia feito por meios artesanais comuns. Eles eram todos obviamente um produto da mesma mente.

Farooq-Lane deu um passo à frente. Além do sonho, havia latas de açúcar e farinha e outros objetos comuns de cozinha. O sonho estava entre eles, uma orgulhosa pequena peça de arte.

Uma peça de arte sonhada.

Parsifal e Farooq-Lane pularam quando a porta corrediça do quintal se abriu.

— Vocês vieram! — disse a recém-chegada alegremente.

Era muito velha. Era uma senhora fofa e rechonchuda que tingia o cabelo branco de rosa e estava usando batom bem colorido também. Suas roupas combinavam com as cores dos bules e da coisa no balcão. Farooq-Lane teve um vislumbre de algo em sua boca, mas não ficou surpresa...

Ela perguntou:

— Você fez tudo isso?

— Tudo nesta casa — disse a senhora. Ela pegou um frasco vibrante em uma mesa vibrante de canto. Farooq-Lane estremeceu quando removeu a tampa, mas apenas inclinou o conteúdo para eles em oferecimento.

— Não se preocupe, não são biscoitos de cachorro — disse ela, rindo alegremente de si mesma. Ao fazer isso, Farooq-Lane viu o que ela vislumbrara antes. A mulher tinha um dente falso, um molar lá no fundo. Era a mesma coleção rodopiante de arco-íris que era o objeto no balcão. Um dente falso sonhado.

Ela sentiu uma onda de adrenalina. Não havia nenhum pensamento imediatamente ligado a ela. Apenas aquela onda borbulhante de calor percorrendo seus braços e pernas. Tinham encontrado uma Zed.

Aquela era uma pessoa que tirava coisas de seus sonhos.

Tinham conseguido.

A Zed sacudiu a lata para Parsifal.

— São biscoitos que fiz ontem.

Para choque de Farooq-Lane, Parsifal aceitou um, então ela também foi obrigada a aceitar.

— Viu alguma coisa de que você gostou? — perguntou a Zed enquanto Parsifal dava uma mordida no biscoito.

Farooq-Lane não tinha, mas usou uma parte da verba destinada ao Mercado das Fadas e comprou o tapete. Ela não sabia por que tinha comprado alguma coisa. Supôs que tinha entrado em pânico. Tinha que fazer alguma coisa. Escolheu o tapete. Parte dela achava que os bules seriam peças quebráveis, embora não soubesse por que isso importava, já que não pretendia ficar com nada do que ela comprasse.

— Outro? — perguntou a Zed. Parsifal aceitou outro biscoito, tornando-o oficialmente o episódio em que Farooq-Lane mais o vira comer de uma única vez desde que tinham se conhecido. Ele não disse obrigado, mas a Zed sorriu para ele tão docemente como se ele tivesse feito isso e disse: — Melhor levar um para a viagem.

De volta ao carro, Parsifal comeu o terceiro biscoito e observou Farooq-Lane jogar o tapete no banco de trás.

Então os dois ficaram sentados no carro silencioso.

— Ela é muito velha — disse Parsifal.

— Eu sei.

— Ela não vai acabar com o mundo — disse ele.

— Eu sei.

Parsifal a observou pegar o celular.

— Então o que você está fazendo?

— Tenho que dizer a eles que encontramos um Zed, Parsifal.

Ele lançou a Farooq-Lane um olhar intenso.

— Eles vão matá-la!

— Vou dizer que ela não é uma ameaça — respondeu Farooq-Lane.

— Mas eu tenho que reportá-la.

— Eles vão *matá-la*!

Ele estava começando a ficar agitado. Apertou as mãos nodosas em punhos e as esticou novamente em cima dos joelhos nodosos, e balançou um pouco enquanto olhava para a casa. Ela não estava se sentindo bem; a adrenalina nunca era algo bom quando ela recuava de novo para o mar.

Ela disse:

— Parsifal, eles já acham que posso estar do lado dos Zeds por causa do meu irmão. Eu sei que eles estão me testando e estou fracassando. Vou dizer a eles que ela é apenas uma senhora idosa. Eles não vão matar uma senhora idosa. — Ele enrolou a mão na maçaneta da porta e apertou com força suficiente para deixar seus nós dos dedos brancos como ossos expostos; não como se fosse sair, mas como se estivesse se impedindo de flutuar. Ela disse: — *Você* também está sendo desonesto, sabe. Por que você não quer que uma Zed seja reportada? Eles também não gostariam disso.

Ela ligou para Lock.

Ela e Parsifal não se falaram pelo resto do dia.

Aquela era, ela disse a si mesma, a empresa do fim do mundo.

36

Provavelmente, pensou Hennessy, não era de fato o fim do mundo. Seus sentimentos a respeito disso eram conflitantes.

"Pessoas como sua mãe nascem para morrer jovens", o pai de Hennessy lhe dissera uma vez, antes de ficar óbvio que a filha *era* gente como a mãe. "Eu sabia disso antes de nos casarmos. Gente como ela queima rápido e forte. Emocionante. Perigosa. Linda. Sempre cortando caminho por dentro. Forçando até os outros cederem. Eu sabia. Todo mundo me disse isso." Ele não tinha realmente contado isso para Hennessy. Ele contou para Jordan, que ele pensava ser Hennessy, mas Hennessy estava se escondendo sob a mesa da sala de jantar, então ela ouvira. De qualquer forma, não foi uma revelação espantosa. Tinha sido uma conversa à mesa de jantar, velhas histórias de guerra.

— Eu me casei com ela mesmo assim — disse ele. — Eu não voltaria atrás, mas ela era como um Pontiac. Alguns carros você só precisa dirigir uma vez.

O pai de Hennessy era Bill Dower e ele era um piloto de carros de corrida e fabricante de kits para montar carros. Tudo o que ele dizia saía como uma metáfora de carros de corrida. Antes de alguém conhecer Bill Dower, parecia impossível que tudo acabasse voltando às corridas, mas depois que alguém o conhecia, era difícil esquecer.

A mãe de Hennessy era J. H. Hennessy, conhecida como Jay por seus amigos, embora fosse fato comum que o nome dela não era "Jay", mas que esse era o som da letra "jota", sua inicial, em inglês. Hennessy nunca soube qual era o nome verdadeiro. Os jornalistas de arte também nunca souberam, apesar de seus melhores esforços, e teorizaram que ela poderia não ter realmente um nome que começasse com "J". Talvez, eles disseram, as iniciais fossem uma espécie de pseudônimo, uma identidade inventada. Talvez, outros disseram, ela nunca tivesse realmente existido. Talvez, eles imaginaram, ela fosse uma cooperativa de artistas, todos criando arte sob o nome de J. H. Hennessy e por isso ela não poderia ser efetivamente pesquisada postumamente. Talvez a mulher que comparecia aos eventos tivesse sido contratada para ser o rosto de J. H. Hennessy e ela fosse o Banksy do mundo das galerias.

Ah, ela era real, de fato.

Qualquer pessoa que tivesse que viver com ela nunca poderia pensar de outra forma.

O celular de Hennessy tocou. Ela o viu pular e bater no degrau de concreto até cair no degrau seguinte, onde ficou caído com a face para baixo zumbindo melancolicamente. Ela deixou lá.

Já era praticamente de tarde. Um crime havia sido cometido recentemente na casa de um jovem em Alexandria; não fazia muito tempo, várias mulheres tinham terminado de quebrar uma janela, roubar uma pintura e consertar uma janela quebrada. Agora Hennessy e *A dama sombria* estavam sentadas na escada do National Harbor, sozinhas, exceto por alguns jovens profissionais e o sol, ambos correndo a caminho de outro lugar. Na sua frente, ela podia ver *O despertar*, de Seward Johnson, uma escultura de vinte metros de um homem emergindo da areia. Possivelmente emergindo. Possivelmente afundando. Se alguém não soubesse o título da peça, era provável que as mãos em garras e o rosto desesperado estivessem sendo sugados de volta para a terra.

Ela estava procrastinando.

Hennessy enxugou o nariz com as costas da mão e, em seguida, estudou a escuridão manchada em seus dedos com uma observação imparcial. Recentemente, ela vira o que era considerada a tinta mais preta do mundo. Preto-singularidade, como chamavam. Tinham coberto um vestido com isso. Era tão preto que tudo o que revestia deixava de ter quaisquer detalhes além de ser preto; não havia sombras mais profundas, nem realces sutis. Tornava-se a silhueta de um vestido, toda a complexidade apagada. Preto-singularidade não era propriamente um pigmento, era algum tipo de nano-alguma-coisa, pontinhos e manchas minúsculos que comiam noventa e tantos por cento da luz ao redor deles. A NASA usava para pintar astronautas para que os alienígenas não pudessem vê-los ou algo assim. Hennessy havia pensado em comprar um pouco para Jordan no aniversário delas antes de descobrir que precisava ser aplicado com cinquenta demãos, curado a 315°C e, em seguida, ainda poderia ser removido com um dedo. Só a NASA conseguia lidar com esse tipo de merda.

Mas era *impressionantemente* preto.

Não tão escuro, no entanto, quanto o líquido que saía de Hennessy, porque não era realmente preto. Era menos que preto. Não era coisa nenhuma. Não era nada. Só parecia preto de longe e, quando se chegava perto, podia-se ver suas origens sobrenaturais.

Era um efeito colateral de ser um sonhador ou um efeito colateral de ser Hennessy? Não havia ninguém vivo para ela perguntar.

J. H. Hennessy era uma sonhadora. Ela não falava sobre isso com Hennessy, exceto em termos metafóricos, mas Hennessy sabia o que ela era. Sua mãe adormecia bêbada na escada ou embaixo do piano, e não demorou muito para descobrir que ela tendia a acordar com mais tintas e frascos ao redor dela do que quando adormecia. Ou talvez tenha, porque Hennessy tinha certeza de que seu pai nunca havia descoberto que Jay poderia produzir coisas com o sonho.

Quando disse que ela era um caso perdido, ele se referia apenas à vodca e ao ecstasy.

Em retrospecto, Hennessy podia ver que ele gostava do fato de J. H. Hennessy ser um caso perdido.

— Você vai me salvar? — Hennessy perguntou à Dama Sombria, enxugando o rosto novamente. A Dama Sombria olhou para ela com desconfiança, com pessimismo. — A nós, eu quis dizer. Obrigada por esclarecer. — A Dama Sombria não sorriu. Hennessy também não. Ela não sabia o quanto o poder de *A dama sombria* era forte para influenciar os sonhos, mas não achava que havia uma chance nem no inferno de ser o suficiente para mudar o pesadelo recorrente de Hennessy. Se não tinha arrefecido em dezesseis anos, parecia improvável que fosse arrefecer agora. Hennessy fechou os olhos — lá estava. Nem mesmo precisava fechar os olhos. Ela parou de pensar — lá estava.

Ela estava exausta.

A julgar pelas criações de sonho com que ela acordava, os sonhos de Jay pareciam diretos, descomplicados. Ela sonhava com o que estava fazendo quando estava acordada. Tinha ido a uma festa, acordava com lantejoulas. Brigava com Bill Dower, acordava com os papéis do divórcio. Ele a seduzia de volta com flores e joias, ela acordava com mais flores e mais joias. A única coisa que ela já sonhara que interessava a Hennessy era o furão de Hennessy, que a mãe havia sonhado quando Hennessy passou o dia todo implorando por um.

Cassatt tinha sido um ótimo animal de estimação. Ele não cheirava e não comia nada, exceto medicamentos prescritos.

Até que Jay morreu e ele adormeceu para sempre.

Encolhida nos degraus de concreto, Hennessy começava a se sentir mal. Ela poderia dizer que suas orelhas estavam começando a se encher da coisa preta. O gosto era horrível.

— Vou fazer isso — Hennessy disse à Dama Sombria, que estava começando a julgá-la por ficar acordada por tanto tempo. Ela não se importava com as outras garotas?, a Dama Sombria se perguntou. Ela não se importava que elas provavelmente estivessem começando a vacilar agora, começando a sentir os efeitos do gotejamento do líquido preto borbulhando em sua criadora? Ela não se importava que, se morresse, todas dormiriam? Hennessy se ressentia de tudo isso. As meninas eram basicamente a *única* coisa com que ela se importava. — Só não estou achando essa ideia incrível. Só me dá alguns minutos para eu mesma me convencer.

Não era apenas o ódio ao pesadelo que a mantinha acordada. Por pior que fosse, a sensação de seu corpo depois que ela sonhava uma cópia de si mesma era pior.

Ela simplesmente não achava que *A dama sombria* fosse salvá-la disso.

O celular de Hennessy tocou novamente. Ela o virou com a ponta do pé para ver o identificador de chamadas. Jordan. Então ela havia terminado seu encontro com Declan Lynch. Tinha sobrevivido, aparentemente. Hennessy tinha pesquisado o cara no Google e parecia que

Jordan tinha definitivamente tirado o menor palitinho possível — isso incluindo a gosma preta entre os palitinhos. Hennessy preferia sangrar a namorar um homem branco chato no terno do ano passado.

Jordan mandou uma mensagem: *As meninas disseram que você as maltratou*

Ela não as havia maltratado. Tinha acabado de pegar uma pintura recém-roubada e dito para elas passarem o resto da vida delas fazendo coisas-do-fim-do-mundo, caso a próxima cópia sonhada fosse aquela que iria matá-la. Elas não queriam deixá-la. Ela repetiu a exortação. Persuasivamente. Estridentemente. Era o que ela teria desejado. Festejar até o fim. Sem avisos. Não havia muitas festas para se encontrar ao meio-dia, durante a semana, em Washington, mas certamente elas poderiam pensar em algo. Elas eram Hennessys.

Jordan: *Onde você está*

De qualquer forma, essa não seria a cópia que a mataria, pensou Hennessy. Mais três. Isso era o que ela pensava. Cada vez que sonhava com uma cópia, uma nova tatuagem de flor aparecia em sua garganta e só havia espaço para mais três.

Ela enxugou um pouco de preto no topo do sapato.

— Pessoas como eu — Hennessy disse à Dama Sombria — nasceram para morrer jovens.

O que tornava basicamente um assassinato para J. H. Hennessy ter uma filha, para começo de conversa.

Os olhos da Dama Sombria brilharam. Ela achava que Hennessy estava sendo melodramática. Talvez estivesse. Hennessy estremeceu e olhou para a água, tentando imaginar um sonho que tivesse o oceano em vez de outra Hennessy.

Não conseguia imaginar.

Ela só conseguia imaginar o mesmo sonho que já estava acontecendo por trás de todos os seus pensamentos. De novo e de novo e de novo outra vez.

Jordan escreveu: *Você pode continuar bancando a idiota e eu posso continuar procurando você, mas é tedioso, não acha*

Ah, querida, Hennessy respondeu, *não acho que tedioso seja algo com que você e eu devamos nos preocupar.*

37

Declan Lynch sabia que era tedioso.

Afinal, ele trabalhara muito para alcançar esse objetivo. Era um truque de mágica do qual ele não esperava nenhum prêmio além da sobrevivência, mesmo enquanto olhava para outras vidas e as imaginava como suas. Ele não se enganava. Sabia o que podia fazer, querer e colocar em sua vida.

Sabia que Jordan Hennessy não pertencia à sua vida.

Mesmo assim, quando voltou da Galeria Nacional de Arte para a casa vazia na cidade, fechou a porta atrás de si e, por um momento, apenas ficou encostado nela, os olhos fechados, fingindo — não, nem mesmo fingindo. Ele simplesmente não pensou. Por um segundo de um minuto do dia, ele não calculou as probabilidades e os piores cenários, as possibilidades e as consequências. Por um segundo de um minuto do dia, ele apenas se permitiu sentir.

Lá estava:

Felicidade.

Então soltou um suspiro profundo. Seus pensamentos voltaram correndo, e, junto com eles, todas as razões pelas quais todos os relacionamentos anteriores e posteriores àquele tinham que permanecer descartáveis.

Mas a alegria é uma cultura pequena e tenaz, especialmente em solo que não deu vida a nenhuma em muito tempo, e por isso permaneceu com Declan enquanto ele olhava o relógio para ver quando Matthew voltaria do futebol e penduraria o casaco e as chaves e tiraria os sapatos, chutando-os.

Em seguida, fez algo que não tivera coragem de fazer desde que havia conseguido o quadro.

Acendeu a luz da cozinha, estalando a língua quando viu que Matthew ou Ronan tinham feito um rastro de areia pela porta dos fundos — era tão difícil limpar os pés no tapete se você não ia tirar os sapatos? Ele abriu a porta do armário e lá estava ela, *A dama sombria*.

Antes, olhar para *A dama sombria* desencadeava todos os tipos de sensações complexas, a maioria ruins.

Mas agora era apenas uma pintura.

Ele a tirou do armário e a trouxe para a mesa da sala de jantar. Colocou-a de lado e olhou para o papel pardo atrás, que cobria perfeitamente o verso da tela e selava as bordas da moldura. Seus olhos relancearam as palavras *Mór Ó Corra* e se afastaram. Então ele pegou uma faca pequena e afiada na cozinha.

Hesitou.

Você não pode desver isso, ele disse a si mesmo.

Não é permitido na vida que você está vivendo, ele disse a si mesmo.

Eu quero muito mais, ele disse a si mesmo.

E cortou com cuidado a borda do papel pardo do verso. Foi bem devagar a princípio, mantendo o corte reto, uniforme e cirúrgico, e então a linha foi ficando mais rápida e mais irregular e furiosa conforme ele avançava, até que finalmente estava rasgando-a com as mãos, repetindo: *eu te odeio, eu te odeio, eu te odeio*.

Então seus dedos começaram a tremer e o papel foi removido e ele ficou olhando para o verso da tela.

Não havia nada ali.

Não havia nada ali.

Não havia nada ali.

Depois de tudo, não havia nada ali.

38

Nada ali. Ronan tinha vasculhado os pertences de seu pai por horas e não encontrado merda nenhuma.

Tinha passado o dia todo inquieto. Seus sonhos na noite anterior tinham sido impacientes, fraturados, desprovidos de Bryde. A manhã seguinte foi impaciente, fraturada, desprovida de Adam. Ele passara uma hora dirigindo o BMW, dando voltas e voltas na pista de testes lamacenta. O ronco do motor não era capaz de vencer os pensamentos do rosto jovem de seu pai e das feições perturbadas de sua mãe, da voz persuasiva de Bryde e da amortecedora de Declan.

Declan dissera para não perseguir o coelho. Bryde dissera para perseguir o coelho.

Estavam empatados e ele não conseguia encontrar um jeito de desempatar.

Vai devagar, Adam tinha dito.

No dia seguinte, Ronan teria que dirigir de volta a Washington, DC, para seu aniversário. Não era sentimental em relação a esse tipo de coisa, mas Matthew acreditava muito em aniversários e rituais, então ele voltaria para algum nível de celebração. Matthew sugeriu um piquenique no parque Great Falls. Declan sugeriu jantar fora em um restaurante bom. Ronan achava as duas opções insuportavelmente *rotineiras*.

Por que Bryde não o tinha procurado na noite anterior?

Na verdade, ele sabia.

Bryde não queria mais perseguir Ronan; agora era a vez de Ronan.

E ele queria perseguir.

Vai devagar.
Ronan dirigiu até as montanhas para matar o tempo. Pensou em ir mais longe, em dirigir até Lindenmere, mas não era uma boa ideia visitar a floresta em um estado de espírito desordenado, e, numa escala de um a dez, Ronan avaliaria sua desordem relativa em um sólido sete. Em vez disso, ele voltou para casa, preparou um sanduíche de manteiga de amendoim e começou a pôr abaixo a casa como havia feito muitas vezes antes, em busca de segredos ou sonhos que havia esquecido.

Foi quando ele ouviu...

Alguma coisa. Um intruso.

Um barulho de motor sendo desligado, possivelmente. Não bem ao lado da casa. Teria sido mais alto se fosse ali. Era mais como um motor sumindo no meio do caminho de entrada da garagem, para que o motorista pudesse seguir o resto do trajeto sem ser detectado.

Ou talvez não fosse nada.

De fato ninguém poderia ter passado pelo sistema de segurança.

Lá fora, Motosserra gritou. Mas não era o grasnido alarmado dela, era? Apenas um grasnido.

Tinha sua pequena faca cheia de garras dentro do bolso e havia uma arma no antigo quarto de Declan.

Ele ouviu a porta dos fundos se abrir.

Merda.

Claro que não estava trancada. Não enquanto ele estava acordado, não enquanto a entrada da garagem estava protegida.

Uma tábua do piso do vestíbulo rangeu.

Ronan ficou de pé. Silenciosamente. Ele se moveu às pressas pela casa, evitando as tábuas que sabia que iriam ranger e denunciá-lo. Estava com a faca na mão. Parou para pegar o revólver.

Tum, tum.

Era apenas seu coração, batendo alto em seus ouvidos — era frustrante.

Lá embaixo, a sala de visitas estava vazia. A outra sala também. A sala de jantar.

Outro barulho. Da cozinha.

Ronan ergueu a arma.

— Jesus, Ronan, sou eu! — A luz do teto da cozinha se acendeu e revelou Adam Parrish, removendo um capacete de motociclista. Ele olhou para a arma. — Isso é que eu chamo de receber bem uma surpresa.

Ronan permaneceu imóvel, incerto. Não que Adam parecesse errado — ele também parecia maravilhosamente ele mesmo, na verdade, seu cabelo emaranhado por estar debaixo do capacete, seus ombros estreitos e em forma sob uma jaqueta de couro que Ronan nunca tinha visto antes, suas bochechas coradas e quentes por causa da viagem. Mas, depois dos últimos dois dias, Ronan não conseguia mais acreditar no rosto de alguém como prova de identidade.

— Como você passou pela entrada da garagem? — perguntou ele, desconfiado.

— De um jeito horrível — disse Adam, rolando o capacete sobre o balcão e tirando a jaqueta e as luvas. Ele jogou as duas ao lado do capacete e cheirou os braços nus. — Sair é tão ruim quanto chegar? Porque se for assim, vou ficar aqui para sempre.

Ele se virou e percebeu que Ronan ainda estava segurando a arma. Uniu as sobrancelhas. Não parecia chateado. Apenas parecia estar tentando entender.

Ronan também não estava se entendendo. Parte de sua mente dizia: *É claro que é o Adam, abaixe a arma*, e outra parte dizia: *O que é a realidade?* Ele entendia por que ambas as suas partes existiam. O que não entendia era como essas partes se encaixavam. Não havia se dado conta de que ver os rostos de seu pai e de sua mãe em corpos vivos o tivesse afetado tão profundamente até aquele momento, em que via alguém que ele amava muito e não sabia se podia acreditar ou não.

— Me fala o que eu preciso dizer para provar — disse Adam. Ele havia decifrado. Isso por si só era quase o suficiente para convencer Ronan, mesmo depois que seu rosto tinha sido insuficiente. Adam era a pessoa mais inteligente que ele conhecia. — O que vai fazer você saber que sou eu?

Ronan não sabia.

— Por que você está aqui?

— Comecei a pensar nisso ontem à noite. Aí eu simplesmente levantei esta manhã e pensei: *vou pra lá*. Simplesmente vou pra lá. Gillian encontrou esta jaqueta para mim em um brechó. Este é o capacete do Fletcher... você consegue imaginá-lo em uma scooter? Estas são as luvas de jardinagem do meu inspetor. Eu li minhas anotações de sociologia com o celular e as ouvi durante todo o caminho até aqui estudando para a prova que tenho amanhã. E agora estou aqui. — Então ele pareceu pesaroso, autoconsciente. Continuou: — Ronan, eu te conheço.

Adam falou isso exatamente da mesma forma como dissera ao telefone na noite anterior. A adrenalina de Ronan derreteu para fora dele e então ele descartou todas as armas em uma mesa lateral.

— Estou convencido. Só você ouviria anotações de sociologia na moto.

Eles se abraçaram com força. Era chocante abraçá-lo. A realidade de Adam estava bem ali sob as mãos de Ronan, e ainda assim parecia impossível. Cheirava ao couro da jaqueta de brechó e à fumaça de madeira na qual tinha sido envolto por todo o caminho até chegar ali. As coisas tinham ficado iguais por muito tempo e agora tudo estava diferente, e era mais difícil acompanhar do que Ronan pensava.

— Aliás, feliz aniversário — disse Adam.

— Meu aniversário é amanhã.

— Tenho uma apresentação que não posso perder amanhã. Eu posso ficar por... — Adam se afastou para olhar o relógio sonhado — ...três horas. Desculpe, não comprei um presente para você.

A ideia de Adam Parrish em uma moto era um presente de aniversário mais do que suficiente para Ronan; ele sentiu uma tremenda excitação. Não conseguia pensar em mais nada para dizer, então disse:

— Que diabos. — Normalmente esse era o seu trabalho, ser impulsivo, perder tempo, sentir uma *necessidade* visível. — Que diabos.

— Aquela moto maluca que você sonhou não usa gasolina — disse Adam. — O tanque tem madeira dentro; eu coloquei uma câmera lá para ver. Ainda bem que não precisei parar para abastecer, porque, na metade do tempo, quando desacelero, eu caio da moto. Você deveria ver os hematomas nas minhas pernas. Parece que eu lutei com ursos.

Eles se abraçaram de novo, alegres, valsando sem jeito na cozinha, e se beijaram, alegres, valsando mais.

— O que você quer fazer com suas três horas? — perguntou Ronan.

Adam deu uma olhada pela cozinha. Ele sempre parecia confortável na cozinha; tinha as mesmas cores que ele, desbotadas, tênues e confortáveis.

— Estou morrendo de fome. Eu preciso comer. Preciso tirar as suas roupas. Mas, primeiro, quero dar uma olhada em Bryde.

39

Adam Parrish era estranho.

Talvez ao lado de Ronan Lynch, um sonhador, ele parecesse comum, mas era apenas porque tudo o que havia de estranho nele estava voltado para dentro em vez de para fora. Ele também tinha uma conexão com a energia peculiar da linha ley que parecia alimentar os sonhos de Ronan; a diferença era que a conexão com Adam acontecia enquanto ele estava acordado e só produzia conhecimento em vez de objetos. Ele era algo como um médium, se é que existia um médium cujos poderes se estendiam mais para o futuro do mundo do que para o futuro das pessoas. Durante o verão idílico que ele passara na Barns com Ronan, ele havia brincado com essa energia quase todos os dias. Ele olhava para uma tigela de líquido escuro e se perdia na pulsação insondável que conectava todas as coisas vivas. Enquanto falava ao telefone com Gansey ou Blue, ele pegava seu baralho de tarô assombrado e lia uma ou três cartas para eles. À noite, ele se sentava na ponta da cama de infância de Ronan e o encontrava no espaço dos sonhos — Ronan, dormindo, em um sonho; Adam, acordado, em transe.

Ele havia deixado tudo isso de lado para ir a Harvard.

— Se eu parar de respirar, me traga de volta — disse Adam, naquele momento.

Estava sentado na ponta da cama com uma das luzes sonhadas de Ronan nas mãos. Havia todos os tipos de luzes sonhadas na Barns: vaga-lumes nos campos, estrelas emaranhadas nas árvores, orbes pendurados no celeiro comprido sobre o trabalho dele, velas eternas em cada uma das janelas que davam para o quintal. A luz que estava na mão de Adam tinha um brilho feroz demais para olhar diretamente; era um sol. Gansey pedira a Ronan para manter sua hortelã viva enquanto ele partia na sua viagem, e Ronan, sem saber como manter as plantas vivas ali dentro, sonhou de fora para dentro. Agora o sol iluminava o quarto escuro onde os dois estavam sentados joelho com joelho na cama.

— Se demorar mais de quinze minutos, me traga de volta — acrescentou Adam. Pensou um instante sobre isso e então se corrigiu. — Dez. Sempre posso voltar.

A habilidade de Adam tinha seus riscos. Era muito parecida com sonhar, mas sonhar usando a imaginação do mundo inteiro em vez de apenas a sua. Não havia limites. Sem memórias para proteger os sonhos, sem identidade para manter a peregrinação íntima. Sem alguém para segurá-la dentro do vasto espaço, a mente de Adam poderia vagar para o éter e nunca mais retornar, como a vaca flutuando para o sol. Foi assim que seu baralho de tarô acabou ficando assombrado. Tinha sido presente de uma mulher morta que nunca mais voltara.

— Dez, tudo bem — disse Ronan. Estendendo a mão, ele girou o relógio no pulso de Adam para que ficasse de frente para ele.

Adam inclinou a cabeça para trás e Ronan percebeu que ele estava se preparando. Isso era novo. Adam sempre fora cauteloso, mas não se sentia intimidado.

— O que foi? — perguntou Ronan.

— As coisas estão estranhas lá fora.

Era desagradável pensar nisso; quanto tempo Ronan teria levado para descobrir se Adam fosse encontrado morto em seu dormitório, a mente perdida para o infinito enquanto todos os outros estavam de costas?

— Eu não sabia que você andava fazendo isso mesmo longe.

— Só duas vezes — disse Adam. — Na primeira semana. Eu sei. Foi idiota. Eu não fiz mais. E não vou mais fazer.

— E por que você faz?

— Por que você foi de carro atrás daquela pessoa que parecia sua mãe?

Justo.

— Eu só tenho que... eu tenho que me esforçar para isso, é só.

Foi realmente desconcertante vê-lo tão intimidado pela experiência.

— Por quê?

— Algo mudou. Parece que existe alguma coisa enorme nos observando.

— A você e a mim?

— Às pessoas. Talvez seja... me ouça só falando como se fosse alguma coisa. Alguém. Eu nem sei o que é. Eu realmente não posso explorar. Não tenho nenhuma armadura quando estou lá fora. É apenas minha mente flutuando.

Tudo isso parecia desagradável para Ronan.

— Você não tem que fazer isso agora.

Adam murmurou:

— Eu tenho. Quando fecho os olhos, o monstro não vai embora. Eu preferiria saber. E eu não confio em mais ninguém para me identificar. Você sabe como é minha aparência. E eu quero saber se posso ver seu cara lá fora, entre essa *alguma* coisa. Ou se *é* o seu cara.

Ronan estreitou os olhos.

— Não me olhe desse jeito, Ronan. Tudo o que você sabe é que ele te disse que era um sonhador — continuou Adam. — Você pode acreditar nele, mas nada diz que eu preciso acreditar também. Hoje cedo você me apontou uma arma. Só estou te pedindo que dê nele a mesma sacudida que você deu em mim.

Mais uma vez, assim como quando Ronan estava apontando a arma para Adam, não havia angústia nem raiva. Adam nunca julgaria outra pessoa por seu ceticismo. Sua configuração padrão era a desconfiança.

— Tudo bem — disse Ronan.

Adam entrou.

Ele baixou os olhos para o sol em sua mão. Nos primeiros segundos, ele piscou, piscou, piscou. Teve que piscar. A luz era ardente; Ronan não conseguia mais do que lançar um olhar roubado e, mesmo assim, deixava rastros verdes em sua visão.

Depois de alguns segundos, as piscadas de Adam ficaram cada vez mais distantes entre si.

E então seus olhos simplesmente estavam abertos.

O sol refletia-se nos olhos dele, dois sóis de fogo, em miniatura, contidos em suas pupilas.

Ele estava imóvel.

Era uma imagem assustadora: aquele jovem muito magro pairando sobre o sol, seu olhar firme e inescrutável, algo em seus ombros caídos indicando vazio.

Ronan observou o ponteiro dos segundos contar o tempo. Observou o peito de Adam subir e descer.

Cinco minutos. Não era natural alguém ficar parado por um minuto, muito menos dois. Aos cinco, tornava-se verdadeiramente perturbador.

Seis minutos. A escuridão tinha começado a dançar com muitos orbes verdes de Ronan olhando para o sol e depois desviando para olhar o relógio de Adam.

Sete minutos.

Oito.

Aos nove minutos, Ronan começou a ficar impaciente. Ele se mexeu, inquieto, contando os segundos.

Aos nove minutos e trinta segundos, Adam começou a gritar.

Foi um som tão horrível que, a princípio, Ronan ficou imóvel.

Não foi um verdadeiro berro, qualquer coisa que o Adam consciente teria feito, mesmo com dor. Foi um som agudo, fino e esganiçado, como algo se partindo em dois. O som não vacilou. Aquilo fez a cabeça de Adam tombar para trás, fez seus ombros se curvarem e o sol rolar por cima do edredom.

Era o som de algo que ele sabia que estava morrendo.

As paredes escuras do quarto pareciam absorvê-lo. De alguma forma, esse grito ficaria sempre embutido no gesso, pregado nos suportes da casa, ofegando em lugares que ninguém nunca tinha visto. De alguma forma, sempre haveria algo que nunca seria feliz e inteiro novamente.

— Adam — chamou Ronan.

Adam parou de respirar.

— *Adam*.

Ronan agarrou os ombros de Adam e balançou. No momento em que o soltou, Adam desabou e caiu para longe de Ronan. Um corpo inconsciente tem uma sensação inflexível; não está interessado na razão e na emoção.

— Parrish — Ronan murmurou. — Você não tem permissão...

Ele puxou Adam e o segurou perto do peito, tentando sentir a respiração, o pulso. Nada, nada.

Os segundos foram passando um a um.

O corpo de Adam não respirou. A mente de Adam rodopiava, sem amarras, através do infinito espaço dos sonhos. Onde quer que estivesse, não se lembrava de Adam Parrish, estudante de Harvard; Adam Parrish, nascido em Henrietta; Adam Parrish, namorado de Ronan Lynch. Adam Parrish, separado de seu corpo físico, era fascinado por coisas tão efêmeras e enormes que essas pequenas preocupações humanas nem mesmo eram registradas.

Ronan procurou a pequena faca em forma de garra.

— Sinto muito — Ronan disse a ele, e então ele a abriu.

As garras voaram para fora, arranhando, rasgando, um caos de garras, rosnando pelo braço de Adam.

O sangue brotou imediatamente.

Ronan fechou a faca com um estalo e as garras recuaram, arrancando com elas um arquejo áspero do peito de Adam.

— Ah, Deus, ah, Deus, ah, Deus... — Adam se encolheu, os olhos fechados, balançando.

Ronan caiu para trás, aliviado. Ele arremessou a faca de garra para longe da cama e pressionou a mão contra o próprio coração galopante.

— O que aconteceu? — perguntou ele bruscamente.

O peito de Adam ainda estava ofegante. O resto dele estremeceu.

— Ah, Deus, ah, Deus...

— Adam.

Adam pressionou as costas da mão na testa, um gesto estranho e nada típico de Adam, e a balançou para a frente e para trás como uma criança faria quando estava cansada ou ansiosa. Ronan a pegou e segurou. A pele de Adam estava gelada, como se ele tivesse levado seu corpo para o espaço sideral. Ele não parecia notar que seu braço estava sangrando por causa da faca de garra; ainda parecia um pouco inconsciente de seu próprio corpo. Ronan esfregou os dedos de Adam entre as mãos até que estivessem quentes e então os beijou.

— Parrish, isso foi uma merda — disse Ronan. Ele colocou a palma da mão na bochecha pálida de Adam. Também estava fria. Adam virou o rosto para a mão de Ronan, seus olhos fechados.

— Ele me viu — disse Adam. — Ah, Deus.

— O que te viu?

Adam não respondeu.

Ronan o puxou para perto e por vários minutos os dois permaneceram assim, entrelaçados com firmeza um no outro, iluminados pelo abandonado sol sonhado, a pele de Adam fria como a lua.

— Não é Bryde — disse ele finalmente. — Aquele alguma coisa, não é Bryde.

— Como você sabe?

Adam respondeu:

— Porque seja o que for, tem medo dele.

40

Ninguém percebeu a adolescente que entrou na galeria poucos minutos antes do evento. A galeria era um grande e moderno estabelecimento de Arlington chamado 10Fox, a apenas oito quilômetros de Washington, DC. *Venha ao nosso showroom e consulte nossos designers para tornar sua propriedade um local de arte.* A frente da casa estava lotada com muitas dezenas de crianças. Quatrocentas, a assessora de imprensa supôs, sem contar os pais. Boa ideia escolher o início do expediente, viva nós, viva a equipe. Você consegue, ela disse ao autor. Fila de autógrafos de quatro horas, todos em casa para um almoço tardio, final feliz.

Jason Morgenthaler não via nada de feliz na situação. Ele era o dono da 10Fox. Também era um autor de livros ilustrados muito famoso. Seus livros eram tão onipresentes que a maioria das crianças que os liam presumia que ele já devia ter morrido. Seu trabalho mais popular, *Henderson!*, era dado de presente a dezenas de milhares de crianças por dezenas de milhares de avós a cada período de férias, e sua série *Menino Gambá* foi transformada em um programa de TV com uma abertura extremamente irritante. Ele estava separado da esposa, que era uma famosa comediante de stand-up. Morgenthaler se considerava um artista sério e um colecionador de arte sério e um marchand sério e ele estava quase sempre correto sobre uma dessas coisas.

Não queria sair da sala dos fundos da galeria.

Morgenthaler nunca gostara de crianças e, de uns tempos pra cá, elas se tornaram repelentes para ele. As crianças eram pequenos anarquistas, miniaturas de monstros do id do inferno. Elas faziam o que queriam, fosse uma boa ideia ou não, e tivessem ou não permissão. Quando queriam comer, comiam; quando queriam fazer cocô, faziam. Mordiam, gritavam, riam até vomitar.

Morgenthaler olhou pelo canto da porta.

— Ai, meu Deus — disse ele. Os adultos na sala estavam em menor número. Dois deles eram livreiros, em pé atrás de uma mesa com livros ilustrados. Outros dois estavam vestidos com enormes fantasias completas de mascotes, um gambá e uma garota de cabeça enorme, aterrorizante em suas proporções.

A assessora deu um tapinha no braço dele. Achava o esgotamento patológico dele engraçado. Ela gesticulou para a outra pessoa da equipe atrás dele.

— Está na hora — disse a assessora.

Morgenthaler penteou com os dedos seu cabelo castanho, sem brilho, antes de entrar pelos fundos da galeria, acompanhado de mais três adultos em fantasias de mascote: um cachorro verde, um velho de cabeça alarmante e algo que deveria ser uma lula. Uma das crianças da primeira fila começou a chorar, embora fosse difícil dizer se era por excesso de terror ou de entusiasmo.

Do fundo da sala, Lin Draper, mãe de três filhos, assistia à apresentação de Morgenthaler. Ele tinha uma implacável cabeça de formato oval, ela achou, como se tivesse sido desenhada por alguém que não via uma cabeça humana de verdade fazia algum tempo. Quando colocou a filha, India, no carro para ir ao evento, ela esperava que ele fosse diferente, de alguma forma. Mais orientado ao público familiar. Ele já havia falado palavrão duas vezes durante a apresentação e parecia um pouco suado. Vestia um paletó esportivo preto e uma camiseta branca com decote em v combinada com All Stars vermelhos, um traje que notificava agressivamente os espectadores de que ele era tanto colecionador quanto artista, tanto o dinheiro quanto o talento. Morgenthaler estava usando o tipo de voz alegre que os adultos costumam usar com crianças:

— Vocês acreditam que eu achava que seria um famoso escritor de romances para adultos? Eu pretendia ser um pintor sério de arte figurativa. Mas *não*, meu agente disse que eu era mais adequado para as crianças, então *ainda* estou aqui depois de dez anos...

— Posso segurar sua mão? — sussurrou India.

Lin percebeu — com um tipo de vergonha de quem preferia ser engolida pelo chão, algo possível em momentos constrangedores só enfrentados por pais e mães — que sua filhinha não estava falando com *ela*, mas com uma garota adolescente ruiva.

Ela advertiu India em voz baixa e sussurrou para a garota ruiva:

— *Desculpa...*

— Está tudo bem — disse a garota. Ela ofereceu a mão para India sem qualquer hesitação. India deslizou a palma gordinha na da adolescente e, impulsivamente, beijou as costas da mão dela.

— *India* — disse Lin, horrorizada. — Vamos conversar lá fora.

— Deus te abençoe — sussurrou a adolescente para India enquanto a mãe a arrastava para longe, sua expressão feliz e vaga.

— Por que não transformamos isso em uma sessão de perguntas e respostas?! — disse um dos livreiros com um tom alegre que soava como se tudo estivesse bem, mas que na realidade significava *não está nada bem.*

Enquanto os livreiros começavam a pedir as perguntas das crianças ("Quantos anos você tem?", "Clancy é baseado em uma pessoa real?", "Você tem cachorros?", "Qual é o nome deles?"), algumas das outras crianças aconchegaram-se à adolescente, apoiaram-se nela ou tocaram sua perna ou, como India, seguraram sua mão. As crianças estavam muito mais fascinadas por ela do que por Morgenthaler.

A voz de Morgenthaler estava se elevando cada vez mais e ficando menos alegre.

— *Na verdade*, Maria... você disse que se chamava Maria? O motivo de existirem bonecos do Henderson e não do Menino Gambá é uma longa batalha legal pelos direitos de licenciamento de produtos, porque você precisa conseguir um advogado que não esteja dormindo com a sua *mulher* se você quer boas... O quê? Você tem algo a dizer sobre a forma como eu conduzo os meus eventos?

Esta última afirmação parecia ser dirigida à fantasia do velho.

Morgenthaler recolheu o braço e deu um soco na cabeça da fantasia de velho, o que a fez cair no chão.

Houve um momento de silêncio enquanto a cabeça do velho voava, seguida por uma medida igual e oposta de som, ao atingir as crianças sentadas.

Morgenthaler considerou tudo isso com um olhar descontrolado antes de partir para cima do corpo sem cabeça.

O caos se instaurou. Mais mascotes foram atingidos. A cadeira estofada conseguiu galopar até a primeira fileira de crianças sentadas. Um pai levou um tapa. Os livros ilustrados voaram pelo ar, as páginas farfalhando como pássaros feridos. Havia uma pele felpuda grudada em Morgenthaler, proveniente de uma das fantasias. Sua criança interior — um minúsculo anarquista, um monstro do id em miniatura — gritava para se libertar.

Tudo era caos, exceto pela adolescente ruiva parada atrás da multidão.

— Matem seus sonhos agora, crianças! — gritou Morgenthaler. — Matem-nos antes que Nova York chegue neles e os transforme como... como...

A roupa de lula o arrastou para os fundos.

Depois que todos foram embora — os filhos, os pais, os livreiros, a assessora de imprensa, os mascotes —, Morgenthaler voltou para sua galeria e ficou lá sob a luz da tarde. A galeria era um enorme espaço de concreto e vidro agora que todos tinham ido embora. Seu celular zumbia. Tinha certeza de que era o agente. Não queria falar com seu agente.

Ele olhou para cima e percebeu que não estava sozinho na galeria. Uma adolescente permanecia ali. Estava ao lado de uma peça 3D espiralante que ele se oferecera para representar porque não a entendia. A garota tinha cabelos ruivos e não se parecia em nada com sua ex-esposa, mas, de repente, ele se lembrou de como era encontrar um dos fios de cabelo dela em suas roupas. Não foi uma sensação agradável.

Ele pensou que tinha trancado a porta.

— O evento acabou — disse ele. — Está tudo acabado.
— Estou procurando Hennessy — respondeu ela.
— O quê?
Ela não repetiu.
— Acredito que você pode me ajudar.

Morgenthaler não conseguiu nem se conter. Ele havia tentado abrir uma garrafa de água com gás apenas cinco minutos antes para afogar suas mágoas, mas acabou achando a tampa muito difícil de desrosquear.

— Não conheço nenhuma Hennessy — disse ele.

A garota apontou para uma pintura na parede.

— Mas você deve conhecer. Foi a Hennessy que pintou aquilo.

Ela estava apontando para uma pintura chamada *Cena no rio*. O nome do artista — Joe Jones — estava no canto, assim como uma data: 1941.

— Menina — disse Morgenthaler —, isso é uma pintura de sessenta mil dólares de, tipo, cem anos atrás. Joe já morreu. Eu não sei quem você está procurando. Me pergunte alguma outra coisa.

Ela examinou a expressão de Morgenthaler, então esfregou o cotovelo suavemente, distraída.

— Posso... ficar aqui?
— O quê?
— Só por esta noite. — Ela apontou para o sofá chique perto de *Cena no rio*. — Por favor.

Ok, ela era uma sem-teto. As coisas faziam sentido para ele agora. A assessora dissera alguma coisa sobre pessoas sem-teto no outro dia, mas ele não conseguia se lembrar o quê. Ele se perguntou se não era um bom ouvinte.

— Existem abrigos — disse ele à menina. Provavelmente havia abrigos. Isso parecia algo que acontecia em cidades, e aquela era uma cidade.

— Eu preciso ficar em algum lugar sem pessoas.

Ela não estava chorando, mas torcia as mãos com movimentos rápidos da maneira que Morgenthaler sabia que geralmente precedia as lágrimas. Ele esperava que ela não chorasse de verdade, porque aí ele choraria também; ele sempre tinha sido uma pessoa que vomitava em solidariedade e que chorava pelo mesmo motivo.

— Você não pode — disse ele. — Eu sinto muito. Não seria certo. Há itens de valor aqui.

Ele esperava que ela protestasse de novo, mas ela foi até a saída delicadamente, sem outra palavra. Quando ele abriu a porta, sentiu uma lufada de ar quente vindo da rua — estranho no clima dos últimos tempos. A porta se fechou atrás dela. Ele trancou.

Ela ficaria bem, ele pensou. Era bastante provável. Certo?

Sentiu-se estranhamente desolado conforme os segundos passavam. Não era o que a menina tinha pedido, mas o que ela não tinha pedido. Não era que ela o lembrasse da esposa; era que ela não tinha lembrado. Não era que ela o tivesse feito esquecer a frustração do dia; era que ela o tinha feito senti-la com ainda mais intensidade.

De repente, ele abriu o ferrolho, empurrou a porta e desceu correndo alguns passos.

— Ei — gritou ele. — Ei!

Ela já havia percorrido vários metros. Parou na calçada.

— Eu levo você — disse ele. — Para um abrigo. Para conseguir comida.

Ela sorriu muito doce e tristemente, então balançou a cabeça, seus pés já começando a levá-la embora.

— Eu não quero que você se machuque.

Ela se virou e se foi, e os dois começaram a chorar.

41

Quando a noite caiu, Ronan acompanhou Adam até o caminho que dava acesso à propriedade, Motosserra empoleirada em seu ombro, o sol sonhado enfiado no capuz do suéter para lançar alguma luz ao redor de seus pés. Suas três horas haviam terminado, e agora a carruagem voltaria a ser abóbora; os cavalos, ratos. Adam estava tentando pilotar a motocicleta sonhada no mesmo ritmo acelerado da caminhada de Ronan, virando o guidão para um lado e para o outro para manter uma linha reta vacilante, fazendo o farol balançar a cabeça em um incerto "não". Parecia que a qualquer momento ele iria largá-la, mas ainda não tinha feito isso. Para começar, Ronan não sabia onde Adam havia aprendido a andar de moto. Possivelmente, o mecânico para quem ele trabalhava durante o ensino médio o tivesse ensinado. Talvez alguém em seu trabalho no depósito. Adam adquiria habilidades como outras pessoas adquiriam roupas ou mantimentos. Ele estava sempre no mercado.

Agora seu rosto sombreado estava perdido em concentração. Uma das mãos descansava de leve sobre a alavanca da embreagem e a outra sobre o freio; esta, sobre o freio, cuidadosamente enrolada em gaze, a única prova física da sessão de vidência. Era difícil dizer o que permanecia em sua mente. Ronan sabia que aquele grito e o pavor que o acompanhara viveriam com ele por um longo tempo.

Havia algo tão terrível por aí que Adam não suportava ter que olhar para Ronan.

Mas o que quer que o tivesse feito gritar estava com medo de Bryde.

A mente de Ronan remoeu essa informação de novo e de novo e de novo outra vez.

Pouco antes do fim do caminho de entrada da garagem, Adam tentou parar a moto e a deixou cair em vez disso, a roda dianteira virando, de repente, para a esquerda e jogando a moto em cima dele. Ele fez um som suave e comum de dor e frustração, e Motosserra saiu voando, parecendo traída. Os dois ergueram a moto de novo.

— Eu sempre esqueço... — disse Adam, mas não falou o que sempre esquecia.

Ronan jogou a perna por cima da moto, segurando o volante reto, tomando cuidado para não cometer o mesmo erro de Adam. Sentar nela era bom, físico, tangível.

— Da próxima vez, você pode me ensinar como fazer isso do jeito real, Parrish.

— Retribua o favor — disse Adam, e, depois de um momento, Ronan percebeu que ele estava falando sobre quando, muito tempo atrás, Ronan o ensinara a dirigir com câmbio manual. — Você não tem que fazer isso por mim.

Ronan espreitou a escuridão, onde o sistema de segurança sonhado pendia invisível no final da calçada.

— Eu entro e saio todos os dias. Estou acostumado com isso.

Adam fez um som duvidoso, mas não rejeitou o presente.

— Pegue a coisa de sol. — Ronan esperou até que Adam enfiasse a mão no capuz para pegar o sol. — Está vendo aquela árvore ali, o carvalho com aquele galho baixo? Ande pelo lado de fora dele até a estrada e você estará livre. Eu vou te encontrar lá.

Ocorreu a Ronan então que ele não queria que Adam fosse. Por muitas razões: a primeira delas sendo a sensação ruim daquele grito, passando pelo modo como seu corpo sentiria falta de Adam quando ele se encolhesse na cama, e a última sendo o conhecimento de que algo grande e desconhecido espreitava lá fora, invisível aos seus olhos de sonhador, visível para os olhos sobrenaturais de Adam. Parecia incorreto que a visita de Adam tivesse piorado sua solidão, mas Ronan sentia muita falta dele, mesmo olhando diretamente para ele.

Ronan não disse nada em voz alta, mas Adam falou:

— Não posso faltar à aula desta manhã. — Havia algum conforto em ver que ele estava protelando tanto quanto Ronan, remexendo-se ao lado da moto, tirando um cisquinho do tanque e então um cisquinho do pulso de Ronan dos caranguejos assassinos, virando sua cabeça bruscamente quando uma ave noturna se aproximou de seu raio de audição, ajustando o zíper da jaqueta. — Diga algo em latim.

Ronan pensou.

— *Inuisus natalis adest, qui rure molesto et sine Adam tristis agendus erit.*

Uma poesia antiga reclamando sobre passar o aniversário sem um ente querido parecia adequada.

Adam pensou a respeito e riu.

— *Propertius?* Não. *Sulpicia?*

— *Sulpicia.* Tem certeza de que não posso levar você? — Oito horas de volta a Harvard, noite adentro, de moto. Ronan ainda estava cansado da tinta noturna e de muitas noites de sono turbulento, mas ficaria acordado se estivesse com Adam.

— Matthew quer você no seu aniversário, e você não pode decepcioná-lo. Estou desperto. Juro. Estou muito desperto. Tenho muito em que pensar.

Ambos tinham.

Soltando um suspiro, Ronan começou a caminhar com a moto em direção ao terrível sistema de segurança. Adam deu um tapinha no tanque duas vezes para dar sorte e saiu andando com cautela pela floresta.

Ronan se preparou como se prepararia para sonhar. Ele se lembrou de onde seu corpo físico estava no presente. Lembrou a si mesmo de que o que estava para acontecer com ele era passado.

Em seguida, ele atravessou o sistema de segurança diáfano sonhado.

Lembranças surgiram. Ele esperava que fosse o horror, como sempre era. Vísceras e sangue. Ossos e cabelos. Funerais com caixão fechado. O grito.

Em vez disso, era todas as vezes em que Ronan tinha ficado sozinho. Não havia sangue. Não havia gritos estridentes de terror.

Havia apenas o silêncio que vinha depois de todas essas coisas. Havia apenas o silêncio que vinha quando você era o único que restava. Apenas o silêncio que vinha quando você era algo estranho o suficiente para sobreviver às coisas que tinham matado ou expulsado todas as pessoas que você amava.

E então Ronan acabou enxugando as lágrimas antes de Adam se juntar a ele, parando ao lado de seu ombro, emergindo da escuridão com a luz brilhante sonhada nas mãos em concha.

— O recesso escolar vai chegar em apenas alguns dias — disse Adam. Ele beijou a bochecha de Ronan, de leve, e então a boca. — Eu volto. Esteja aqui para mim.

— *Tamquam...* — disse Ronan.

— *... alter idem.*

Eles se abraçaram. Adam colocou o capacete.

Ronan ficou parado no escuro muito depois de a lanterna traseira ter desaparecido. Sozinho.

Então ele voltou para casa para sonhar com Bryde.

42

Houve uma época em que Jordan costumava fantasiar sobre viver sozinha. Quando ela completou dezoito anos, a ideia era como uma paixão, uma obsessão, algo que doía pesado durante o dia e a fazia ficar sem dormir à noite. Ela até fora dar uma olhada em um apartamento uma vez, dizendo às outras que iria trabalhar na Galeria Nacional de Arte, mas, em seguida, em segredo, tinha ido para a visita ao apartamento marcada previamente.

A corretora de plantão havia mostrado a ela um apartamento que cheirava a cloro e urina de cachorro, tinha cômodos do tamanho de elevadores, apenas uma vaga de estacionamento e ficava a desencorajadores vinte e dois quilômetros da cidade.

— Tem muita gente interessada neste apartamento aqui — falou a mulher.

Jordan pensou em como capturaria a linha dos olhos de pálpebras pesadas da corretora, como eles nunca se abriam totalmente, como aquele peso era sinalizado pela pele entre suas sobrancelhas, repuxada pelo fardo de longa data de permanecer acordada. Sua mente de pintora catalogou o degradê de cores entre o tingimento sutil dos cabelos e as raízes mais claras. Seus dedos se contraíram ao lado do corpo, já bloqueando o espaço negativo atrás do perfil da mulher.

A corretora dissera:

— Então, se você quiser entrar na lista de interessados para ficar com ele, eu aplicaria o formulário e a taxa o mais rápido possível. O mais rápido possível.

Jordan não gostava de pensar em formulários, porque não gostava de pensar em prisão. Ela realmente não queria ir para a prisão. Poderia parecer algo inusitado — já que ela passava muito tempo fazendo coisas contrárias às leis, de todas as formas e tamanhos —, mas ela passava uma quantidade considerável de tempo pensando em maneiras de evitar ser presa. Por exemplo, era cuidadosa com o que forjava. Ela forjava arte, não cheques. Litografias, não dinheiro. Pinturas, não certificados de autenticidade. Historicamente, a lei era mais gentil com aqueles que forjavam pinceladas de todos os tipos em vez de marcas de caneta de qualquer tipo.

A mulher olhou para Jordan. Estava parada ao lado de uma mancha no carpete bege. Nem mesmo tinha se preocupado em ficar na frente ou em cima para tentar escondê-la. O apartamento não tinha um preço que exigisse dela esse tipo de manobra.

— Vai ser só você?

— Vai — Jordan mentiu.

— Eu tenho alguns apartamentos de um quarto que são mais baratos do que este, querida.

— Preciso de espaço extra para o meu estúdio — disse Jordan. — Eu trabalho em home office.

A mulher bateu no balcão.

— Quer procurar mais um pouco e preencher uma pré-inscrição aqui, querida? Você pode deixar no escritório lá do fundo quando estiver saindo.

Um post-it tinha sido colado no topo do formulário implacável com a hora da visita e um nome: JORDAN HENNESSY. Como se Jordan fosse dona de ambos os nomes igualmente. Jordan olhou para ele por trinta segundos, pensando em como recriaria a sombra logo abaixo da borda curva do Post-it, como ela evocaria a sensação de distância do papel embaixo, o que seria necessário para replicar o amarelo límpido do papelzinho.

Então deu uma volta pela construção de dois andares, tentando imaginar como seria morar ali. Os pequenos cômodos com suas frágeis portas de armário, seus lustres baratos no alto — ela teve que pegar o celular para tirar uma foto das moscas mortas presas no globo, porque havia algo angelical e efêmero na forma como a luz dava a volta em seus corpos em uma nuvem macia. Ela imaginou o Supra estacionado na frente, sem nunca ter que se perguntar se uma das outras garotas o havia pegado e quebrado. Imaginou pintar ali. Ela se imaginou pintando sua própria arte, não falsificações.

Entrou no minúsculo banheiro e se olhou no espelho. O rosto de Hennessy olhou para ela.

Estava apenas fingindo. Não importava o quanto Jordan pintasse a imagem com clareza em sua mente, ela nunca conseguiria replicá-lo na vida real.

Sabia o número. Mil, duzentos e setenta e oito. Os metros quadrados. Cento e trinta. Dólares por mês de aluguel. Dois mil setecentos e noventa. O aluguel do primeiro mês mais o depósito de caução.

Mas esses não eram os números condenatórios.

O número maldito era este: seis (isso foi logo antes de Farrah, a quarta cópia, dar um tiro em si mesma). O número de meninas com quem ela morava: seis. O número de meninas que tinham o mesmo rosto que o seu: seis. O número de meninas cujo seguro social era o mesmo que o seu: seis.

O número de meninas com quem ela dividia uma vida inteira: seis.

As outras nunca souberam que ela fora olhar, mas Hennessy descobriu quando a corretora retornou para saber se ela já tinha tomado uma decisão, uma semana depois. Jordan não disse nada para se explicar. Hennessy disse:

— Eu também me deixaria.

— Beleza profissional — disse Hennessy, soprando um anel de fumaça. Sua aparência era desastrosa. Riachos negros escorriam de seus olhos. De seus ouvidos. De suas narinas. Revestiam seus dentes. Poderia ter se passado por normal quando Jordan a encontrou no porto com *A dama sombria*, um pouco mais cedo. Agora não tinha como.

Agora ela sangrava um preto monstruoso diante da verdadeira *Dama sombria*.

Jordan ficou descontente ao descobrir que elas, de alguma forma, a tinham interpretado mal quando a copiaram. Alguma variação era compreensível, dadas as circunstâncias nada ideais com as quais elas estavam trabalhando — usando como referência fotos e olhadas em vendas públicas anteriores. Mas não era que as pinceladas ou cores estivessem erradas. Era a atmosfera. *A dama sombria* original tinha uma verve e um magnetismo que faltavam completamente na cópia. Desejo emanava do original.

Hennessy disse que era porque se tratava de um sonho.

Jordan não sabia nada sobre sonhos, além dela mesma e das outras meninas. Ela não tinha percebido que elas podiam se sentir ligadas aos sonhos. Parecia muito poder para uma pessoa possuir.

Hennessy gesticulou com seu cigarro para o *Retrato de madame x* com buracos de bala, inclinado ao lado de *A dama sombria* ("As vadias precisam de companhia", ela dissera).

— É assim que chamam as galinhas como ela. BPs. Belezas. Pro. Fissionais. Tudo em rosas e glória, desde que o rosto estivesse em ordem. Ela se espanava com pó de lavanda, não é, para ter essa cor? Alguma de nós poderia fazer o que ela fez? Nos preparar para o olhar do público, garantir que tudo a nosso respeito estivesse pronto para uma adoração sem compromisso?

Hennessy tinha selecionado um dos vários banheiros principais da mansão para experimentar a influência de *A dama sombria*. Como todos os outros cômodos da casa, era ultrajante: dezoito metros quadrados, piso de mármore, poltronas estofadas, dois vasos sanitários, catorze chuveiros, um bidê. Tudo o que poderia ser preto era preto. Todo o resto era dourado. A enorme banheira de hidromassagem ficava incrustada no chão como uma piscina, e foi nessa banheira vazia que Hennessy se reclinou, totalmente vestida de renda, couro e lodo preto. Jordan não conseguia entender. Hennessy levava uma vida sem sono, sempre empoleirada em lugares desconfortáveis, o cronômetro do celular cuidadosamente ajustado para dezoito ou vinte minutos, tudo planejado para impedi-la de sonhar. Se Jordan estivesse na mesma situação, teria aproveitado aquela oportunidade para se deleitar no sono, para variar. Fazer do jeito certo. Banho. Pijama. O melhor colchão disponível, com uma pilha alta de travesseiros e edredons. Sim, se ela sonhasse com uma cópia, seria um inferno do outro lado. Mas, pelo menos, ela teria um sono maravilhoso para variar. Uma situação do tipo fazer dos limões uma limonada.

Mas Jordan sempre pareceu mais adequada para a limonada e Hennessy mais para os limões.

— Jordan. Jordan. Jorrrddaaaaaaaan.

— Estou ouvindo — disse Jordan. Ela se sentou na beira da banheira, balançando as pernas. Imaginou que o ar era água. Ela ansiava que fosse água. Um de seus episódios estranhos tinha começado no caminho do porto de volta para lá, e agora, uma parte dela estava mais uma vez sendo levada a olhar para a água mergulhando sobre rochas, nuvens turbulentas de fumaça rolando sobre o asfalto, musgo nas rochas, névoa pairando sobre montanhas azuis. Ela sentia sede de tudo isso. Se fosse para as montanhas, pensou, não se sentiria assim. Como se estivesse morrendo de fome. Sufocando. Privada de algo de que ela precisava para viver.

— Leia a última frase que eu ditei.

Jordan mostrou o dedo para Hennessy.

— Gostou do seu encontro com *monsieur* Declan Lynch? — perguntou Hennessy. — Você provavelmente é a coisa mais legal que aquele mané conseguiu na vida. Vai ser o assunto da terapia dele por décadas.

— Ele me deu um vidrinho de púrpura tíria.

— Como ele conseguiu isso da noite pro dia? — Quando Jordan não palpitou, Hennessy continuou: — O velho dele era um sonhador. Ou assinou o nome no sonho de outra pessoa. É isso que estamos pensando? Declan Lynch é um sonhador? Ele sonhou aqueles caramujos para você? Isso os torna reais, se ele sonhou? Será que existe alguma coisa real, quando a gente para e pensa? Será que algum deus desajustado está povoando o pesadelo dele com a gente, rezando para seu próprio deus sem nome para que ele acorde? Será que...

— Hennessy.

Ela estava protelando.

— Jordan.

Ela sabia que estava.

Jordan deslizou para baixo na banheira ao lado dela, inspirando profundamente, a banheira fria contra sua pele nua. A banheira estava áspera de sujeira no fundo. Havia anos que não era usada para seu verdadeiro fim. Talvez nunca. Era impossível descobrir a história da mansão; ocupá-la só tinha sido possível porque os proprietários e a origem da mansão eram totalmente desconhecidos. Era difícil imaginar que algum dia fosse vibrante e amada, aspirada e habitada. Um lugar como aquele não parecia ter sido construído para a intimidade.

Hennessy pousou a cabeça no ombro de Jordan. Jordan esfregou as têmporas de leve enquanto os olhos castanhos bem abertos de Hennessy olhavam para o teto. O preto vazava pelos cantos. Se Jordan olhasse de perto, ela poderia ver a escuridão vazando em suas pupilas também, desaparecendo das bordas como em papel mata-borrão. Não estava certo, ela pensou. Simplesmente não estava certo. Não era que não fosse *justo*. Ela tinha certeza de que as duas haviam feito muito para merecer tudo o que tinha surgido em seu caminho. Mas não era *certo*. Era *errado*. Parecia corrompido.

— Heloise — disse ela —, você está chegando a um ponto em que, se você não ceder, o homem vai tirar de você.

A garganta de Hennessy se moveu enquanto ela engolia. O movimento fez vazar três riachinhos pretos de seus ouvidos para o pescoço. Ela estava assustada. Não tinha dito que estava, mas Jordan sabia. Não de morrer, mas de tudo o que ela sonhava cada vez que se permitia dormir por mais de vinte minutos. Em muitas noites sem dormir, Jordan havia tentado imaginar o que ela mesma poderia sonhar de tão terrível que não fosse conseguir suportar nem por um minuto. Não conseguia pensar em nada, mas o que ela saberia? Pessoas sonhadas não sonham.

Jordan colocou a mão sobre os olhos de Hennessy até que o toque suave de seus cílios contra a palma da mão lhe informou que Hennessy finalmente tinha fechado os olhos.

A Dama Sombria observava as duas com aquele olhar desconfiado e pessimista.

— Vai funcionar — disse Jordan. Não tinha certeza se estava se dirigindo à pintura ou a Hennessy. — Pense na praia. Todo tipo de merda legal que existe lá. Coisas portáteis. Conchas do mar. Brinquedos de areia... guarda-sóis...

— Tubarões... águas-vivas... — A cabeça de Hennessy ficou muito pesada, mas Jordan não queria se mexer, caso ela fosse a única coisa que estivesse fazendo Hennessy dormir. Encostou o queixo no cabelo dela. Nos espelhos, elas pareciam quase a mesma; a diferença era que Hennessy estava arruinada e sangrando e Jordan não tinha marcas e era sonhada.

Imagens lampejaram nas bordas da visão de Jordan. Uma cachoeira. As montanhas. Um incêndio faminto.

— Estou tão exausta — disse Hennessy. — Estou tão exausta.

— Eu sei — sussurrou Jordan. — Eu sei que você está.

Elas dormiram.

43

Ronan estava sonhando.

Ele estava lúcido e elétrico naquele sonho, perfeitamente ciente de suas formas adormecida e acordada. Claro que ele estaria. Seu corpo físico estava perto da linha ley e de suas montanhas. Motosserra, seu psicopompo, seu guia dos sonhos, curvara-se no parapeito da janela de seu quarto. Ele sabia o que queria.

Naquelas condições, ele era um rei.

— Bryde — chamou em voz alta.

No sonho, Ronan estava em Lindenmere, a adorável Lindenmere. Sua floresta. Sua protetora e sua protegida. As árvores eram enormes e desgrenhadas, líquen verde e alaranjado subindo para o lado norte. Entre elas, pedras caídas umas sobre as outras, o musgo suavizando suas bordas. A névoa se movia sombriamente entre os troncos, o hálito cinza e desgrenhado das palavras recém-pronunciadas no ar. O som da água era onipresente: rios fluindo, cachoeiras caindo, chuva tamborilando. Cogumelos e flores se aventurando entre tocos e troncos caídos. Em alguns lugares, parecia bonito e comum. Em outros, era lindo e extraordinário.

Era talvez a expressão mais pura da imaginação de Ronan.

— Bryde, você está aqui? — Ronan chamou. Ele foi subindo pela floresta. Podia sentir o esforço da subida pelo terreno íngreme nas panturrilhas tão bem quanto sentiria se estivesse subindo na vida real.

Não sabia se outros sonhadores tinham florestas, ou o que fosse Lindenmere. Lindenmere era uma floresta assim: Ronan poderia fechar os olhos e alcançá-la em seus sonhos. Lindenmere era uma floresta assim: Ronan poderia entrar no BMW e dirigir trinta minutos a oeste, subindo as montanhas, abandonar o carro em uma trilha de incêndio e caminhar os vinte minutos restantes até a floresta onde ela existia na vida real. Poderia pisar entre aquelas árvores familiares e descobrir que elas o conheciam e se importavam com ele e manifestavam seus pensamentos no mundo desperto quase tão facilmente quanto no mundo dos sonhos. A Lindenmere da vida real era um lugar para sonhar de olhos abertos.

Ele a tinha sonhado. Um dia, não havia nada além de árvores comuns no alto das montanhas azuis. E então, no seguinte, ele tinha acordado e havia Lindenmere escondida entre elas.

Talvez tenha sido seu melhor sonho.

— Suponho que vocês diriam que as duas versões de Lindenmere são igualmente reais — Ronan disse para as árvores. Ele estendeu a mão para o ar em movimento. A névoa o envolveu. — Eu posso sentir você aqui, Bryde.

Greywaren, murmurou Lindenmere, o som vindo das árvores, ou da água, ou de todos os lugares. Aquele era o nome de Lindenmere para ele. Ronan sabia seu nome verdadeiro também, e, às vezes, a chamava assim, mas ainda não havia chegado à conclusão de por que às vezes escolhia um ou outro. *Greywaren, ele está aqui.*

Ele sabia que Lindenmere não era exatamente uma floresta. Lindenmere parecia ter existido antes em outro lugar como... outra coisa. E então Ronan, em um sonho, tinha escolhido sua forma naquele mundo. Ele não tinha realmente sonhado a floresta da forma como tinha sonhado outras coisas que passaram a existir. Tinha apenas aberto uma porta e escolhido um traje em forma de floresta para vestir.

— Você me disse para perseguir — disse Ronan. — Aqui estou.

Ele se viu olhando para um riacho profundo. Uma ponte flutuava sobre ele. Uma motocicleta estava estacionada sobre a ponte. Era precisamente o sonho de Harvard.

Mas agora não estava longe de sua floresta e de sua linha ley. Seus pensamentos não estavam confusos e fragmentados. Aquele sonho era o seu reino e faria o que ele ordenasse.

— Chega de jogos — disse Ronan, impaciente. Ele ergueu a mão. Estalou os dedos. A moto então sumiu. A ponte sumiu. O riacho sumiu. O sonho ficou exatamente como ele queria.

Ronan havia trabalhado muito para ser capaz de controlar seus sonhos tão bem, e era fácil esquecer como ele era bom nisso quando estava em Washington ou mais longe, em Cambridge, ou meio morto pela tinta noturna. Era fácil esquecer o quanto ele amava a sensação.

As coisas começam a adormecer. Pardais caem do céu. Os cervos galopam e levantam-se sobre os joelhos. As árvores param de crescer. As crianças entram em coma suave. Muitas criaturas que antes vagavam adormecem, imaginação aprisionada na estase. Há dragões dormindo no subsolo que nunca mais se mexerão.

— Não quero um monólogo — disse Ronan.

Ao nosso redor, o mundo está adormecendo, mas ninguém está mais olhando pela janela para notar. Os sonhadores estão morrendo. Os sonhadores estão sendo mortos. Não somos imortais. E as coisas que sonhamos... O que é um sonho sem seu sonhador? É um animal em uma sala sem ar. É o homem em um planeta morto. É religião sem deus. Eles dormem sem nós porque precisam.

Ronan exclamou:
— Por que você me salvou?
Bryde respondeu:
— Por que eu tenho que me beneficiar disso de alguma forma?
Isso
era
diferente.
Ronan girou em um círculo, procurando outra pessoa na floresta. Essa voz não era amorfa, daquelas que vinham de toda parte. Essa voz tinha peso e timbre. Essa voz tinha viajado pelo espaço para chegar até ele. Essa voz pertencia a um corpo.

— Não vou me mostrar — disse Bryde, a voz mais aguda, fosse pela realidade ou pelas circunstâncias.

— Eu poderia obrigar você a isso — disse Ronan, e sabia que era verdade. Quando ele se sentia assim, sonhando em sua linha ley, sonhando com sua floresta, ele podia fazer quase qualquer coisa.

— Eu acredito em você — respondeu Bryde. Ronan se virou bem a tempo de ver a beira de uma sombra, o movimento da névoa. Alguma coisa tinha acabado de passar ali. — Mas você quer que vejamos um ao outro ou que confiemos um no outro?

Ronan não sabia o que queria.

Acima, ele ouviu Motosserra crocitar. Sabia que não era realmente a sua Motosserra; era outra versão de sonho dela. Não importava; ele gostava de ouvi-la e não corria o risco de manifestar qualquer coisa que não quisesse quando estivesse sonhando assim.

— Você salvaria um sonhador moribundo? — perguntou Bryde. — Mesmo que não o conhecesse?

— Salvaria — respondeu Ronan sem hesitar.

— Existem fatores que afetam esse "sim". Existem custos, você sabe. Custos emocionais. A filantropia é um hobby para os emocionalmente ricos.

A chuva batia nas folhas ao redor dele e nos ombros de Ronan. Ele podia sentir a umidade, mas suas roupas permaneciam intactas: regras de sonho.

— Próxima casa — disse Bryde. — Próxima casa. Jogue uma pedra. Salte. Pule. Mais perto do centro. Há outra sonhadora e ela está morrendo. Ou ela morrerá. Você vai salvá-la?

Outra sonhadora.

— Vou.

— Não diga apenas que vai. Pense a respeito. Pense no que isso significa.

Aquilo era idiota. Ronan não era nenhum herói, mas sabia o que era certo e o que era errado. Não importava se era outro sonhador. A resposta era a mesma de qualquer maneira. Até uma criança saberia a resposta àquela pergunta.

— Vou.

— Não é tão fácil quanto você pensa — disse Bryde. — Não é puxar uma alavanca para ganhar um prêmio. Existem muitas maneiras de morrer.

Ronan estava ficando impaciente.

— Quer que eu confie em você? — perguntou Bryde. — Salve-a. Salve-a de verdade. Vai significar que você terá que dizer a ela o que você é. Vai ter um custo emocional para você.

— Custou para você me salvar?

Houve um longo silêncio. A névoa brilhou sombriamente nas árvores. A chuva suspirou.

Bryde disse enfim:

— Você é a coisa mais cara que eu já salvei.

Um endereço caiu no conhecimento de Ronan. Simples assim. McLean, Virginia. Ele podia ver o formato da viagem para lá. Podia ver a casa à qual o endereço pertencia. Podia ver um Supra vermelho na entrada da garagem. Um jardim projetado por um paisagista que, na verdade, era um designer de jogo de xadrez frustrado e desesperado. Uma porta dos fundos destrancada, uma escada nos fundos, um longo corredor, um cômodo inteiramente em preto e dourado.

— É onde ela está? — perguntou Ronan.

Bryde sussurrou:

— Melhor dirigir como a porra do vento, garoto.

44

O ar do banheiro havia sumido.
Não era claro quanto tempo fazia que aquilo estava acontecendo. Tempo suficiente para que Jordan já estivesse se afogando. Tinha começado a morrer em algum momento antes de abrir os olhos e já estava avançada nesse processo.

Seus pulmões berravam.

Havia água em toda parte. O banheiro estava cheio de líquido, do piso ao teto, completo. Toalhas ondulavam como lesmas do mar, algas de papel higiênico se agitando em uma onda que recuava. Jordan era apenas mais uma coisa flutuando naquilo. Hennessy também.

Hennessy parecia morta.

Estava sem expressão. Seus braços e pernas vagando como os de um cadáver.

Mas ela não estava morta, ou Jordan não estaria acordada. Estava paralisada. Devia ter trazido uma cópia consigo.

Foco, Jordan disse a si mesma.

Seu corpo gritava por ar, mas a prioridade era conseguir ar para *Hennessy*. Se Hennessy morresse, seria o fim do jogo para as duas.

Ela nadou até Hennessy, chutando as botas no caminho, empurrando a borda do vidro do boxe para se impulsionar. Quando agarrou o pulso de Hennessy, os batimentos dela estavam lentos e violentos, palpáveis mesmo naquela situação. Sonhar outra cópia estava afetando Hennessy, mesmo que a paralisia significasse que ela ainda não conseguia reagir.

Ela era um peso morto. Jordan já havia passado da parte da morte em que as luzes faiscavam na vista diretamente para a parte em que a escuridão a engolia. Ela tentou ganhar impulso chutando o teto, mas tudo era estranho e desconhecido, muito difícil, muito impossível de lembrar.

De repente, Hennessy estremeceu, quase saindo do aperto de Jordan. Jordan fechou ainda mais seus dedos e foi puxada. Para frente. Para baixo.

As pernas de Hennessy ainda estavam à deriva, paralisadas.

Mesmo assim, ela avançou na água arenosa.

Então Jordan viu o que a estava puxando: outra garota com o rosto dela, vestida como todas quando eram novas: camiseta branca, jeans bonitos, flores no bolso traseiro.

Outra cópia.

Ela nascera daquele inferno e seu primeiro ato consciente tinha sido fazer exatamente o que Jordan estava fazendo: salvar Hennessy.

Juntas, elas puxaram Hennessy até a porta — o banheiro parecia enorme.

A porta não cedia.

Estava trancada? Era por isso que não funcionava? Não, *pense*, Jordan, ela disse a si mesma. Era porque a porta se abria para dentro e o peso de milhares de quilos de água a mantinha fechada.

Parecia impossível que o banheiro ainda estivesse cheio de água; devia estar escapando por baixo da porta, pelas aberturas do ar-condicionado e pelo ralo.

Mas não rápido o suficiente.

Jordan não tinha mais ideias.

Seus pulmões eram um animal se debatendo. Um animal que estava morrendo.

Jordan teve apenas um pensamento: *Ninguém sabia que eu existia*. Toda a sua vida passada como Jordan Hennessy, uma existência compartilhada com seis a dez outras entidades a qualquer momento. Mesmo rosto, mesmo sorriso, mesma carteira de motorista, mesma carreira, mesmos namorados, mesmas amigas. Um fluxograma onde as únicas opções disponíveis eram aquelas que ela poderia coletar para as outras garotas. *Por que você só pinta o que outras pessoas já pintaram?*, Declan Lynch havia perguntado. Porque seu pincel já tinha vindo pré-carregado com a paleta de outra pessoa.

Ela havia pintado centenas de quadros com habilidade surpreendente e ninguém saberia que ela existira.

Ela só tinha vivido a vida de outra pessoa.

Ninguém sabia que eu existia.

A nova cópia havia soltado Hennessy e flutuado um pouco para longe. Seus olhos estavam abertos, olhando para o nada.

Bam.

Bam.

Era som ou movimento? Parecia que a água estava tremendo ou Jordan estava estremecendo.

Ela passara todo esse tempo pensando que o fim viria com o sono eterno. Não tinha pensado que poderia simplesmente morrer.

Bam.

Então, de repente, a água estava sendo drenada, parecendo que a pele de Jordan estava descolando do escalpo.

Jordan respirou fundo, depois outra vez, e depois outra vez. Ela nunca teria ar suficiente novamente. Ao lado dela, Hennessy tossia e borbulhava, mas não fazia nenhum outro movimento; Jordan arrastou seu corpo ainda mole até que ela não estivesse mais cuspindo água. Ambas estavam sentadas em alguns centímetros de água, mas não importava porque havia ar, ar, ar.

Ah, a cópia, a cópia. — Jordan chapinhou até a garota nova. Ela estava morta. Jordan tentou reanimá-la, mas continuou morta. Ela só tinha vivido em um pesadelo.

— Droga — disse Jordan.

A porta se abriu para dentro. Estava dividida ao meio de forma desigual, lascas projetando-se para o interior.

Um rapaz estava parado na soleira, iluminado pela luz fraca da manhã. Em sua mão estava a chave de roda que ele usara para partir a porta. Ele tinha pele muito clara, cabeça raspada, sobrancelhas afiadas, boca afiada, expressão afiada. Seu rosto não era familiar, mas os olhos eram de um azul muito, muito familiar.

Jordan questionou:

— Quem é você, seu filho da puta?

— Eu sei que você é uma sonhadora — disse ele.

Todo o ar que ela pensou ter colocado em seus pulmões pareceu ter desaparecido.

Ele parou por um instante. Seus lábios se separaram para dizer algo mais, mas ele não disse. As palavras estavam bem ali, enfileiradas, mas ele não as libertou.

Finalmente, ele disse:

— E eu também sou.

45

Jordan sempre soube que tinha que haver outros sonhadores por aí. J. H. Hennessy fora uma sonhadora como a filha, afinal, e, como diziam sobre os ratos, onde havia um, havia quatro. Tinha que haver outros sonhadores por aí. Talvez muitos outros sonhadores. Bem, provavelmente não muitos. O mundo pareceria diferente, ela pensou, se houvesse muitas outras pessoas que pudessem manifestar sua imaginação, mesmo que todas sufocassem essa habilidade de formas semelhantes a Hennessy.

Ela achou que nunca iria conhecer outro.

Realmente, parecia que era para o melhor. Imaginou que os sonhadores talvez fossem como falsificadores. As pessoas forjavam arte por todos os tipos de razões. Forjavam pelo dinheiro, forjavam pelo desafio, forjavam para zombar dos outros. Eles forjavam pinturas e tecidos, desenhos e esculturas. O que despertava a imaginação de um falsificador poderia deixar outro totalmente frio. Não parecia que tinham mais em comum entre si do que com qualquer outra pessoa. Eles também eram um grupo bastante disfuncional. Os forjadores viviam à margem do mundo da arte, se não da sociedade em geral. Qualquer situação ou personalidade os impedia de nadar junto com o resto das pessoas. Não eram artistas nem criminosos.

Jordan não via por que os sonhadores deveriam ser diferentes, exceto se corressem riscos ainda maiores. Será que outro sonhador teria ideias sobre como consertar Hennessy? Talvez. Será que outro sonhador poderia matar todos os outros? Igualmente provável.

— Por que você está aqui? — Jordan perguntou a Ronan Lynch.

Ela estava sentada, encostada na parede do corredor, encharcada, registrada em sonho. Suas leggings pareciam pegajosas e desagradáveis, coladas na pele gelada. Seu cérebro também estava encharcado — estava tão envolvida em um de seus episódios oníricos quanto a antediluviana Jordan, lutando para juntar os pedaços de realidade a partir das imagens nebulosas de água, garras e fogo As outras garotas estavam congeladas em várias posições artísticas no corredor, tendo chegado poucos segundos depois de Ronan arrombar a porta. Tinham sido atraídas pelo som da destruição da porta, ao invés de por qualquer conhecimento da morte iminente de Hennessy. Se ele não tivesse chegado, as outras garotas teriam ido para o sono eterno em outro lugar da mansão, sem saber que sua sonhadora havia se afogado a metros de distância.

Hennessy parecia morta, a pele sob os olhos roxa, as juntas frouxas, a consciência sem nenhum controle. Mas ela não podia estar, já que todos os seus sonhos ainda estavam acordados e vindo para puxar seu corpo inerte da água empoçada.

— É uma maneira engraçada de dizer *obrigada por salvar minha vida* — disse Ronan.

Ele parecia o irmão, de um jeito mais visceral, como se Declan Lynch tivesse sido inserido em um apontador de lápis e Ronan Lynch fosse retirado depois. Os dentes de Declan eram regulares; os de Ronan ficavam à mostra. Os olhos de Declan eram estreitos; os de Ronan eram fendas de flecha. O cabelo de Declan era encaracolado; o de Ronan tinha sido erradicado. Declan parecia o tipo de pessoa que você esquecia que já tinha visto. Ronan parecia o tipo de pessoa que fazia você atravessar para o outro lado da rua. Era difícil imaginar que eles haviam crescido sob o mesmo teto; se Jordan ficasse sabendo que tinham sido separados quando crianças, ela teria acreditado.

Jordan disse:

— Se eu aparecesse na sua porta, sem mais nem menos, você não acha que me perguntaria a mesma coisa?

Ronan ergueu os pés, um, depois o outro, observando a forma como o tapete encharcado mudava de cor quando ele se mexia. Todo o corredor tinha um odor desagradável agora que estava molhado; cheirava a abandonado, mofado, tóxico, não habitável.

— Não, acho que eu começaria primeiro com um sólido "obrigado, cara".

— Calma, calma, ela está arruinada — sibilou June, enquanto ela e Brooklyn apoiavam Hennessy contra a parede ao lado de Jordan. Enquanto o faziam, Jordan viu que uma flor novinha em folha marcava a garganta de Hennessy. Espaço para apenas mais duas. Jordan sentiu náusea. Náusea de verdade, seu estômago revolto e quente. Dois era apenas um a menos do que três, mas tinha uma sensação diferente. Não era mais um número. Era agora *a penúltima cópia* e a então *a última cópia*.

A cabeça de Hennessy rolou para o lado, mas ela não estava totalmente desmaiada; suas pálpebras tremeram. Mesmo agora, ela lutava contra o sono. Lutava contra o adormecimento. Outra cópia naquele exato momento com certeza seria o fim dela, não importava o que a tatuagem na garganta prometesse.

A dama sombria não tinha funcionado.

Jordan não tinha mais ideias.

As montanhas tremeluziram nos pensamentos de Jordan. O fogo sussurrou: *devore*.

Se

controla.

Ela era Jordan, e ela era a garota que não desmoronava.

— Bem, obrigada, cara — disse Jordan. — Agora, por que você está aqui? Seu irmão mandou você?

Não parecia possível que ela pudesse acrescentar mais um sentimento ruim em cima do seu nível atual de sentimentos ruins, mas pensar em Declan Lynch descobrindo que Jordan havia brincado com ele conseguia habilmente adicionar uma grande quantidade de merda à sua situação.

— Meu irmão? — Ronan ecoou. — Ah... certo. Achei que você faria sua pesquisa... Você era a pintora do Mercado, não era? Aquela com quem ele falou. O seu nome é Ashley?

Jordan disse:

— O quê?

— Tenho certeza de que ele só sai com Ashleys — disse Ronan. — Quanto mais burra, melhor. Apenas para o caso de você estar pensando em ligar pra ele. Pessoalmente, eu não ligaria. Parece uma situação muito tediosa. Caramba, por que há tantas de vocês? Que coisa maluca. Qual de vocês é a original?

Todas elas olharam para Hennessy.

Ronan pareceu na dúvida quando falou:

— Ela não deveria receber... massagem cardiorrespiratória?

— Se se afogar fosse o que deixasse ela mal, você estaria certo, meu jovem — disse Brooklyn. Era o fim do mundo, mas ela mesmo assim aproveitou o momento para dar uma boa olhada no corpo dele, porque ela era Brooklyn. Seu rosto dizia que o momento tinha valido a pena. — Se ao menos o afogamento fosse o que nos deixasse mal.

— Vou atrás de um cobertor — disse Trinity, deslizando pelo corredor.

Ronan inclinou a cabeça no canto da porta para olhar dentro do banheiro de onde elas tinham vindo. Ele fez um pequeno som de *hum*, embora fosse difícil dizer, olhando para sua nuca, se era sobre o absurdo daquele banheiro, a presença do *Retrato de madame x* ou a cópia morta. Ele estava muito indiferente a respeito de toda a experiência. Como se fosse apenas mais um dia. Como se ele esperasse que *elas* também sentissem que era apenas mais um dia.

— Bryde me disse onde encontrar vocês. Disse que você estaria morrendo e que era melhor eu mexer o meu traseiro.

— O Bryde do Mercado das Fadas? — disse Madox. — Aquele de quem estavam falando?

Jordan tirou um longo cabelo molhado de dentro da boca. Também estava preso a algumas coisas molhadas. O quase afogamento tinha vindo com todos os tipos de pequenos e grandes infortúnios imprevistos.

— Como esse Bryde sabe quem somos?

Ronan empurrou o dedo do pé contra uma toalha de mão de cetim muito feia que devia estar no banheiro antes da inundação.

— E como diabos eu vou saber? Eu nem sei como ele sabe quem *eu* sou. Eu só o encontrei em sonhos. Talvez sua sonhadora o tenha conhecido lá.

Jordan nunca tinha ouvido falar de tal coisa, mas mesmo que fosse possível, não parecia possível para Hennessy. Ela tinha sonhado apenas uma dúzia de vezes em uma dúzia de anos.

Trinity voltou com um cobertor para enrolar Hennessy suavemente. Depois que as meninas a ajeitaram, Hennessy murmurou:

— Coloca... — Ela fechou os olhos, estremecendo. — Coloca meu cronômetro.

— Seu celular está fodido — disse Trinity. — Vou colocar no arroz.

— Eu cuido de você — disse June. Ela ajustou um cronômetro em vinte minutos no telefone antes de colocá-lo no peito de Hennessy. Hennessy agarrou-o com a carência de uma criança que recebia seu brinquedo favorito. Enquanto Trinity e Brooklyn pegavam cada ponta do cobertor como uma maca, Ronan passou a mão pela cabeça raspada, parecendo perplexo. Ele lançou um olhar ao redor do corredor encharcado e do cadáver encharcado e da decoração encharcada que tinha conseguido escapar do banheiro com Hennessy e Jordan.

Ele comentou:

— Isso é uma puta de uma loucura.

Jordan concordou. Era uma puta de uma loucura.

Sempre há outra ideia, ela disse a si mesma. *Você só tem que abrir os olhos, vai haver outra. Vamos, Jordan.*

Ela ficou de pé. Sentia-se vacilante como um potro novo, como se tivesse nadado um quilômetro em vez de atravessado um banheiro. Sua garganta estava dolorida como se ela tivesse gritado em vez de se afogado. Em pé, sua mente parecia mais forte para enfrentar Ronan, mas seu corpo se ressentiu.

— Cara, a gente agradece. Mas quero dizer da maneira mais gentil possível que você deveria dizer ao Bryde para esquecer da nossa existência.

— Você... — Ronan se interrompeu quando um dos destroços emoldurados do incidente chamou sua atenção. Virando o quadro, ele encontrou a Dama Sombria olhando para ele com amargura. Ela havia sido menos prejudicada do que qualquer uma delas pelos eventos; seu verniz brilhante gotejava água; mas, fora isso, estava ilesa. — Pensei ter reconhecido isso. Como o pessoal diz por aí, *que porra é essa?* Por que você copiaria isso?

Jordan, June e Madox trocaram olhares. Isso mesmo, por quê?

A expressão de June dizia: *E então?* Jordan supôs que elas deveriam devolvê-la. Não fazia sentido deixar Declan Lynch com uma cópia quando a original não estava servindo para nada. Não fazia sentido tentar evitar que Declan Lynch soubesse que as outras tinham pegado a pintura enquanto ela estava com ele. Não havia sentido em nada daquela maldita situação agora que *A dama sombria* tinha falhado.

Não havia sentido em...

Jordan teve uma ideia.

— Você é um sonhador bom mesmo? — perguntou.

Ronan ergueu uma sobrancelha.

— Se é que você é um sonhador. Talvez a gente devesse pedir para você provar que é.

Ele sorriu. Era uma expressão intensa e durável, conquistada com esforço.

— Vou precisar de um lugar seco para me deitar.

46

No dia útil seguinte, Declan decidiu que estava contente por não ter nada embaixo do papel pardo atrás de *A dama sombria*. Dava graças a Deus, na verdade. Isso o impedira de ser estúpido. Estava com uma ideia fixa na cabeça e a obsessão por ela o levara a várias semanas de comportamento cada vez mais arriscado, telefonemas tarde da noite, viagens para Boston, o Mercado das Fadas, tudo numa progressão crescente, sem ele perceber, todo o bom senso imobilizado por arma de choque e amarrado no banco de trás. Quem sabia até onde ele teria ido? Longe o suficiente para que algo se quebrasse, provavelmente. Longe o suficiente para jogar fora tudo o que ele tinha feito até então.

Afinal, ele tinha o gene de um criminoso. Niall era um safado encantador, que sempre ficava no seu estado feliz quando entrava e saía das sombras, e Declan não era estúpido o suficiente para fingir que não gostava disso também. Não, era bom que ele tivesse aberto a parte de trás da pintura e descoberto que tinha sido em vão. Que bom que ele não tinha pegado o número de Jordan, que tinha deixado os próximos passos na mão dela, então ele não se sentia tentado.

Estava tudo bem. Estava tudo bem.

Tudo estava de volta ao que era antes.

— Como vão essas impressões, Declan? Precisamos sair daqui — exclamou Beladama Banks, a assistente pessoal do senador, que não era uma dama tão bela quanto seu nome sugeria.

Declan estagiava em meio-período com o senador Jim Rankin, o que significava, em termos práticos, que passava várias horas por semana fazendo cópias no Hart Senate Office Building, um prédio de escritórios sem janelas, com placas e luzes fluorescentes e ternos e gravatas e funcionários andando sem levantar os olhos das telas de celular e das marmitas buscadas lá no saguão por pessoas como Declan.

Ele não estava fazendo cópias naquela manhã, mas apenas porque já as havia terminado — estavam frescas o suficiente da impressora para manter o calor e o cheiro adocicado. Ele as estava prendendo em conjuntos com clipes de papel para serem distribuídas, uma tarefa braçal ligeiramente diferente. Ele olhou para o relógio — Deus, ainda faltava muito para o dia acabar; estava apenas começando — e deu uma resposta qualquer à pergunta que Beladama tinha feito.

— Dez minutos.

— Que tal oito?

Quando ele assentiu, ela passou a levar duas caixas de bebidas orgânicas de origem local para o carrinho no corredor. O senador estava visitando um grupo de produtores locais naquele dia para discutir como eles se sentiam sobre a regulamentação dos mercados de produtores, e era importante mostrar solidariedade ao lhes dar comida e bebida.

Declan não odiava seu trabalho, o que era bom, porque ele provavelmente faria alguma versão disso para o resto da vida. Houve um momento antes de seu pai morrer em que ele pensou que um dia poderia ter um título como *Senador* ou *Deputado* na frente de seu nome também, mas sabia agora que era muita exposição para sua família. Ainda assim, havia muitos empregos no governo que não chamavam atenção. Inúmeros empregos que eram bons. Dava para viver com eles. Apenas tinha que continuar realizando a dança delicada e discreta de ser bom o suficiente para continuar sendo contratado, mas não bom o suficiente para se destacar.

Beladama passou estalando os saltos por ele novamente, seguindo seu caminho até a próxima caixa de bebidas muito perto dele, não porque precisasse, mas para lembrá-lo de que ele tinha um trabalho a ser feito em seis minutos.

Ele continuou na tarefa. Quando terminasse ali, pegaria Matthew na escola e encontraria Ronan para comemorar seu aniversário. No ano anterior, Ronan dera a si mesmo o presente de abandonar o ensino médio no dia de seu aniversário, jogando fora todos os esforços de Declan para arrastá-lo até um diploma. Ele esperava que Ronan não tivesse a intenção de fazer nada tão estúpido no aniversário daquele ano também. Declan tinha feito para ele uma carteirinha do zoológico. O que você dava de presente para o homem que podia criar sozinho o que quisesse? Seria um bom passeio. Uma tarde tranquila. Comum.

Tudo de volta ao que era antes.

Declan, disse Jordan Hennessy, parada no museu como uma obra de arte, enigmática, aberta à interpretação, inalcançável.

Ele havia mexido muitos pauzinhos para conseguir aquela púrpura tíria. Pauzinhos perigosos e complicados, um telefone sem fio criminoso até encontrar alguém da noite para o dia disposto a trocar o pigmento com ele pelo relógio sonhado de Niall, o que ele havia escondido no armário do quarto por anos.

Que idiota. O que estava pensando? Ele não estava pensando. Estava apenas galopando atrás de seu id. Isso era coisa de Ronan, não de Declan.

Na noite anterior, tinha sonhado com o oceano, mas não com o oceano de *A dama sombria*. Parecia que ele havia quebrado o feitiço de *A dama sombria* rasgando o papel de revestimento atrás da tela. O oceano com que tinha sonhado não era a erodida costa irlandesa, nem a pura e arenosa praia de Kerry, onde tinha certeza de que Aurora Lynch nunca estivera e Niall Lynch, sim.

Não, Declan tinha sonhado com uma praia tropical, seus pés enterrados na areia. Naquele paraíso, ele ficava eternamente passando protetor solar nos braços, nunca parava de passar protetor solar nos braços, um ciclo interminável de creme com aroma de coco na ponta dos dedos e passando na pele e espremendo creme com aroma de coco na ponta dos dedos e passando na pele e espremendo creme com aroma de coco na ponta dos dedos e passando na pele e...

Um sonho tedioso.

Melhor do que o sonho que ele tivera antes. Melhor do que o sonho da *Dama sombria* na costa arenosa de Kerry e se sentindo visto, realmente visto, verdadeiramente exposto, vigiado das rochas altas e do céu. Melhor do que o sonho pisando naquela água com um passo, depois outro e depois outro, e então começando a nadar, depois mergulhando e depois nadando tão fundo que a luz do sol parou de penetrar na água e ele ficou invisível nas profundezas.

Se ele tivesse a habilidade de Ronan, teria acordado apagado da existência?

— *David!* — exclamou um dos assessores.

Declan olhou para cima. Sabia que estavam se referindo a ele.

— Declan.

— Tanto faz. Esse celular é seu? Desliga isso. Ele vai ficar em reunião pelos próximos dois minutos. Isso aí já está pronto? Saímos dentro de três minutos.

O telefone de Declan estava tocando, agitando-se caoticamente em cima de uma pilha de clipes de papel. Identificador de chamadas: Escola do Matthew.

Com um olhar de desculpas para o assessor, ele atendeu.

— Lynch.

— Aqui é Barbara Cody da Tomás de Aquino — disse a voz do outro lado da linha. — Seu irmão parece ter saído outra vez da escola sem avisar nenhum dos funcionários.

Outra vez.

Meia dúzia de histórias contidas nessas duas palavras, cada uma delas terminando em Great Falls. Declan apertou e relaxou a mandíbula. Em voz baixa, ele disse:

— Obrigado por me avisar.

— Não queremos começar a adverti-lo por isso, mas...

Eles já deveriam ter dado advertência; quem é que tinha autorização para deixar a escola meia dúzia de vezes sem consequências? O solar Matthew, é claro, e seus pés errantes benevolentes.

— Compreendo. Você e eu estamos do mesmo lado nessa situação.

— Por favor, avise que o conselheiro da escola adoraria falar com ele. Queremos ajudar.

— É claro.

Depois que Declan desligou, ficou parado por um momento, sentindo-se como se fosse um terno pendurado.

— *Lynch* — vociferou Beladama. — Já se passaram nove minutos. A van está estacionada em fila dupla.

Ronan já devia estar quase em Washington para seu aniversário. Declan ligou para ele. Tocou e tocou e tocou e tocou, então foi para o correio de voz. Ligou outra vez. Outra vez. Outra vez. Outra vez. Outra vez. Outra vez.

Ligar para Ronan era como jogar dardos no oceano. Uma vez a cada cem anos, um sujeito de sorte acertava um peixe e no resto do tempo passava fome.

Ele mandou uma mensagem: *Me liga, é sobre o Matthew.*

— Lynch — disse Beladama.

Declan escreveu na mensagem: *Não posso sair do trabalho*

— Van — disse Beladama.

Declan escreveu: *Por favor, busque-o em Great Falls*

— Agora — disse Beladama. — Traga os crachás.

Foda-se foda-se foda-se foda-se foda-se foda-se

Por um momento, Declan se imaginou arremessando o celular e aquelas cópias reunidas e a pilha de clipes de papel na parede, destruindo todo aquele lugar, marchando para fora de sua vida, mergulhando no oceano, desaparecendo.

Em seguida, deslizou o celular dentro do bolso do terno, equilibrou uma pilha de impressos sob o queixo e disse:

— Meu irmão mais novo está com um problema de saúde. Estou tentando convencer meu outro irmão a cuidar disso.

— Por que eu nunca ouvi falar desse outro irmão? — perguntou Beladama.

Porque ela nunca tinha perguntado, e Declan nunca revelava uma verdade a menos que fosse tirada de suas mãos frias e fechadas. Porque a forma mais segura era ser desconhecido e imutável.

Beladama falou por cima do ombro:

— Alguma chance de você ter que cuidar disso sozinho?

Declan disse:

— Cem por cento.

Tudo exatamente como antes.

47

Ronan se viu na praia de *A dama sombria* mais uma vez. Atrás dele se erguiam rochas pretas tombadas e, sob seus pés, areia clara se estendia em ambas as direções. Diante dele estava o mar turquesa familiar, aquele que ele tinha acabado de deixar fluir de dentro do banheiro da mansão McLean. Ele estremeceu. O frio era intenso e úmido.

A voz de Bryde vinha de algum lugar acima, entre as rochas.

— Costumava chover mais. A superfície daquele planeta nu e seco costumava ser repleta de árvores. Complicado com árvores. Aqueles céus cada vez mais sem nuvens costumavam ser emaranhados e vivos pela chuva. Prateado e preto e roxo acima. Verde, preto e azul abaixo. Você deveria ter visto.

Ronan se ajoelhou e enfiou os dedos na areia. Sentindo. Realmente sentindo. A abrasão úmida dessa areia grossa, a poça fria da água quando ele empurrava os dedos longe o suficiente, a coceira da areia em contato com a pele sensível de seus pulsos por muito tempo. Ele estava longe de sua floresta, mas o feitiço da *Dama sombria* era forte o bastante para invocar a praia com clareza.

— Eu sei que você fica ansioso em dias de sol — comentou Bryde.
— Você não disse isso em voz alta. Você mal pensou. Afinal, *eles* amam os dias ensolarados. Eles amam céu limpo com sol branco selvagem se pondo nele como uma joia assassina. Isso não os preocupa. É uma sequência de dias chuvosos que os torna lânguidos e instáveis. Esgota a

energia, a depressão devora seus ossos. Os dias chuvosos não são para eles. Você acha que as árvores odeiam dias chuvosos?

Ronan se endireitou, olhando ao redor. Areia, pedras, uma pequena cruz de folhas de palmeira, como uma criança faria para o Domingo de Ramos, encravada entre as rochas.

— Pense desta forma: encha uma piscina e jogue um peixe nela — disse Bryde. — Você não faria isso porque ninguém faz. Mas imagine só. Entra o peixe e ele nada, nada, nada, toda a piscina à sua disposição. Agora imagine a mesma piscina sem água. Jogue um peixe nela. O que acontece? Você sabe o que diabos acontece. É por isso que não há nada tão feio como um dia sem nuvens. Como será este mundo para nós se pararem a chuva? Às vezes, eu choro pra caramba por todas aquelas árvores mortas.

— Cale a boca — disse Ronan. — Estou tentando trabalhar.

Ele estava tentando manter tanto as suas verdades do estado de sono quanto do estado desperto ao mesmo tempo — permanecer consciente o bastante no sonho para moldar os eventos dentro dele, mas não ficar tão desperto a ponto de acordar imediatamente.

Bryde parecia divertido.

— Alguém está se exibindo.

Ronan ignorou aquilo; ele não seria provocado por alguém que nem mesmo era visível.

E daí se ele estivesse se exibindo?

Bryde ficou quieto, de qualquer modo, enquanto Ronan caçava de um lado para outro na praia; não havia nada impressionante que ele gostaria de levar de volta para a mansão. Areia, pedras, algumas conchas quebradas quando ele enfiava a mão na água fria. Ele pegou a pequena cruz de folhas de palmeira, mas queria mais.

— Este é o seu mundo — disse Bryde. — Só você o limita.

Só Ronan e *A dama sombria*, na verdade. Porque ele podia sentir como, toda vez que pressionava o conteúdo do sonho, algo fora dele tentasse moldá-lo de volta àquele momento, naquela praia.

— Estou muito longe — disse Ronan.

— Não vou te ajudar — disse Bryde. — Não quando você pode fazer isso sozinho. Salte. Pule. Jogue uma pedrinha. O que há na próxima casa? Certamente agora você já conhece este jogo.

Ronan pensou em seu corpo físico. No sofá, esparramado para trás, os dedos espalhados pelo estofamento caro e espalhafatoso. Aquelas pinturas encostadas nele... sim.

Bryde riu.

Bryde *riu*. Ele sabia o que Ronan iria manifestar antes mesmo de ele começar.

Ronan começou a cavar na areia, imaginando, lembrando, projetando a verdade do que queria com todas as suas forças, até que seus dedos sentiram uma ponta dura. Ele cavou com intensidade crescente, parando apenas para colocar a cruz de folha de palmeira na camisa, onde ela não seria esmagada ou esquecida. Conseguia senti-la raspando a pele. Bom. Então ele se lembraria com toda certeza.

Então ele cavou e cavou e cavou até descobrir seu prêmio.

— Caramba, isso é demais! — Ele estava satisfeito. Muito satisfeito.

— Um rei sempre gosta de seu trono — observou Bryde, sarcástico.

48

Eu não uso drogas, Salvador Dalí disse uma vez. *Eu sou as drogas*.
Ronan Lynch estava quebrando o cérebro de Jordan. No exato momento em que ele acordou de seu sonho na mansão McLean, Jordan percebeu que nunca havia realmente acreditado que Hennessy pudesse ter sonhado coisas diferentes dela mesma. Não sabia nem se acreditava, em um nível instintivo, que Hennessy tinha sonhado alguma coisa, o que parecia ridículo. É claro que Jordan sabia que Hennessy era responsável pelas garotas com seu rosto. Mas ninguém nunca a tinha pegado em flagrante. A única coisa na qual cada uma delas estivera presente tinha sido sua própria criação: ganhar vida ao lado de uma Hennessy paralisada e agoniada devido ao processo. Nunca a tinham visto ir dormir e acordar com alguma coisa.

Então, embora vivessem essa verdade todos os dias, Jordan ficou surpresa ao descobrir que ela nunca realmente acreditara que aquilo fosse possível.

Já era bem de manhã àquela altura, e a luz entrava com força total e sem cor pelas grandes janelas incrustadas de pólen de um lado da sala, apagando todas as sombras, transformando o espaço em um *showroom* de arte moderna e decadência urbana. Acima da casa, um avião voando para o Aeroporto Internacional de Washington era audível, o rugido produtivo lembrando a todos que, apesar da noite bizarra, um mundo comum continuava em sua rotina para o resto da área metropolitana de Washington, DC. As meninas estavam todas na sala de estar, reunidas em volta do Lexus amarelo como se estivessem em volta de uma fogueira, a atenção mais ou menos voltada para Ronan Lynch, esticado no sofá de brocado brilhante com buracos de bala na parte de trás. Ele era alto o suficiente para que sua cabeça raspada ficasse encostada em um canto e as botas cruzassem sobre o apoio de braço do lado oposto. Enquanto ele dormia e Jordan se recuperava do episódio do sonho, ela o estudou e imaginou como o pintaria. Todas as linhas escuras e angulares de sua roupa, as linhas claras e angulares de sua pele, a inquietação comprimida dele, aparente mesmo durante o sono. Que retrato ele e seu irmão dariam, ela pensou.

Então Ronan acordou, trazendo seus sonhos consigo.

E isso quebrou o cérebro de Jordan.

Não foi que ele acordou e coisas apareceram de repente ao seu lado. Não foi que elas aparecessem gradativamente, tomando corpo do nada à existência. Não foi nada fácil assim. Foi mais do tipo ele acordou, e algo sobre o tempo ao seu redor mudou, algo sobre a maneira como todas viviam o tempo ao seu redor. Porque Jordan sabia — ela *sabia*, ela sabia pela lógica, acadêmica e completamente — que Ronan estava esparramado de mãos vazias naquele sofá, mas agora ele segurava um grande pacote, e seu cérebro estava fazendo um grande esforço para convencê-la de que ele sempre estivera segurando aquela coisa nova. De alguma forma, a realidade tinha sido editada para permitir a presença de algo que não estava lá antes, sem permitir a ela a revelação de ver isso acontecer.

Trinity ofegou:

— Ah, *caramba*. — O que parecia uma resposta tão boa quanto qualquer outra.

Ele tinha areia nos joelhos. Ele já tinha areia nos joelhos antes? Parte da mente de Jordan dizia: *Sim, sempre foi assim*, e parte dizia: *Não, lembre-se, ele estava encharcado com o resto de vocês no corredor.*

Mágico.

Jordan sempre pensava nos sonhos de Hennessy como um diagnóstico terminal, mas agora ela percebia que poderia ser mágico.

— Quanto tempo você acha que ele vai ficar assim? — perguntou Trinity, inclinando-se sobre ele.

Ronan estava paralisado, assim como Hennessy sempre ficava depois de um sonho, então pelo menos essa parte era universal. Madox acenou de um lado para o outro na frente do rosto dele.

— Não seja idiota — disse Jordan.

— Que louco — disse June. — Jordan, é isso que deveria acontecer? É assim que deve ser para ela? Olha. — Ela pressionou um dedo na mão de Ronan, mostrando como sua pele voltava com elasticidade, normal e saudável.

Jordan não tinha uma resposta. Possuíam apenas duas fontes de dados, o que não era suficiente nem mesmo para a mais chinfrim das teses.

— Talvez ele pudesse ensiná-la — disse Trinity.

— Porque se tem algo em que Hennessy é boa é em receber instruções — zombou Madox.

Jordan disse:

— Talvez ele pudesse sonhar algo só para ela. Não como *A dama sombria*. Algo que faça o trabalho.

June começou a tirar cuidadosamente o pacote do peito dele e então, de forma inesperada, Ronan bateu nas costas da mão dela.

— Vai se foder, eu agradeço — disse ele e se espreguiçou.

Todas as meninas riram dele, com surpresa e outra coisa, algo menos definível. Jordan percebeu que elas todas estavam animadas. Otimistas. Naquele dia, elas se pareciam com ela, não com Hennessy.

Jordan sentia-se mais grata a Ronan por aquilo do que por abrir a porta do banheiro inundado. Esperança era uma coisa que morria com facilidade naquela casa atualmente.

— Bem-vindo de volta — disse ela. — O que você trouxe para nós hoje? Eu ganho um prêmio se adivinhar?

Ronan ergueu o pacote embrulhado para Jordan abri-lo, com cuidado para não derramar o suco de June sobre o objeto enquanto fazia isso. Olhando para Ronan — ela com certeza já tinha um palpite —, Jordan tirou o papel pardo.

Dentro havia uma pintura em uma moldura de borda dourada muito familiar.

Era uma mulher com um vestido azul-pervinca, as mãos desafiadoramente nos quadris, uma jaqueta de homem jogada sobre os ombros. Ela olhava para o observador de um jeito desafiador.

Como a *Mona Lisa* tatuada de Jordan, aquela pintura era quase uma imagem perfeita da original. Era *A dama sombria*, a pintura cuja cópia levara horas e horas para ser copiada do Mercado das Fadas, mas com o rosto e a garganta de Hennessy e tatuagens nos nós dos dedos.

Uma falsificação perfeita e astuta, tão boa quanto uma feita por elas. Não, melhor. Porque transparecia o mesmo desejo magnético e sobrenatural que o original tinha e que sua cópia havia perdido. Aquela não era uma cópia do mundo real feita a partir de um sonho. Era o sonho de um sonho. Perfeita. Mais do que perfeita.

E ele tinha obtido aquilo em meia-hora.

Jordan sabia que as outras meninas estavam pensando a mesma coisa, porque Trinity disse:

— Jordan levou uma eternidade para fazer a dela.

Ronan encolheu os ombros.

— Você poderia fazer qualquer coisa que fazemos aqui, mas em questão de uma noite — disse June.

Ronan encolheu os ombros.

— O que você faz o dia todo? — perguntou Brooklyn.

Ele sorriu para ela. A arrogância dele. Aquela arrogância de malandro. E por que não? Como seria viver uma vida daquele jeito? Ele poderia fazer qualquer coisa.

Incluindo, talvez, salvar suas vidas.

Há dias, Dalí dissera, *em que acho que vou morrer de uma overdose de satisfação.*

Jordan disse:

— Precisamos te contar uma história.

49

Parsifal Bauer havia atingido o ápice da parsifalice.

Ele não gostou das maçãs que comeram no café da manhã. Não tinha gosto de nada, ele disse. Arenosa?, ela perguntou. Não, respondeu ele. Até a areia tinha sabor. Ele queria que ela mandasse buscar mais? Não, ele havia perdido o apetite. Ele não queria mais ler os registros dos BMWs no laptop de Farooq-Lane. A tela estava deixando seus olhos cansados. Ele não poderia ter acesso em outro formato? Suas roupas o estavam irritando. Ele achava que era o sabão que o hotel havia usado quando Farooq-Lane mandou as roupas para a lavanderia. Parsifal precisava que fossem lavadas de novo, mas com sabão de outra origem. Algo sem corantes, possivelmente. Não, ele não poderia sair com ela para escolher um novo sabão de lavar roupas. Ele estava prisioneiro de um roupão de banho, todas as outras roupas sujas ou estragadas pela lavagem do hotel.

— Esse sabão líquido Spring Fresh pode ser entregue em uma hora — Farooq-Lane sugeriu, digitando no celular. Sem culpa.

— A fragrância não é o problema — respondeu Parsifal laconicamente. — Só precisa ser sem corante.

O sabão estava garantido. As roupas foram enviadas outra vez. A ventilação do hotel era barulhenta. Será que podiam trocar de quarto?

Agora Farooq-Lane entendia. Estava sendo punida por delatar a velha Zed.

Lock ligou.

— Bom trabalho. O que você está fazendo agora?

Ela olhou feio para Parsifal, que estava sentado na ponta do sofá-cama, de roupão e sapatos, o rosto inexpressivo por trás dos óculos.

— Esperando por inspiração. — Irritava-a demais olhar para ele, então ela colocou os fones de ouvido e foi ficar de frente para a janela, olhando para a cidade lá embaixo.

— Nikolenko ou Ramsay trarão informações sobre aquela Zed que vocês encontraram — disse Lock.

— Ah, Ramsay, não — reclamou Farooq-Lane. Ela também não queria Nikolenko, mas sabia qual dos dois preferia.

— Quem eu puder puxar para fora da trilha até aqui — disse Lock, parecendo não ouvir a relutância dela. — Além disso, acho que receberemos ajuda da agência em breve, então talvez eu consiga enviar os dois. Estou de olho em um Zed aqui que parece promissor. Peça a Bauer para ficar de olho nas visões dele. Queremos ter certeza de...

Algo puxou um de seus fones de ouvido para fora. Farooq-Lane deu um salto de um quilômetro.

— Não posso usar roupas que cheiram assim — disse Parsifal.

— *Parsifal* — retrucou ela. Lock ainda estava falando. — Espere, eu...

— Não posso usar isso — continuou Parsifal.

Aquilo já tinha ido longe demais.

— Estou no telefone.

— Posso ouvir que você está ocupada — disse Lock. — Ramsay avisará quando estiver na cidade.

Aborrecida, Farooq-Lane desligou e encarou Parsifal. Ele não cheirava a nada incomum. Possivelmente a xampu e roupa lavada.

— Você está impossível hoje.

— Você disse a eles para não matar a mulher?

Ela começava a perder a paciência. Conseguia sentir a paciência se esvaindo dela. Muito em breve teria ido embora para sempre.

— Você ouviu exatamente o que eu disse. Quanto poder você acha que eu tenho nessa situação, afinal? Você e eu sabíamos que nem todo Zed que trouxéssemos para eles seria o certo. Por que você está se contendo desse jeito agora?

Ela nem mesmo sabia no quanto daquilo que estava dizendo ela realmente acreditava. Sentia como se estivesse sendo forçada a ser a advogada do diabo, e isso também a deixava com raiva. Em que ela acreditava? Ela acreditava que algo ruim estava a caminho do mundo, e acreditava que sabia de onde isso vinha, no geral. Acreditava que a maioria das pessoas não tinha a chance de fazer a diferença. Ela acreditava que fazia. Acreditava que não sabia o que mais faria naquele momento se não estivesse fazendo aquilo.

Ela acreditava lá no fundo que não era o suficiente acreditar, e isso a deixava ainda mais irritada.

Parsifal estava muito agitado agora, torcendo as mãos compridas e nodosas uma na outra. Girava os ombros também, irritado com suas roupas em todos os sentidos. Ela se lembrou de Ramsay dizendo uma vez que não se podia confiar nos Visionários — não de verdade. Eles estavam mais do lado dos Zeds do que dos humanos, disse ele, porque, no fim das contas, tinham mais em comum. Além disso, eles passavam o dia todo sonhando com os Zeds. Não se podia confiar neles. Farooq-Lane não havia pensado muito nisso, mas se lembrava agora, enquanto Parsifal esfregava as mãos nos braços como se estivesse com frio e mexesse os dedos de várias formas.

— A maneira mais fácil de salvá-la era encontrar o Zed que realmente vai acabar com o mundo. Você não pode fazer isso aqui de roupão. Você pode ter outra visão ou pode vir comigo no carro e procurar as coisas da sua última visão.

Ele não concordou com ela. Ele simplesmente não discordou.

No carro, eles travaram uma nova batalha por causa da ópera. Parsifal queria que a janela fosse aberta por causa do cheiro do sabão de lavar roupas. Ele estava com fome. Nada daquilo parecia familiar para ele. Ele estava com náusea. Ele não gostou dos biscoitos que ela deu para acalmar seu estômago. Ela havia imprimido os registros dos BMWS, mas nenhum dos nomes parecia familiar de forma alguma e estava deixando-o enjoado lê-los em movimento no carro. Ele não queria olhar um pouco pela janela. Aquelas casas não pareciam nada familiares. Não, dar a volta no hotel incendiado novamente não ajudaria. Ele precisava comprar uma camisa nova. Precisava de uma que não pinicasse a pele como aquela. Não, ele não podia simplesmente ignorar. Ele...

— Pra mim, já chega — disse Farooq-Lane. — Você é um terrorista.

Ela parou no estacionamento vazio de uma floricultura. Ele lançou um olhar obstinado para Farooq-Lane.

— Você acha que eu faço isso porque eu quero? — ela explodiu. — Você não acha que eu queria que a vida fosse diferente?

Ele apenas ficou parado, do jeito que ele sempre ficava, alto e rígido.

— Minha família também morreu, sabia? E eu não estou aqui tornando a vida de todo mundo um inferno!

O olhar de Parsifal era pesado sobre ela e, por um minuto, ela pensou que ele pudesse realmente dizer algo simpático, não uma parsifalice, mas ele falou:

— Estou muito cansado de você.

— *Você* está muito cansado de *mim*?

— Não consigo pensar com você no volante — disse ele. — Isso está me deixando doente. Não consigo pensar com você falando comigo. Se é para eu reconhecer alguma coisa na minha visão, não posso fazer isso com você por perto. É coisa demais. Você é sempre tão você o tempo todo. Você tem sua bebida e seu cabelo e sua roupa e sua voz e a maneira como você se senta com a mão na perna desse jeito e é coisa demais. Vou sair.

— Você vai *sair*?

— Vou voltar a pé para o hotel — disse Parsifal. Ele puxou o cabo carregador da parte inferior do celular. — Vou sim. É melhor assim. Adeus.

— *Adeus?*

— Por enquanto. *Bis später.* — Ele saiu do carro. Usou todos os dez dedos para fechar a porta do carro com extremo silêncio, o que parecia mais uma crítica passivo-agressiva sobre o barulho que ela fazia.

Farooq-Lane sentiu sua raiva ferver.

Ela não tinha ficado zangada com a morte de sua família. Não tinha ficado zangada com nenhum dos comentários estúpidos de Ramsay.

Não tinha ficado zangada quando Nikolenko a tratou como uma criança mole. Não tinha ficado zangada quando percebeu que eles iam matar aquela velha Zed por nada. Não tinha ficado zangada por causa de atrasos em voos, sapatos estragados, comida ruim, motoristas agressivos, nada.

Mas agora sentia uma raiva que a deixava fora de si. Ela soltou um soluço furioso e tocou a buzina. O barulho retumbou por vários segundos, o que fez uma funcionária sair à grande vitrine da floricultura, e então Farooq-Lane soltou a buzina.

A funcionária balançou a cabeça e desapareceu.

Assim como Parsifal.

50

Foi assim que a história começou: haveria treze Hennessys, e então tudo estaria acabado. Edição limitada, assinada pelo artista, descontinuada.

A décima terceira seria a que acabaria por matá-la, elas contaram a Ronan e concordavam que deveria ser isso mesmo. Treze era um número diabólico para uma vida vivida diabolicamente. Elas mostraram o pescoço, as tatuagens iguais. Conte as flores, disseram. Tem espaço para treze no total, elas disseram, treze lindas flores para criar uma gargantilha mortal. Espaço para mais duas, antes de morrerem de excesso de beleza.

Doze: nome por vir. Hennessy costumava lhes dar nomes, elas contaram a Ronan. Depois de Alba, no entanto, ela dissera às outras que elas mesmas poderiam escolher por conta própria em sites de nomes de bebês, porque Hennessy não era mãe delas.

Onze: sem nome. Para sempre sem nome. De certa forma, disseram, era bom que Ronan já soubesse do segredo delas quando chegou, porque isso as poupava de ter de inventar uma mentira sobre por que havia uma garota morta no banheiro. Ela nunca tivera a chance de escolher um nome, ou de ficar frustrada por viver a mesma vida que meia dúzia de outras meninas, ou de respirar.

Dez: Trinity. Doce Trinity, se depreciava tanto que a gente só queria abraçá-la ou lhe acertar um soco. Hennessy a havia sonhado na garagem. Estava tão bêbada e tinha esperado tanto tempo para sonhar que acabou deixando um rastro de preto desde o carro de onde ela caíra até chegar à entrada da garagem, onde desmaiou. Trinity surgiu a apenas alguns metros de distância, já manchada de preto.

Nove: Octavia. Octazeda. Ela odiava cada uma das outras garotas. Hennessy estava sozinha quando a sonhou, longe de qualquer uma das outras, em um Challenger envenenado roubado. Normalmente, as meninas contaram a Ronan, Hennessy dizia para elas quando ia sonhar, ou era óbvio, por causa da como-é-que-você-chama-aquilo-mesmo? Tinta noturna. Mas não naquela noite. Sem falar nada, ela havia saído do radar das demais, roubado um carro, sonhado uma cópia — na verdade, era difícil dizer qual era a ordem dos eventos, poderia ter sido o inverso — e só depois de várias horas é que ela havia sido encontrada por Jordan e June. Se Octo tivesse sido mais amigável com as outras garotas, elas teriam dito quais comprimidos a gente podia misturar com álcool.

Oito: Jay. Hennessy odiava Jay. Quando ela escolheu o nome Jay, Hennessy exigiu que ela o mudasse. Porque era o nome da mãe de Hennessy, mais ou menos, as meninas explicaram a Ronan. Não nos lembramos bem dela. Hennessy não fala muito sobre ela. Eu me lembro, disse uma das garotas. Eu acho. *Vocês não têm as memórias da Hennessy?*, Ronan perguntou. A maioria delas, disseram as meninas. Depois de uma briga violenta com Hennessy, Jay desmaiou na piscina e nunca mais acordou. Brooklyn achava que Hennessy a tinha matado. Jordan disse que, se Hennessy fosse capaz de matar qualquer uma delas, naquele momento ela estaria morando em um apartamento de um quarto com um sugar daddy.

Sete: Brooklyn. Às vezes, parecia que as meninas eram influenciadas por qualquer coisa que Hennessy estivesse sentindo quando sonhava, embora pudessem estar analisando demais a situação. Quando Brooklyn surgiu, Hennessy estava passando por uma temporada de pular de relacionamento em relacionamento, sem alegria, com parceiros de todos os gêneros, priorizando quantidade em vez de qualidade. Deixava uma trilha de corações exterminados. Cultivada ou natural? Brooklyn adorava uma boa sessão de amassos.

Seis: Alba. As meninas disseram a Ronan que não sabiam qual era o sonho que produzia as cópias. Hennessy tinha que estar nele, obviamente, já que era isso o que ela sempre trazia quando acordava. *Ela sempre tem o mesmo sonho?*, ele perguntou. Tem. *E ela não consegue sonhar sem se trazer de volta?* Não. É por isso que ela dorme em períodos de vinte minutos. *Eu pensei*, disse ele, *que chegava uma hora que a gente morria se não dormisse uma noite inteira de sono.* Eu acho, elas disseram, que isso é verdade. Mas não havia sido privação de sono o que matara Alba; ela tinha dado PT em um dos carros de Bill Dower antes de elas se mudarem. A história oficial era que Hennessy milagrosamente se safara sem nem um arranhão e, de certa forma, isso era verdade.

Cinco: Farrah. Farrah Burra, as garotas disseram a Ronan. Farrah Burra se apaixonou e ele... bem. *Não correspondia?*, Ronan sugeriu, e elas riram. Farrah Burra, disseram as meninas. Ele tinha, tipo, quarenta e cinco anos e era casado, e Farrah nem mesmo era Farrah para ele, era Hennessy. Nada em Hennessy atraía afeto real e genuíno. Nunca seriam cavalos brancos e cetim, mesmo que Farrah fosse capaz de amar, o que nenhuma delas era; por acaso, ela já tinha se olhado no espelho?

Quatro: Madox. Hennessy quase tinha sido pega sonhando Madox. Elas ainda moravam na casa do pai naquela época. Bill Dower tinha acabado de arrumar sua nova namorada/futura esposa e todas as garotas estavam irritadas com a ideia. Elas estavam irritadas com tudo, na verdade: mudar de Londres para a Pensilvânia, passar pela puberdade, serem três meninas vivendo como uma só, viverem como uma que estava constantemente de mau humor tentando ter seios e dormindo por períodos de vinte minutos de cada vez. Hennessy tinha pegado uma gripe, adormecido no sofá, sangrado através da calça jeans favorita e manifestado Madox, tudo de uma só vez. June teve que quebrar a urna contendo as cinzas do pai de Bill Dower na cozinha para criar uma distração. Madox nasceu com raiva; e quem não teria nascido?

Três: June. Pobre June. Acabara ficando para sempre marcada na mente de Hennessy por ser a garota que provara que as cópias não eram uma ocorrência única. Não era como se Hennessy não soubesse, no fundo. Porque, depois da primeira vez que aconteceu, ela começou a programar o cronômetro toda vez que fechava os olhos. Tinha levado anos pro negócio dar errado, e June era sua punição.

Dois: Jordan. A primeira sempre seria um milagre e uma maldição. As meninas não sabiam quanto tempo havia se passado da morte de Jay quando Jordan apareceu, mas sabiam que fora em questão de dias. Perto o suficiente para que Hennessy tivesse pedido a Jordan para ir ao funeral no lugar dela, e Jordan tinha ido. *Ela não queria ir ao funeral da própria mãe?*, Ronan perguntou. Você realmente não entende como Hennessy se sente em relação a Jay, disseram as meninas. De qualquer forma, é claro que Jordan iria. Jordan faria qualquer coisa por Hennessy e vice-versa. Afinal, elas eram basicamente a mesma pessoa.

Um: Hennessy. Quem estava lá para dizer quem Jordan Hennessy teria sido se não tivesse se dividido em duas? Se Jay não tivesse morrido? Talvez houvesse uma versão dela na escola de arte naquele momento. Talvez houvesse uma versão boa demais para a escola de arte, talvez houvesse uma versão dela que já tivesse saído da escola e estivesse sorrindo em um estúdio de Londres cheio de celebridades e câmeras. Talvez houvesse uma versão dela que acreditasse no amor, talvez houvesse uma versão dela que se importasse com tudo, talvez houvesse uma versão dela que dormisse oito horas por noite. Ou talvez não. Veja só J. H. Hennessy. Às vezes, era melhor apenas derramar um copo de vodca no túmulo e aceitar que o coração sempre bombeava sangue envenenado. As meninas beberam juntas e concordaram a contragosto.

Cada versão de Jordan Hennessy provavelmente tinha nascido para morrer.

Depois que as meninas contaram a história delas, Ronan não disse o que estava pensando, que era o seguinte: Jordan Hennessy era uma mentirosa.

Ele não sabia por quê, e não sabia exatamente até que ponto chegava a mentira, mas, com certeza, havia passado tempo o suficiente com Declan para saber que cara tinha uma mentira. Mentirosa, mentirosa.

Aquelas cópias não a estavam matando.

Ronan havia sonhado uma cópia de si mesmo antes. Foi um acidente. Tinha sido muito tempo depois de ele ter pegado o jeito com os sonhos, mas muito antes de começar a pegar o jeito da própria vida, e ele estava tentando coisas demais de uma só vez. As apostas eram altas: Ronan estava reunindo materiais para enterrar a reputação do homem que mandara matar Niall Lynch. Assim garantiria que ele nunca mais fosse atrás da família Lynch. No sonho, Ronan tinha uma lista de tarefas para riscar, uma a uma: papelada, fotos, eletrônicos. As fotos eram detalhadas. De mau gosto. Alguns dos materiais eram mais difíceis de adquirir do que outros. Ele tinha conseguido manifestar alguns com apenas uma cutucada de seu subconsciente, um desejo de já estar segurando-os em sua mão, mas as fotos estavam teimosamente em branco. Ele não poderia fazê-las funcionar sem manifestar a cena hedionda dentro do sonho, antes de tirar uma foto com um celular.

As imagens deveriam ser horríveis. Horríveis de deixar a gente sem fôlego. Chantagear alguém com a influência de Colin Greenmantle exigia mais do que fotos comuns de pele. Precisavam apresentar horror corporal e juventude. Ele precisava trazer de volta uma parte do corpo em um envelope. Ele precisava de premeditação documentada em fotos enviadas por mensagem.

Tinha que viver a situação para manifestá-la.

Ronan sentira que nunca mais voltaria a ficar limpo.

Mesmo no sonho ele estava enojado de si mesmo, e com esse nojo e vergonha vieram seus velhos inimigos, os horrores noturnos. Os horrores noturnos de Ronan eram muito parecidos com as coisas com que ele *gostava* de sonhar — tinham asas, bicos, garras —, mas com uma diferença importante: elas o odiavam.

Tinham vindo atrás dele assim que ele envolvera suas provas asquerosas nos braços, preparado para acordar com elas. Ele se deparou com uma escolha: acordar sem manifestar nada e saber que teria que tentar tudo de novo... ou dar aos horrores noturnos outra coisa para mirar enquanto ele acordava com a mercadoria.

Ele havia pedido ao sonho para fazer outro Ronan. O sonho se manifestou tão rapidamente que era como se estivesse esperando o pedido.

Os horrores noturnos caíram sobre ele.

Ronan se lembrava de ter visto a si mesmo ser atacado de fora; tudo nas reações da cópia eram exatamente iguais a como as suas seriam. Os sons eram os mesmos. Seu corpo se dobrava do mesmo jeito. Suas mãos formavam garras do mesmo jeito. Seu rosto o olhou e entendeu por que ele tinha feito aquilo, o mesmo que Ronan faria com outro Ronan.

— Dê o fora — rosnou o outro Ronan, na voz de Ronan. — Não deixe que isso seja em v...

Ronan havia acordado.

Ele acordou com uma braçada de fotos, papéis e eletrônicos nojentos. E no tapete ao lado dele estava outro Ronan Lynch. Ensanguentado, quase dobrado para trás, sua coluna era uma ponte de horror, uma das mãos pressionada contra uma ferida no pescoço que nunca fecharia, arfando.

Ele havia demorado muito para morrer.

Era uma das piores coisas que Ronan já tinha visto.

Mas não havia tirado nada dele fisicamente.

Não era para as cópias sonhadas estarem matando Hennessy. Ou seja, ou ela estava fingindo morrer ou era outra coisa que a estava matando.

Mas ele não falou nada disso aos sonhos dela. Apenas disse que precisava conversar com a própria Hennessy. Uma delas — ele não era capaz de distinguir nenhuma delas, exceto Jordan e June — avisou:

— Agora ela só vai dormir ou xingar.

— Vou me arriscar — disse Ronan.

As meninas a haviam levado para um dos muitos quartos da mansão, selecionado, provavelmente, porque tinha venezianas. Estavam fechadas, e o quarto tinha o cinza peculiar de um cômodo fechado em plena luz do dia. Tudo em silêncio quando ele entrou. Como todos os outros cômodos que Ronan vira na mansão, era enorme, absurdo. Por causa da temporada em Aglionby e de seu amigo Gansey, ele tinha visto muita riqueza em seus anos de ensino médio, mas nunca daquele jeito. As janelas tinham namoradeiras de cetim embutidas nos peitoris. Três tapetes de zebra adicionavam dimensão ao chão, que era coberto por um carpete branco alto. Esculturas brancas de mulheres voluptuosas derramavam urnas de água em tinas que levavam a uma suíte; a água estagnada nelas era cinzenta e lodosa.

A cama em si ficava em um pedestal acessível por degraus de mármore em três dos lados. Não se podia dizer que estava arrumada: alguém tinha aberto dois edredons em cima do pillow-top do colchão.

Hennessy era uma pequena mancha escura naquele ninho sem forma.

Ela não estava nem dormindo nem xingando; estava chorando baixinho. Não soluços tristes, mas pequenos ruídos estilhaçados de dor. Uma das mãos cobria sua boca, como se ela não quisesse que nem mesmo o quarto vazio a ouvisse.

Ele não sabia se ela o tinha ouvido entrar.

— Isso é balela? — perguntou Ronan.

O choro parou.

Seus olhos se abriram. Focaram-se nele. Sombrios, inteligentes, céticos.

— Sou só eu — respodeu Ronan. — Suas meninas estão na sala. Então, se for balela, você pode parar a encenação agora mesmo.

Hennessy se sentou. O gesto pareceu exigir muito esforço, principalmente sem emitir nenhum som. Depois que ela terminou, levou um momento para se recompor. Não parecia zangada com a acusação de estar só fazendo cena. Ela parecia avaliá-lo.

Ela perguntou:

— Qual é o motivo dessa conversa?

Ronan entregou a ela a cruz de palmeira que havia tirado da praia da *Dama sombria*. Os dedos de Hennessy tremeram quando a seguraram. Os nós de seus dedos estavam brancos. Ela não disse nada. Ela correu o polegar pelo nó que mantinha a cruz unida.

— Eu sabia que devia haver outro — disse ela, a voz baixa e tensa.

— Estatisticamente. E aqui está você, não está? Eu matei a última, não foi? Eu a afoguei.

Ele apenas sustentou o olhar dela.

Hennessy fez um pequeno movimento afirmativo com a cabeça, amargamente.

— E você lhes deu um belo de um espetáculo. Elas ficaram impressionadas?

Ele deu de ombros levemente, como se quisesse dizer: quem não ficaria?

— E você não afogou nenhuma delas com aquele oceano — disse Hennessy. Não era uma pergunta. — Porque você não é um sonhador porcaria. Você é bom nisso.

Ele encolheu um pouco os ombros novamente.

— E agora elas te mandaram aqui e te pediram para me salvar — supôs Hennessy.

— Eu sei que você está mentindo para elas. Eu simplesmente não consigo entender o motivo — disse Ronan. — É porque você quer que elas se sintam uma merda? Você gosta que elas se sintam culpadas?

— Minhas pobres meninas — disse Hennessy.

Ela colocou os dedos na tatuagem ao redor do pescoço, cautelosamente. Hennessy tinha uma flor a mais na gargantilha do que todas as outras meninas, com a cor um pouco mais vívida do que a de todas as outras. Quando ela a tocou, Ronan viu pequenos pontinhos de sangue brotando. Não apenas na forma da nova flor, como uma tatuagem recente, mas em todo o pescoço e bochechas, como se sua pele fosse permeável. Os olhos dela rolaram para trás.

Aquilo não era fingimento.

Quando ela caiu em direção à beira da cama, Ronan saltou adiante para pegá-la. Ele a apoiou na cabeceira enquanto a expressão voltava ao rosto dela. Viu então que o edredom embaixo dela estava manchado de sangue. Não muito. Mas o suficiente.

O celular estava com a face para cima ao lado dela. Havia um cronômetro ligado. Onze minutos.

Mesmo naquele momento, ela estava se impedindo de sonhar novamente.

— Então de fato está fazendo mal a você — concluiu ele. Talvez estivesse errado, Ronan pensou. Talvez sua experiência de sonhar cópias não fosse universal. Talvez houvesse um custo para se fazer mais de uma cópia de si mesmo pelo qual ele não tinha passado, mesmo que não pudesse pensar em por que aquilo poderia ser verdade. Talvez...

— Essa parte é verdade — disse Hennessy. — Eu realmente estou morrendo.

Ronan a deixou ali na cama e vasculhou o banheiro em busca de toalhas. As luzes estavam todas apagadas e não havia janelas, então ele teve que se contentar com o rolo de papel higiênico que podia ver na luz através da porta aberta.

Ele voltou com o papel. Ela o pegou e enxugou a pele estranha e danificada.

— Morrendo, mas não por fazer cópias — disse ele. — Por que fazê-las ter todo aquele trabalho de caçar *A dama sombria*, então?

— Não são as cópias que estão me matando — acrescentou Hennessy. — É o próprio sonho.

— Não — disse Ronan.

— Sim, Ronan Lynch — rebateu Hennessy. — Você vai ter que confiar em mim quando digo isso. Essa é a verdade. Se eu pudesse mudar meu sonho, não estaria morrendo.

— Mas o quadro mudou seu sonho. Você sonhou um oceano.

— Sonhei aquele maldito oceano *e também* o sonho que eu sempre sonho — disse ela. — E olha para mim: mais um passo, passo, passo, valsando em direção à morte.

Ele juntou as peças com certo esforço e chegou a uma conclusão:

— Mas se as cópias não estão te matando, como você sabe o quanto você está perto da sua hora?

Ela gesticulou para aquela gargantilha de flores ao redor do pescoço, com cuidado para não tocá-la.

— Eu tenho minha contagem regressiva, não tenho?

Não é tão fácil quanto você pensa, tinha dito Bryde.

Ronan franziu a testa para ela. Tentou imaginar se poderia sonhar algo para ela que alterasse seus sonhos de forma conclusiva. O feitiço da *Dama sombria* era forte, no entanto, e, se ela tinha conseguido ter seu sonho recorrente mesmo por cima da praia da *Dama sombria*, precisava de algo incrivelmente poderoso. E, com espaço para apenas mais duas flores em volta do pescoço, não havia lugar para erros. Talvez ele pudesse sonhar algo que devorasse os sonhos dela assim que ela os tivesse. Era difícil quando se entrava em sonhos muito abstratos; eles às vezes tinham efeitos colaterais inesperados, como um acordo com seres mágicos em uma história antiga. Ronan não queria algo que devorasse todos os sonhos e também os pensamentos dela, ou algo que devorasse todos os sonhos e depois aquilo que ela havia sonhado e que estavam vivas: as meninas. Talvez...

— Ronan... é Ronan, não é? Lynch? — Hennessy interrompeu seus pensamentos. — Irmão de Lynch, Declan, filho de Lynch, Niall? Sim, foi o que eu pensei. Vou te dar um belo pedaço de queijo cheddar para você digerir. Eu sei que você está olhando para mim e pensando que consegue dar um jeito nisso tudo. Você está olhando para mim e pensando que é um grande sonhador... — ela balançou a cruz de palmeira para ele — ... e que pode fazer dar certo. Você está analisando esses números sobre como conseguir pôr isso em prática antes de eu morrer. Mas é o seguinte, Ronan Lynch. Eu matei muita gente. Você não acreditaria em quanto sangue tem nessas mãos. Você viu minhas garotas. Quando eu morrer, o sangue delas vai estar nas minhas mãos também. Não posso mudar nada disso. Mas posso impedir que você seja apenas mais sangue que não sai quando a gente lava. Saia deste lugar amaldiçoado enquanto pode.

— Você não se importa comigo — disse Ronan. — Você acabou de me conhecer.

Os olhos dela cintilaram.

— Então você não se importa se eu for arrastado para alguma coisa.

O cronômetro disparou. Automaticamente, ela o manuseou para começar a contagem regressiva mais uma vez. Vinte minutos. Quem poderia viver assim? Ela devia estar cansada a cada minuto de cada dia de sua vida. A sensação devia ser a de estar sempre sonâmbula. Nada importava para Ronan quando ele não havia dormido, porque nada parecia verdade.

Cada minuto de cada dia de cada semana de cada mês de cada ano, essa tinha sido a vida dela.

As meninas disseram que Hennessy não dava a mínima para nada. Como ela poderia?

— Então me mandar embora é uma coisa sua, não é porque você esteja preocupada comigo — disse Ronan. — Do que você tem medo? Que sonho é esse que está matando você?

Não havia nenhum vestígio da estrela de rock raivosa e arrogante que as outras garotas tinham pintado com exagero em suas histórias. Fosse o que fosse, essa coisa pairava sobre ela, maior do que a necessidade de impressioná-lo. Ela estava se escondendo dessa coisa. Ele achava a covardia muito mais aceitável do que mentir. Algumas coisas a gente demorava a encarar.

— Se eu não contei para elas em uma década — retrucou Hennessy —, não é para você que eu vou contar.

51

Como Ronan não atendia o telefone, como nada havia mudado, como era sempre Declan o responsável no fim das contas, Declan foi ele mesmo a Great Falls.

Era um dia escancarado, claro e quente demais para um novembro na Virgínia, o céu sem nuvens de um azul doentio e enevoado. Declan teve que desviar de moradores e turistas enquanto fazia a caminhada familiar ao longo do canal. Seus bolsos estavam dez dólares mais leves com a taxa de estacionamento; quanto dinheiro ele já tinha gastado naquele lugar por causa de Matthew? Os turistas olhavam para ele enquanto ele caminhava, e ele sabia que estava chamando a atenção com o terno. O traje o tornava invisível no centro da cidade, mas não ali.

Matthew não estava no primeiro mirante, nem no segundo, nem no terceiro. Havia apenas velhos com seus cachorros, e turistas tagarelas pedindo a Declan que tirasse uma foto para eles.

A caminhada na beira do canal era muito longa quando se procurava um irmão que precisava ser apanhado em algum lugar ao longo de sua extensão. Em visitas anteriores, Declan havia caminhado por quase uma hora antes de encontrar Matthew. Hoje, ele não dispunha de todo esse tempo. Seu trabalho podia ter ido por água abaixo como se acertado por um torpedo, mas ele ainda tinha a chance de chegar a tempo da reunião com o conselheiro e, depois disso, de fazer suas horas de voluntariado na galeria.

— Pode tirar uma foto? — perguntou uma senhora com sotaque estrangeiro. — Da gente?

— Não posso — respondeu Declan. — Estou procurando meu irmão.

Ela se tornou solícita.

— Você tem uma foto?

Ele tinha.

— Menino bonito — disse o companheiro da mulher.

— Eu o vi — disse a outra mulher. — Plataforma número um. Número um. Ele estava olhando para aquelas lindas cachoeiras. — Agora você pode tirar uma foto nossa?

Ele tirou. Em seguida, voltou para o primeiro mirante. Matthew ainda não estava lá; ninguém estava. Declan se apoiou no parapeito por tempo suficiente para enviar uma mensagem ao seu conselheiro avisando que precisaria remarcar outra vez. Remarcar outra vez não era bom; não era invisível. As quedas rugiam. Folhas secas chacoalhavam. Vozes se erguiam vindas da trilha. Ele mastigou três antiácidos. Deu a si mesmo um pequeno sermão encorajador. Certo, estava fracassando como estudante e como estagiário, ele pensou, mas, pelo menos, havia conduzido Ronan vivo para mais um aniversário. E em um mês ele teria conseguido fazer com que Matthew chegasse aos dezoito anos, todos os irmãos Lynch sobrevivendo até a idade adulta. Certamente isso tinha algum valor.

Inclinando-se na borda do mirante, um grupo escuro de alguma coisa nas árvores próximas chamou a atenção de Declan. Ele o observou por um longo minuto, tentando decidir se era um monte de folhas secas ou outra coisa, e então desceu para a floresta a fim de dar uma olhada mais de perto, a vegetação rasteira fazendo barulhinhos ao roçar na calça social.

Era a maldita ave de Ronan.

Motosserra, o corvo. Poderia ter sido outro corvo, é claro, mas quais eram as chances de que outro corvo estivesse ali, onde o outro sonho de Ronan costumava vir para ficar observando a água? Olhando para trás para se certificar de que não estava sendo visto por nenhum turista, ele se aproximou, usando as árvores para manter o equilíbrio; o terreno descia vertiginosamente até o rio.

— Pássaro — sibilou. Sem resposta. — Motosserra.

Nesse momento, Declan viu algo mais nos galhos ao redor de Motosserra: várias mariposas azuis trêmulas, um punhado de vespas negras, dois ratos, um gambá de cor improvável e um daqueles malditos caranguejos assassinos dupla face que ele tivera que tirar do dormitório de Adam Parrish.

Uma confluência dos sonhos de Ronan na beira do rio.

Declan estreitou os olhos. Inclinou a cabeça para trás para olhar os outros sonhos. Era impossível dizer se as vespas, as mariposas ou o caranguejo assassino estavam perturbados, mas os ratos e o gambá pareciam tão desnorteados quanto Motosserra.

O que significava que Matthew poderia estar na mesma condição.

Declan fez buscas em círculos concêntricos cada vez maiores, com cuidado para não perder o equilíbrio na encosta íngreme. O Potomac rugia lá embaixo.

Não demorou muito para ele ver um borrão de branco: a camisa do uniforme escolar de Matthew. Tentou se mover muito rápido, escorregou e se segurou em uma árvore. Ele avançou os últimos metros mais devagar.

Matthew estava sentado na borda saliente de uma rocha coberta de líquen, com os braços em volta das pernas. Fitava a água. Seus lábios estavam um pouco separados também e sua respiração era rápida e superficial como a de Motosserra. Parecia sonhador, febril.

Declan pensou: *Vai se foder, pai*, pois não podia culpar Ronan por Matthew — ele amava Matthew demais. Precisava culpar Niall por manter a habilidade de sonho tão secreta que nunca tinha lhes ensinado nada sobre as regras daquele fenômeno.

Ele se ajoelhou ao lado de Matthew e colocou a mão na bochecha do irmão. Matthew não estava realmente febril.

— Matthew.

— Eu esperei — começou Matthew.

— Eles me ligaram da escola.

— Eu me senti cansado — disse Matthew.

— Pessoas cansadas dormem.

— Faminto, então.

— Pessoas famintas comem.

Matthew se apoiou pesadamente em Declan, como fazia quando era pequeno. Declan não era um Lynch abraçável, mas Matthew nunca se importou. Ele o abraçou mesmo assim. Matthew murmurou:

— Faminto por isso.

Pelo rio. Sempre faminto pelo rio.

Vai se foder, Declan pensou em oração.

— Vamos — disse ele, guiando Matthew para levantá-lo. — Temos que encontrar Ronan para o aniversário dele.

— Eu esqueci — disse Matthew, com uma espécie de espanto. Ele murmurou outra coisa, mas parou no final.

No caminho de volta pela floresta íngreme, Declan parou perto do corvo de Ronan. Não parecia certo simplesmente deixá-la, mas também não tinha certeza de como lidar com ela. Era uma criatura mais real e empoeirada do que aquelas com que ele normalmente preferia lidar, especialmente de terno. O aborrecimento de Declan com a sujeira do corvo e seu aborrecimento por Ronan não atender o telefone conflitavam com a certeza de como Ronan ficaria se algo acontecesse com aquela ave.

— Não acredito que esqueci — disse Matthew, para si mesmo. Ele estava apertando o polegar de uma das mãos com os dedos da outra, distraído, trocando de um para o outro, se acalmando inconscientemente. — Não acredito que *alguma coisa* me faria esquecer o *aniversário* do Ronan.

Declan, resoluto, esticou-se e deu batidinhas nas pernas desgrenhadas do corvo até que ela meio que bateu as asas, meio que caiu em seus braços. Ela ficou deitada ali, penas tortas, bico ligeiramente aberto.

— O que há de errado com ela? — perguntou Matthew.

Algo na voz de Matthew fez Declan olhar severamente para ele.

A expressão de seu irmão mais novo era muito diferente da expressão normal de Matthew. Com olhos apertados. Sobrancelhas baixas. Intensa. Pensativa. Seus olhos azuis Lynch estavam fixos em um ponto bem atrás de Declan; ele estava olhando para as outras criaturas de sonho caídas.

Merda, pensou Declan. Nunca havia pensado que algo assim aconteceria. Não tinha nenhum roteiro para a jornada depois disso.

— Ela tem a mesma coisa que eu — disse Matthew categoricamente.

Vai se foder, Declan pensou em sofrimento.

— Se eu fosse do papai, estaria dormindo — disse Matthew. — Então eu devo ser um dos do Ronan.

52

A igreja de St. Eithne era um lugarzinho estranho, pensou Ronan. Tudo ali era pequeno e verde. Minúsculas venezianas verdes nas minúsculas janelas do saguão, minúscula porta verde para entrar. Minúsculos tapetes verdes no velho e gasto piso do saguão. Minúsculas bandeiras verdes onde se lia ST. EITHNE, 1924, penduradas nas paredes. Minúsculos bancos com almofadas verde-escuras nos genuflexórios. Minúsculos vitrais acompanhando o perímetro da igreja representavam as cenas do Calvário em um tom aquoso de verde. Uma minúscula Maria, tingida de verde pelos vitrais, um minúsculo Jesus atrás do altar, incolor e sanguíneo, exceto pela coroa verde de espinhos. Um minúsculo teto pintado de verde que se impunha do alto.

Ronan estava mergulhando os dedos em uma minúscula fonte de água benta esverdeada quando Declan agarrou seu braço e questionou bruscamente:

— Onde você estava?

— E aí, maluco — cumprimentou Ronan, vislumbrando os cachos dourados de Matthew na primeira fileira da igreja, logo antes de Declan puxá-lo de volta para o saguão. — Alguém não tomou o remédio hoje. Feliz aniversário pra você também.

— Feliz — cuspiu Declan — aniversário.

Com a voz elevada de Declan, Ronan olhou ao redor, mas a igreja parecia vazia. Ele supôs que não havia muito apelo em uma igreja para minúsculas sereias verdes em uma tarde na semana, durante a hora do rush. Quando os meninos vinham à missa aos domingos, o local estava sempre cheio de velhinhas e velhinhos com os cabelos tingidos de verde pela luz dos vitrais, sempre presididos pelo antigo padre O'Hanlon, cujas vestes verde-escuras pareciam tão impregnadas de suor que seriam capazes de se levantar sozinhas, mesmo sem o padre O'Hanlon dentro delas. Ronan passava a maior parte da confissão debatendo internamente se deveria ou não confessar como o processo todo era odioso.

Declan perguntou novamente:

— Onde diabos você estava?

Ronan não queria mentir, então deu a Declan uma verdade parcial:

— O Adam veio.

— Hoje?

— Ele foi embora hoje, sim.

— Eu precisava de você — disse Declan. — Teve uma emergência.

— Uma emergência no zoológico.

— Você ao menos leu as mensagens que eu te mandei? Você ouviu a caixa postal?

Ronan havia lido as mensagens.

— Também não era surpresa nenhuma onde ele acabaria aparecendo. Ele sempre vai para as cachoeiras, e exatamente para o mesmo lugar nas cachoeiras. Mirante Um, limpar, repetir. Meu celular estava no carro, cara, então fica na sua.

— Eu tinha que trabalhar — disse Declan. — Eu tinha reuniões. Isso criou um mal-estar que me colocou em uma situação difícil.

Um perfeito declanismo.

— *Criou um mal-estar* — ecoou Ronan.

— Onde você estava de verdade? — perguntou Declan. Quando Ronan apenas levantou uma sobrancelha, Declan disse: — Tá bom, não me diga. Suponho que você esteja apenas ignorando tudo o que eu falei sobre não correr atrás de problemas, porque é isso que você faz, não é? Eu mantenho a cabeça baixa e você sonha um maldito escritor do céu que diz *me mate, por favor*.

— O que mostra que não é necessário ter um padre em casa para ouvir um sermão — disse Ronan. — Ainda vamos ao zoológico?

Declan, para a surpresa de Ronan, agarrou-lhe os dois braços e o empurrou até a porta da nave pelos bíceps. Ronan sentiu os dedos do irmão se cravando em sua pele. Já fazia muito tempo que nenhum dos dois trocava socos, mas Ronan se lembrou disso com a pressão daqueles dedos no braço.

Declan sibilou em seu ouvido:

— Está vendo aquele garoto ali? De cabeça baixa? Você o conhece, não conhece, o seu irmão caçula? Não sei onde diabos você realmente estava, mas, enquanto estava nesse lugar aí, aquele garoto estava juntando as peças. Enquanto você estava sei lá onde, preocupado demais com as suas próprias *merdas*, ele chegou à conclusão de que foi você quem o sonhou. Então, não. Nós. Não. Vamos. Mais. Ao. Zoológico.

Declan o soltou com tanta força que foi como se estivesse jogando Ronan.

— Vou para o carro apagar alguns incêndios. Você pode ir lá olhar nos olhos dele agora e ser um espertinho do caralho, se quiser.

Ronan foi deixado sozinho na minúscula nave verde olhando para seu irmão mais novo. Agora podia ver que Matthew estava sentado em uma posição nada típica. Cabeça baixa. Mãos cruzadas na nuca.

Ele olhou por cima do ombro, mas Declan já tinha se mandado.

Caminhando em silêncio até a frente da igreja, Ronan fez o sinal da cruz e sentou no banco ao lado de Matthew.

— E aí, cara — disse ele.

Matthew não se mexeu.

Ronan colocou a mão nos grossos cachos dourados de Matthew e os bagunçou.

— Quer conversar ou não?

Matthew não disse nada. Ronan encostou o ombro em Matthew como já havia feito muitas vezes, tentando imaginar o que seu irmão precisava dele naquele momento. Provavelmente um abraço. Matthew quase sempre queria um abraço.

Matthew permaneceu imóvel. Não estava chorando. Não estava fazendo nada. Matthew sempre estava fazendo alguma coisa. Remexendo-se. Conversando. Rindo. Caindo. Levantando-se de novo. Cantando.

Mas não estava fazendo nada naquele momento.

A igreja era silenciosa, exceto pelo suspiro melancólico do antigo sistema de aquecimento. Variava em tom como um ronco humano, um fenômeno que tinha proporcionado muita alegria aos dois irmãos Lynch mais novos no decorrer de suas missas ali.

Ronan sentiu um cheiro repentino de incenso, de água salgada, o cheiro de uma minúscula missa de sereia verde chegando ao fim. *Vá em paz*, mas Matthew estava longe de um estado de paz.

— O que você precisa que eu diga, carinha? — ele insistiu.

Matthew respondeu:

— Eu não quero... — e não disse mais nada por um longo instante. Então acrescentou: — ... ouvir você dizer coisa nenhuma... — ele parecia estar medindo as palavras, despejando-as em um frasco e avaliando para ver se ainda tinha o suficiente para continuar — ... porque agora eu sei... — ele não parecia nem remotamente ele mesmo quando falava desse jeito — ... que você é um mentiroso tão grande quanto Declan.

O rosto de Ronan esquentou. Queimou.

— Ah — disse ele.

Podia sentir o calor no estômago também, nos joelhos, nas pernas, uma onda, algo como adrenalina, familiar...

Vergonha.

Ronan se recostou no assento.

Os dois ficaram sentados ali por um longo tempo, enquanto a luz mudava lentamente através das minúsculas janelas verdes.

Não disseram mais nada.

53

Jordan achou que talvez ficasse furiosa com Hennessy. Em toda a sua vida, ela deixara de sentir raiva por muitas coisas, e nunca sentira raiva de Hennessy.

Mas agora ela sentia.

Era como se a esperança fosse o oxigênio e a raiva, a chama. Enquanto Hennessy estava em situação deplorável e em processo de recuperação, essa sensação não conseguia consumi-la totalmente, mas, quando estava bem o suficiente para sair com Jordan e ir à oficina do Senko naquela noite, esse fogo tinha virado um incêndio gigantesco. Estava queimando o lugar todo.

Normalmente, Jordan gostava da oficina, mesmo que ela a associasse a uma época ruim. Ela já havia passado por mais estúdios de arte do que a maioria das pessoas durante uma vida inteira, e, ainda assim, a oficina profissional do Senko era um dos locais criativos mais satisfatórios que Jordan já tinha visitado. E em comparação ao espaço que ela dividia com Hennessy e as outras garotas, era um lugar verdadeiramente zen. Lá dentro, era claro e aberto; o teto alto o suficiente para acomodar três elevadores automáticos. Os elevadores eram muito limpos, pretos e determinados, e os três sempre pareciam uma instalação de arte moderna, cada um segurando um cadáver automotivo de cor pastel com capô aberto e vísceras escuras escorrendo por baixo. O piso de concreto tinha sido bem varrido, mas estava marcado com respingos de óleo, excessos da pintura spray, riscas de pneus e um logotipo estampado em vermelho-sangue. Uma parede de prateleiras continha botões e juntas brilhantes, partes metálicas do corpo esperando para serem encaixadas nos monstros automotivos do dr. Frankenstein, ele vive, ele vive. Um sofá de vinil preto barato, mas chique, ficava de frente para o dinamômetro. Uma das enormes paredes estava coberta com pinturas de carros, modernas e coloridas, presentes de Hennessy e das meninas ao longo dos meses. Havia um único espaço deixado na parede. Esperando a contribuição de Jordan.

Ela sempre jurou que pintaria algo original quando pudesse viver como um original.

Então, nunca.

Estava *muito* zangada, Hennessy concluiu com certo espanto. Então era assim que Madox se sentia o tempo todo. Como é que ela conseguia fazer alguma coisa? Não havia espaço dentro de Jordan para mais nada.

No lugar onde deveria haver um escritório, ficava o estúdio de tatuagem de Senko, e foi para lá que Hennessy e Jordan se dirigiram naquela noite. Jordan não tinha certeza do quanto aquilo era higiênico, mas Senko não fazia perguntas sobre a origem do Supra e também não fazia perguntas sobre a de Jordan. Não era a coisa mais fácil encontrar cinco estúdios de tatuagem diferentes para fazer flores idênticas em cada uma das meninas cada vez que Hennessy sonhava uma nova.

— Outra flor — disse Senko. — Duas flores desta vez, estamos quase terminando. — Ele era o homem mais compacto que Jordan já conhecera, baixo e magro, como uma pessoa mais alta vista de longe. Seu cabelo densamente cacheado era castanho-escuro ou grisalho. Ela não tinha ideia de quantos anos ele tinha. Trinta? Cinquenta? Hennessy supostamente tinha dormido com ele uma vez, mas pelo bem de Senko, Jordan esperava que não fosse verdade. — Rosa, desta vez.

Jordan já estava sentada na cadeira enquanto Senko examinava a nova flor no pescoço de Hennessy, certificando-se de que a que ele estava prestes a colocar em Jordan ficasse precisamente igual. Ele estava trabalhando sem pressa. Senko não era o tipo de pessoa que fazia as coisas de forma precipitada. Não era o tipo de pessoa que fazia as coisas rápido, na verdade, o que era irônico, considerando que sua profissão era fazer as coisas andarem mais rápido. O próprio Senko era o motorista mais lento que Jordan já tinha visto na vida. Uma vez ela o encontrara no seu Nissan GTR, ao norte da cidade, e passara dez minutos tentando fazê-lo exceder o limite de velocidade antes de perceber, primeiro, que era impossível e, segundo, que era ele.

— Rosa é a cor mais antiga do planeta, sabia disso? — disse Hennessy.

Ela ainda parecia um pouco drogada, mas havia parado de sangrar horas antes. Agora relaxava em uma cadeira de rodinhas, segurando a cachorrinha da loja no colo, uma minúscula Yorkshire chamada Greg. A história era que Senko tinha um funcionário na loja chamado Greg, que estragara um motor turbo anos antes, mas não tinha como pagar o conserto. Assim, Senko ficou com a cadela como pagamento, mas Jordan achava a história meio suspeita. Senko não deixava nenhum dos caras da loja tocar em um turbo.

— De acordo com registros fósseis — prosseguiu ela. — Cianobactérias. Li isso na *Smithsonian Magazine*. É só triturá-las, adicioná-las a solvente, e elas se tornam cor-de-rosa bem vivas. Um pigmento de um bilhão de anos. Eu gostaria de pintar com ele. Talvez um bife. Uma cor do passado para um uma comida malpassada. Exagerado demais?

Jordan não respondeu.

Jordan não queria aquela tatuagem.

Parecia impossível o quanto ela não queria a tatuagem.

Uma década de tatuagens iguais, cabelos iguais, roupas iguais, vidas iguais. Esperanças iguais, sonhos iguais, prazos de validade iguais.

— Vou mijar primeiro — disse Senko, levantando-se lentamente. — Não vão embora. — Ele saiu da sala com um movimento preguiçoso.

No momento que Jordan ouviu a porta do banheiro da loja fechar, as palavras escaparam de sua boca; ela não conseguia nem mesmo detê-las.

— O que você disse para ele?

Hennessy e a cachorra ergueram os olhos em surpresa.

— Bife? Cor-de-rosa? Eu não fiz ele precisar mijar.

— Ronan Lynch — disse Jordan. Ela nem mesmo reconhecia totalmente seu tom de voz. Parecia Madox falando. As palavras foram cuspidas. Odiosas. Ronan. Lynch. — Ele estava pronto para nos enfrentar, mas foi até você e alguma coisa que *você* disse o mandou de volta porta afora.

— Ele não podia fazer nada por nós.

— E como você poderia saber? Você viu a pintura que ele simplesmente tirou da cabeça? Não demorou nadinha, talvez tenha ficado até melhor do que A *dama sombria* original. Ele disse que poderia fazer algo só para você. Você nem mesmo o deixou tentar.

Hennessy falou:

— Isso só vai deixar as meninas todas ouriçadas.

— De *esperança*, é o que você quer dizer? Você está dizendo que elas ficariam todas ouriçadas de *esperança*, como se pudessem ficar animadas em ver como seria fazer 21 anos? Você está certa, isso parece uma loucura suprema. O que eu estava pensando?

Hennessy lançou um olhar afetuoso para Jordan.

— Isso não fica bem em você, Jordan. Deixe esse lado para a Mad.

A atitude não contribuiu em nada para aplacar a raiva de Jordan. Se é que podia dizer alguma coisa, tinha deixado a raiva mais forte.

— Passei cada segundo de cada dia durante meses em busca de A *dama sombria* — disse ela. — Para você, para que você não ficasse assim. Mas também para elas, porque elas precisavam. Antes, a Trinity estava prestes a comer um balde de comprimidos, você e eu sabemos disso. Ter uma perspectiva de que poderia chegar a algum lugar a impediu de perder as estribeiras. Pela primeira vez, a culpa não pesava só sobre nós. Todas nós. E agora você está dizendo que não vale a pena ir atrás de novo?

Nesse momento, Hennessy pareceu retribuir a raiva. Era uma versão da raiva de Madox, mas com um toque mais sombrio, mais complicado. Ela colocou o dedo na têmpora.

— Você não sabe o que se passa aqui dentro, Jordan. Eu joguei o seu jogo, eu joguei o jogo da *Dama sombria*, mesmo sabendo que isso só ia acabar fodendo com a gente. E aqui estamos nós, fodidas, como previsto.

— Nunca tivemos contato com outro sonhador — disse Jordan. — Ele sabe o que você pode fazer. Ele sabe o que é possível.

E então ela viu no rosto de Hennessy que era exatamente por isso que ela não queria. Jordan estreitou os olhos.

— Isso é um pedido de socorro?

Hennessy respondeu:

— Não comece a cavar nesse buraco, Jordan. Não é o que você pensa.

— Estou pensando nas outras. Você deveria tentar.

Os olhos de Hennessy ardiam.

— Como se eu conseguisse pensar em outra coisa.

Senko voltou. Ele começou a juntar lentamente o álcool e suas luvas e seus envelopes contendo agulhas. O ar estalava com a tensão, mas ele parecia alheio a tudo isso.

— Qual é o mais próximo que você chegou da morte, Senko? — perguntou Hennessy, com um descuido agressivo, sem olhar nos olhos de Jordan. — Não me refiro a uma fechada no trânsito. Quero dizer, uma experiência de quase morte, uma experiência realmente significativa.

A oficina do Senko era geralmente um lugar de nenhuma-pergunta-feita-ou-respondida, então Jordan pensou que essa seria ignorada. Mas Senko parou no meio do exame de suas agulhas sob uma lente de aumento.

— Aqueles buracos de bala na porta — disse Senko.

— Não deixe a gente na mão — disse Hennessy.

Senko se virou para Jordan e começou a higienizar o pescoço dela com o álcool.

— É melhor não engolir assim quando eu estiver trabalhando, ou você vai transformar essa coisa em um lírio — disse ele. — Três caras vieram aqui para nos roubar. Anos atrás. Essa loja não era minha naquela época. Era do meu chefe. Tubman. Eles estavam vindo para roubar o Tubman. Ninguém ia me roubar, eu era um zero à esquerda. Eu não tinha nada. Eu não era nada. O Tubman me contratou para me tirar da rua. Disse que eu seria um cadáver muito feio. Eu também era um técnico feio; não prestava pra nada. Não sei por que o próprio Tubman não me matou. Esses caras que invadiram, eles estavam chapados. Eles me jogaram no chão e colocaram um pé no meu pescoço, uma bota, simples assim, e uma arma bem aqui, assim, e eles me disseram que iam me matar. Sabe o que eu pensei?

Nunca vivi minha própria vida, pensou Jordan.

— Essa é a coisa mais chata de se fazer pelas minhas costas — adivinhou Hennessy.

Senko ergueu uma sobrancelha. Para Senko, isso contou como humor intenso.

— Eu pensei, "Eu nunca tentei consertar nada". Nem um carro, nem minha vida, nada. Eu apenas estraguei tudo. Eu só apertei alguns parafusos. Nunca vi o resultado. Eu morreria e deixaria toda essa merda quebrada espalhada por aí; coisas que eu nem sequer fracassei em consertar. Eu nem mesmo tentei.

— Espero que essa história termine com você explicando isso a eles e revelando a nós duas que aqueles três idiotas eram Eliot, Pratt e Matt — disse Hennessy. Esses eram três dos outros funcionários.

— Cuspi no olho do cara, peguei a arma dele e dei uma coronhada nele, depois atirei três vezes no outro cara através da porta. Peguei dois anos por isso, e foi na prisão que eu me interessei pela tatuagem... e aqui estou hoje — disse Senko.

— Verdadeiramente inspirador — disse Hennessy.

Jordan podia sentir seu pulso forte no pescoço, bem onde Senko estava prestes a colocar outra flor, um passo mais perto de matá-la sufocada. Jordan não *queria* nada daquilo. Ela queria parar de ter medo e queria poder ligar para Declan Lynch e dar de presente a ele a pintura que ela havia feito com a púrpura tíria, e ela queria ter um futuro que não se parecesse exatamente com seu passado.

Devia haver algo que pudessem fazer.

Aquilo não era vida, era apenas desistir enquanto ainda se estava respirando.

— Está pronta? — Senko perguntou a Jordan.

Jordan se endireitou na cadeira e fixou os olhos em Hennessy.

— Eu não vou fazer a tatuagem.

— Ah, estamos fazendo drama — comentou Hennessy.

Pulando da cadeira, Jordan tirou uma nota de vinte do sutiã.

— Compre algo bonito pra você — disse a Senko, que não pareceu surpreso, provavelmente porque não era possível provocar nele uma mudança de expressão tão depressa. Ela se dirigiu à porta. Ouviu Hennessy murmurar algo irônico para ele antes de ir correndo atrás dela.

— Jordan — disse Hennessy —, sua imbecil, fala sério.

Jordan adentrou a noite fria. A temperatura era feroz e congelou de repente seu nariz, garganta e pele. Ela ouviu carros uivando na distante interestadual, buzinando na rodovia. Alguém estava gritando a vários quarteirões de distância. Ela se sentia mais desperta do que em mil anos.

A porta da oficina bateu atrás dela.

— Não fique brava comigo — disse Hennessy.

Jordan girou no estacionamento, ainda andando de costas na direção de onde o Supra estava estacionado.

— Então diga que vai pedir ajuda a ele.

Hennessy mordeu o lábio, selando a resposta.

Jordan abriu os braços para dizer *está vendo?*

— Por que você não pensa em *mim* por um segundo, então? — Hennessy rosnou. — Não é você que está sangrando essa merda preta e se virando do avesso. *Você é o sonho. Eu sou a sonhadora.* Sou eu que tenho que conviver com isso. Sou eu que dou as cartas aqui.

Jordan ficou boquiaberta.

Hennessy não recuou depois de dizer as palavras. Queria que elas machucassem, mas Jordan estava muito chocada até mesmo para isso.

Ela abriu a porta do Supra.

— Divirta-se — disse Jordan. Ela entrou, bateu a porta e olhou para Hennessy pela janela aberta. — Chama uma merda de um Uber.

Então saiu da vaga cantando os pneus. Jordan não sabia como Hennessy se sentia em relação àquilo, porque não olhou no espelho quando a deixou para trás.

Pela primeira vez, Jordan teve certeza de que ela e Hennessy estavam vivendo duas vidas diferentes.

54

Nem remotamente ocorreu a Farooq-Lane que Parsifal Bauer poderia ter mentido sobre voltar para o hotel depois que saiu do carro alugado. Apesar de todas as muitas facetas irritantes de parsifalices, mentira não parecia ser uma delas. Mesmo assim, ele não voltou ao hotel, não atendeu o celular e nem respondeu às mensagens de texto, exceto a primeira. Ele respondeu: *Você ainda está falando*. Farooq-Lane esperou por ele na sala durante horas, fervendo de raiva.

Lock ligou e ela também o ignorou, como se a parsifalice de Parsifal estivesse passando para ela. Na realidade, não suportava a ideia de dizer a Lock que havia perdido o Visionário. Que não tinha encontrado nada naquele tempo todo, exceto a velha Zed. Ela se sentiu como se recebesse um projeto de artesanato para fazer, mas não tivesse ferramentas, um quebra-cabeça sem todas as peças. Uma missão com apenas Parsifal Bauer como seu guia. Essa missão era insolúvel da forma como estava estruturada naquele momento e, ainda assim, Farooq-Lane estava sendo culpada por isso.

Por algumas horas, tentou pesquisar Bryde em fóruns, procurar pistas que se mostrassem úteis além do que uma visão poderia oferecer. Ela preparou para si um café ruim. Comeu algumas das maçãs que Parsifal tinha achado insípidas demais.

Por fim, examinou os pertences de Parsifal.

Era um comportamento muito ruim e ela sabia disso, mas também era um comportamento ruim descer de um carro e sair andando quando o mundo estava literalmente dependendo de você.

A mala de Parsifal estava perfeitamente arrumada, o que não era surpresa. Três dias de roupas dobradas, as peças do traje de cada dia dobradas habilmente umas nas outras para que ele pudesse removê-las como um só conjunto e vesti-las. Produtos de higiene pessoal colocados em uma bolsa de lona com zíper impecável. Duas histórias em quadrinhos de Nicolas Mahler. Um caderno com uma única entrada de diário começada. 14 de março: *Ich versucht so zu t.*

Ele havia desenhado um cachorro muito feio e selvagem no canto inferior, as linhas rígidas e hostis. Farooq-Lane não gostou.

No compartimento com zíper na tampa da mala, ela encontrou uma caixa de CD velha e lascada. Ópera. Era *Parsifal*, de Wagner. Quando a estava deslizando de volta para dentro, ela notou o nome dos intérpretes. JOANNA BAUER. Irmã? Mãe? Virou a embalagem, procurando uma data de publicação. Estava tudo em alemão. Abriu a caixa e dentro havia um CD e uma fotografia. Era uma fotografia posada e, embora ninguém estivesse rindo na imagem, era fácil ver pelos rostos que todos achavam aquilo hilário. Uma mulher rechonchuda (mãe?) e três meninas (irmãs?) estavam todas de um lado da foto, apontando dramaticamente para o outro lado, onde um Parsifal muito mais jovem parecia dramaticamente sofredor, tão dramaticamente sofredor que era óbvio que ele estava sendo uma paródia de si mesmo. Era pictórico em sua composição, todos os quatro braços direcionando a atenção do espectador de suas formas chocadas para a forma contrita de Parsifal.

Eu matei todos eles, dissera Parsifal.

Visionários descontrolados eram assustadores em seu poder destrutivo, até para eles mesmos. Lock disse que nunca tinha conhecido ninguém que chegasse até eles sem uma tragédia já guardada dentro da mala.

Eis a tragédia de Parsifal.

Ele não voltou.

Algumas horas noite adentro, o aborrecimento de Farooq-Lane se transformou em preocupação. Ele devia estar perdido. Ter sido sequestrado. Atropelado. Qualquer coisa podia acontecer a um adolescente com habilidades sociais limitadas e falta de apetite.

Ele continuava não atendendo o telefone.

Ela se arrumou e preparou uma sacolinha com comida para ele. Em seguida, saiu, certificando-se de que a plaquinha NÃO PERTURBE ainda estivesse no lugar.

Ela pegou o carro e dirigiu, ela pegou o carro e dirigiu a noite toda. Ela pegou o carro e dirigiu até onde ele havia desembarcado, parando em todos os cafés e lojas ainda abertas, e então ela tentou os hotéis próximos à rota, e então ela tentou os hospitais.

Farooq-Lane temia contar a Lock que havia perdido Parsifal. Não conseguia realmente acreditar que o tinha perdido. O que Parsifal faria se não fosse um Visionário, ali naquele país estranho, sem família, sem amigos? Farooq-Lane começava a sentir que talvez tivesse sido cruel. Se ao menos fosse mais fácil gostar dele...

A noite se esticava e se encolhia em medidas variáveis: minutos se arrastavam enquanto ela navegava pelos bairros onde já tinha procurado, e então horas voavam enquanto ela se apoiava em recepções de hotel perguntando: *Você viu alguém parecido com ele?*

Isso a lembrou da noite em que Lock a encontrara, a primeira noite que tinha vivido após os assassinatos de Nathan. Ela havia entrado no carro naquela noite também, porque, o que mais havia para fazer? Não ia dormir, nem ver TV, nem ler, e a questão sobre um assassinato em vez de um acidente é que não há hospital onde fazer vigília. Existe apenas a noite, a noite, a noite. Ela circulou, parou e entrou em todos os lugares que estavam abertos em Chicago no meio da noite. Reuniu todos os artefatos noturnos que alguém poderia reunir: bilhetes de loteria, café com espuma, salsichas empanadas velhas, óculos de sol baratos como os que Parsifal estava usando na banheira. *Em algum lugar*, ela pensou, *Nathan está por aí em algum lugar nesta noite*, e ela não sabia o que faria se o visse. Quando finalmente voltara para sua casa geminada, a cena do crime, Lock estava sentado nos degraus esperando por ela. *Acho que você precisa dar algum sentido a isso*, ele havia resmungado.

Ela iria encontrar Parsifal. Não teria que contar a Lock que tinha perdido seu único Visionário.

Ela pegou o carro e dirigiu.

55

Era o meio da noite e aquilo as acordara.

Mags Harmonhouse dividia um quarto com a irmã, Olly, igualzinho a quando eram meninas: duas camas de solteiro separadas por uma lacuna da largura de outra cama de solteiro, próximas o suficiente para que pulassem de uma cama para a outra antes que sua mãe colocasse um fim naquilo. Passaram-se muitos anos e três maridos entre aquela época e a atual, mas, às vezes, quando Mags acordava, pensava que eram meninas outra vez. No entanto, não era uma boa ideia. Sempre a fazia pensar coisas do tipo: *Ah, não, agora tenho que fazer tudo de novo.*

Ela acordou e estendeu a mão para agarrar os óculos. Ouviu Olly agarrando os óculos dela também.

As irmãs se entreolharam no escuro. Os olhos de Olly eram brilhantes, contas cintilantes refletindo as luzes da rua; não havia nada reconfortante neles, porém, mesmo conhecendo-a por décadas. Tudo parecia possível em uma noite como aquela, quando você era desperta por algo e não sabia o que era.

Talvez tivesse sido uma pancada de alguma coisa. Uma pancada era algo bom para acordar a gente no meio da noite, Mags pensou, uma escolha sólida, clássica. Uma vez, Dabney havia tentado se levantar para fazer xixi no meio da noite, completamente chapado, e deu deu uma pancada quando tentou atravessar o espelho em vez da porta da cozinha.

Olly piscou. Mags percebeu que ela também estava prestando atenção. Decidindo se era uma pancada ou uma *comoção*. Aquele bairro nunca fora perfeitinho como se tivesse saído de um seriado americano dos anos 60, para colocar da forma como Olly às vezes colocava, mas estava ficando cada vez mais perigoso e, no ano anterior, uma *comoção* precedera um roubo. Os três rapazes entraram, tiraram o dinheiro das cômodas que eles viraram, e jogaram o micro-ondas para fora da cozinha. Tinham sido um pouco brutos com Mags quando ela tentou impedi-los de levar a pequena televisão de Olly.

Talvez fosse aquela garota nova. Mags havia se zangado muito com Olly por ter ficado com dó da estranha — não havia o menor sentido em trazer uma fugitiva qualquer para dentro de casa, porque as autoridades viriam atrás —, mas Liliana já havia transformado a casa. Mags não tinha certeza de como ela realizara tanto em tão pouco tempo. Ela estava sempre trabalhando, isso era certo, mas uma pessoa não deveria ser capaz de limpar todo o mofo e consertar a escada e encontrar o bom brilho escuro do piso de madeira debaixo dos anos de desgaste e poeira — tudo em um único dia. Mags só a vira usando água e o vinagre de Olly, mas a casa até cheirava diferente, como flores, como verão. Ela teve que examinar as paredes do corredor para ver se a menina a havia pintado, porque tudo parecia mais claro.

— A garota — sussurrou Olly. — Ela está chorando.

E agora que ela dissera isso, estava claro que era o que estava acontecendo. Um choramingo vinha do cômodo acima delas. Grunhidos, como os de um animal ferido. Passos sutis também, como se ela andasse de um lado para o outro ou caminhasse do jeito que ela caminhava. Era um som triste, mas, além disso, por algum motivo — naquela noite escura, com os olhos de Olly ainda reluzindo brancos atrás dos óculos, com as árvores fazendo sombra — inquietante.

As duas irmãs hesitaram e então Mags resmungou e jogou as cobertas. Olly fez o mesmo. Ela sempre fazia algo se Mags tivesse feito primeiro. As duas velhas estavam no meio do quarto, ombro a ombro, ouvindo. Será que tinha parado?

Não, lá estava de novo.

Vestiram seus roupões de banho e se arrastaram para o corredor.

Ali estava mais alto, o choro. Era tão triste… Em especial quando a gente o imaginava vindo daquela garota de rosto doce, seus olhos amáveis anuviados de lágrimas, a boca macia dilacerada pelo desespero.

Elas acenderam a luz, mas não adiantou muito. Havia apenas uma única lâmpada, e fazia pouca diferença no corredor já iluminado pelos postes de luz da rua em seus tons mornos de laranja.

Mags não era rápida para subir escadas e Olly era ainda mais lenta, Mags acompanhou o ritmo dela. Seus braços ainda formigavam e não gostava da ideia de chegar lá antes da irmã.

A porta de Liliana estava entreaberta. Através da fenda, Mags viu algo se movendo para a frente e para trás. Uma coluna de luz e depois sombra. Depois luz. Depois sombra. Devia ser a blusa de Liliana. Mags, porém, temeu que fosse um espírito. Sua mãe disse que tinha visto um espírito uma vez: uma coluna de luz no chão da velha cozinha onde ela estava trabalhando. O susto que levou continuou roendo seus ossos mesmo anos depois.

Mags e Olly estavam quase no topo da escada. O último degrau soltou um rangido.

A coluna de branco congelou na porta e então desapareceu.

Houve silêncio.

Mags hesitou. Ela queria voltar a descer as escadas.

— Menina? — chamou Olly. Era a primeira vez que ela era mais corajosa do que Mags em sua vida toda.

Liliana respondeu aos prantos:

— Por favor, vá embora.

Ambas ficaram tão aliviadas ao ouvir a voz dela que soltaram um suspiro.

Mags disse:

— ...

Mas as palavras se perderam porque de repente não havia som.

Era como se a casa tivesse sido pausada. Como se nunca houvesse existido som. Como se aquela coisa que lembravam como som sempre tivesse sido uma falsa memória.

Olly estendeu a mão e agarrou a de sua irmã com força.

E então todo o som voltou de uma vez.

56

— Gostei da sua casa, cara — disse Jordan. Era uma piada, porque não era a casa dele. Era uma loja de conveniência vinte e quatro horas onde Declan estava enrolando fazia quinze minutos para se proteger do frio.

Era uma hora da manhã. Ele estava muito desperto. Esse era um efeito colateral de não tomar seu remédio para dormir. Esse era um efeito colateral de Jordan Hennessy ligar à meia-noite. Esse era um efeito colateral de ser burro. Todo aquele lugar provocava uma sensação que só era possível à uma da madrugada, quando todos se uniam a um clube: o clube das pessoas que não estavam na cama. Um clube definido não por estar *com* os outros membros do clube, mas sim contra todas as demais pessoas. Jordan Hennessy tinha acabado de parar no posto de gasolina em um Toyota Supra vermelho, e ela olhou além de Declan para as luzes brilhantes da loja de conveniência atrás dele, fazendo um sinal afirmativo com a cabeça, expressando sua aprovação. Não parecia se importar que, quando ela ligara, fazia trinta minutos, ele tinha lhe dado aquele endereço para ela buscá-lo e não seu endereço verdadeiro. Ele supunha que ela fosse uma falsificadora. A suspeita fazia parte da natureza dela, a criminalidade fazia, cobrir os próprios rastros fazia.

O que você está fazendo aqui, Declan?

— Já marquei muitos encontros aqui — disse ele.

Jordan parecia mais alegre do que quando ele a vira no museu, mais viva ali naquele mundo escuro, sob as luzes fluorescentes do meio da noite, ao volante de um carro, livre de paredes e horários de abertura e fechamento e as expectativas despertas de outras pessoas.

— Bem, dá pra ver mesmo — disse ela e destrancou a porta do carro. — Pronto pro rolê?

O que você está fazendo aqui?

Entrando em um carro com uma garota do Mercado das Fadas.

Só por esta noite, ele pensou. Voltaria a ser tedioso assim que o sol nascesse.

Quando Declan abriu a porta do passageiro, *A dama sombria* olhou para ele. A pintura repousava sobre o assento para que fosse a primeira coisa que ele visse; era para chocá-lo. Ele ficou ali parado, a mão ainda na porta do carro. A expressão da Dama Sombria era amarga, cautelosa, intensa.

Ele soube imediatamente que aquela era a pintura verdadeira. O desejo ardente vazava das pinceladas de uma forma que não acontecia com a pintura que ainda estava escondida no armário de sua cozinha. Era por isso que não tinha sonhado com a praia da *Dama sombria* nas noites anteriores.

— Quando? — perguntou e balançou um pouco a cabeça. Essa parte Declan poderia descobrir; ele sabia a última vez que tivera o sonho da *Dama sombria*.

— Nós dois temos coisas que não podemos dizer — respondeu Jordan. — Afinal, é assim que somos, não é mesmo? Essa foi a única que me fez sentir mal por não contar.

Ele fez a pergunta cuja resposta não tinha conseguido concluir sozinho:

— Por que você fez isso?

A expressão de Jordan era franca.

— O lance é este: você não me pergunta por que a pintura estava comigo, e eu não pergunto sobre o homem que a pintou. Não posso fazer nada melhor do que isso agora. É tudo o que eu tenho a oferecer em uma... — ela olhou para o relógio do carro, que estava claramente errado — ... sexta à noite, às quatro da tarde.

Ele podia sentir a própria boca se curvando com o absurdo de tudo aquilo. Teve vontade de rir. Não sabia por quê. Se era porque ela era engraçada, ou porque ele estava rindo de si mesmo por ser um idiota, ou a forma como o sorriso largo dela era tão contagiante quando ela fazia uma piada.

— Então a que eu tenho é uma falsificação — disse ele.

— *Falsificação* é uma palavra forte. *Réplica* é mais suave, não acha? Impressão em edição limitada, acabada à mão? — disse Jordan. Ela não se desculpou tanto quanto se poderia esperar de alguma outra pessoa nas mesmas circunstâncias. — Você pode pegar de volta e ir embora, sem ressentimentos. Ou pode enfiar essa bolsa velha no porta-malas e vir comigo um pouco.

Se essa era a pintura real, significava que ainda havia papel na parte de trás a ser removido; ainda havia desafios a superar. Ele não pensaria sobre isso. Declan estava tremendo ali parado diante da porta aberta, embora não soubesse se era por causa da noite fria, do adiantado da hora, da dificuldade do dia, da expressão fechada da *Dama sombria* ou do sorriso de Jordan Hennessy.

O que você está fazendo aqui, Declan?

— Você tem preferência? — perguntou.

Jordan disse:

— Este carro só tem dois lugares, sr. Lynch.

Voltaria a ser tedioso novamente pela manhã, Declan prometeu para si mesmo mais uma vez.

Ele moveu *A dama sombria* para o porta-malas e deslizou para o lugar dela.

— Para onde você está me levando? — perguntou ele.

Hennessy deu partida no carro com a certeza irrefletida de alguém que já andara de carros com tanta frequência que eles se tornavam apenas mais uma parte de seu corpo.

— Como você se sentiria sendo o primeiro original de Jordan Hennessy?

Foram de carro até Georgetown, o que ele não esperava; ir com aquela garota maluca a um dos bairros mais bem cuidados e bonitos de Washington, DC. Ali, sobrados históricos próximos uns dos outros como amigos íntimos atrás de árvores maduras, tudo belo e educado. Declan ansiava por uma casa em Georgetown como ansiava por um *Senador* ou *Deputado* antes de seu nome — ansiava porque gostava da aparência das casas, mas também porque gostava da expressão das pessoas quando ouviam que você era um deputado ou morava em Georgetown.

Jordan estacionou em uma rua silenciosa e escura e pegou a bolsa na parte de trás.

— Desculpa, tem uma boa caminhada. Espero que tenha trazido seus Crocs.

Juntos, os dois caminharam alguns quarteirões silenciosos até um bairro pitoresco, mesmo no meio da noite: postes de luzes cálidas, folhas escuras rendadas diante deles, sobrados agradáveis, ferro forjado, hera. Jordan se esgueirou entre dois prédios altos, passando por bicicletas estacionadas e latas de lixo, até um portão baixo que dava acesso a um jardim dos fundos. Tinha um pequeno cadeado. Jordan colocou sua bolsa do outro lado do portão, pulou e esperou que ele pulasse atrás.

Invasão de propriedade particular não estava na programação normal de Declan.

Ele pulou a cerca mesmo assim.

Na porta dos fundos, Jordan se apoiou em um teclado e digitou alguns números. A porta emitiu um zunido e destrancou-se. Ela entrou, fez um gesto para ele seguir e então fechou a porta.

Estavam em um corredor escuro cuja escuridão era incompleta à maneira da escuridão nas cidades. As luzes da rua entravam em ouro-avermelhado pelas janelas da frente e formavam grandes quadrados de uma confortável luz urbana sobre o piso de madeira. A casa cheirava a erva-cidreira e casa velha e fechada.

— Está vazia? — ele palpitou.

— Eles alugam, às vezes — respondeu Jordan. — A gente só precisa dar uma olhada no calendário na internet para ter certeza de que não vem ninguém. É cara demais para a região, na verdade, então fica vazia na maior parte do tempo.

Ele não perguntou como ela havia conseguido o código, e ela também não se ofereceu para dizer. Jordan fez um gesto para ele a seguir e ele foi, movendo-se em silêncio na direção da escada.

— Você não mora aqui.

— Não — disse ela —, mas dei uma olhada quando a gente... quando eu estava procurando um lugar na cidade. E agora eu venho de vez em quando para pintar. Não tanto quanto antes.

Começaram a subir um lance até o andar de cima, que era basicamente um único cômodo grande que devia ser bem claro durante o dia, pois era bem claro durante a noite. O poste de luz brilhava diretamente para eles através da janela, e sua atenção era iluminadora. O espaço tinha um belo tapete persa esfarrapado no chão e uma mesa com pés em forma de garra que parecia capaz de sair andando para receber um cafuné e um biscoito. Cavaletes estavam montados em todos os cantos. Um galgo de concreto farejava o ar. Muito chique e específico.

— Não sei quem mora aqui — Jordan confessou —, mas eu os amo. Na minha mente, eles são velhos amantes que não suportam viver um com o outro, mas também não suportam viver inteiramente separados, então mantêm este lugar como uma espécie de pacto para se verem uma semana a cada estação do ano.

Enquanto ela começava a tirar os itens da bolsa, Declan andou a esmo de um cavalete para o outro, observando as pinturas que havia neles. Paisagens, em sua maioria, algumas paisagens urbanas complicadas com marcos da área de Washington. As paredes atrás deles tinham fotos de lugares em todo o mundo, em preto e branco. Ele procurou evidências dos antigos amantes que não suportavam viver com ou sem o outro, mas viu apenas uma mulher mais velha sorrindo para a câmera. Ela parecia apaixonada pelo ambiente, não pelo fotógrafo.

— Vou pintar no escuro — disse Jordan. — Nem mesmo eu quero ver o que posso criar se deixada à minha própria sorte, com meus próprios recursos.

Ele se virou para encontrá-la de pé em um dos cavaletes, uma tela branca preparada e apoiada, sua pequena paleta de tintas aberta com oito cores ao alcance do pincel em uma mesa delgada ao lado dela. O frasco de púrpura tíria também estava lá, fechado. Ele apenas olhou para Jordan ali, com suas coisas e sua tela esperando o rosto dele, e pensou na casa de Alexandria, com seus irmãos nela.

— Você não está falando sério que este é seu primeiro original — disse Declan. — Não é possível.

Ele se lembrou de como ela copiava rápido o Sargent no Mercado das Fadas. Como tinha sido completamente enganado pela *Dama sombria*. Não se podia ficar tão boa em ser outras pessoas sem ter muita prática.

Jordan carregou o pincel com tinta.

— Eu aprendi copiando. E depois ganhei a vida copiando. Acho que alguns falsificadores diriam que suas pinturas "no estilo de" são originais, mas eles estão se enganando com histórias para boi dormir. Então, sim, você é o meu primeiro. Sente sua bunda ali — disse ela, e gesticulou para a poltrona na sua frente.

— Como?

— Com o cu e os glúteos.

Ele riu de forma explosiva, virando o rosto para fazê-lo, e ela riu também.

Ele sentou.

— Preciso ficar imóvel? Quanto?

— Você pode falar. — Ela olhou para a tela em branco. Soltou um suspiro e balançou as mãos.

— Uau.

E começou. Ele não conseguia ver o que ela estava fazendo, mas não era difícil ficar sentado em silêncio e observá-la trabalhar. A atenção dela desviava da tela para ele, comparando a realidade com a criação e vice-versa. Era uma sensação estranha ser estudado depois de anos tentando evitar que os outros o estudassem. Declan não tinha certeza se aquilo era bom para ele. Era como se envolver nas maquinações criminosas de seu pai; poderia dizer que havia uma grande parte dele que secretamente gostava daquilo tudo.

— Há cartas dos modelos de Sargent — falou Declan algum tempo depois.

Os cantos da boca dela se ergueram, embora os olhos continuassem fixos na pintura.

— Me conta sobre eles.

Ele contou. Ele contou sobre como os modelos das pinturas de Sargent escreviam que eles vinham para sessão após sessão só para vê-lo fitar a tela vazia e não fazer nada. Horas e horas passadas na companhia de um pintor que não estava pintando. Apenas olhando para aquela tela vazia. Olhando para eles. Um mago sem magia. Uma orquestra silenciosa no fosso. Ele contou sobre como escreveram que, depois de um certo ponto, Sargent de repente atacava a tela, pintando com energia feroz, lançava-se contra ela com a tinta e depois recuava para observá-la e recomeçar o ciclo em uma nova rodada. Ele contou como esses modelos diziam nas cartas que ele gritava e praguejava para a tela enquanto pintava, como parecia que ele estava possuído, e como tinham certo medo dele e de sua genialidade. Declan contou como, se Sargent colocasse no rosto do sujeito uma marca que fosse de que não gostasse, raspava tudo e começava de novo. A única marca que valia a pena manter era a espontânea.

— Pensa bem, é realmente espontâneo se você fez dez marcas espontâneas antes e as apagou? — perguntou Jordan. — Acho que isso é não mostrar às pessoas os trabalhos preliminares, não é? Você praticou a espontaneidade. Você deseja que o observador responda à linha não trabalhada, mesmo que você tenha trabalhado muito para chegar lá. Você coloca os outros no centro do trabalho e não a si mesmo. Uma verdadeira performance. Que mestre.

Ela estava contando a ele algo sobre si mesma.

— Ninguém o conhecia — disse Declan. Ele estava contando a ela algo sobre si mesmo. — Todas aquelas cartas e todos os registros que temos sobre ele. Era uma figura muito pública, ele viveu não faz muito tempo, mas ninguém ainda sabe com certeza se ele teve amantes.

Jordan colocou o pincel na terebintina e pressionou as cerdas contra a lateral do frasco até que a tinta soltasse em ondulações escuras.

— Ele teve, pelo menos, uma — disse ela. — Porque *eu* o amo. Aqui, agora. Venha se ver.

Ele se levantou, mas antes de chegar à tela, Jordan se levantou para interrompê-lo com a mão espalmada em sua barriga. Ele ficou muito imóvel. A sala cheirava a terebintina e ao aroma quente e produtivo das tintas; provavelmente deveriam ter aberto uma janela. O galgo de concreto continuava farejando o ar e a amigável luz noturna da cidade continuava entrando sorrateiramente pelas cortinas, e a palma de Jordan permaneceu aberta na pele dele, não por cima da camisa.

Ele sentiu um zumbido vívido de energia percorrer todo o seu corpo, algo que não sentia havia muito tempo. Seu estômago estava em ruínas. Sua vida em preto e branco; aquele momento em cores.

O celular de Declan vibrou.

Ele suspirou.

Jordan deu um passo para trás, curvando-se um pouco, dando-lhe permissão, o momento instantaneamente desinflado pelo pouco esforço que o celular tivera que fazer para capturar a atenção dele. Declan tirou o aparelho do bolso e olhou.

Matthew tinha mandado uma mensagem: *por favor, volta pra casa* ☹

Era a mensagem queixosa de uma criança para um dos pais, enviada para Declan porque Matthew não tinha pais e porque era madrugada e ele havia acordado, se é que tinha dormido, e lembrado que era um sonho.

— Eu... — ele começou.

Jordan antecipou suavemente a deixa. Ela recuou mais um passo em direção à tela e lá, com a lateral de um de seus pincéis, raspou todo o seu trabalho.

— Por quê...?

O sorriso lento de Jordan se espalhou mais uma vez.

— Você vai ter que voltar para outra sessão.

Ele dissera a si mesmo que seria apenas aquela noite, e falava sério, de verdade, mas ele era um mentiroso, até para si mesmo, então disse:

— Tá.

57

Dabney Pitts nunca havia feito nada heroico em sua vida até aquele dia. Ninguém realmente tinha lhe pedido que fizesse. Ninguém nunca realmente tinha lhe pedido que fizesse nada. Ele tinha vinte e oito anos e não era nem muito inteligente nem muito burro. Não era nem muito bonito nem muito feio, nem alto nem baixo. Era apenas um cara e, antes disso, era apenas uma criança e, antes disso, era apenas um bebê. Ninguém realmente tinha lhe pedido que fizesse nada. Em geral não se lembravam dele. Ele não criava caso.

Mas agora ele tinha criado caso.

Havia prendido aquela mulher estranha dentro do freezer.

As velhinhas tinham uma péssima aparência. Quando ele voltara para casa depois de ficar chapado com Welt, ele as tinha encontrado tombadas nos degraus de um jeito nada natural. A boca de Mags estava aberta, e havia um pouco de sangue nela. Na língua. Havia escorrido, parecia. Ela não tinha tantos dentes quanto ele. Dabney não sabia se essa era uma situação nova ou não. Olly aparentava estar um pouco melhor, mas um de seus olhos parecia errado. *Colapsado* não era a palavra certa, mas era melhor do que *amassado*, porque era difícil amassar algo tão úmido quanto um globo ocular.

Tinha encontrado uma mulher que se parecia muito com uma versão mais madura da nova inquilina das velhas, escondendo-se no quarto com sangue respingado nela. Ele a forçara a entrar no freezer, ameaçando-a com uma faca de cozinha. Achava que, se não fosse assim, ela poderia sair de fininho pela janela. O armário de vassouras poderia ter funcionado, mas ele não tinha como trancá-lo e, de qualquer modo, dava muito trabalho tirar de lá todas as coisas que ela poderia usar como arma. Ela era obviamente perigosa.

Mais fácil colocá-la no freezer vazio do porão e colocar alguma merda em cima para fechar.

Ela dissera:

— Por favor, não faça isso.

— Está desligado — ele havia respondido.

— Só me deixa ir.

— Cala a boca — respondera, e a onda de bravura na cabeça de Dabney Pitts foi quase demais para ele. Não sabia se tinha esse tipo de coisa no seu DNA. Ele estava indo bem, pensou, até aquela recente reviravolta negativa o levar ao cômodo vazio na Rider House depois de ele ter usado o resto do dinheiro do aluguel para comprar baseado e alugar um DVD daquela nova comédia que envolvia uma casa de praia e aquela atriz que ele achava bonitinha como um coelho.

— A ajuda está chegando — disse ele para Olly naquele momento. Provavelmente não era verdade. Aquele não era o tipo de bairro ou casa para onde os policiais corriam, não como eles iam às pressas para bairros bons e suburbanos onde não esperavam que coisas ruins pudessem acontecer. As pessoas, inclusive policiais, esperavam que coisas ruins acontecessem em Rider House. Isso não as tornava menos ruins; parecia apenas torná-las menos emergenciais.

Dabney não tinha certeza se Olly estava acordada para ouvi-lo. Ele notou que havia um pouco de sangue escorrendo dos ouvidos de Mags. Isso não parecia bom.

Supôs que poderia ter marchado com a nova mulher sob a mira de uma faca até os policiais. Talvez. A mera ideia o fez sentir náusea. Mesmo que não tivesse mandados abertos em seu nome, sua coragem já havia extrapolado os limites; ele estava começando a se sentir claramente desconfortável naquela casa escura, com aquelas duas mulheres que pareciam menos vivas do que ele gostaria, com uma mulher que tinha provocado algum tipo de violência e agora estava presa em um freezer quente no andar inferior.

Ele seria uma pessoa mais corajosa dali em diante, refletiu. Ia ligar para a irmã e dizer que lamentava ter pegado o dinheiro dela da lata de café enquanto ela estava fora. Ia se esforçar um pouco agora. Não se deixaria levar com a maré. Talvez não tivesse isso no DNA, mas também não tinha o que estava acontecendo ali. Poderia ganhar músculos.

Ele se sentou ao lado de Olly e segurou a mão dela. Estava muito fria. Ele disse:

— Só espere um pouquinho.

58

Ronan era uma nuvem e estava chovendo.
— Todo mundo pensa que seu mundo é o único que existe. Uma pulga acredita que um cachorro é o mundo. Um cachorro acredita que o canil é o mundo. O caçador pensa que seu campo é o mundo. O rei acredita que o globo é o mundo. Quanto mais você se afasta, quanto mais abre o círculo, quanto mais se eleva, mais você vê que entendeu errado as fronteiras do que é possível. Do que é certo e errado. Do que você pode realmente fazer. Perspectiva, Ronan Lynch — disse Bryde. — Isso é o que devemos ensinar a você.

Era um sonho confuso, sem toda a clareza do sonho na mansão. Dentro dele, Ronan não conseguia se lembrar com o que ele havia sonhado de forma bem-sucedida, apenas que tinha sido mais nítido do que esse. Na maior parte do tempo, ele se lembrava de ser uma nuvem. Era uma grande paz. Ninguém esperava muito de uma nuvem a não ser que ela fizesse o que tinha sido criada para fazer. Ele podia ouvir o pequeno tamborilar da precipitação lá embaixo.

— Você vai fazer isso a noite toda? — perguntou Bryde.

Ronan não respondeu, porque era uma nuvem. Na verdade, ele estava feliz por ter sido poupado da conversa. Palavras eram exaustivas e era um alívio descobrir que não tinha as partes necessárias para formá-las. Ele se espalhou pelo céu sem cor e choveu mais um pouco. Trovejou um pouco.

A voz de Bryde parecia um pouco irritada.

— Você não vai a lugar nenhum, então posso aproveitar e te contar uma história. Vai ficar em silêncio?

Ronan não parou totalmente de trovejar, mas mudou para um rosnado baixinho.

— Provavelmente você já ouviu isso antes, seu pai de Belfast, sua mãe do sonho de um homem de Belfast: o falcão de Achill — disse Bryde. — O falcão de Achill era o homem mais velho da Irlanda, é o que diz a história. Ele nasceu Fintan mac Bóchra em um lugar muito longe da Irlanda e, quando a enchente de Noé ameaçou, ele fugiu para a Irlanda com outros dois homens e cinquenta mulheres. O dilúvio de Noé levou embora seus companheiros e o mundo tolo dos homens, mas Fintan se transformou em um salmão e sobreviveu.

Ronan viu vagamente, de cima, sua chuva criando manchas interessantes na superfície de um vasto oceano e, mais ao fundo, avistou um salmão abrindo caminho pela água. Quando estava em forma de sonho, ele poderia estar acima e abaixo da água ao mesmo tempo, e observou o salmão navegar por estranhas florestas de algas marinhas e por criaturas assustadoras do mar aberto.

— Fintan percorreu o oceano e aprendeu tudo sobre aquele mundo estranho que não poderia ter conhecido como homem. Depois que a enchente recuou, ele poderia se tornar homem novamente, mas tinha adquirido um gosto por mundos além daquele no qual ele havia nascido. Tendo aprendido o mundo dos homens e o mundo dos peixes, ele se transformou em um falcão e foi lançado pelos céus ao longo dos cinco mil anos seguintes e se tornou o homem mais sábio da Irlanda.

Agora Ronan também o enxergava: o falcão com suas penas durinhas rodopiando através dele, tão hábil e ágil em seu voo que a chuva nem sequer o tocava.

— Você pode aprender muito quando vê algo pelos olhos de outra pessoa — disse Bryde, parecendo um pouco triste. — Pode aprender muito quando vê de baixo ou do alto. Pode aprender muito quando vê gerações viverem e morrerem e você voa em círculos lentos e altos em um céu em transformação.

A nuvem que era Ronan havia começado a chover em uma praia clara de água azul-turquesa. Ele estava começando a se sentir um pouco mal de novo. Ele rugiu; as palavras estavam voltando a ele, mas ele não as queria.

Bryde continuou:

— Algumas das histórias dizem que Fintan finalmente voltou a ser um homem e, por fim, morreu. Mas outras dizem que ele ainda está lá em cima, voando muito acima do resto do mundo, encerrando em si toda a sabedoria e os segredos do mundo em sua mente ancestral. Cinco mil anos de conhecimento, cinco mil anos abaixo e acima. Imagine o que você poderia aprender se estendesse aquele braço e o falcão de Achill pousasse nele.

O sonho mudou abruptamente.

Ronan estava em uma costa fria familiar. Já não era mais nuvem; agora tinha seu corpo humano de volta. Diante do oceano turquesa, o vento agarrava suas roupas e jogava areia contra sua pele. Sabia, sem olhar, que haveria pedras pretas tombadas atrás dele.

O oceano da *Dama sombria*.

Ronan se sentiu intensamente presente, ali na praia da *Dama sombria*. A pintura, ele pensou. A pintura devia estar de volta sob o teto de Declan.

— Aí está você de novo — disse Bryde, irônico.

Ele estava ali, sim, e agora que não era Ronan-a-nuvem, tinha espaço em sua mente para todas as preocupações de Ronan-o-garoto.

— Matthew me odeia.

— Você queria que ele fosse burro para sempre? — perguntou Bryde. — A sabedoria é difícil. Você acha que o falcão sempre ficava feliz com o que ele aprendia?

— Ele acha que eu sou um mentiroso.

— Então talvez você não devesse ter mentido — disse Bryde.

Ronan colocou as mãos atrás do pescoço, assim como Matthew havia feito na igreja. Fechou os olhos.

— Talvez você deva se transformar em um sonho nos seus próximos sonhos — disse Bryde. — O que você acha que um sonho quer?

— Foda-se *tudo*.

— O que um sonho quer?

— Eu não quero jogar agora.

— O que um sonho quer?

Ronan abriu os olhos.

— Viver sem o sonhador.

— Olhe para mim — disse Bryde.

Ronan se virou, protegendo os olhos. No alto das rochas pretas, ele viu uma silhueta contra o cinza.

— Você está pronto para a próxima parte do jogo — Bryde gritou lá do alto. — Eu também estou. Mas já fui queimado. Espere, eu digo a mim mesmo, espere, círculos altos, lentos, vigiando.

— Não me diga que eu não salvei a Hennessy — disse Ronan. — Eu estava lá. Eu mantive minha parte do acordo.

Bryde respondeu:

— Ela só está com medo. Ela sabe o que os sonhos querem e é o que ela também quer para os sonhos. Você quer isso para Matthew?

Ele já sabia que Ronan queria o mesmo para Matthew. Nem precisava ser dito. Ronan queria desde que soubera que Matthew era um dos seus.

Bryde disse:

— Eu também quero.

— Você sabe como fazer isso?

A silhueta nas rochas esquadrinhava o céu como se procurasse o falcão da história. Então Ronan viu a silhueta visivelmente alinhar os ombros. Armando-se. Preparando-se.

— Na casa seguinte — disse Bryde —, os coelhos virão até você. Próxima casa. Você está pronto?

Ronan estendeu os braços de cada lado do corpo. *Eu estou aqui, não estou?*

Bryde disse:

— Você estava esperando por mim; ela está esperando por você. Quando ela esticar o braço, atenda ao chamado. Lembre-se de que os falcões têm garras.

Ronan acordou.

Era de manhã bem cedo. A luz através das cortinas ainda era o laranja feio dos postes de rua, cerceando sua visão em estreitas fendas. Seu celular estava tocando na mesa de cabeceira do quarto de hóspedes de Declan.

Ele atendeu.

59

Dez anos antes, J. H. Hennessy havia atirado em si mesma.
Um tiro, calibre .45. A arma pertencia a um amigo da família, segundo o boletim de ocorrência. Estava registrada, tudo mais do que correto, exceto a parte em que ela matara uma pessoa e talvez até mesmo isso, pois esse não é o sonho esporádico de todo rapaz? Havia música tocando quando aconteceu. Uma velha gravação de jazz, a voz de uma mulher se elevando, cadenciada, e o som parecia esvoaçar e estalar. Jay estava em um grande closet. As luzes, apagadas. A única iluminação vinha de uma janela pequena e alta, e tudo que ela tocava era cinza. Jay estava de sutiã, calcinha e roupão. O rímel escorria por seu rosto. Ela estava apontando uma arma para a própria cabeça e prestando atenção para ouvir se a porta se abria.

Isso não constava no boletim de ocorrência, mas Hennessy sabia, porque tinha sido ela quem abrira a porta.

— Mãe? — disse Hennessy.

— Você não vai sentir minha falta — disse a mãe.

— Espere — disse Hennessy.

O cano da arma lampejou.

Também não consta no boletim policial que Jay morrera decepcionada. Não era para Jordan Hennessy, sua filha, abrir a porta do closet. Era para ter sido Bill Dower. Durante toda a semana, ela havia cortejado a atenção dele por meio de uma série de mecanismos, explosões emocionais e introspecções reticentes, e ela concluíra a montanha-russa emocional da semana se colocando naquele closet com a arma. Hennessy entendia agora que Bill Dower deveria sentir pena dela e ir procurá-la; Bill Dower deveria tirar a arma da mão dela. Hennessy entendia agora que ela não tinha sido importante na equação, que sempre só houvera duas variáveis: Jay e Bill Dower. Hennessy era uma daquelas partes inertes do meio, importante apenas quando tinha que interagir com uma variável.

Não era para ela ter aberto a porta do closet.

Era para ter sido Bill Dower.

Era para ter sido Bill Dower.

Era para ter sido Bill Dower.

Mas Hennessy arruinara a armação, tanto por estragar a surpresa de sua mãe com a arma quanto por provar que Bill Dower não viria, então o jogo havia chegado ao fim.

E tudo o que ela conseguiu dizer foi...

Espere.

Mais tarde, os terapeutas disseram que ela estava lidando melhor do que eles supunham.

Claro que sim, ela pensou. Fazia anos que ela esperava que sua mãe acabasse matando Hennessy ou a si mesma.

Ela era encrenca, disse Bill Dower. Que bela encrenca.

Tal mãe, tal filha.

Mas Jordan não era encrenca, Hennessy pensou. Qualquer encrenca em Jordan era resultado de viver com Hennessy. Hennessy, que dissera a pior coisa possível para ela no estacionamento do Senko na noite anterior. De onde tinha vindo aquele veneno todo? Quem era aquela pessoa que zombava do fato de ela ser a sonhadora, e Jordan, apenas o sonho, como se Jordan não fosse mais competente em viver a vida sob todos os aspectos possíveis?

Uma Hennessy, era o que Jordan era.

Sabia que todas as meninas estavam decepcionadas com ela. Pôde notar no rosto delas quando voltou naquela noite. Jordan estava certa. Algo sobre Ronan Lynch, sobre outro sonhador, as tinha alimentado com esperança, mais do que qualquer outra coisa que ela já tivesse visto. Elas tinham presenciado o que ele podia fazer e pensaram que

Hennessy, com um pouco de ajuda, poderia fazer o mesmo. Elas não entendiam.

— Onde está Jordan? — perguntou June.

— Nós brigamos — disse Hennessy. — Ela vai superar.

E Hennessy podia ver no rosto das meninas que elas estavam orgulhosas de Jordan.

Ela escapuliu para o estúdio para fumar um cigarro atrás do outro. Odiava que ficassem esperançosas; mais do que isso, odiava que ficassem esperançosas em relação a ela. Hennessy ia decepcioná-las outra vez. Ela sempre as decepcionava. Suas pobres meninas. Que encrenca.

Cedo naquela manhã, seu despertador disparou e, em vez de reiniciá-lo, ela ligou para Ronan Lynch.

Ele a encontrou em um lugar chamado Shenandoah Café, perto de Gainesville, a oeste de Washington, um restaurante localizado na direção oposta ao fluxo da hora do rush e aberto naquele horário absolutamente cedo em que ela ligara para Ronan. Não estava tão vazio como seria de esperar, dada a hora; a clientela tinha uma vibe que lembrava vagamente a que frequentaria uma parada de caminhoneiros, embora o café em si fosse muito mais estranho do que a típica lanchonete de beira de estrada. Pisos de madeira empenados, prateleiras primitivas do chão ao teto, nichos amontoados ao redor de mesas de exposição com tampo de vidro, cada fenda preenchida com centenas — talvez milhares — de bugigangas. Segundo a plaquinha ao lado do caixa, essas bugigangas tinham sido doadas por clientes de todo o mundo. Alguns itens pareciam valiosos, como xícaras de porcelana finas como pergaminho, e outros pareciam inúteis, como patos de borracha vestidos de Drácula. Uma instalação onde o ruído, em vez do valor, era a medida relevante de sucesso.

A gerente os havia deixado em uma mesa que continha rosas de metal, sinos de ouro e ocarinas entalhadas. Na estante ao lado, viam-se livros de enfeite ocos, navios em garrafas e abridores de cartas em formato de Excalibur.

Ronan disse:

— Minha família costumava vir aqui.

— Você e o grande D. Declan. — Ela experimentou a palavra novamente enquanto pegava o cartão laminado do cardápio. Tudo o que você pudesse querer, contanto que o que você quisesse fosse comida de café da manhã. — Não sei como você não fica simplesmente repetindo o nome dele o tempo todo. Parece chocolate na boca, não parece?

Ele a observou com um silêncio indiferente. Era um silêncio de julgamento que dizia mais do que palavras. Aquele silêncio em particular transmitia a ideia de que ele considerava idiota o fato de ela estar de fanfarronice quando ele estava sendo sincero; não me faça perder tempo, porra.

Hennessy ergueu uma sobrancelha e respondeu com seu próprio silêncio, menos matizado. Dizia algo parecido com *Desculpe, cara, fanfarronice é tudo que eu tenho, porque estou morrendo de medo e estou morrendo.*

Melodia fúnebre, disse o silêncio de Ronan.

Não preciso da sua pena, disse Hennessy.

— Bom dia, gente.

A garçonete apareceu e, sem avisar, começou a distribuir o café de uma velha jarra de metal nas canecas já arrumadas sobre guardanapos na frente deles. Ela era uma mulher mais velha, rechonchuda e de olhos brilhantes. Seu crachá dizia *Wendy*, como se pudesse ser um pseudônimo, e sua verdadeira identidade permanecesse escondida da clientela regular do Shenandoah Café. Ela se aproximou para receber os pedidos, com jeito de confidência, como se fossem relatórios secretos, depois bateu com o lápis no bloco e saiu.

Ronan esperou.

Hennessy suspirou e deslizou para o seu lado do nicho com a caneca de café. Ela gostaria de poder fumar um cigarro. Queria ter algo mais para fazer com as mãos.

— Ok, então, o que você quer saber? Tenho o mesmo sonho desde que a minha mãe morreu. Cada vez que fecho os olhos por tempo suficiente para sonhar, ele começa, sempre o mesmo. Sempre uma merda, sempre horrível.

— Qual é o sonho?

— Eu li — disse Hennessy — que o sonho recorrente mais comum nos Estados Unidos é cair. Eu teria adivinhado o teste. Ouvi dizer que é comum para perfeccionistas.

— Qual é o sonho?

— Supostamente, pessoas apaixonadas podem ter o mesmo sonho se estiverem com a cabeça próxima um do outro — Hennessy acrescentou, um pouco desesperada, erguendo os dedos para demonstrar. — Apesar disso, não é algo que foi muito avaliado por pares. Pelo menos a postagem do blog onde eu li isso dizia que não.

— Qual é o sonho?

Wendy colocou a comida na frente deles. Ela se aproximou, conspiratoriamente, e perguntou se eles queriam algum molho. Ronan fitou-a com seu silêncio pesado. Dizia: *Dê o fora daqui, estamos tendo uma conversa particular.*

Ela deu um tapinha na mão dele.

— Você me lembra do meu menino — falou com ternura, e se retirou.

Ronan dirigiu aquele silêncio para Hennessy, constante e imutável por cima de um waffle no qual Wendy fizera um rosto sorridente de chantili.

Hennessy olhou para o próprio prato com quatro triângulos de rabanada, todas apontando na mesma direção: a porta. Ela engoliu em seco.

— É... — disse ela.

Hennessy tentava nem pensar nisso enquanto estava acordada. Parecia contagioso. Naquele momento, tinha chegado o mais próximo desse pensamento em uma década e a sensação era ruim. Incrivelmente ruim.

Ela não disse mais nada. Não ia conseguir. Simplesmente teria que decepcionar Jordan e as outras garotas. Jordan não sabia como era.

Ronan virou os braços para que suas mãos ficassem com as palmas voltadas para cima na mesa entre eles e, por um momento, ela pensou que ele estava fazendo um gesto elaborado para *anda logo*. Mas em vez disso ele disse:

— Isso são dos pesadelos.

Ela teve que se inclinar para ver. Cicatrizes brancas desordenadas percorriam seus antebraços, esculpidas por uma arma de tamanho considerável.

— Horrores noturnos — disse ele. — Garras assim. — Ele transformou seus dedos em garras, e então imitou-as rasgando-o, os dedos pulando por cima das pulseiras de couro, que escondiam o que havia de pior, e até o cotovelo. — Dois dias no hospital.

Ele não acrescentou nada sentimental como *Vamos vencer esse negócio* ou *Eu passei por isso, pode confiar em mim*. Apenas retirou os braços e esmagou o sorriso de chantili sobre seus waffles com as costas do garfo. Ele disse:

— Todos pensaram que era algo fácil como lâmina de barbear. E não conseguiam entender nem mesmo isso.

Ronan não era Jordan. Não era um sonho. Ele sabia como era.

— A Renda — sussurrou Hennessy.

Ela podia sentir seus ouvidos zumbindo. Pequenas faíscas dançavam nos cantos de sua visão. Precisou largar a xícara de café porque seus dedos não conseguiam segurá-la; estavam fracos e formigavam. Teve tanto medo que pensou que fosse desmaiar. Precisava de seu despertador...

Clac.

Ronan estalou os dedos na frente do rosto dela. Ela se focou intensamente nos dedos, bem diante dos olhos.

— Você está acordada — disse ele. Quando ela continuou sem falar, ele entregou-lhe uma das xícaras de café viradas e acrescentou: — Respire aqui dentro.

Enquanto ela respirava na caneca fria, ele cortou seu waffle em quatro enormes pedaços e comeu dois deles.

— Sou só eu — disse Hennessy. Sua voz estava muito baixa. Ele teve que se apoiar nos cotovelos para ouvi-la. — E a coisa.

Na sua mente, as imagens estavam se desenrolando, límpidas como o sonho. Hennessy, pequena, insubstancial, frágil, todas as habilidades, poderes e esperteza que possuía eram ridículos e humanos.

A *coisa*, no entanto, era enorme de uma forma que sua mente humana não conseguia entender completamente. Estava escuro; mas, por outro lado, escuro era uma descrição incompleta. Forma e cor eram conceitos tridimensionais e a coisa era algo além disso. Na parte mais próxima a ela, pareciam linhas geométricas inclinadas e recortadas, como se ela conseguisse ver a luz por trás. Ou talvez incluída na coisa. Parecia uma renda agitada e cada vez mais próxima.

— Ela me vê — disse Hennessy, em uma voz ainda mais baixa. Suas mãos tremiam. Deus, a coisa podia vê-la *naquele exato momento*, Hennessy tinha certeza, porque falara em voz alta, e era o suficiente para trazê-la ao mundo desperto. — O sonho começa e a coisa está lá, e então ela me *vê*...

Seus ombros também tinham começado a tremer. Ela podia sentir as lágrimas ardendo nos olhos, mas não conseguia segurá-las.

Ronan a estava observando atentamente, pensativo.

— Como é essa coisa? — perguntou.

— A Renda — sussurrou Hennessy. — Parece uma renda. É enorme. Não consigo explicar. É uma coisa...

Wendy reapareceu. Segurava uma jarra de café, mas ficou parada com ela pairando sobre a mesa, olhando para Hennessy, com as lágrimas presas nos cílios, as mãos trêmulas e a comida intocada.

Ronan olhou para Wendy com seu silêncio pesado, mas não era complexo o suficiente para oferecer uma desculpa para Hennessy.

— Querida, você está bem? — perguntou Wendy, tentando reconfortá-la.

Em meio a um soluço de lágrimas trêmulas, Hennessy conseguiu dizer:

— Estou grávida dele. Pode me trazer suco de laranja, por favor?

Wendy lançou a Ronan um olhar menos maternal antes de desaparecer.

Ronan balançou a cabeça, com admiração e descrença em partes iguais.

— Você é uma verdadeira idiota. Olha só pra você. Não consegue evitar. Você tá maluca. Você vai ser uma idiota até o seu leito de morte.

Hennessy riu trêmula e enfiou torradas na boca. Não estava sangrando. Ela dissera em voz alta e não estava sangrando. Não tinha outra tatuagem sufocando sua garganta. Ronan estava certo. Ela estava acordada. Ela estava acordada. Ela estava acordada.

Seu despertador tocou. Ela o reiniciou.

— Meu namorado viu algo assim — disse Ronan. — Não sei se é a mesma coisa que você está vendo. Mas ele é um sensitivo e descreveu algo semelhante a isso. Ele também ficou assustado pra caralho.

— Como ele chamou?

Ronan espetou seu terceiro quarto de waffle.

— Nada. Ele gritou. Como se estivesse morrendo. Quando eu perguntei, ele disse que era porque a coisa tinha visto ele. Parecia provavelmente a pior coisa que ele poderia imaginar.

— Acho que a gente deu *match* — disse Hennessy. Ainda estava tremendo, mas conseguiu beber um pouco de café. Wendy trouxe o suco de laranja, deu um tapinha reconfortante na mão dela e saiu novamente. — Gosto daquela bolsa velha. Ela é das boas.

— Como a coisa te machuca? A Renda?

Isso era mais difícil de descrever — não porque fosse mais assustador, mas porque não era um processo que seguia a lógica do mundo desperto. Era um processo que seguia a lógica dos sonhos, e a linguagem do mundo desperto não era adequada para descrevê-lo.

— Ela quer... quer sair. Quer que eu a *traga* para fora. Ela sabe que eu consigo. Então eu... luto contra, eu acho. Eu resisto. E eu sei que quando eu luto, a Renda vai me machucar. Diz que se eu não a deixar sair, ela vai me matar.

— Ela fala?

— Na verdade, não. É como... fala de sonhos? Eu deveria acreditar que é em voz alta, mas não é.

Ele assentiu. Ele entendia.

Ela me diz que matou a minha mãe e que vai me matar também.

Essa menção fez Ronan ficar bastante alerta de repente, vigilante. Ele disse:

— A coisa a matou?

— Ela deu um tiro na cara — disse Hennessy.
— Então está mentindo. Ou melhor, seu subconsciente está mentindo.

Hennessy exclamou de repente:
— O quê?

Ele olhou para cima, seu último quarto de waffle caindo do garfo.
— Pode ser real, ou pode ser seu subconsciente, como os meus horrores noturnos. — Ele parou por um instante, porém, franzindo a testa, como se algo em suas próprias palavras o tivesse intrigado.

Hennessy disse:
— Então o seu Bryde é o seu subconsciente?
— Bryde sabe de coisas que eu não poderia saber, como quando você estava se afogando — Ronan apontou. — O que a Renda sabe?

Hennessy pensou, e então respondeu:
— Ela conhece o seu namorado.

Essa flecha acertou perfeitamente no alvo.
— Bryde me falou para parar de fazer isso — disse Ronan. — Parar de perguntar se alguma coisa nos meus sonhos é real. Ele disse que para os sonhadores é sempre real, porque pertencemos a ambos os mundos. O desperto e o de sonho. Um não é mais verdadeiro do que o outro.
— Você acredita nisso? Quando você sonha que está pelado na frente da classe, isso é real?

Em vez de responder, Ronan acrescentou:
— Só que existe uma grande parte que não estou entendendo aqui. De onde as cópias vêm?
— Bem, eu tenho que trazer alguma coisa de volta — disse Hennessy. — E eu não posso trazer a Renda.

O celular de Ronan vibrou. Uma mensagem de OTÁRIO LYNCH. Ele o ignorou.
— Espera. Por que você simplesmente não traz nada de volta?

Ela não entendeu.
— Está me dizendo que você não sabe manter os sonhos na sua cabeça?

Hennessy ligou o celular com irritação.

— Por que você acha que eu venho ajustando um cronômetro pela última década? Você acha que eu simplesmente gosto?

— Antes da Renda — disse Ronan. — Você não trazia algo de volta toda vez que sonhava naquela época, com certeza. — Ele viu a resposta no rosto dela. — Que merda, cara. Quer dizer que você nunca foi capaz de evitar?

— Você está tirando sarro de mim?

— Impossível falar mais sério. Você não consegue manter seus sonhos na cabeça?

— Não conheci ninguém que conseguisse — disse Hennessy. — Eu tentei. As meninas são minha melhor solução. No sonho, só tem eu e a coisa, e eu não posso trazer a Renda, então eu trago a mim, a cópia, e quando eu acordo isso me deixa arrasada. E me dá essa marquinha clássica.

Ela apontou para a tatuagem no pescoço, tomando cuidado para não tocá-la; ainda estava sensível.

— E você nunca contou isso a ninguém antes — disse Ronan. — Todas as meninas pensam que são só as cópias que estão matando você. Elas não sabem que você está se impedindo de manifestar um demônio.

— Quando você coloca dessa forma...

Ronan soltou um longo suspiro.

— Porra, Bryde. O que você quer que eu faça aqui?

Ele pegou a carteira e contou algumas notas. Em seguida, jogou-as na ponta da mesa e esfregou a mão no rosto várias vezes.

— Agora você sabe por que eu disse que você não poderia me ajudar — falou Hennessy. Mas ele meio que já tinha ajudado. Tornou um pouco menos terrível finalmente dizer aquilo em voz alta.

— E eu não posso — disse Ronan. — Não sozinho. Como você se sente em relação a árvores?

60

Farooq-Lane finalmente encontrou Parsifal por causa dos cães.

A noite havia passado e a manhã havia passado e já era de tarde quando ela os viu. Eram apenas três vira-latas desalinhados de três tamanhos desalinhados dando toda a atenção para uma lixeira atrás de um pequeno centro comercial, e não havia razão para parar, mas ela pensou consigo mesma: *Não seria horrível se eles estivessem comendo o Parsifal?*

Não havia nenhuma razão para pensar que sim, mas era uma ideia tão horrível que ela parou ao lado da lata de lixo. Fez um barulho enorme quando saiu, batendo palmas e batendo os pés, o coração palpitando de forma desagradável. Por estar tão tensa, ela pensou que eles iriam avançar, mas eram só vira-latas comuns, não monstros, e fugiram imediatamente com o olhar culpado de cães domésticos pegos revirando o lixo.

E então ela viu Parsifal.

Ou melhor, viu as pernas dele saindo de trás da lixeira.

Ai, Deus.

Com esforço, ela se obrigou a dar um passo, depois outro, e depois outro, e entrou na sombra do centro comercial.

Ele não tinha sido devorado.

Era pior.

Farooq-Lane se perguntava com frequência se seu irmão pretendia matá-la também.

Estava claro que ele havia cronometrado o ataque em torno da visita dela a Chicago. De acordo com vários relatos de testemunhas oculares, a arma disparou no momento que seu táxi foi visto entrando na vizinhança. Difícil dizer se ele havia cronometrado corretamente para ela ser a primeira a encontrar as vítimas, ou se ele havia cronometrado incorretamente e queria que ela já estivesse dentro de casa quando ele disparasse.

Ela deu uma gorjeta ao motorista do táxi, tirou sua pequena e atraente mala de viagem e olhou para a casa de seus pais. Era uma imagem perfeita, digna de revista de arquitetura: de arenito marrom, grandes degraus, velhos arbustos e árvores plantadas na frente. O que as pessoas desejavam que a vida na cidade fosse, enquanto suspiravam e se amontoavam com colegas de quarto em apartamentos. Seus pais se mudariam para um bairro mais afastado no fim do ano, e a casa seria dela. Ela era a jovem profissional que queria uma vida na cidade, disseram, e agora poderia assumir os pagamentos da hipoteca.

Ia ser uma vida tão linda, ela pensou.

Farooq-Lane subiu a calçada, arrastou a mala por sete degraus e encontrou a porta aberta.

Ao fazer isso, teve três pensamentos claros.

Um: A gata ia fugir.

Dois: Havia uma tesoura aberta apoiada bem no tapete interno. Era o símbolo de Nathan, sua obsessão. Ele pendurava tesouras em sua própria cama quando criança, e também na de Farooq-Lane até que ela o tinha feito tirá-las. Ele as desenhava em seus cadernos e na parede atrás da cama. Ele colecionava tesouras velhas em caixas.

Três: Havia cérebro na mesa lateral.

Ela não se lembrava bem do dia depois disso. Tudo o que ela achava que se lembrava sempre acabava sendo algo que alguém lhe explicara depois.

— Parsifal — disse Farooq-Lane, e escorregou de joelhos ao lado dele.

Suas mãos pairaram sobre ele, tentando decidir o que fazer. Agora parecia tolice ter preparado uma sacolinha de comida para ele. Como se fosse resolver alguma coisa. Como se algum dia fosse resolver alguma coisa. Como se alguma coisa pudesse ser resolvida novamente.

— Procurei você a noite toda — disse ela. Farooq-Lane estava tremendo: porque estava fora do alcance do sol ali, ou de olhar para ele. Não suportava olhar para ele, mas não suportava não olhar.

A voz de Parsifal saiu muito fraca.

— Eu teria matado você.

— O que... o que eu posso fazer?

Ele disse:

— Você poderia consertar meus braços?

Ambos os braços estavam em ângulos estranhos, como se ele tivesse sido jogado ali e não conseguisse se endireitar. Com cuidado, Farooq-Lane colocou sua jovem mão esquerda rechonchuda sobre o peito, e então colocou a mão direita angulosa e comum por cima dela.

Ele tinha duas idades ao mesmo tempo, dividido mais ou menos ao meio. Seu lado direito era o Parsifal que ela tinha conhecido, um adolescente, a maior idade que ele alcançaria. E seu lado esquerdo era um Parsifal muito mais jovem, todo o lado direito torcido e deformado para combinar com o quanto ele era menor. Era impossível e, no entanto, estava lá.

Essa era a primeira indicação que ela via do que deveria ter sido a verdade dele antes de os Moderadores o encontrarem e o recrutarem. Como todos os Visionários, ele teria sido pego se transformando dentro de sua própria linha do tempo. De bebê para criança, para adolescente, até a idade que ele alcançaria na vida. Repetidamente ele trocava de uma idade para outra, trazendo consigo o som de todos aqueles anos vividos entre uma ponta e outra, matando todos que estivessem próximos o suficiente para ouvir. Até que os Moderadores mostrassem a ele como direcionar a transformação para dentro, criando visões melhores... e, finalmente, destruindo-o.

Ela nunca tinha visto isso.

Não achava que a aparência devesse ser aquela. Não parecia nem transformação nem que ele estivesse tendo uma última visão letal.

— Você consegue mudar de novo? — perguntou Farooq-Lane. — Você consegue voltar a seu estado jovem se eu for embora?

O peito desigual e torto de Parsifal subia e descia, subia e descia. Com esforço, ele disse:

— Eu parei. A visão. No meio do caminho. Essa vai ser a que vai me matar e eu...

Ele tinha feito aquilo a si mesmo?

Ele murmurou alguma coisa em alemão. Então engoliu e concluiu:

— ... eu preciso que você veja comigo a última visão quando eu a tiver, então não foi à toa.

— Ah, *Parsifal*.

Parsifal fechou os olhos. Era um pouco mais fácil olhar para ele dessa maneira. Ele tinha perdido os óculos em algum lugar e seus olhos já pareciam estranhos e nus sem eles, mesmo que não estivessem de dois tamanhos diferentes.

— A visão será importante para você.

— Para todos — disse Farooq-Lane.

— Para *você* — ele repetiu. — Alguém importante para você. Ah... você... está... você... está... você... — Suas pernas tiveram um espasmo.

Farooq-Lane lhe segurou a mão direita.

— Estou aqui.

Ele sussurrou:

— Eu não estou cansado de você.

Então ele começou a ter a visão.

61

Farooq-Lane já tinha visto o fim do mundo uma vez. Foi depois que os Moderadores rastrearam Nathan até a Irlanda, mas antes de organizarem o ataque à sua localização. Quando o Visionário da época a encontrou, Farooq-Lane estava sentada no velho bar do hotel, segurando uma caneca intocada de cerveja que um homem havia comprado para ela. Farooq-Lane não sabia que aparência tinha seu benfeitor. Ele havia perguntado se ela queria uma bebida, e ela olhou através dele sem responder. Em seguida, ele disse ao barman: *Arranje pra essa mulher uma bebida e um padre* e a deixou à própria sorte. Antes de entrarem no carro, porém, o Visionário tinha vindo até ela. Cormac era seu nome.

Ela iria matar Nathan. Pelo que ele tinha feito: matado um monte de gente. E pelo que ele poderia fazer: matar muito mais.

O hotel estava cheio naquela noite, ela pensou. A TV transmitia o canal esportivo, homens e mulheres assistiam e faziam barulho. Todos se moviam ao redor dela como planetas orbitando um sol extinto.

Eles iam matar Nathan.

Cormac a encontrou no bar e perguntou se ela queria saber por que estavam fazendo tudo aquilo.

Eu posso te mostrar, ele disse. *Mas você não vai mais conseguir esquecer*.

Cormac tinha sido o Visionário dos Moderadores por meses até então, e ele tinha bastante prática nisso. Se ele alguma vez já tinha sido um Visionário fora de controle, era difícil de imaginar. Era um homem de meia-idade, aparência tranquila, com pés de galinha confiáveis ao redor dos olhos escuros. Farooq-Lane não sabia então que era a maior idade a que ele poderia chegar.

É verdade?, ela havia perguntado.

A menos que a gente ponha um fim nisso.

Então ela deixou que ele mostrasse. A vida já era algo que ela não conseguia esquecer. Ela poderia muito bem *saber*.

Ele a puxou para um corredor lateral. O tapete era de lã verde velha desgastada e o papel de parede era marrom recortado e branco, desgastado até praticamente se tornar memória.

— Não tenha medo — disse ele. — Ainda não é real.

Ele colocou os braços ao redor dela. Ela podia sentir o cheiro de um xampu desconhecido, suor antigo e um pouco de cebola. Era um abraço com um estranho, o que sempre era peculiar porque braços desconhecidos, costelas e quadris não se encaixavam corretamente.

E então ela sentiu outra coisa. Algo... efêmero. Algo totalmente fora do corpo deles.

Estava chegando.

Seu corpo zumbia de estranheza.

Ela podia afirmar que estava chegando.

Talvez eu devesse mudar de ideia, ela pensou.

Mas não conseguia mudar de ideia.

Estava chegando.

Isso já...

Só teve tempo de se perguntar se já estava acontecendo e ela não estava percebendo, e então a visão a atingiu.

A visão de Parsifal a atingira da mesma forma naquele estacionamento atrás do shopping.

Era como se ela estivesse sendo dissolvida dos pés à cabeça. Seus dedos dos pés ficaram entorpecidos, depois, as pernas e, em seguida, o corpo. Não havia dor. Não havia sensação.

Não havia absolutamente nada.

A escuridão fria do estacionamento derreteu-se no brilho de uma tarde diferente. Farooq-Lane e Parsifal caminhavam na lateral de uma interestadual lotada de carros que pareciam se afunilar para entrar na fila do matadouro. Tudo tremeluzia com fumaça de escapamento. Ela poderia dizer pelos sinais que ficava nos Estados Unidos. Pelas árvores, provavelmente ficava a leste do Mississípi. Havia uma cidade à frente deles e os carros dos dois lados da interestadual seguiam na mesma direção: oposta.

Estava pegando fogo.

Tudo o que não era a interestadual estava pegando fogo. Uma cidade em chamas; o mundo em chamas.

Seu rosto ardia com o calor.

Nunca se apagaria, o fogo sussurrava. Ele devoraria tudo.

Devorar, devorar

O fogo estava cumprindo o prometido. Estava devorando tudo. Esse era um futuro distante. Essa parte da visão era sempre a mesma. Cada Visionário a vivenciava da mesma maneira.

A visão mudava. Essa parte da visão era o futuro próximo e era sempre diferente. Era a parte que os Moderadores perseguiam. Siga essa parte da visão para interromper o resto dela.

Essa parte da visão de Parsifal era fragmentada. Quebrada em pedaços. Em espasmos, gaguejos, chicoteando violentamente de imagem em imagem.

Uma velha casa destruída. A silhueta de uma pessoa em um cavalo empinado. Uma estranha e pontiaguda pilha de tijolos ou pedras em forma de chapéu. Uma escada. Corpos. Um pequeno buraco de fechadura deformado. Um caixão e, nele, uma boca entreaberta para o ar onde não havia nenhum.

Tudo estava morrendo, incluindo a visão.

Farooq-Lane se viu segurando a mão mole de Parsifal atrás de um pequeno centro comercial indistinto nos arredores de Washington, DC. Não havia nada horrível fora do corpo dele, exceto que ele tinha vomitado novamente. Mesmo assim, era possível dizer que tudo dentro de seu corpo tinha assumido o formato errado, como se ele tivesse sofrido um acidente de carro dentro de si. Havia desfiladeiros em sua forma onde não deveria haver desfiladeiros. Parecia bastante provável que fosse parte do que ele vomitara. Ele estava muito morto.

Não, ele não estava. Ainda não.

— Depressa — resmungou Parsifal.

Então ele morreu.

62

Declan não conseguia acreditar que Ronan o havia deixado na mão outra vez. Seu BMW estava estacionado em frente à casa quando Jordan o deixara (não adiantava fingir que ela não sabia onde ele morava agora), mas, quando Declan se levantou algumas horas depois, o carro havia sumido. Declan mandou uma mensagem para ele: *Você vai me largar aqui para lidar com o Matthew hoje?*, e Ronan respondeu apenas com *O papai aqui está trabalhando, querido.*

Declan poderia ter enfiado o punho na parede.

Não sabia o que havia acontecido com ele.

Parecia que sair com Jordan na noite anterior deveria ter servido para extravasar e para facilitar a entrada em outra década de hibernação tediosa, mas teve o efeito oposto.

Ele preparou um café da manhã de fim de semana para Matthew, linguiças do freezer, ovos, torradas gordurosas do pão local orgânico que o pessoal do mercado de produtores mandara para o gabinete do senador. Matthew estava sentado em silêncio no balcão da cozinha, sem se mexer, sem chutar as pernas, sem rir, sem cantarolar, sem fazer absolutamente nada irritante. Desde que ele tinha ido morar com Declan, Declan sempre havia desejado que Matthew ficasse mais quieto — mastigasse menos com a boca aberta, tagarelasse menos, lesse menos piadas em sites, derrubasse e virasse menos coisa com um *oops, ha, ha*, subisse e descesse as escadas com menos estardalhaço, como se tivesse sete anos em vez de dezessete.

Mas, agora que ele estava quieto, Declan odiava.

Declan veio se sentar ao lado de Matthew.

— Você está com raiva?

Matthew brincava com a comida no prato.

— Você está triste?

Matthew alinhou as linguiças e separou-as com pedaços de ovo.

— Não posso te ajudar se você não falar.

Matthew estudou seu café da manhã como se a comida pudesse fugir se ele não o fizesse.

— Esta é a pior coisa que você já fez para mim.

Era uma maneira interessante de definir, mas não estava errado. Eram escolhas exercidas sobre a criatura que era Matthew Lynch. Ronan tinha imposto uma existência a ele. Declan é que decidira por ele como seria mais fácil suportar, sabendo muito bem que seria desastroso se a verdade viesse à tona. Sim, eles tinham feito isso com Matthew. Sim, Declan aceitava a culpa.

Declan afastou os cachos de seu irmão mais novo da testa. Esse era um movimento que ele sempre fizera com tanta frequência — desde que Matthew era apenas um bebê — que, às vezes, Declan sonhava com ele. Seus dedos haviam memorizado a textura dos cachos densos, a testa redonda, o calor suave.

— Eu tenho alma? — perguntou Matthew.

— Não sei.

— Eu tenho poderes mágicos?

— Acho que não.

— Eu sou invencível?

— Eu não testaria a sorte.

— *Você* foi sonhado?

Declan negou com a cabeça. Não, ele era humano em uma família que não era.

— Isso significa que, se o Ronan morrer, eu vou dormir como as vacas do papai e a mamãe?

Era uma pergunta retórica. Houve silêncio por vários minutos. Declan ouviu os vizinhos falando ao telefone na casa geminada à sua. Eram gritadores benevolentes. Queriam cancelar os pacotes premium de canais, disseram ao telefone, porque simplesmente não ficavam em casa o suficiente para justificá-los. Isso não era verdade. Eles estavam em casa o tempo todo.

Declan fez o seu melhor para confortar o irmão.

— Matthew, todo mundo morre. Todos nós temos que lidar com isso. Todo mundo sabe que é fatal cair de um penhasco, comer veneno ou entrar na frente de um ônibus. O único perigo que você precisa acrescentar é a possibilidade de alguma coisa acontecer com o Ronan. Nada realmente precisa mudar. Agora você só sabe que o papai comprou um número de seguro social pra você no mercado clandestino.

— Ele fez o *quê*?

Declan continuou:

— E agora podemos abrir o jogo com você sobre por que você nunca fez um check-up médico de verdade ou algo assim.

— Espere, o quê?

Declan se arrependeu de ter dito qualquer coisa.

— Pra evitar que descubram, caso você não tenha órgãos internos.

Matthew fez um barulho estrangulado. Ele baixou a cabeça entre as mãos. Declan não sabia o que era pior — ser pego na mentira ou não saber se valia a pena ter mentido o tempo todo. Teria sido mais fácil para Matthew crescer sabendo que ele não era de verdade? Que ele era uma parte da imaginação de Ronan, algo tão absolutamente dependente, que, se Ronan morresse, ele não poderia continuar vivo? Que sua existência era tão subserviente que, quando uma fonte de energia externa invisível oscilava, ele começava a diminuir a atividade como uma máquina que ia ficando sem combustível? Declan achou que ele estava lhe dando o presente da realidade. De acreditar que ele era verdadeiro, inteiro, tão digno de amor quanto alguém que viera ao mundo por meios mais comuns. Não uma coisa. Não uma criatura. Um humano.

Em voz muito baixa, Matthew disse:

— Eu sou o irmão falso.

— O quê? — perguntou Declan, o verdadeiro irmão falso.

— Vocês dois são Lynch de verdade. Você e o Ronan. Irmãos de verdade. Eu sou só de mentira. Eu só...

Isso era horrível.

— Matthew — Declan interrompeu. — Isso não é verdade.

A boca de Matthew estava enrugada.

Isso era *horrível*. Declan podia sentir o horror crescendo dentro dele, combinando com aquele desejo de enfiar o punho na parede, combinado com o puro e simples *desejo* por Jordan Hennessy e tudo o que ela representava, e ele pensou em mergulhar fundo no oceano turquesa da *Dama sombria* e desaparecer e tudo o que isso significava.

E suas defesas se romperam. Suas defesas se romperam pela segunda vez naquele ano, depois de ser bom, tedioso e invisível por tanto tempo. Suas defesas tinham se rompido pela primeira vez discando aquele número de telefone e pedindo a chave da coleção de Colin Greenmantle. Suas defesas se romperam naquela manhã de sábado, quando ele perguntou:

— Então você acha que Ronan e eu somos verdadeiros irmãos Lynch?

— Não seja idiota — disse Matthew. — Claro que vocês são.

A pulsação de Declan acelerava pouco a pouco.

— Tem certeza disso?

— Vocês *são*.

— Pegue *A dama sombria* — disse Declan. — Do armário. Esse aí mais na frente.

Matthew lançou a Declan um olhar perplexo, mas Declan poderia dizer que o quebra-cabeça o tinha sacudido de seu estupor. Ele deslizou para fora do banquinho e abriu o armário da cozinha. Dentro dele estavam as duas *Damas Sombrias*: a original que Declan tinha guardado ali na noite anterior, depois de voltar com Jordan e, atrás, a cópia que ela, de alguma forma, tinha conseguido colocar lá sem que ninguém visse.

— O que é isso?! — disse Matthew, com um pouco do seu velho tom brincalhão.

— Pegue a da frente — disse Declan. — Coloque-a na mesa da sala de jantar.

Ele se juntou ao irmão na mesa, afastando uma pilha de contas e jornais para que houvesse espaço.

— Virada para baixo — disse Declan.

Os dois olharam para o papel pardo de revestimento, as minúsculas palavras impressas: *Mór Ó Corra*.

Matthew esperou que Declan explicasse. Em vez disso, Declan colocou um estilete na mão de Matthew.

— Corte o papel — instruiu.

Ele cruzou os braços com força sobre o peito enquanto seu irmão mais novo se inclinava sobre a pintura e começava a cortar com precisão cirúrgica. Seu rosto, profundamente concentrado. O papel chiou e estalou ao cair.

Declan percebeu que tinha fechado os olhos.

Ele os abriu.

— O que é isso? — perguntou Matthew novamente.

Havia um cartão quadrado escuro enfiado entre a tela e a estrutura de madeira. Bordas arredondadas duráveis, com a impressão da imagem de uma mulher com uma cruz pintada no rosto. Matthew pegou o cartão e o virou. No verso havia um número de telefone da Irlanda e, na caligrafia de Niall, *O Novo Fenian*.

— Essa pintura não é da Aurora — disse Declan. — É de Mór Ó Corra, e ela é minha mãe.

63

*D*epressa, dissera Parsifal. *Depressa.* Não havia pressa quando se tratava de reunir pistas fragmentadas de uma visão agonizante. Não havia pressa quando se tratava de atravessar Washington, DC. Não havia pressa quando tudo em que você conseguia pensar era um corpo destruído atrás de uma lata de lixo. Não havia pressa quando você não sabia para *o que* estava com pressa.

Farooq-Lane sentiu como se estivesse fitando o mesmo bairro por horas. Todos eles tinham a mesma atmosfera. Gramados desmazelados, construções cansadas unidas pelos terraços, carros nos quarteirões, calçadas movimentadas, asfalto cheio de bolhas.

Nenhuma delas era a casa que Parsifal havia mostrado em sua última visão. O problema com a visão era que parecia um sonho — cheio de verdades emocionais em vez de verdades reais. Transmitia a *sensação* provocada por um edifício e não a aparência dele.

Era difícil se concentrar em qualquer coisa com o corpo de Parsifal em seu porta-malas, embrulhado carinhosamente no tapete daquela Zed.

Era o Fim do Mundo, com *F* maiúsculo e *M* maiúsculo, ela sabia. Ela sabia que precisava se concentrar. Tinha acabado de *ver* por que precisava se concentrar. Mas o mundo de Parsifal havia acabado, *m* minúsculo, *f* minúsculo, e a sensação era muito ruim, e era difícil manter as coisas em perspectiva.

Alguém estava batendo em sua janela traseira e ela percebeu que tinha deixado o carro parar no meio da rua, enquanto olhava para as casas. Era um velho desdentado com uma bengala. Ele parecia querer uma conversa. Estava repetindo *moça bonita, moça bonita.*

— Está perdida, moça bonita? — perguntou o velho. Ele bateu a bengala contra a lateral do carro alugado. *Tap tap tap.*

Estou, pensou Farooq-Lane. *Totalmente.*

Tap tap tap. De repente, ela percebeu que a ponta da bengala que ele usava para bater na janela tinha uma forma muito familiar: uma pessoa em um cavalo empinado. Outra parte da visão de Parsifal.

Ela baixou a janela e ergueu o desenho que havia feito do formato de chapéu pontudo que aparecera na visão.

— O senhor sabe o que é isso?

Ele se aproximou. Ele cheirava incrivelmente mal.

— Isso é Fairmount Heights, lá. É aquele antigo memorial da Segunda Guerra Mundial. — Ele disse *anchigo memoiau da xegunda guea mundiau,* mas ela entendeu.

— Fica perto daqui? — perguntou ela.

— Seguindo para o sul, moça bonita — disse ele (*xeguin po xu, moxa bunia*).

Ela não tinha dinheiro, então deu a ele sua bebida à base de café ainda fechada e ele pareceu satisfeito. Programando o caminho para o memorial no seu GPS, ela descobriu que ficava a poucos minutos de distância. Não parecia que estava indo rápido o suficiente, mas estava fazendo o melhor que podia.

O memorial era exatamente como apareceu na visão: um monumento de pedra com o formato de um chapéu de bruxa. Enquanto ela dirigia pelo memorial em círculos concêntricos cada vez maiores, sua adrenalina começou a explodir. Estava pensando em por que estava com pressa. As visões a levavam para outros sonhadores. Às vezes, para outros Visionários. De uma forma ou de outra, poderia ser uma situação perigosa, e ela nunca tinha uma imagem muito completa de para onde estava indo. Pelo menos, antes podia perguntar a Parsifal se eles estavam se encaminhando para o perigo. Agora ela não estava perguntando nada.

Por um momento fugaz, Farooq-Lane pensou ter ouvido ópera. Baixinho, como se viesse de fora do carro ou como se o rádio estivesse quase no mínimo. Mas antes que pudesse estender a mão para abrir uma janela ou aumentar o volume da música, de repente, notou a velha casa da visão. Como as outras casas do bairro, era uma construção decrépita que provavelmente tinha sido muito charmosa décadas atrás. Havia uma pia no gramado malcuidado da frente. A calçada era mais quebrada do que inteira. Era um ótimo lugar para se esconder.

À porta, ela bateu. *Depressa*. Ela tentou girar a maçaneta. Cedeu.

Ela entrou. Cheirava melhor do que ela esperava. O sol estava forte lá fora, mas pouca luz penetrava na casa. Havia um cheiro de umidade velha no andar de baixo, mas o impressionante era que ela sentia o aroma de flores frescas e verão. As luzes estavam apagadas. Não. Não havia luzes funcionando. Vidro fino da lâmpada se estilhaçara sob as botas de Farooq-Lane.

Diante dela havia escadas que conduziam à penumbra ameaçadora do andar de cima. As escadas da visão.

Ela subiu.

No topo, descobriu os corpos de duas mulheres idosas e um bilhete. O bilhete dizia *Eu estava aqui até ficar com medo. Ela tá lá embaixo.* As idosas tinham sangue nos ouvidos e na boca. Seus olhos haviam implodido.

Portanto, não era um Zed que morava ali.

Era um Visionário. A última visão de Parsifal a havia levado para seu substituto.

Ela não sabia como se sentia sobre isso.

Depressa.

Farooq-Lane verificou todos os cômodos do andar de baixo em busca de indícios de um Visionário. Cautelosamente no início, porque não estava ansiosa para ter o mesmo destino das idosas na escada, e então com mais coragem, porque todos os cômodos em que ela entrava estavam vazios.

Talvez tenha sido como na vez em que tinham seguido a visão de Parsifal até o beco sem saída, em busca do BMW cinza. Talvez ela tivesse chegado tarde demais. Talvez ela não tivesse tido pressa o suficiente.

No entanto, quando estava se preparando para desistir e voltar para o carro, sua atenção foi atraída para uma pequena porta na escada que ela não havia notado ao entrar. Tinha um buraco de fechadura. Deformado. Outra parte da visão de Parsifal.

Ao puxar a porta, ela viu que levava a uma espécie de porão.

Acendeu a lanterna do celular e desceu os poucos degraus. Então, se curvando, ela espiou. A última parte da visão de Parsifal era um caixão, que ela não achava que pudesse encontrar em um lugar como aquele. E estava certa. Não foi um caixão que encontrou, mas um freezer. Com sacos de cascalho empilhados sobre ele para garantir que a tampa ficasse fechada. Para garantir que ninguém saísse de dentro.

Não era um caixão, mas era quase isso.

Trabalhando rápido, ela empurrou e chutou os sacos de cascalho para o chão, que formaram uma nuvem de poeira ao cair. A lanterna do celular, agora no chão, iluminava as partículas no ar. Ela não conseguia enxergar direito.

Por fim, Farooq-Lane abriu a tampa.

Ouviu um suspiro convulsivo vindo do interior escuro.

— Vai acontecer logo? — Farooq-Lane perguntou ao ocupante misterioso.

Vários outros longos suspiros em busca de ar, e então:

— Não, não logo.

— Eu não estou em perigo?

— Agora não. Não tenha medo. — Essa Visionária instantes atrás estava se asfixiando dentro de um freezer e agora *ela* estava tranquilizando Farooq-Lane. Uma mão mole se esticou para fora e se apoiou na borda do freezer. A pele era muito pálida e enrugada, tão completamente oposta ao que Farooq-Lane esperava, que ela estremeceu um pouco. Farooq-Lane pegou o celular e direcionou a luz para o interior do freezer. Lá dentro, uma velha de cabelos compridos, brancos como a neve, protegia os olhos com a outra mão.

Farooq-Lane nunca tinha visto uma Visionária tão velha.

— Qual o seu nome? — perguntou.

— Liliana.

64

— Eu tinha outras intenções para nosso próximo en... passeio — disse Declan, e Jordan o ouviu refletir cautelosamente sobre a palavra *encontro* antes de decidir que não era segura.

— É mesmo? — perguntou Jordan. — Parece normal nessas circunstâncias, se você quer saber a minha opinião, velho amigo.

Eles estavam no carro dela outra vez, sem que tivesse havido nenhuma discussão em particular. Ela preferia dirigir a ir de carona, e ele parecia mais feliz por poder olhar pela janela e pelo espelho retrovisor de maneira paranoica nos intervalos entre checar caminhos e mensagens no celular. Ele parecia mais bonito do que ela se lembrava, com seus dentes perfeitamente alinhados, seus cachos escuros e um belo suéter que Hennessy odiaria. Fácil imaginar como seria pintá-lo novamente, emoldurado como ele estava na janela, as cores do outono ricas e profundas naquele dia nublado. Fácil imaginar como seria tocá-lo novamente.

— Você parece um cachorro — disse Jordan.

Ele digitava sem parar no celular. Declan tinha um jeito peculiar de escrever mensagens — usava o polegar de uma das mãos e o indicador da outra. Estranho. Encantador. Sem erguer os olhos do aparelho, ele murmurou:

— Muito obrigado. À direita no próximo semáforo.

— Eles ficam diferentes quando você os conhece — continuou Jordan. — Sabe quando você vê um cachorro na rua e é apenas um vira-lata perdido, e quando você vê um cachorro na rua e é um que você já viu antes?

— Não encontro muitos cachorros na rua.

— Estou dizendo que você faz um esforço para se vestir bem — disse ela, e ele riu sua risada incrédula novamente, a cabeça se virando para escondê-la.

Eles iam ver Boudicca.

— Estou procurando minha mãe biológica — dissera Declan, quando ligou para ela. — Mas as pessoas com quem preciso falar não falarão comigo a menos que eu traga uma mulher.

E Jordan soube imediatamente que ele estava falando sobre Boudicca.

Boudicca. Jordan não sabia se a palavra em si soava como uma ameaça ou se ela só pensava que soava assim porque sabia o que significava. *Bu-di-ca.* A primeira vez que tinham abordado Jordan fora em um Mercado das Fadas em Londres. A mulher tinha uma aparência tão mundana quanto se poderia imaginar: cabelos castanho-claros alisados, delineador nos olhos, blusa, blazer. Em busca de fazer parcerias com mulheres talentosas como você, ela dissera, como se estivesse convencendo candidatas em uma feira de empregos. Benefícios para ambas as partes. Investimento vitalício. Cuidar dos negócios para permitir que suas energias criativas sejam direcionadas. Jordan aceitou o cartão, um pequeno quadrado durável com o logotipo de uma mulher com uma cruz no rosto, mas não tinha realmente entendido o que estava sendo oferecido.

No Mercado das Fadas seguinte, Jordan viu um negócio fracassar fragorosamente. Ela não viu os detalhes, mas ouviu o homem enganando a mulher com o preço de suas tinturas. Ela viu impaciência na conversa sussurrada, as ameaças que ele fez para impedir a mulher de criar caso sobre isso. Mais tarde, ela viu o homem sendo espancado por três mulheres no estacionamento enquanto outros vendedores passavam sem nem virar a cabeça para olhar. Elas cortaram uma cruz na roupa dele que combinava com a cruz da mulher no cartão. Jordan começou a entender.

No Mercado seguinte, Jordan viu outra mulher discutindo com a mulher de blazer de seu primeiro encontro. A mulher de blazer dizia que estava na hora de pagar o que era devido; ela sabia que era uma troca justa. A mulher disse que não aceitaria. Mais tarde, quando Jordan e as meninas tinham guardado suas coisas, Hennessy disse ter visto a mulher que havia discutido pendurada no elevador, quase morta, com uma cruz marcada no rosto.

Jordan entendeu um pouco mais.

Boudicca oferecia proteção, ao que parecia; oportunidade, talvez, mas Jordan já estava presa a um grupo de mulheres. Não se sentia tentada a se prender a outro. Ela nunca teria ligado para o número no verso do cartão.

Mas estava disposta a ir com Declan Lynch para ver o que houvesse para ser visto lá.

— Você sabe no que está se metendo? — perguntou Jordan, depois de encontrar uma vaga para estacionar nas ruas congestionadas. Na verdade, estavam a uma curta distância de onde haviam passado a noite anterior; poderiam ter caminhado até lá sem grandes problemas. Boudicca havia providenciado que o encontro acontecesse nos jardins de Dumbarton Oaks, nos arredores de Georgetown. Jordan já tinha vindo a Dumbarton Oaks, muitas vezes, mais frequentemente ao museu do que ao parque, e ela notou que entendia a escolha das mulheres. O jardim era um lugar reservado, mas também um lugar onde a violência extrema seria notada. Era civilizado para ambas as partes.

Declan disse:

— De forma alguma. Tudo o que disseram quando eu liguei para o número foi: "Quem?"

— O que você disse?

— Eu não sabia o que dizer. Só disse "o novo Fenian". Era o que estava escrito no cartão. Então perguntaram "onde" e eu respondi Washington. Elas me mandaram retornar a ligação em dez minutos; eu liguei, e aí me disseram Dumbarton Oaks. Eu não imaginava que isso aconteceria tão rápido. Não no mesmo dia. — Ele não parecia satisfeito com isso e Jordan entendia; a situação também a deixaria um pouco nervosa. As pessoas não gostavam de ser desejadas *demais*. Quando viraram para atravessar os portões do parque, ele disse:

— Então, já que estamos de acordo, este é meu entendimento: Boudicca é a máfia, certo? Elas pagam em troca de proteção?

— Acho que sim — disse Jordan. — Pode haver um pouco de marketing também. Acesso à clientela e tudo mais.

— Você não fica tentada?

— Nem aqui nem na China — disse Jordan enquanto a atendente acenava para que continuassem; ele a reconheceu.

— Eu ia ligar para você de qualquer maneira — disse Declan. — Não para isso.

Ela sorriu.

— Sindicato do crime hoje, talvez sair para jantar um filé amanhã.

Declan franziu a testa, completamente sério.

— Se brincar, nem filé.

Então foi a vez dela de rir escandalosamente.

Deveriam encontrar o contato de Boudicca no terraço da fonte, então foram até lá. Os arredores eram impressionantes naquela época do ano: os gramados ainda eram vívidos, verdes e exuberantes, mas as árvores pareciam melancólicas em tons de marrom e vermelho do outono. Os ventos e as chuvas não tinham sido fortes o suficiente ali para as desnudarem de suas folhas. Tudo cheirava bem — a umidade fazia exalar o cheiro das folhas de carvalho, um aroma que não podia deixar de ser nostálgico. Os jardins eram impecáveis, ela pensou, assim como Declan Lynch entre a vegetação, em seu bom suéter e boa camisa de colarinho, em seus bons sapatos e com seu bom relógio. Ele era muito bom em ser um companheiro silencioso e, por dez ou vinte passos, Jordan se permitiu imaginar que era um encontro comum, um passeio comum, duas pessoas caminhando juntas, em vez de duas pessoas atendendo estranhas demandas de um poderoso grupo secreto.

— Vá em frente, conte — disse ela, por fim, enquanto avançavam pelo adormecido jardim de rosas.

— Contar o quê?

— Eu sei que você deve ter uma história sobre este lugar e que você está morrendo de vontade de contá-la.

Ele deu um risinho.

— Não sei muito sobre esse parque.

— Mentiroso.

— É o que me dizem. — Mas, depois de um momento, ele continuou: — Tudo isso foi criado pelos Bliss. Que nome. Os Bliss. Mildred e Robert. Um casal notável por muitas coisas, incluindo conseguir fazer a ambiciosa progressão de meios-irmãos para cônjuges.

— Que escândalo! Quantos anos eles tinham quando se conheceram? Você sabe? É claro que sabe.

— Adolescentes, eu acho, eu... — Declan se interrompeu.

Já havia uma pessoa na fonte quando desceram as escadas para o terraço, alguém vestindo um paletó escuro e calça escura, uma bolsa cinza quadrada ao lado dos sapatos. Jordan virou o pulso de Declan o suficiente para olhar o relógio. A hora estava certa, mas não achou que pudesse ser o contato que estavam esperando — era um homem.

O homem se virou, e Declan e Jordan pararam onde estavam.

Era Ronan Lynch.

Mas então ele deu um passo em direção a eles e Jordan viu que não era Ronan. A maneira como ele se portava estava totalmente errada; a maneira como usava o rosto estava totalmente errada. Seu cabelo era encaracolado como o de Declan, mas mais longo, na altura do queixo. Este homem parecia um irmão, talvez, mais irmão de Ronan do que de Declan.

— Olhe para você, Declan — o homem disse para ele, e seu rosto demonstrava encanto. — Olhe para você. Que belo rapaz. Estou impressionado. Declan em pessoa, todo crescido.

Declan se manteve para trás.

Toda a beleza que Jordan tinha visto nele havia desaparecido, simples assim, e, de repente, ele se tornou o Declan insípido e invisível que ela vira pela primeira vez. *Jovem em terraço*, nome desconhecido.

— Sempre o mais esperto — disse o homem. Tinha um pouco de sotaque irlandês, principalmente nos Rs. — Lento para confiar. Está tudo bem. Não vou te pedir confiança. Posso me parecer com seu pai, mas não ofereço coisas que não posso dar.

Jordan olhou de Declan para o homem. *Pai?*

— Quem é você? — perguntou ela.

O homem estendeu a mão, parecendo aliviado por ela ter falado com ele. Ele era volúvel, nervoso, instável de uma maneira que Ronan não era. Parecia difícil, agora que ele estava se movendo, entender como ela o havia confundido com Ronan.

— O novo Fenian é como me chamam, e me parece um nome bom o suficiente.

— Hennessy.

Ele apertou a mão de Jordan, mas ainda estava olhando para Declan, sua expressão complicada. Desejosa. Orgulhosa.

— Inteligente da sua parte ser cautelosa. Isso não é nada que você queira.

— O que é *isso*? — perguntou Jordan. — Do que estamos falando?

— É uma caixa onde você entra, mas de onde não sai. É uma caixa maior do que você está pensando. É mais forte. Você veio aqui pensando que fosse a máfia, não foi? Talvez seja uma seita. Você está pensando que talvez seja um bando de mulheres da pesada e você pode querer participar porque as coisas estão ficando turbulentas para o seu lado. Eu te juro: lá dentro as coisas vão ser ainda mais turbulentas. — Para Declan, ele disse: — E você não quer que descubram sobre Ronan, gatão.

Declan estremeceu visivelmente.

O homem notou e pareceu arrependido.

— Desculpe, menino. Eu sei que não sou um pai para vocês, mas vocês têm que saber que, para mim, vocês são meus filhos. Eu me lembro de você quando você era dessa altura.

Declan finalmente disse:

— Você é uma cópia.

Era uma coisa perturbadora de se ouvir. Jordan tinha se acostumado com a ideia de ser um *eu* para Declan em vez de um *nós*. Ele não sabia que ela era qualquer coisa além de Jordan Hennessy, singular, e ela gostava disso muito mais do que lhe era permitido.

Tratava-se de um lembrete de que ele era irmão de um sonhador, filho de um sonhador, e sabia de que mistérios eles eram capazes.

Jordan esperava que o homem não gostasse de ser chamado assim, mas ele apenas riu um pouco.

— Talvez o meu rosto, mas já se passaram quase duas décadas. Eu tenho histórias diferentes das de Niall Lynch, mas esta cabeça ainda te ama como se você fosse meu. Ela tem observado quando pode. E você não pode se envolver nisso; será o seu fim. Eles vão usá-lo até que você não o reconheça.

Declan engoliu em seco. Estava tão atordoado quanto ela durante seus episódios, mas Jordan não tinha esquecido sua tarefa.

— Mas não estamos aqui para isso, amigo.

Declan lançou a ela um olhar agradecido e então disse:

— Eu não esperava que o número me trouxesse até você. Estou aqui por causa da Mór Ó Corra, sabe?

— Esse é um nome que você definitivamente não quer sair por aí sussurrando — disse o homem.

— Ela está na Boudicca?

Ele inclinou a cabeça para o lado.

— Mas esqueça isso, esqueça Boudicca. Finja que nunca me encontrou. Vou dizer a elas que você não apareceu. Elas vão deixar por isso mesmo. Mór vai se certificar disso.

— É tudo muito enigmático — disse Jordan.

— E tem que ser. Por favor, vá. Isso partiria meu coração e hoje em dia não há mais muita coisa que parta.

Declan disse, em seu tom mais tedioso:

— Só que eu não devo nada a você. Não devo nada a ele e menos ainda a você. Se eu quisesse falar com ela, o que eu faria a seguir?

— Pergunte a outra pessoa, garoto, porque não sou eu que vou te matar.

— Ela não quer me ver?

Isso fez Jordan desviar o olhar, para sua própria surpresa. Parecia um pouco pessoal demais, como se ela quisesse dar a ele a privacidade do momento.

— Eu não responderia por ela — disse o homem. — É o que ela merece. Isso é tudo o que posso dizer.

Os olhos de Declan estreitaram-se tanto quanto um fio de cabelo e então ele assentiu de leve e não pressionou mais.

— Veja só, ele sabe — disse o homem, claramente aliviado. — Há uma pessoa aqui que sabe como se manter vivo. Não posso confiar em Ronan para salvar a si mesmo. Ele lança o próprio coração e então sai correndo atrás.

Jordan conhecia alguém assim.

— É isso, então — disse Declan.

O homem hesitou, então estendeu a mão para Declan.

— Posso... Não sei se vou ver você assim de novo.

Declan não recuou, então o homem deu um passo à frente e colocou os braços em volta do pescoço do rapaz. Ele o abraçou, o abraço simples e completo de um pai a um filho, a mão na nuca, a bochecha apoiada atrás da cabeça.

Declan ficou rígido como um aluno do ensino fundamental ao ser abraçado por um pai na frente da escola, mas Jordan viu suas narinas dilatarem e seus olhos ficarem terrivelmente brilhantes. Ele piscou, piscou, piscou, e então assumiu sua expressão usual sem graça no momento em que o homem deu um passo para trás.

— Estou orgulhoso de você — disse ele a Declan.

Seu destemido Declan, Jordan pensou.

— Obrigado por vir nos encontrar — disse Jordan, porque parecia que alguém deveria dizer isso.

O homem se inclinou e pegou sua bolsa.

— Continue vivo.

65

Fazia tanto tempo que Hennessy não sonhava com algo diferente da Renda que ela havia se esquecido de como poderia ser.
Lindenmere era um sonho.
Era muito distante do café onde ela havia encontrado Ronan naquela manhã, tanto física quanto espiritualmente. Uma viagem de duas horas os levara à base das Montanhas Blue Ridge, e então Ronan havia se orientado por estradas cada vez menores até uma estrada corta-fogo não pavimentada, e então ele disse a ela que eles teriam de caminhar.
Eles caminharam.
Nenhum dos dois tinha o tipo de quem fazia trilha — Hennessy em seu couro e renda, e Ronan em seus coturnos pretos e o corvo desgrenhado no ombro. O absurdo daquilo era reconfortante, pensou Hennessy.
Porque ela estava ficando com medo de novo.
Lindenmere é um espaço de sonho, Ronan lhe dissera no carro. *Portanto, controle seus pensamentos lá dentro.*
Controle nunca tinha sido o ponto forte de Hennessy.
Ela verificou o cronômetro no celular. Tinha acabado de redefini-lo. As chances de escorregar e desmaiar enquanto caminhava eram baixas, mas ela não suportava viver sem o conforto da contagem regressiva que a acordaria antes do sonho.
Ronan mandou uma mensagem para alguém enquanto caminhavam. Hennessy viu apenas que o contato estava rotulado como GERÊNCIA.

— Quem é esse?

— Adam — respondeu Ronan. — Estou dizendo a ele que vou entrar. Assim ele vai saber onde me encontrar se os dias passarem.

Dias?

— Chegamos — disse Ronan.

Ela não achava que seria capaz de saber se tinham chegado ou não, mas sabia. Na parte alta das montanhas, as árvores comuns eram mais finas, mais inclinadas; elas lutavam para se firmar entre o granito e lutavam pelo sol, mas as árvores sobrenaturais de Lindenmere obedeciam a regras diferentes. Eram largas e altas, vigilantes e adoráveis, não afetadas pela escassez de recursos no topo da montanha. Musgos verdes e líquenes revestiam suas porções setentrionais, com pequenas flores de musgo estremecendo na ponta de delicados caules.

E o céu estava diferente. Tinha ficado cinza. Não o cinza opaco das nuvens no céu fechado de outono, mas um turbulento cinza derretido que na realidade era azul e roxo e ardósia, tudo se transformando e se movendo e girando como as ondulações de uma cobra. Não tinha olhos, nem batimentos cardíacos, nem corpo; mesmo assim tinha-se a sensação de que o próprio céu pudesse sentir, mesmo que não os notasse abaixo dele.

— Espere — disse Hennessy. — Eu mudei de ideia.

Ronan se virou e olhou para ela.

— Lindenmere não vai te machucar a menos que você queira. Não quando você está comigo. Ela apenas se protege ou manifesta o que você pede.

— Mas... — disse Hennessy. *Eu não confio em mim.*

Ela estava tentando não tremer de novo. Por uma década, ela havia se controlado e agora era um fracasso.

Não conseguia suportar a ideia de ter que ver a Renda novamente tão cedo.

Ronan a observou.

Em seguida, ele colocou as mãos em concha ao redor da boca e chamou:

— *Opala!* — Ele fez uma pausa, ouvindo. — Cadê você, seu verme?

Hennessy perguntou:

— O que é Opala?

Uma ave invisível soltou um crocitar alarmado de algum lugar acima. Hennessy se virou a tempo de ver algo escuro se mover entre as árvores, ou melhor, de experimentar a *sensação* de que acabara de ver algo escuro.

— Eu te disse, mantenha seus pensamentos firmes — Ronan insistiu com Hennessy. — Lindenmere vai te dar o que acha que você quer.

— Eles são firmes como a porra de uma rocha. — Eles não eram firmes como a porra de uma rocha.

— Motosserra, vá procurar Opala — Ronan disse ao corvo. — Ela precisa da Opala.

Hennessy não conhecia cem por cento da linguagem corporal das aves, mas achava que o corvo, mesmo assim, conseguia parecer contrariado. Motosserra abaixou a cabeça e começou a pisar no ombro de Ronan alternando uma pata de cada vez, as penas do pescoço todas arrepiadas.

Ronan remexeu no bolso da jaqueta e tirou um pacote de biscoitos de manteiga de amendoim. Ele desembrulhou um e o corvo ficou subitamente atento.

— *Cream Cracker* — falou Ronan.

— *Krek* — respondeu ela.

— *Cream Cracker* — ele repetiu.

— *Krek*.

— *Cracker*.

— *Kreker*.

Ele lhe deu um biscoito.

— O outro só se você achar a Opala.

O corvo alçou voo, suas asas audíveis ao baterem no ar. Hennessy assistia a tudo com certo espanto. Ela e Ronan haviam ficado deslocados durante a caminhada, sim, mas ele não estava deslocado naquele lugar. Ele pertencia àquela estranha floresta exuberante com seu estranho pássaro escuro.

— Você sonhou este lugar — disse Hennessy.

— Mais ou menos.

— Mais ou menos?

— Tive um sonho, e depois dele Lindenmere estava aqui — disse Ronan. — Mas acho que posso ter apenas sonhado com um lugar que existia em outro local e então meu sonho foi apenas a porta para ele. É uma floresta porque foi assim que minha imaginação conseguiu dar conta dessa ideia. A floresta foi limitada por quaisquer que fossem meus pensamentos. Então, árvores. Tipo.

Hennessy estremeceu, tanto porque estava um pouco fresco naquela floresta elevada e também porque a lembrava da Renda e do que ela queria que Hennessy fizesse.

— Não te incomoda?

Ela podia ver pelo rosto dele que não. Ele amava aquele lugar.

Outro grito de animal alarmado veio da vegetação rasteira, e algo como um rosnado, de animal ou de motor.

— Silêncio — disse Ronan, mas ela não tinha certeza se ele estava falando com ela ou consigo mesmo.

— Se foi você que fez este lugar — disse Hennessy —, por que não o tornou mais seguro para você?

Ele estendeu a mão para correr os dedos ao longo de um galho baixo.

— Tive outra floresta antes de Lindenmere. — Parecia que ele ia confessar alguma coisa, mas no fim apenas disse: — Aconteceram coisas ruins com ela. Eu a tornei segura demais, porque estava apavorado. Deixei-a mais comum. Então aquela floresta dependia de mim para se manter segura e... — Ele não terminou, mas não precisaria. As meninas também dependiam que Hennessy as mantivesse vivas, e ela sabia como era decepcioná-las. — Deixei Lindenmere ser mais de si mesma, o que quer que isso fosse naquele outro lugar.

— E o que há aí é perigoso.

— Coisas perigosas conseguem proteger a si mesmas — disse Ronan.

Ela podia ver que ele não julgava Lindenmere por isso. Ronan Lynch também podia ser perigoso.

— Não é apenas perigosa — disse Ronan. — Veja.

Ele estendeu as mãos e disse algumas palavras em uma linguagem que soava arcaica. Acima dele, pequenas luzes brilhantes surgiram entre as folhas de outono e começaram a chover ao redor deles. Ronan se afastou, admirando as luzes, mantendo as mãos estendidas para que as luzes caíssem nelas.

Hennessy se encolheu quando uma delas afundou em sua pele com a mais leve sensação de calor. Nem todas se dissolveram. Algumas ficaram presas na roupa e nos cabelos dela. Uma ficou presa em seus cílios, e enquanto ela piscava, piscava, piscava, se viu olhando diretamente para a luz. Não provocava uma sensação de queimadura olhar diretamente para a luz como outra luz qualquer teria provocado, e enquanto ela olhava, em vez da sensação visual de claridade, sentiu a claridade dentro dela. Como felicidade ou otimismo. Como se estivesse olhando para um sol de verdadeiro êxtase.

Ronan disse, em uma voz reverente bem diferente de sua habitual:

— *Gratias tibi ago.*

— O que você está dizendo? — perguntou Hennessy, encontrando suas palavras somente depois que a pouca luz finalmente havia se dissolvido de seus cílios.

— Significa "obrigado" em latim — disse Ronan — e é muito educado dizer isso quando você gosta de alguma coisa. *Opala!* Venha! Aqui, vamos, olhe aqui.

Era como um acordo com o diabo, uma dança de fadas. Ronan Lynch estava lá, vestido todo em tons escuros, apenas seus olhos reluzindo em cor, sua mão estendida para ela, luzes cintilantes caindo ao seu redor. *Venha.* Ele não disse isso, mas Lindenmere se lembrou das palavras para ela, de alguma forma, como se ele as tivesse pronunciado.

— Não pense, Hennessy — disse ele. — Apenas seja.

Ela se deixou levar.

Caminharam por um campo implacável onde cresciam apenas espadas, com as lâminas para baixo, a empunhadura a cinco, vinte e cinco ou setenta e cinco centímetros do solo. Passaram por uma entrada de caverna guardada por um enorme cervo branco com chifres cujas pontinhas eram de sangue. Caminharam por um prado que, na verdade, era um lago, e uma lagoa que, na verdade, eram pétalas de flores.

Lindenmere era linda e complicada de maneiras que o mundo real não era. *Ar* e *música* eram duas coisas diferentes entre si no mundo real; em Lindenmere, nem sempre. Água e flores eram elementos igualmente confundidos naquela floresta. Hennessy *sentia* a verdade disso enquanto caminhavam. Havia criaturas que você não gostaria de conhecer pessoalmente se não estivesse com Ronan Lynch. Havia lugares em que você poderia ficar preso para sempre se não estivesse com Ronan Lynch. Era selvagem e confuso, mas no final, seguia uma regra: Ronan Lynch. A segurança, os desejos, os pensamentos dele. Esse era o único norte verdadeiro de Lindenmere.

Ela podia sentir: Lindenmere o amava.

— Kerah!

— Opala, finalmente, coisinha nojenta — disse Ronan.

Uma criatura saltou do meio da floresta, uma criança magricela, de olhos fundos. Ela usava um suéter de tricô largo demais e uma touca puxada para baixo sobre o cabelo platinado curto. Alguém poderia tê-la confundido com uma garota humana se não fosse por suas pernas, densamente peludas e que terminavam em cascos.

— Eu te falei, essa é a palavra da Motosserra. Você tem lábios. Me chame de Ronan — ele disse a ela. A criaturinha jogou os braços em volta das pernas dele e, em seguida, empinou-se ao redor dele em um círculo frenético, seus cascos deixando marcas. Ele levantou um pé. — Esse era o meu pé, fala sério.

Hennessy sentou-se, com força. Ela estava apenas olhando para as pernas peludas de Opala, as luzes cintilantes caindo ao seu redor. Toda a sua bravata tinha sido completamente arrancada dela.

Isso imediatamente chamou a atenção de Opala, e ela parou atrás de Ronan para se proteger, assustada.

— Calma, cabeça de bagre — disse Ronan. Ele limpou uma sujeirinha da bochecha dela com o polegar. — Essa é a Hennessy.

— Kruk? — perguntou Opala.

— Já te falei, pare de usar as palavras da Motosserra, você sabe falar como gente. Ela é uma sonhadora, como eu.

Não, pensou Hennessy, sentindo-se bastante bêbada. Ela não era uma sonhadora como ele. De forma alguma.

Opala caminhou até Hennessy, que ficou imóvel. Ajoelhou-se ao lado dela, sua postura decididamente diferente da de Hennessy, já que suas pernas de cabra dobravam na direção oposta. O cheiro de Opala era bem selvagem e animalesco. Ela balbuciou em um idioma que Hennessy não entendeu.

Ronan disse:

— Você poderia dar um "oi" para ela.

Opala perguntou a Hennessy:

— Você come carne?

Ronan parecia impaciente.

— Ela não vai te comer. Não seja covarde.

— Não estou com medo — disse Opala, mas de uma forma emburrada que queria dizer que ela estava.

Hennessy, que também estava com medo, estalou os dentes para Opala.

Opala saltou para trás, segurando-se nas mãos, e então se endireitou quando Hennessy sorriu para ela.

— É bom — Opala decidiu inexplicavelmente. Com um olhar astuto, ela se aproximou novamente e tentou arrancar uma das tatuagens de Hennessy. Ela estava pronta para se meter em encrencas.

— Dá um tapa nela — Ronan aconselhou. Hennessy não o fez, mas Opala se afastou como se achasse que ela poderia. — Ela é um psicopompo, como a Motosserra. Ela vai se focar nas coisas, evitar que dê merda.

— Dê merda?

— As merdas dos sonhos de sempre — disse Ronan, como se isso explicasse alguma coisa. — Opala, temos uma tarefa importante hoje. Você nos ajuda ou eu tenho que pedir para a Motosserra?

Opala lançou um olhar suspeito para o céu e começou a sacudir a cabeça apressadamente.

— Não, não, não!

— Tudo bem — disse Ronan. — Hennessy, você está pronta?

Hennessy piscou. Ela estava tão absorta em tanta informação que nem sequer conseguia explicar em palavras.

— Pra quê?

Ele disse:

— Pra sonhar.

66

Ramsay estava na cidade.
Farooq-Lane tinha acabado de passar a noite acordada, tinha acabado de arrastar um cadáver para dentro de um carro alugado e acrescentado a ele um corpo vivo e, agora, Ramsay estava na cidade. *Ramsay*, dentre todas as pessoas.

Os sentimentos de Farooq-Lane em relação a J. J. Ramsay eram descomplicados: Ela o odiava. Ela achava que ele falava como um moleque universitário supercrescido. Todas as pessoas que trabalhavam com Lock tinham seus motivos complicados, mas era difícil imaginar Ramsay tendo qualquer coisa complicada. Farooq-Lane ficou desconcertada ao saber que ele tinha um emprego realmente poderoso. Quando ele não estava empacotando um drone ao lado de um cadáver, aparentemente prestava consultoria para empresas que tinham se metido em encrenca com governos de outros países. De acordo com o LinkedIn, ele sabia falar como um moleque universitário nos cinco idiomas diferentes mais comumente usados no mercado global de negócios. Farooq-Lane também sabia se comunicar nos cinco idiomas diferentes mais comumente usados no mercado global de negócios, mas suspeitava de que os dois soassem muito diferente quando o fizessem.

— Ei, não sou eu que faço as regras, beleza? — disse Ramsay, falando ramsaísmos nos alto-falantes do carro alugado. Até Liliana, a nova Visionária, franziu um pouco a testa no banco do passageiro. Babaca era uma linguagem universal. Farooq-Lane esperava que ela não se arrependesse de ter atendido o telefonema pelo Bluetooth. — É o Lock que faz.

Ele acabava de dizer a Farooq-Lane que havia aterrissado e que ela precisava ir se encontrar com ele, ordens de Lock. *Agora?* Farooq-Lane perguntou, seus dedos tão apertados no volante que pareciam dar a volta nele algumas vezes. *Tenho uma nova Visionária.* Ela não tinha acrescentado: *E não dormi a noite toda, vi alguém morrer e já cruzei a área metropolitana de Washington em uma caça ao tesouro atrás de alguém que poderia explodir em outra idade e me matar a qualquer momento.*

Mas havia pensado.

— Não há hora melhor do que agora — disse Ramsay. — Então, partiu. Além disso, fiquei sabendo que você tem um presunto pra desovar, então precisa de mim, não tem jeito.

Ele desligou.

Depois que fez isso, enquanto seguiam para o sul em direção a Springfield, Farooq-Lane levou apenas alguns segundos para tentar uma reconstrução da Carmen Farooq-Lane que originalmente tinha se juntado aos Moderadores. Aquela jovem era um mar de calma. Tinha sido a estátua pitoresca no aeroporto enquanto o caos fervilhava ao seu redor. Tinha sido a pessoa da reunião que se sentava com elegância do outro lado da mesa, ouvindo as vozes elevadas e observando as mãos inquietas, e então discretamente entrava no assunto de cabeça fria. Quando era criança, uma vez viu uma pena cair e tocar levemente a superfície de um lago. A pena não havia afundado, nem mesmo quebrado a tensão superficial. Em vez disso, pousou leve como uma borboleta, tremendo apenas o suficiente para parecer viva, e devagar virou de ponta-cabeça na brisa. Ela havia se lembrado daquela imagem muitas e muitas e muitas vezes durante a adolescência. Farooq-Lane era aquela pena.

Ela era aquela pena.

Ela era. Aquela. Pena.

Em seguida, tentou explicar para a velha Visionária etérea no banco do passageiro:

— Somos uma força-tarefa. Ele faz parte da força-tarefa. Nós...

— Eu me lembro um pouco — disse Liliana.

Ela era o oposto de Parsifal em muitos aspectos, e não apenas porque era muito idosa, embora fosse. Assim que ela foi puxada para fora do freezer, Farooq-Lane viu que a Visionária era ainda mais velha do que pensava originalmente. Sua velhice estava acima de qualquer idade específica. Seu cabelo comprido, agora preso em duas longas tranças, fazia alguém pensar que ela fosse mais jovem, mas a profundidade das rugas ao redor dos olhos e da boca denunciava os muitos anos já vividos. Ela tinha uma expressão perspicaz, como se enxergasse, além do tráfego e dos prédios, algo mais importante. Farooq-Lane imediatamente dera a ela um pouco de frango, arroz e chá, e, em voz baixa, Liliana agradeceu a carne por alimentá-la antes de comer tudo em silêncio e ordenadamente, sem fazer comentários. Tão diferente de Parsifal.

Eu sou aquela pena, Farooq-Lane disse a si mesma.

— Você lembra do quê? — perguntou ela. — Uma... visão?

— Não, apenas uma lembrança — disse Liliana. — Mas já faz muito tempo, então não me lembro bem. Você está caçando sonhadores?

— Zeds. Sim.

— Certo — disse Liliana. — Sim, e vocês são Mercadores. Não. Moderadores. Não são? Viu, está voltando. Vocês estão tentando parar aquele fogo.

Ainda provocava um choque de adrenalina em Farooq-Lane cada vez que ouvia a confirmação. Sim, o fogo. O fogo que devoraria o mundo. Ela arriscou um olhar para Liliana enquanto dirigia.

— Como é que isso funciona? Que idade você realmente tem agora?

Liliana inclinou a cabeça para trás, acariciando distraidamente as pontas de uma trança.

— Nessa idade, sei que não é uma pergunta útil para alguém como eu. Eu gosto de ter essa idade, é muito tranquilo. — Ela sentiu que Farooq-Lane não estava satisfeita, então acrescentou: — Acho que devo passar mais deste ano com uma das idades mais jovens, porque minhas memórias estão muito distantes agora. Lembro-me bem do momento em que nos conhecemos. Eu sabia que você viria.

Ela colocou a mão em cima da de Farooq-Lane com tanto carinho, os dedos deslizando com familiaridade pelos de Farooq-Lane, que esta se encolheu.

— Esqueci — disse Liliana, voltando a mexer nas tranças. — Você ainda é muito jovem. Estou grata por ter me resgatado.

Aquilo estava muito fora da compreensão de Farooq-Lane sobre o tempo para que fizesse sentido facilmente. Por alguns quilômetros, ela navegou em meio ao fluxo de veículos e pensou a respeito. Em seguida, disse:

— Então você sabe o futuro agora.

— Suponho que seja uma forma de ver as coisas. Eu me lembro do meu passado, que inclui um pouco do seu futuro. Acho que estou muito velha agora, então essas são memórias de décadas.

— Se são memórias de décadas — disse Farooq-Lane —, isso deve significar que nós conseguimos. Que impedimos o fim do mundo. Não é assim que funciona? Se você está olhando do ponto de vista de alguém que se tornou décadas mais velho do que essa memória? Significa que você ainda está viva depois de tudo.

Liliana franziu a testa e, pela primeira vez, algo como angústia passou por seu rosto.

— Acho que é mais difícil me matar do que matar os humanos.

Essa observação silenciou completamente o carro. Antes de Parsifal, Farooq-Lane não teria ficado chocada ao ouvir aquilo em voz alta. Ela teria relegado completamente o conceito de Visionários a algo com forma humana, mas não humano. Afinal, suas habilidades desafiavam toda compreensão da vida como todas as outras pessoas a entendiam; *humano* parecia uma classificação inútil para eles, assim como era de utilidade duvidosa para os Zeds. No entanto, Farooq-Lane havia conhecido e convivido por algum tempo com Parsifal, o enervante e falecido Parsifal, e ele parecia apenas uma criança nascida sob a estrela do azar. Ela meio que começou a perceber que os Moderadores duvidavam da humanidade dos Visionários para se sentirem menos mal com as mortes deles.

Mas as palavras de Liliana contrariavam tudo isso.

Liliana disse em voz baixa:

— Ainda me preocupa o quanto você é frágil.

— Pá, pum — apontou J. J. Ramsay, fechando a tampa da caixa do drone, falando alto para ser ouvido acima da música estrondosa e das batidas tribais estrondosas. — Este amiguinho aqui faz tudo.

Farooq-Lane deveria ter reconhecido o endereço, mas supôs que era porque tinha chegado a ele de uma maneira muito diferente do que da última vez que estivera ali. Ramsay e Farooq-Lane estavam dentro de uma casa familiar de dois andares em Springfield, cercada por bules e tapetes coloridos.

A casa da velha Zed.

— Você não esperou pelos outros — Farooq-Lane disse a Ramsay.

Entre eles estava o corpo da velha Zed, que dera a Parsifal três biscoitos caseiros de que ele, inclusive, tinha gostado. Ramsay havia atirado nela antes de Farooq-Lane chegar. O corpo estava caído de uma forma nada dramática, de bruços, os braços ao lado do corpo, a cabeça virada, como se a mulher tivesse decidido dormir no meio do chão. O único sinal de que ela poderia não ter optado por isso era que uma de suas sapatilhas havia saído e estava ao lado de seu pé. Isso, e o fato de que faltava a parte de trás de sua cabeça.

— Esperar pelos outros? — perguntou ele. — Vocês são os outros.

Farooq-Lane cruzou o tapete para abaixar os alto-falantes do aparelho de som barato. Ele também havia sido pintado, como se a Zed não pudesse deixar de pintar tudo o que via pela frente.

— E já estava feito quando eu cheguei aqui. Por que você sequer me ligou?

Ramsay não percebeu a irritação em sua voz. Ele não era particularmente ligado às sutilezas da vida.

— Confirmação para que Lock não pegue no meu pé.

— Você nem mesmo confirmou que ela era um Zed antes de fazer isso? — questionou Farooq-Lane.

Isso ele ouviu. Enganchando os polegares nos passadores de cinto da calça cáqui, ele girou para Farooq-Lane, pélvis primeiro.

— Me dá algum crédito, Carmen...

— Srta. Farooq-Lane.

Ele sorriu para ela.

— Algum crédito, *Carmen*. Meu amigo drone e eu pegamos a mulher sonhando antes de eu entrar, mas preciso que você faça seu pequeno trabalho de catalogação com todo o resto aqui. Lock disse que você encontrou outro Visionário? Já tava na hora. Cadê ele?

— Ela está esperando no carro.

— Não é arriscado?

— Ela está dedicada à nossa missão — explicou Farooq-Lane, embora nem tivesse começado a tentar recrutar Liliana. — Salvar o mundo. — Essa parte ela disse para lembrá-lo de que sua missão não era *se divertir atirando em pessoas*.

— Salvar o mundo mara, mara, maravilhoso! — vibrou Ramsay, em uma melodia que ela provavelmente deveria conhecer. — Carmen, você é daora.

A coisa mais irritante sobre Ramsay era que ele sabia que Farooq-Lane odiava a maneira como ele falava com ela e não se preocupava em mudar. É como se tivesse que haver consequências em ser um moleque universitário crescido que gostava de deixar as pessoas desconfortáveis, e, ainda assim, não havia. Por um momento, eles se encararam por cima do corpo inerte, e então ela disse a si mesma: *Apenas faça o seu trabalho para que possa depois encontrar um lugar seguro onde abrigar Liliana.*

Silenciosamente, ela catalogou todos os objetos sonhados na casa da Zed. Eram semelhantes ao artesanato na sala de estar e à coisa colorida que ela tinha visto através da porta da cozinha. Vivamente coloridos, confusos, fluidos. Não eram muitos. Tinham sido colocados na parte de trás do vaso sanitário, no parapeito da janela ao lado do cacto, na mesa de cabeceira, do jeito que a gente coloca aquelas cerâmicas feitas na faculdade e das quais se orgulha.

Parsifal estava certo. Aquela Zed nunca seria o tipo de sonhador que sonhava o fim do mundo.

Eu sou aquela pena, pensou Farooq-Lane.

Quando ela voltou para a sala de estar, Ramsay estava sentado de costas em uma cadeira ao lado do corpo, conversando com Liliana, que estava parada na porta, seus olhos gentis e pesarosos. Ele ergueu um dedo como se Farooq-Lane estivesse prestes a interrompê-lo e terminou seu pensamento.

— Todos esses filhos da puta se conhecem, é isso que estamos descobrindo, então é melhor acertá-los rápido, um atrás do outro, ou eles vão sair avisando uns aos outros.

— Achei que você estava esperando no carro — disse Farooq-Lane.

— Queria ver se você estava bem — disse Liliana.

— Ah, querida — disse Ramsay —, se quiser nos ajudar, você pode ter aquela próxima visão quando tiver uma chance. Mundo para salvar e tudo mais.

Eu sou aquela pena, pensou Farooq-Lane.

Ela não era aquela pena.

Farooq-Lane socou J. J. Ramsay com força suficiente para que ele perdesse o equilíbrio e caísse, a cadeira gemendo na parte de trás e o derrubando de costas, suas pernas enroscadas nas pernas da cadeira.

Houve um silêncio completo. Ramsay perdeu o fôlego e as palavras idiotas bem ali. Sua boca se moveu como se ele estivesse experimentando algumas das palavras idiotas que ele diria quando recuperasse o fôlego suficiente.

O punho de Farooq-Lane doía como se tivesse acabado de ser enfiado na cara de um babaca, porque acabava de ter sido enfiado na cara de um babaca. Mordendo o lábio, ela arriscou um olhar para a nova Visionária, a Visionária que ela, de acordo com as diretrizes dos Moderadores, estava tentando recrutar para sua nobre causa.

Liliana olhou de Ramsay para Farooq-Lane e disse:

— Eu vou te seguir para qualquer lugar.

67

Como Hennessy estava claramente apavorada, Ronan não deixou transparecer as reservas que tinha sobre seu plano. Afinal, Lindenmere era sensível a todos os pensamentos e a última coisa que ele queria era dar voz a algo que a floresta manifestaria para eles.

Mas era perigoso.

Opala e Hennessy estavam sentadas de pernas cruzadas no meio de uma clareira em Lindenmere, no topo de um pequeno montículo que brotava o tipo de grama fina e volumosa que crescia na sombra. Um anel de fadas de cogumelos brancos opacos os rodeava. Um pequeno riacho, escuro com folhas de tanino, murmurava perto dos limites da clareira. Opala estava sentada atrás de Hennessy, com as costas apoiadas nas costas dela, parecendo presunçosa. Ronan confiava muito na capacidade de Opala de agir como intermediária entre ele e Lindenmere.

Como Ronan podia realizar o que precisava em sonhos na Barns, e como ele preferia que todas as consequências dos sonhos acontecessem longe de seu corpo físico, ele geralmente não usava Lindenmere assim. Vinha a Lindenmere para se sentir compreendido, para sentir o poder da linha ley passando por cima dele, para se sentir conectado a algo maior, para ter certeza de que não precisava dele, ou vice-versa.

Ronan não costumava ir ali para sonhar.

Sonhar em Lindenmere significava transformar os pensamentos em realidade imediatamente. Os monstros apareciam no momento em que você lhes dava ordens. O oceano se erguia ao redor de seu corpo desperto e muito real. As cópias de você mesmo eram fato até você ou Lindenmere as destruírem.

Mas ele não sabia outra forma de mostrar a Hennessy como sonhar.

A única outra maneira poderia ter sido encontrá-la no espaço dos sonhos como Bryde o encontrara, mas ele não teria o mesmo tipo de controle. As consequências de Hennessy acordar com outra tatuagem mortal eram terríveis demais para serem arriscadas sem armas das grandes.

— Lindenmere — falou Ronan em voz alta —, vou precisar de cada pedaço de você para isso.

E Hennessy começou a sonhar. Não era realmente um sonho, porque ela estava acordada. Em vez disso, Lindenmere começou a sonhar para ela.

Estava escuro.

A luz ficou fraca na clareira.

Havia música tocando. Uma velha gravação de jazz, a voz de uma mulher se elevando, cadenciada, e o som parecia esvoaçar e estalar. Hennessy não havia mencionado isso a Ronan quando descreveu o sonho.

Uma mulher estava no vale, só que não era mais um vale. Era um closet. As luzes estavam apagadas. A única iluminação vinha de uma janela pequena e alta, e tudo o que ela tocava era cinza. A mulher vestia sutiã, calcinha e roupão. Não se parecia com Hennessy, mas também *não* era muito diferente. O rímel escorria por seu rosto. Ela estava segurando uma arma.

A mulher de roupão apontava a arma para a própria cabeça.

A porta se abriu (agora havia uma porta). Hennessy estava lá. Não a Hennessy que estava sonhando, mas outra Hennessy. Ela estava um pouco diferente da Hennessy do presente. Um pouco mais suave, os ombros um pouco mais curvados. Ela usava uma camiseta branca, jeans bonitos, flores bordadas nos bolsos traseiros.

— Mãe? — disse Hennessy.

— Você não vai sentir minha falta — respondeu a mãe de Hennessy.

— Espere — disse Hennessy.

O cano da arma lampejou.

O sonho se dissipou com a reverberação do tiro, e Hennessy acordou com uma segunda Hennessy olhando para ela da borda do anel de fadas, os cogumelos pisoteados.

Ronan olhou para aquela nova Hennessy por uma fração de segundo e então disse:

— Lindenmere, leve-a.

A floresta dissolveu a segunda Hennessy, incorporando-a imediatamente à grama fina como se ela nunca tivesse existido. A Hennessy original cambaleou, com a mão pressionada contra a garganta.

— Esse não é o sonho que você me descreveu — disse Ronan.

Hennessy respirava devagar e com dificuldade, sem foco.

Ronan caminhou até ela e empurrou seu ombro com a bota.

— Não foi esse o sonho que você me contou. Isso era uma memória? Isso aconteceu?

— Me... dá... um... segundo... — disse Hennessy.

— Não — respondeu Ronan simplesmente. — Você não precisa de um segundo. Lindenmere está sonhando para você. Você não está fazendo nenhum trabalho pesado aqui. Isso aconteceu?

Quando Hennessy não respondeu, Opala, com ternura, subiu no colo dela. O psicopompo puxou a mão de Hennessy da garganta, beijou-a e a abraçou.

— Aconteceu? — Ronan insistiu.

Hennessy ficava tão emburrada quanto Opala quando não conseguia o que queria.

— Eu não quero falar sobre isso.

— Controle seus pensamentos ou vamos dar o fora daqui — disse Ronan. Ele desceu até a borda da clareira novamente. — Nós vamos de novo.

Limpar.

Repetir.

O vale escureceu. A música tocou. A mulher ergueu a arma.

— Não deixe abrir — disse Ronan. — Não deixe acontecer de novo.

A porta se abriu.

— Mãe? — disse Hennessy.

— Você não vai sentir minha falta.

— Espere...

Outra Hennessy apareceu mais uma vez, separando-se imediatamente da primeira, como se estivesse descascando a memória.

— Lindenmere, leve-a embora — disse Ronan impaciente.

O sonho fugiu; a Hennessy extra infiltrou-se no solo.

Hennessy apertou a palma das mãos contra os olhos.

— Isso aconteceu? — perguntou Ronan. — Ou estamos brincando de faz de conta?

— Não quero *falar* sobre isso — disse Hennessy.

— Por que estamos aqui hoje, hein? Você por acaso vai tentar? — Ronan caminhou até o centro da clareira e colocou as mãos em concha sobre um dos cogumelos derrubados até que ele ficasse alto e forte sob suas palmas. — De novo. O sonho real desta vez.

Limpar.

Repetir.

A clareira ficou escura. O jazz se infiltrou. A arma, erguida. A maçaneta, girando.

— Você não — disse Ronan. — Qualquer outra pessoa. Papai Noel. Um cachorro. Ninguém; um quarto vazio. Você não está nem mesmo tentando controlar.

A porta se abriu.

— Mãe? — disse Hennessy.

— Você nem está tentando, porra! — exclamou Ronan, e atirou na Hennessy extra.

A Hennessy verdadeira deu um salto, ofegante, os dedos cravando-se na grama. Ela olhou fixo para a arma na mão dele.

— Como você conseguiu isso?

— Lindenmere é um sonho — rosnou ele. — Eu te falei. Tudo o que você precisa fazer é tentar. Lindenmere só está fazendo o que você pede para ela fazer, e você fica pedindo isso. Eu pedi uma arma. Agora vou pedir pra ela levar embora. Lindenmere, leve essa merda embora.

A arma e a cópia morta derreteram.

— Por que estamos fazendo isso? Cadê o sonho?

— Estou tentando.

— Eu não acho que você esteja.

Opala se apoiou em Hennessy, mastigando um relógio que Adam tinha lhe dado fazia muito tempo. Ela falou em volta do objeto em sua boca:

— Ela *está* tentando. — Mas Opala não era confiável. Tinha uma queda pelos oprimidos, sendo ela uma oprimida também.

— De novo — disse Ronan. — Pelo menos, tenha coragem de se livrar da outra cópia. Isso é tudo, você entendeu? Temos tudo isso, podemos fazer tudo isso. Significa que temos que estar prontos para fazer o que for preciso para garantir que a gente não ferre com tudo. Ninguém mais entende. É com isso que a gente vive. *De novo.*

Limpar. Repetir.

Escuridão, jazz, uma arma, um gatilho.

— Não deixe uma cópia sobreviver a isso — Ronan ordenou. — Se você não vai mudar mais nada...

— Mãe? — disse Hennessy.

— Você não vai sentir minha falta.

— Espere...

Hennessy ofegou e se encolheu. Ronan se ajoelhou ao lado dela, colocou a arma em sua mão e apontou para a cópia recém-formada.

— Isso é o que você faz no sonho. Ninguém vai te ajudar com isso.

Hennessy fez um som impotente ao puxar o gatilho. Ela começou a chorar sem lágrimas, apenas os soluços ofegantes e desesperados.

— Lindenmere — comandou Ronan, com raiva —, leve-a embora.

A cópia duplicada infiltrou-se no solo.

— Não consigo — disse Hennessy.

— Isso realmente aconteceu? — perguntou Ronan.

— Não *consigo.*

Ronan se sentou de volta na grama.

— Porra.

Opala sussurrou:

— Bryde.

O nome parecia enorme falado ali naquele lugar. Era a mesma palavra de sempre, mas ali, em Lindenmere, significava algo diferente. Ali em Lindenmere, ele poderia dizer *Bryde* e possivelmente chamar o Bryde real, ou poderia dizer *Bryde* e invocar uma cópia: tudo o que Ronan pensasse Bryde seria, como Hennessy e suas cópias.

Ele supôs que Bryde fosse dizer que ambas as versões eram reais.

Opala ainda estava olhando fixamente para Ronan.

— Tudo bem — disse ele. — Sim.

68

— Ontem à noite tive um sonho — disse Bryde. — É o que todo mundo fala. Tive um sonho ontem à noite, e era disso que se tratava, era uma loucura. Era sobre um hospital para zumbis. Era sobre meu aniversário de cinco anos. Era sobre uma estação espacial, mas todos os astronautas na verdade eram você, não é louco?

Sua voz vinha de algum lugar muito perto, nas árvores. Ele não dissera *não procure por mim*, mas a sensação disso pairava na névoa escura e desgrenhada que se movia entre os troncos das árvores de Lindenmere. Hennessy não conseguia dizer que tipo de pessoa ele era pela voz. Poderia ter qualquer idade. Era superconfiante, porém calmo. Irônico. A voz sugeria que ele tinha visto coisas.

— Todo mundo acha que seu sonho é sobre outra coisa — disse Bryde. — É só você. Você não está sonhando com a sua mãe. Você está sonhando com o que sente pela sua mãe. Sua mãe não está lá. Você não é tão poderosa assim. Você não a está retirando da vida após a morte para reconstituir a morte dela para você. Você só está pensando demais no próprio umbigo.

Hennessy não achava que estivesse pensando demais no próprio umbigo. Ela realmente estava tentando pensar sobre a Renda. Não sabia por que tinha que continuar olhando para aquela lembrança de merda em vez de pensar na Renda.

— Eu não estou *tentando* fazer aquilo. Estou tentando fazer o meu outro sonho.

— Você está? — perguntou Bryde. — Você acha que esta floresta mente? Ou será que ela só dá o que você pede?

— Eu não estava pedindo isso — disse ela.

— Sua mente não estava — disse Bryde. — Foi o seu coração.

Ela não podia discutir. Vinha ignorando o que seu coração sentia sobre as coisas por tempo demais para fingir ser uma especialista nisso.

— Nós nos enganamos melhor do que ninguém quando estamos com medo — disse Bryde.

— Você pode ajudá-la? — perguntou Ronan.

Bryde expressou algum divertimento quando falou:

— Não era o que eu estava fazendo? Ah... — Isso porque Ronan inclinou a cabeça, como se para olhar em volta das árvores na direção da voz dele. — Essa é uma boa maneira de me fazer ir embora.

— Não entendo por que você ainda está se escondendo — disse Ronan. — Você está aqui no meu maior segredo. Você sabe tudo sobre mim. Não estou pedindo uma certidão de nascimento. Apenas uma conversa com o seu rosto.

Bryde disse:

— Isso é porque você não sabe o que está pedindo. — Ele fez uma pausa, e, quando voltou a falar, sua voz havia mudado um pouco. Estava um pouco triste. — Se você me vir, significa que tudo mudou para você. Você realmente não pode voltar atrás depois de me conhecer. Eu não iria tirar você da sua vida. E assim, a essa distância, não mais perto. Isso é o mais próximo que você pode chegar sem que as coisas mudem.

— O que o fez pular para o centro? — Mas Ronan não tentou olhar em volta das árvores novamente.

— Não sei — disse Bryde. — Eu não sei mais. Não sei se quero que a sua vida mude.

Estava claro no rosto de Ronan que ele *queria*. Ele era o senhor daquele tremendo lugar, sonhador de sonhos, e ainda queria mais.

Hennessy conseguia entender. Queria que Jordan pudesse estar ali para ver aquele lugar. Todas elas. Talvez devesse ter levado todas para lá com ela, em vez de sempre sentir que teria que carregar tudo aquilo sozinha. Que bem isso tinha feito a longo prazo? Afinal, essa atitude a estava matando como um segredo.

Então ela falou:

— Eu *preciso* que a minha mude.

Houve uma pausa muito longa. Opala estendeu o punho no ar acima dela e o abriu. Uma pequena luz de alegria escapou de seus dedos e, em vez de chover, subiu lentamente. Todos observaram até ela se dissolver no céu cinzento.

— Provem — disse Bryde. — Provem que vocês dois podem trabalhar juntos. E, se ainda me quiserem, venham até mim juntos para me dizer, mas lembrem-se do que eu disse. Ah... não. Não. Vai dar merda no mundo.

A floresta caiu em silêncio.

Ele não havia se despedido e não estava visível para que o vissem partir, mas Hennessy percebeu que ele havia partido. Foi uma despedida inquietante. Ela notava pelo rosto de Ronan que não era assim que Bryde normalmente desaparecia.

— Eu vou repetir — falou. — Não me deixe cair com muita força, Lynch.

A clareira ficou escura.

Era assim que o sonho começava: no escuro.

Não havia som.

Havia o vasto movimento de tempo e espaço, que tinha a própria substância no sonho, mas não era exatamente som. Não havia nada no sonho que você pudesse realmente olhar. Não havia nada no sonho que você pudesse realmente colocar em palavras.

Lá estava Hennessy e, no sonho, Hennessy sabia que poderia manifestar qualquer coisa, se realmente quisesse. Tudo era limitado apenas por sua imaginação — uma verdade impossível, aterrorizante e brilhante. Ela havia recebido esse talento ao nascer, mas ninguém nunca lhe ensinara como usá-lo. Recebido esse talento e o visto matar sua mãe, ou, pelo menos, não salvá-la.

Ela poderia fazer melhor.

Se ao menos tivesse sonhado com algo além de...

Estava lá.

Ela sentiu e então viu. Escura e ameaçadora, o oposto de cor e compreensão.

Apenas suas bordas faziam algum sentido. Inclinadas e curvadas, xadrez e geométricas. Rendadas, se é que eram qualquer coisa.

Em geral, era maior. Era maior do que qualquer coisa que ela pudesse entender. Era tão enorme e antiga que a idade não se aplicava. Estava ali havia tanto tempo que os humanos eram bactérias para ela. Infinitesimais. Irrelevantes. Era tão mais poderosa do que eles que a única salvação era que ela nunca tinha notado...

Sua consciência se tornava uma coisa no sonho.

Ela viu Hennessy.

Hennessy podia sentir como aquele peso era terrível. Como mudava tudo. Agora que ela havia sido notada, nunca poderia ser desvista. Havia duas Hennessys, aquela que tinha vivido sem saber que a coisa existia e, mais importante, sem que a coisa soubesse que *ela* existia, e aquela que tinha sido vista.

Agora que a coisa a tinha visto, ela a odiava.

Ia matá-la. Ia matá-la assim: ia entrar dentro dela, a coisa prometeu, e ia matá-la só por existir lá, porque Hennessy era pequena e porosa e a coisa era tudo. Hennessy não conseguiria segurar a coisa dentro dela.

Ou poderia deixar a coisa sair e então viver.

Hennessy nunca a deixaria sair. Não era forte o suficiente para impedir que a coisa se movesse em sua direção naquele momento, mas era forte o suficiente para nunca deixá-la sair. Ela não era tão fraca a ponto de permitir que qualquer outra pessoa tivesse que conviver com a coisa, olhando, vendo, tocando, invadindo...

69

Declan normalmente não trazia gente para casa.

Não que ele não tivesse saído com ninguém ou dado uns pegas, aquele eufemismo desagradável para o que, às vezes, era um envolvimento perfeitamente agradável. É que ele não chegava tão perto assim. A intimidade era permitida, desde que não revelasse nada verdadeiro.

O que não era muito íntimo, de forma alguma.

Ele tivera alguns relacionamentos de longa data, três Ashleys, uma depois da outra, para a grande zombaria dos seus irmãos, mas elas eram como passatempos que nunca valiam a pena no final. Não sabia por que ainda frequentava o clube de crítica de cinema e não sabia por que ainda namorava Ashleys. Era muito tempo da sua agenda para algo que acabava chorando amargamente quando percebia que não significava nada para ele, ou ele teria se lembrado: *preencha os espaços vazios*. Ele ficava exausto de carregar todos os segredos delas e não revelar nenhum dos seus.

Então, ele normalmente não trazia gente para casa. Realmente não gostava que soubessem onde ele morava. Onde sua escova de dentes era guardada.

Mas ele trouxe Jordan para casa.

De qualquer maneira, não era exatamente como ir para casa com outra pessoa depois de um encontro. A questão era que só parecia estranho se separarem depois de terem ouvido um homem que era uma cópia do pai jovem de Declan falar para esquecerem tudo o que tinham ouvido sobre uma organização misteriosa.

Então eles voltaram e foram para a casa de Declan.
Ele destrancou a porta.
— Primeiro as damas.
Jordan fez o que ele pediu, observando a casa geminada ao entrar. Ele a enxergou através dos olhos dela: tediosa, previsível. Montada com bom gosto, sim; montada com opulência, sim; mas montada de forma esquecível. Sofá cinza, tapetes brancos, pinturas contemporâneas elegantes em molduras escuras. Não era uma casa, era mais uma revista de arquitetura. O bonito e neutro Declan era simplesmente outro acessório em sua própria casa.

Ele olhou o relógio enquanto fechava a porta atrás deles. Matthew, para seu grande alívio, estava se sentindo melhor a ponto de ter ido para o treino de futebol dos fins de semana.

— Meu irmão Matthew vai estar aqui em uma hora.
— Quantos irmãos você tem? — Mas ela já havia encontrado uma foto deles no aparador da entrada. Jordan o comparou a ele, o gesto semelhante a quando ela o estava estudando para pintá-lo.
— Ambos mais novos — disse ele. — Matthew mora comigo.
— Garoto fofo — disse ela. — Homem. Menino. Seja lá o que ele for.
Sim. Essa era a questão crucial no que dizia respeito a Matthew, ele pensou.
— Esse aqui parece o novo Fenian — disse Jordan. — Caramba, muito parecido com ele.
— Ronan — disse Declan. — Sim. Ele puxou ao meu pai. — Declan não queria pensar no pai. Não queria pensar no novo Fenian o abraçando e dizendo que estava orgulhoso dele. Não era real. Era típico de seu pai dar a Declan um quebra-cabeça que simplesmente levava para outro sonho. — Café? Espresso? Latte?

Jordan o deixou escapar impune da mudança de assunto.

— Eu poderia venerar um latte agora. Não de uma forma verdadeiramente devota, mas, pelo menos, numa vibe casual de fim de semana vou-deixar-uma-gorjeta-na-caixinha.

Na cozinha, ele preparou um belo latte enquanto ela se levantava para se sentar atrás do balcão. Ele não tinha acendido as luzes, então a única iluminação vinha da sala de estar e do resto da luz cinzenta do finalzinho de tarde lá fora. Deixava tudo na pequena cozinha preto, branco e cinza, uma privação sensorial chique.

Quando ele trouxe o café, ela afastou os joelhos para que ele pudesse ficar perto dela, ali onde ela estava sentada no balcão, sensual sem esforço, sorrindo preguiçosamente para ele. Ela gesticulou com a caneca na direção da sala de jantar, em direção à área de estar visível.

— Por que você faz isso? Que tragédia ambulante.

Declan disse:

— É elegante e contemporâneo.

— É invisível — disse ela. Jordan colocou a mão sob o suéter dele.

— Você não pode amar essas coisas.

— É ideal para receber pessoas.

— Receber robôs. — Ela puxou a parte de trás da camisa dele para tocar a pele por baixo. — Onde está o verdadeiro você?

Escondido em segurança.

— Como você sabe que eu não sou o verdadeiro eu?

— Seus sapatos.

Ele a estudou por um longo momento, com força suficiente para que ela parasse de brincar com sua pele e, em vez disso, fingisse uma pose, o queixo bem ajustado, a xícara de café perto do rosto como se fosse uma foto publicitária ou um retrato. *Menina no balcão da cozinha. Natureza morta com um passado.*

Ele cedeu.

— Lá em cima.

Ela deslizou do balcão imediatamente.

Ele a conduziu escada acima. Ele viu de novo como ela devia enxergar: mais tapete. Mais reproduções e fotografias emolduradas esquecíveis. No final do corredor acarpetado havia um modesto quarto. Esse era um pouco menos anônimo; as reproduções na parede eram todas fotografias da Irlanda em preto e branco, feitas de maneiras vagamente artísticas e nostálgicas. A cama estava arrumada tão bem quanto uma cama de hotel. Declan puxou uma cadeira do canto do quarto e subiu nela. Havia um alçapão no teto que dava para um sótão.

— Lá *em cima*? — perguntou ela.

— Você pediu.

Enquanto ele descia a escada, ela olhou as fotos. Jordan colocou a mão na têmpora como se estivesse sentindo um incômodo ali.

— Ainda está a fim? — perguntou Declan.

Ela baixou a mão.

— Me leva pra cima.

— Traga o seu café.

Assim que os dois subiram, ele puxou um barbante para iluminar o espaço com uma única lâmpada.

O sótão era apenas um pouco mais alto que Declan. Ele tinha posto um tapete antigo e gasto no chão e coberto o teto inacabado com reproduções.

Declan se inclinou para trás para conectar uma enorme luminária escultural de aço inoxidável na forma de um violento anjo *art déco*. Era tão alta quanto Jordan.

— Isso é um... — Ele podia vê-la forçando a memória. — Stubenrauch? Certo?

— Reinhard Stubenrauch. — Ele estava absurdamente satisfeito por ela saber. Ele estava absurdamente satisfeito por estar ali com ela. Ele estava absurdamente satisfeito. Aquele dia inteiro, aquela semana inteira, que desastre... mas ele estava absurdamente satisfeito.

Jordan, com a cabeça baixa, examinava uma das obras cuidadosamente coladas na parede com voltas de fita adesiva para evitar danificar a frente. O preto florescia em cada extremidade, e listras pretas mais escuras dividiam-na ao mesmo tempo com violência e delicadeza, como folhas de bambu, caligrafia ou feridas.

— Jesus, este é um original, Declan. Achei que fosse uma reprodução. Quem é?

— Chu Teh-Chun — disse Declan. — Eu sei que merece coisa melhor; você não precisa dizer.

— Eu não teria dito isso — respondeu Jordan. — E quem é este?

Mais tinta preta, enrolada e respingada em formas arquitetônicas agradáveis, como uma criatura voando ou uma frase que ela não conseguia ler direito. Jordan estava tocando a cabeça novamente.

— Robert Motherwell.

Ela olhou para outra imagem abstrata. Esta era marcada com exclamações irregulares em vermelho e preto como fogo lambendo a tela. Ela palpitou:

— Still? Clyfford Still?

Porra, ele disse para si mesmo. *Não se apaixone por essa garota.*

— Por que tudo isso não está lá embaixo? — perguntou ela. — Por que você tem um hotel lá embaixo e o Declan trancado no sótão como uma mulher louca?

Ele disse:

— Por que você pinta outras pessoas e mantém a Jordan presa na sua cabeça como uma mulher louca?

Ela estava tocando a têmpora novamente. A garganta. Olhou para o Still por um longo tempo, mas não o estava realmente enxergando. Ela colocou o latte no chão, tentando parecer casual no movimento, mas ele podia ver pela confusão que era para ela não derramá-lo.

Um mau pressentimento estava surgindo dentro de Declan, manchas escurecidas e pinceladas irregulares, exatamente como as pinturas ao redor dele.

— Por que você roubou *A dama sombria*? — perguntou ele.

Jordan fechou os olhos. Sua voz era sonhadora, atordoada.

— Dissemos... dissemos que não iríamos falar sobre isso ou sobre... seu pai sonhador.

Não, ele pensou. *Por favor, não.*

— Acho que eu nunca falei a palavra *sonhador* — disse Declan.

Os olhos de Jordan ainda estavam fechados. Ela lutava bravamente. Mais do que Matthew. Mas, de qualquer forma, ele achava que sabia o que era. Ela murmurou:

— Não, provavelmente... Droga... Fala *sério*.

Mas esta última parte era para ela mesma, não para Declan.

Ele se levantou e colocou a mão na testa dela. Não estava quente. Ele sabia que não estaria, na realidade. Ele já a estava tocando, então usou isso como desculpa para colocar lentamente uma mecha de cabelo dela atrás da orelha. Ela abriu os olhos.

— Você parece tão triste — Jordan sussurrou.

— Você é um sonho.

— Se eu ganhasse um centavo para cada vez que um homem diz isso para mim — respondeu Jordan.

Ele não sorriu.

— Quanto tempo faz?

— Uma década. Mais ou menos.

— Onde está o seu sonhador? — Ele odiava dizer isso. Odiava tudo. Não aguentava mais. Não tinha capacidade de amar outro sonho. Doía demais. Amar qualquer coisa, doía.

Não era culpa de Niall Lynch, mas Declan o amaldiçoou sem palavras mesmo assim, por hábito.

— Hum. Não sei. Enchendo a cara em algum lugar. Como você adivinhou?

— Você não é o primeiro sonho que eu vejo fazer isso — disse Declan. Então ele disse a ela um monte de verdades, porque ele estava arrasado demais para não as dizer em voz alta. — Não é só isso. Eu cresci cercado por eles. Você começa a... senti-los. Os sonhos.

Ele fechou os olhos e balançou a cabeça.

— Meus pés não param de me trazer de volta — disse ele.

Jordan cambaleou. Ela estava tão mal quanto Matthew no seu pior estado. Havia ar no cômodo, mas não do tipo certo para ela.

— Vou te levar para casa — disse Declan. — Você pode voltar para buscar o seu carro mais tarde. Está bem? Tudo bem assim?

Era difícil dizer o que ela estava pensando. Seus olhos estavam vidrados. Jordan tinha ido para longe, a algum lugar destinado a sonhadores ou sonhos, não a alguém como Declan.

Ela fez que sim.

70

— Mais longe — disse Liliana. — Tem casas lá.

Farooq-Lane e Liliana já estavam voando pela rodovia havia vários quilômetros. Liliana olhava pela janela, os olhos fixos nas luzes das casas em lotes e salpicadas em campos cada vez mais amplos. Não estavam em nenhum lugar perto do hotel. Depois de deixar Ramsay, Farooq-Lane disse a Liliana que arranjaria uma suíte lateral no hotel até que pudessem encontrar uma casa para alugar, com mais privacidade. Apenas dê a ela até de manhã, Farooq-Lane prometeu, e ela cuidaria de tudo. Será que poderia dispor de tanto tempo?

Não.

Não, ela não poderia.

Liliana ainda não tinha aprendido a direcionar suas visões para dentro a fim de torná-las inofensivas, mas prometeu a Farooq-Lane que o episódio seria produtivo de qualquer maneira, desde que ela estivesse longe o suficiente de outras pessoas.

Então agora elas estavam na estrada, e o celular de Farooq-Lane tocava e não era atendido. Ele apitava quando entravam mensagens no correio de voz. Não precisava ouvi-las para saber o que diziam; ela já estivera do outro lado dessa parte. Farooq-Lane tinha encontrado uma nova Visionária e agora, em todo o mundo, pessoas estavam embarcando em aviões enquanto os Moderadores se preparavam para se mobilizar de acordo com as novas visões.

Não precisava pegar o telefone para dizer aonde ir ou para lhes dar sinal verde. Eles sabiam onde ela estava. Eles estavam a caminho, independentemente de qualquer coisa.

Liliana demonstrava estar muito calma em relação a todo o processo, apesar de ter ficado tão sem sono e estressada quanto Farooq-Lane, apesar de ter acabado de passar por uma conversa com Ramsay, apesar dos cadáveres em seu passado e provavelmente de seu futuro. Apesar de estar prestes a explodir em uma idade completamente diferente, possivelmente levando Farooq-Lane junto com ela.

Farooq-Lane não tinha certeza se teria preferido que ela ficasse desesperada ou não. Parecia que *alguém* precisava ficar desesperada, então, se não era Liliana, cabia a Farooq-Lane desempenhar esse papel.

— Não espere demais — pediu Farooq-Lane.

— Logo — respondeu Liliana.

— Logo estaremos em um lugar onde parar ou logo você *precisará* parar?

Liliana sorriu como se achasse a ansiedade dela familiar e divertida.

— Ambos.

Isso era extremamente desconfortável.

— O que você está procurando?

— O que eu me lembro — disse Liliana. Ela bateu os dedos de uma das mãos nas unhas da outra, pensativa.

Os quilômetros passaram. As casas foram ficando mais esparsas. A noite escurecia. Farooq-Lane se perguntou quanta confiança estava disposta a colocar nas mãos daquela estranha.

Liliana disse:

— Ah, ali. Bem ali.

Ali era uma estrada de terra que levava alguns metros na direção de um portão de metal de uma fazenda antes de desaparecer na grama do campo. Uma cerca de quatro tábuas de cada lado do portão continha várias vacas sonolentas.

Liliana gargalhou ao vê-las.

— Que pena — disse Liliana, abrindo a porta. Ela abaixou as pernas, de forma rígida, e se apoiou para sair do carro.

Farooq-Lane olhou de Liliana para o gado. Lentamente, ela percebeu.

— Elas vão...

Liliana aconselhou:

— Não me siga.

Sob os faróis, ela cambaleou pela grama do campo. Farooq-Lane a viu mexer no portão antes de entrar. Ela não se preocupou em fechá-lo depois; Farooq-Lane achou que aquele era possivelmente o acontecimento mais preocupante das últimas vinte e quatro horas, uma subversão completa do que era certo e verdadeiro.

Liliana desapareceu na escuridão.

Farooq-Lane ficou sentada ali por um longo momento, tentando decidir se deveria recuar e colocar um pouco mais de distância entre ela e o campo. Então ela tentou decidir como saberia quando o episódio de Liliana terminasse. Então ela tentou decidir como se sentia sobre qualquer coisa no momento. Dera um soco em Ramsay e sua mão ainda doía, e Parsifal estava morto, e seu coração ainda doía, mas a vida continuava.

Ela ouviu algo bater no para-brisa. Era um som pequeno e estranho, tanto uma sensação quanto um ruído. Era um pouco como uma forte rajada de vento, ou como o som que se obtinha quando se encostava uma concha no ouvido. Durou menos de um segundo. O carro inteiro sacudiu um pouco, mas apenas um pouco.

Farooq-Lane percebeu que as vacas perto da cerca não estavam mais de pé. Eram protuberâncias escuras atrás da cerca de quatro tábuas. Uma estava caída contra o poste do portão, a língua pendurada. Algo escuro escorria pelo poste.

Ela tapou os ouvidos com as mãos.

Sabia que era uma resposta tardia, que não adiantaria nada, mas era isso ou colocá-los sobre a boca ou os olhos, e nenhum desses gestos fazia mais sentido.

As vacas estavam mortas. Liliana acabara de matá-las. Farooq-Lane estava a menos de cinco metros do alcance da Visionária. Por acaso Liliana sabia? Ela se lembrava disso com clareza ou apenas estava disposta a arriscar a vida de Farooq-Lane?

Farooq-Lane tinha visto corpos demais naquele dia.

Um movimento chamou sua atenção. Alguém estava passando pelo portão aberto e fechando-o com cuidado atrás de si. Os faróis iluminaram o vestido familiar de Liliana por um momento e então ela saiu do raio dos faróis para se aproximar do carro. Abriu a porta do passageiro e entrou.

Os lábios de Farooq-Lane se separaram rudemente.

Liliana era linda. Ainda era claramente a velha que acabara de passar por ali, mas também não era. Suas longas tranças brancas haviam se transformado em longos cabelos ruivos, e os olhos que antes estavam cheios de calma agora estavam cheios de lágrimas.

Ela disse, em uma voz muito baixa:

— Odeio matar coisas.

Essa versão dela ainda não havia descoberto como gostar de viver a própria vida.

— Eu também — disse Farooq-Lane.

Liliana suspirou.

— Mas há mais por vir.

71

Havia algo estranho na casa quando Jordan voltou.

Não conseguia definir bem o que era. Talvez, ela pensou, fosse apenas porque *ela* estava estranha. A casa se projetava da iluminação atmosférica do quintal e do paisagismo indulgente, como sempre acontecia quando o sol se punha. As janelas visíveis da rua eram mantidas escuras; as janelas que não eram, mostravam-se como quadrados de luz. O brilho vazava para o quintal através das grandes portas de vidro que Hennessy uma vez tinha aberto para passar o Lexus.

Declan abriu a porta do carro para ela. Ambos ficaram ao lado do Volvo tedioso e olharam para a casa. Se Declan pensava que era uma casa enorme para ela morar, ele não disse. Ele não disse nada.

Parecia como sempre, mas...

Algo não está certo, sua cabeça disse.

— Você parece um pouco melhor — disse ele.

— Não duram muito. — Ela não olhou para ele. Ele não olhou para ela.

Ele olhou para a entrada de carros, como se isso o incomodasse. Sua mão esfregou inconscientemente o peito. Por fim, ele perguntou:

— Você está bem para entrar sozinha?

— Estou, cara — disse ela com um sorriso. — Deixei meu café no seu sótão. Esqueci.

— Eu pego — disse ele.

Se fosse qualquer outra pessoa, ela achou que poderia ter avançado para um beijo, mas algo na maneira como o rosto dele tinha mudado quando ele percebeu que ela era um sonho meio que a tinha fazer perder a vontade. Ele sabia o que ela era, e isso não o havia surpreendido. Havia desapontado. Ela havia sido *Jordan Hennessy* para ele e agora era outra coisa. Menos. Ela sentiria algo sobre isso mais tarde. No momento, tudo só parecia estranho. Então, ela apenas esticou os nós dos dedos para um golpe de punho.

— Obrigada pela carona.

— Ah — disse ele, e ela também não soube o que isso significava, mas ele bateu os nós dos dedos de uma mão na outra. Declan entrou no carro e ficou sentado lá. Ele ainda estava sentado lá quando ela chegou à porta.

Ela entrou.

Dentro, a sensação era ainda mais estranha. As luzes do andar de baixo não estavam acesas, o que não era incomum àquela hora da noite se Hennessy não estivesse ali — as outras meninas estariam largadas em outras alas da casa, mas ela não conseguiu encontrar os interruptores de luz imediatamente.

Não sabia por que estava tão desorientada. Tinha a ver com ser um sonho? Era isso? Ela correu os dedos ao longo da parede tentando achar os interruptores.

Havia música tocando no fundo da casa. A cozinha ou a sala de estar. Pulsava. Quem quer que fosse, tinha ligado no máximo.

Ela continuou tateando as paredes.

Um choque elétrico a fez afastar os dedos.

Não.

Não um choque.

Pensou um pouco mais sobre o que havia sentido. Não uma dor. Não eletricidade. Apenas o estranho *ping* que vem quando você sente umidade inesperadamente.

Umidade?

Jordan puxou os dedos para perto do corpo no escuro. O torpor de sonho irrompeu: árvores, asas, fogo, escuridão. Havia algo escuro em seus dedos?

Não, ela estava confusa.

A música estava tão alta. Por que a música estava tão alta?

Ela correu os dedos pela parede enquanto descia o corredor e então tropeçou. Alguém havia deixado a bolsa no meio do chão. Estava pesada, quente.

A coisa se estendeu e segurou sua perna.

Jordan ofegou de susto, e então a bolsa se transformou não em uma bolsa, mas em Trinity.

Ela estava retorcida no corredor, uma mancha escura na forma de uma das pinturas abstratas de Declan bem na sua frente. Soltou a perna de Jordan e colocou um dedo na frente dos lábios. *Shhhh.* Sua mão escorregou molemente para o chão ao lado dela.

O coração de Jordan disparou.

Nesse momento, ela olhou para trás e viu que a umidade na parede era outra forma abstrata preta que se espalhava até onde Trinity estava deitada.

Jordan se agachou ao lado de Trinity, mas ela havia sumido.

Simples assim, ela havia desaparecido.

Controle-se, Jordan.

Ela se esgueirou pelo corredor e entrou na sala principal. Embora as luzes não estivessem acesas ali, era um pouco mais fácil de enxergar, porque as grandes janelas deixavam entrar a luz ambiente de fora. O enorme cavalete que segurava o *Retrato de madame x* estava derrubado, as pernas abertas como as de uma girafa caída. A música estava mais alta ali, o baixo ficando mais forte.

Ai, Deus, ai, Deus.

Ali estava Brooklyn. Caída sobre o sofá, um buraco de bala escuro entre os olhos e outro na garganta.

A náusea e o torpor do sonho tomaram conta de Jordan. Ela cambaleou, suas mãos procurando equilíbrio e não encontrando nada.

Se

Controla

Ela se encostou no sofá até se sentir mais estável, e então atravessou a sala principal para o corredor, passou por um escritório e pelo grande e vazio saguão.

Quase passou pela porta da escada de volta para os quartos, mas então viu que a maçaneta tinha sido completamente arrancada. Assim que empurrou a porta suavemente, pressionou as costas da mão na boca. Madox. Tinha que ser Madox porque ela usava o cabelo natural, mas seu rosto não estava ali.

Jordan teve que se agachar nesse momento, apertando os nós dos dedos contra os dentes para ofegar silenciosamente neles, mordendo até que a dor a ajudasse a focar. Ela percebeu que estava ficando zonza, ofegante.

Jordan se obrigou a pensar em como Trinity ainda estava viva, e talvez June ainda estivesse também. Ela se obrigou a levantar. Ela se obrigou a seguir pelo corredor ao som da música, movendo-se cada vez com mais cautela.

Vinha da cozinha, onde as luzes estavam acesas. Toda a casa estava equipada com sistema de som e podia ser regulado cômodo a cômodo. O da cozinha estava no máximo.

Então Jordan mal ouviu June gritar.

— *Abaixe-se!*

Ela rolou sem questionar quando um tiro ecoou. Só teve tempo de vislumbrar um homem desconhecido enquanto se arrastava para trás da bancada da cozinha.

A música era estrondosa. Todas as luzes possíveis foram acesas; as sombras eram confusas e não indicavam se alguém estava contornando a ilha.

Jordan se arrastou até o fim da ilha — não adiantava ficar quieta, nada era audível acima da música alta — e arriscou uma espiada.

A explosão de uma arma.

Passou longe, errou.

Jordan arriscou outra olhada por cima. Um homem estava recarregando bem ao lado dela. Ela se jogou sobre o balcão e escorregou em cima dele. Viu June lutando com outro agressor.

Ela estava perdida. O homem não precisava da arma para ser um bom adversário. Ele habilmente a virou de costas e nem mesmo vacilou quando ela o chutou nas bolas.

June gritou em alto e bom som.

— Fica no chão — disse o homem a Jordan, dando um soco nela.

— Por que você não fica no chão, porra?

Jordan lhe acertou uma cotovelada bem no nariz e ele cambaleou. Não foi o suficiente para detê-lo, mas o suficiente para ela se livrar de seu peso. Ela sentiu os braços serem agarrados por trás. Seus pés chutaram, chutaram, chutaram o piso. Eles a seguravam pelo bíceps e ela não conseguia se desvencilhar. O cara estava se levantando. Era seu fim, Jordan sentia.

De repente, sentiu as mãos contendo seu espernear. Elas sacudiram de novo, e então, assim que o primeiro homem tentou pegar sua arma, caíram.

Jordan recuou, perdendo o equilíbrio, mas uma mão totalmente diferente se estendeu para firmá-la. Quando essa nova pessoa a ergueu em vez de arrastá-la para baixo, seu olhar se fixou em algo familiar:

Sapatos bonitos com acabamento excepcional.

Declan a soltou a tempo de socar o homem enquanto ele se levantava com a arma.

Jordan conseguiu encontrar os próprios pés para se firmar. Havia um número confuso de pessoas na cozinha. A mulher atordoada no chão devia ter sido quem segurara Jordan antes. Declan acertou outro soco no homem. June estava ali, em algum lugar.

O homem que Declan havia socado cambaleou, mas não caiu. Ele se lançou sobre ambos.

Havia uma precisão profissional tanto no ataque quanto na defesa, uma maneira cirúrgica e sem esforço que ele empregava para lutar contra Declan e Jordan, usando os dois um contra o outro em vez de considerá-los uma ameaça dupla. Quando a outra mulher se levantou, os dois rapidamente forçaram Declan e Jordan contra a porta da despensa. A porta se abriu atrás deles.

Jordan não queria pensar em como as coisas poderiam terminar rápido naquele pequeno espaço.

Então o homem teve um espasmo violento para trás e a mulher tropeçou, desequilibrada.

June, ofegando sangue, havia atirado no homem.

Ela apertou o gatilho novamente, mas a arma falhou, inútil, vazia.

— Jordan — ela ofegou. Tudo nela estava arruinado. Jordan não podia suportar, mas não havia nada a fazer a não ser suportar. — Corre. Vá.

— June — disse Jordan —, June, eu não posso.

A mulher lutou para pegar uma das armas descartadas.

— Há muitos... muitos... mais... — disse June. — *Vá.* — Ela disse a Declan em seguida: — Eles estão procurando... o Ronan também. Eles sabem sobre o seu irmão. Onde ele mora...

Em seguida, June se jogou contra a mulher quando ela se levantou com a arma, envolveu-se em torno dela, ao mesmo tempo em que a mulher fazia um disparo.

— Matthew — disse Declan.

Eles correram.

72

A Renda estava matando Hennessy.
Estava fazendo o que dizia, realmente, o que sempre dizia.
Ela a cobria, envolvia, substituía. Ceda, ela incitava, e vai parar de doer.

A coisa a estava matando havia muito mais tempo do que normalmente levava. Normalmente ela já havia acordado, retornado com uma cópia de si mesma, recém-tatuada, um pouco mais perto da morte.

Mas não era um sonho que ela pudesse parar, esta era Lindenmere, e a pessoa que poderia parar era...

— Lindenmere — Ronan berrou, em uma voz completamente desconhecida, a luz piscando ao seu redor —, *leve-a embora!*

E então a Renda a libertou e simplesmente sumiu, e Hennessy estava deitada de costas no meio da clareira. Opala chorava assustada e acariciava a manga de Hennessy com cuidado. Hennessy não conseguia se mover porque tudo *doía*. Não tinha passado muito tempo desde a última vez para que tivesse condição de se recuperar totalmente e agora ela apenas se sentia... expulsa. Sua garganta doía e ela sabia, sem olhar, que a Renda a havia marcado com outra tatuagem. Espaço para apenas mais uma.

O fim se aproximava.

Era quase um alívio se permitir pensar nisso.

Ronan praguejou baixinho enquanto se ajoelhava ao lado dela.

— Desculpe, não fui rápido o suficiente. Eu não sabia que ela viria atrás de você assim tão de repente...

Ele xingou mais um pouco.

— A cópia... — disse Hennessy.

— Não tem cópia — disse Ronan. — Você não trouxe nada de volta porque não era o seu sonho, você não acordou, você nunca dormiu. Lindenmere simplesmente impediu que acontecesse. É só você. Merda. Merda, porra. Lindenmere, Opala, você pode ajudá-la...

Então realmente era verdade. A Renda realmente iria matá-la, mesmo sem as cópias. A *sensação* era verdadeira. Parecia que ela estava quase morta agora. Parecia que se Opala tocasse sua pele, simplesmente seria removida como sujeira.

Opala colocou algo frio na testa de Hennessy, depois repetiu seus cuidados no dorso das mãos e nos tornozelos expostos. Ela balbuciou suavemente em uma linguagem que soava irreal. Ainda estava chorando de escorrer o nariz. Ronan se levantou e abraçou a cabeça de Opala contra sua perna.

— Não sei — disse Ronan. — Você precisa de alguma coisa para afastar a Renda de você, como a minha luz fez.

Hennessy ia dizer que não tinha visto, mas dava muito trabalho falar e, de qualquer maneira, ela achava que realmente tinha visto, agora que pensava a respeito. Aquele lampejo de luz. Aquele recuo momentâneo da Renda antes que Lindenmere a tivesse levado.

— Algo já está no lugar — Ronan continuou. — Isso está ajudando? O que Opala está fazendo? Armadura. Armadura e alguma outra coisa, como um escudo, algo que você poderia trazer de volta com você que não seja você mesma, até que você aprenda a não trazer as coisas de volta toda vez que sonhar.

— Não consigo — resmungou Hennessy.

Opala fez um barulho triste e colocou outra coisa fria na garganta de Hennessy. Era uma sensação boa, daquelas que só são provocadas quando a gente estava se sentindo muito, muito mal antes. Ela sentia que todos os procedimentos de Opala estavam funcionando um pouco. Não ia desmaiar.

— Eu poderia fazer isso — disse Ronan. — Eu poderia ir dormir na mesma hora que você, te encontrar no sonho e manifestar algo logo que eu chegasse.

Nenhuma ideia parecia uma boa ideia quando só nos restava uma chance.

— É só pedir. É fácil — Opala disse no que provavelmente deveria ser um tom calmante, mas, por causa de sua voz baixa e ofegante de criança, e de seus grandes olhos negros e suas pernas de cabra estranhas, em vez disso soou um pouco assustador. — Escudo.

E Hennessy tinha um escudo no peito, pesando sobre ela. Ela soltou um grito de angústia.

— Opala — repreendeu Ronan. — Sai fora.

O escudo desapareceu. Hennessy ofegou um pouco e Opala se ocupou colocando mais coisas frias na pele exposta de Hennessy.

— Você só estava tentando ajudar — Ronan disse a Opala, de forma conciliadora. — Mas é verdade, é fácil aqui. Você só precisa pedir alguma coisa. Tente.

Tudo o que Hennessy já tinha pedido havia se transformado em um desastre. Um truque cruel. Um afogamento em vez de um oceano.

— Só uma coisinha — disse Opala, com uma vozinha aduladora, como uma mãe fazendo voz de bebê para se comunicar com uma criança.

— Tudo o que eu sonho dá merda — disse Hennessy.

Ronan olhou para ela, as sobrancelhas franzidas. Sua boca estava se movendo como se ele discordasse muito, mas não conseguisse saber como montar um contra-argumento. Ela não achou que ele conseguiria. Ele disse:

— Como a Jordan?

Ele conseguiria.

Porque é claro que Jordan era boa. Melhor do que Hennessy. A melhor de todas as garotas. A melhor amiga de Hennessy.

Sonhada.

Opala se ajoelhou bem baixo para colocar a bochecha ao lado da orelha de Hennessy. Ela sussurrou docemente:

— Só uma coisinha.

Hennessy fechou os olhos e levou as mãos ao peito. Segurou-as ali, pensando nas luzes que tinham chovido antes. Tão gentis, perfeitas, inocentes e boas. Hennessy não era nada disso havia muito tempo.

— Hennessy — disse Ronan —, por favor, não me deixe ser o único.

Essa foi a primeira brecha que ela viu na armadura de Ronan.

— Só uma coisinha — disse Hennessy. Ela abriu as mãos.

Uma minúscula luz dourada se ergueu lentamente de suas palmas. Olhando de soslaio, era apenas uma luz, mas, se você olhasse perto o suficiente, queimava com uma emoção minúscula, quase inexistente: esperança.

Ela tinha conseguido. Peça, e você receberá.

Então o celular de Ronan tocou.

73

Os celulares nem sempre funcionavam em Lindenmere. Lindenmere era uma coisa que tanto usava energia — energia da linha ley — quanto a exalava — energia de sonho — e que, às vezes, parecia contribuir para o sinal do celular, mas, às vezes, parecia roubá-lo. Com mais frequência roubá-lo. Não ajudava o fato de Lindenmere parecer usar o tempo de maneira diferente do resto do mundo; um minuto em Lindenmere poderia ser duas horas fora da floresta, ou duas horas poderiam ser um minuto. Nessas condições, era impressionante que uma ligação pudesse ser completada.

Mas essa completou.

— Não estou a fim de brigar — disse Ronan ao telefone.

— Ronan — disse Declan. — Diga que você está na cidade.

— Estou em Lindenmere.

A respiração que Declan exalou fez o som mais terrível que Ronan já ouvira seu irmão produzir.

— Por quê?

— Pessoas estão indo atrás de você — disse Declan. — Para a casa na cidade. Para matar você. Matthew não está atendendo o celular.

Por um segundo, o cérebro de Ronan não foi capaz de fornecer pensamentos e palavras, e então ele disse:

— Onde você está?

— Preso no trânsito — respondeu Declan, infeliz. — Estou tentando. Não tem acostamento. Não tem espaço. Eu chamei a polícia.

Hennessy estava se esforçando para conseguir se sentar, tentando se recompor. Ele sabia que ela havia ouvido o lado de Declan da linha. Lindenmere também, porque grossas gotas de chuva começavam a espirrar no chão, a angústia chorando do céu turbulento.

Ronan perguntou:

— A que distância você está?

— Eu não posso sair e correr, se é isso que você está perguntando — Declan disparou. — Ele não está *atendendo*, Ronan. Eles podem já estar lá. Eu... olha, eles já conseguiram... A Jordan está...

Quando ele não terminou, Ronan fechou os olhos. Pense. *Pense.* Ele tinha tanto poder, especialmente estando bem no meio de Lindenmere, mas tudo era inútil. Ronan não conseguia se teletransportar. Não conseguia fazer seu irmão atender o telefone. Podia manipular qualquer coisa que quisesse dentro de Lindenmere, mas nada fora dela. Mesmo se estivesse dormindo, o que ele poderia fazer contra um agressor desconhecido duas horas a leste?

Ele poderia fazer enfeites e dispositivos. Inútil. Inútil.

Hennessy estava olhando fixo para ele. Tinha ouvido Declan dizer *Jordan*, mas ele não tinha tempo para lidar com isso.

— Vou tentar — disse Ronan.

— Tentar o *quê*? — perguntou Declan.

— Não sei. Não *sei*. — Ele desligou. Ele tinha que pensar... ele tinha que...

Lindenmere estava sussurrando ao seu redor. As árvores murmuravam entre si.

Greywaren, disseram as árvores. *Nós daremos a você o que você precisa.*

— Não sei do que preciso, Lindenmere — disse ele. Ronan lutou para imaginar uma solução. — Não consigo chegar lá a tempo. Preciso de algo que *consiga* chegar lá. Algo secreto. Estou confiando em você. *Me dê o que eu preciso.*

Algo perigoso como você, ele pensou.

E como você, a floresta respondeu com um sussurro.

O pequeno enfeite brilhante de esperança de Hennessy ainda permanecia na clareira, suspenso entre as gotas de chuva.

Lindenmere começou a trabalhar.

A chuva afundava no solo.

Motosserra reapareceu com um grito cauteloso, acompanhada pelo leve *wuff* de suas asas batendo no ar. Ela pousou no braço de Ronan, seu pescoço arrepiado. Ela rangeu o bico. Suas garras se cravaram com mais força no braço de Ronan, e onde o pulso dele não estava protegido pelas pulseiras de couro, elas tiraram sangue.

Hennessy cobriu a cabeça quando as folhas explodiram do chão. Os pássaros rodopiavam ao redor deles, o mesmo acontecia com as folhas. O solo rugiu, a terra se soltando das raízes lá embaixo. Aquela leve explosão reverberou sob a terra, ficando cada vez mais alta até que fosse uma nota pura e clara ecoando no ar, uma versão intencional e limpa do grito de Adam — um som que significava que ele estava *vivo, muito vivo*, não o contrário. As folhas congelaram no meio da queda. Os pássaros ficaram presos no meio do voo. Tudo estava contido naquela nota.

Naquele momento congelado, as luzes giravam e espiralavam entre as árvores. As luzes enrolaram a escuridão em torno de si mesmas como se estivessem enrolando um fio ao redor de uma bobina. A escuridão tinha peso, massa e forma. Isso era o que Lindenmere estava fazendo para Ronan, com Ronan.

As novas formas escuras não emitiam nenhum som, exceto pelas folhas secas farfalhando com a força de seu movimento enquanto a escuridão continuava enrolando novas camadas em cima da luz, escondendo a luz por dentro.

Então as folhas presas caíram; os pássaros saíram voando.

O bando foi criado.

Eles vinham em direção a Ronan e Hennessy, um bando de criaturas sem definição.

Com um guinchado, Opala implorou por colo, e ele a pegou assim que as criaturas os alcançaram.

Ronan viu que eram cães, ou cães de caça ou lobos. Eram fuliginosos, totalmente pretos, todos se misturando uns com os outros, menos como animais distintos e mais como fumaça ondulando. Seus olhos brilhavam laranja-esbranquiçados e, quando ofegavam, as bocas reluziam e revelavam as fornalhas brilhantes dentro de cada uma.

Os cães do sol são tão rápidos quanto os raios de sol, sussurraram as árvores. *Eles estão com fome. Aplaque-os com água.*

— Eles são assustadores — choramingou Opala.

— Acho que é essa a ideia — respondeu Ronan.

Diga a eles o que fazer, instruíram as árvores. Os cães do sol se moviam diante dele, línguas negras rolando sobre dentes negros, fumaça saindo deles.

Ronan disse ao bando:

— Salvem o meu irmão

74

Os irmãos Lynch, os Lynch irmãos. De certa forma, os irmãos Lynch sempre tinham sido a definição mais importante e verdadeira da família Lynch. Niall estava fora com frequência, e Aurora era presente, mas amorfa. A infância tinha sido os três atravessando a floresta e os campos ao redor da Barns, incendiando coisas, cavando buracos e lutando. Os segredos os uniam com muito mais força do que qualquer amizade jamais poderia, e mesmo quando iam para a escola, continuavam sendo os irmãos Lynch, os Lynch irmãos. Mesmo depois que Niall morreu e Ronan e Declan brigaram durante um ano, eles permaneceram emaranhados, porque o ódio liga tão fortemente quanto o amor. Os irmãos Lynch, os Lynch irmãos.

Ronan não sabia quem seria sem eles.

Ele dirigiu feito um demônio.

Não era só em Lindenmere que o tempo fazia coisas engraçadas. Ronan e Hennessy levaram uma hora e trinta e oito minutos para chegar a Alexandria, uma façanha que só era possível por meio de uma combinação de velocidades ilegais e de pouco se lixar para as consequências dessas velocidades. Mesmo assim, uma hora e trinta e oito minutos nunca tinha demorado tanto antes. Cada segundo era um minuto, um dia, uma semana, um mês, um ano. Cada quilômetro levou vidas inteiras para ser percorrido. Ele não saberia se os cães do sol haviam chegado a tempo até que ele mesmo chegasse lá.

Ronan ligou para os irmãos. Eles não atenderam.

— Atenda — murmurou Hennessy, no banco do passageiro.

Ronan era sempre aquele que encontrava os membros da família mortos; não parecia justo. Não que ele quisesse que seus irmãos tivessem de suportar a ferida emocional de descobrir os corpos. Só não queria que fosse *ele*. Ele é que tinha encontrado o corpo do pai na entrada da garagem na fazenda, crânio encontra chave de roda. Ele é que tinha encontrado o corpo da mãe nas ruínas moribundas de Cabeswater, um sonho, expulso. Aquelas imagens eram suas para sempre agora; ao vencedor, o prêmio, ao descobridor, a lembrança.

Ele ligou para Adam. Adam não atendeu.

— *Atenda* — disse Hennessy.

O tempo se estendeu longo, estranho e infinito, uma noite sem fim, uma cidade ainda distante.

Ele tentou ligar para os irmãos novamente.

Continuaram sem atender.

— Alguém *atenda*. — Hennessy pressionou as mãos sobre o rosto.

Enfim pararam no bairro tranquilo e estéril de casas geminadas onde Declan e Matthew viviam. Parecia silencioso e comum, os carros dormindo em calçadas, as luzes da rua zumbindo para se acalmar, os arbustos jovens decorativos sem folhas tremendo em seus sonhos.

A porta da casa de Declan estava entreaberta.

Ronan se viu não em estado de preocupação, não em estado de tristeza, não em estado de adrenalina; em vez disso, se viu num torpor amorfo e letárgico. *É claro*, ele pensou. Olhou para a rua escura da cidade atrás dele, mas estava vazia. Então ele abriu a porta, Hennessy mancando logo atrás.

Por dentro, a casa estava revirada. Não apenas revirada, mas arruinada, destruída intencionalmente. Ele teve que passar por cima do micro-ondas, que havia sido jogado no meio da entrada. A arte das paredes tinha sido lançada na escada, como se tivesse sido baleada durante a fuga. As gavetas do aparador na entrada tinham sido puxadas para fora e jogadas contra a parede. Todas as luzes estavam acesas.

Ronan se examinou novamente para identificar sentimentos. Ainda não havia retornado. Ele virou a cabeça e disse para Motosserra:

— Encontre-os.

Silenciosamente, o corvo alçou voo, girou em torno de uma luminária e subiu as escadas.

A última coisa que Matthew dissera a ele tinha sido que ele era um mentiroso.

Ele fechou a porta da frente e saiu pelo térreo, Hennessy o seguiu como se estivesse hipnotizada. Os cômodos estavam irreconhecíveis. Demorou um pouco para perceber que faltavam algumas coisas: lâmpadas, estátuas, alguns móveis. E algumas coisas estavam como o micro-ondas: jogadas em um lugar errado.

Havia buracos de bala no sofá.

ele

não

sentia

nada

— Matthew? — disse ele em voz baixa. — Declan?

O térreo da casa estava vazio. Ele descobriu que não queria subir as escadas. Ainda sentia aquele silêncio indefinido dentro dele, aquela falta de sentimento, mas também meio que pensou que, se eles estivessem mortos lá em cima, aquele seria o último minuto que ele tinha antes de adicionar a memória de seus corpos a dos outros.

— *Kerah* — Motosserra chamou do segundo ou terceiro andar.

Certo. Apenas vá e faça.

Ronan subiu as escadas. No topo, ele encontrou palavras pintadas na parede que costumava conter fotos de família.

PARE DE SONHAR

Um par de meias estampadas de Matthew tinha sido inexplicavelmente jogado no centro do tapete. Os beagles nelas olhavam para Ronan, que olhou para trás.

Ele ouviu um farfalhar vindo do quarto de Declan. Era impossível saber o que era. Parecia movimentado.

— Ronan? — sussurrou Hennessy. Quando ela falou, não parecia ela mesma.

— Fique lá embaixo — ele sussurrou de volta. Ronan sabia que também não parecia ele mesmo falando.

— *Kerah* — Motosserra insistiu, do quarto de Declan.

Ronan arriscou.

— Declan? Matthew?

— Ronan! Estamos aqui em cima! — A voz de Matthew, e todos os sentimentos que Ronan não sentira nos últimos cinco minutos voltaram de uma vez. Ele teve que se agachar por um segundo perto das meias de beagle, os dedos pressionados no tapete de Declan normalmente perfeito, mas agora duro com respingos de tinta. *Deus, Deus, Deus.* Era tanto uma oração de gratidão quanto um apelo.

— Você mandou esses malditos monstros? — Declan exclamou de longe.

Sim, sim, ele tinha mandado.

A névoa havia se dissipado. Ronan conseguiu se endireitar e seguir até o quarto.

Os cães do sol o preenchiam. Sua onipresença não fazia sentido se pensássemos neles como uma matilha de cães, mas se pensássemos como uma nuvem de fumaça, fazia todo o sentido. Como um gás, eles se expandiam para preencher todo o espaço do recipiente. Eles se separaram em torno de Ronan, bocas escancaradas e ferozes, enquanto ele olhava em cada quarto.

— Onde estão vocês?

— Aqui em cima — disse Declan, com a voz azeda.

Ronan ergueu os olhos. A voz vinha por trás do minúsculo painel no teto que levava ao sótão.

— Por que diabos vocês ainda estão aí em cima?

— Seus monstros estão tentando nos matar também — disse a voz de Matthew, mas soava alegre com a ideia.

O alçapão do sótão se abriu. Instantaneamente, todos os cães do sol estavam aos pés de Ronan, empilhando-se uns sobre os outros, tentando se fazerem altos o suficiente para entrar. Eles tinham feito um ótimo trabalho em muito pouco tempo.

— Ei, ei, calem a boca — disse Ronan. — Abaixem-se!

Mas os cães do sol não atenderam.

— Ronan — disse Declan, com uma espécie de advertência na voz.

— Espere, espere — disse Ronan, tentando entender.

As palavras de Lindenmere voltaram à sua mente. Ele olhou ao redor do segundo andar da casa até que encontrou a garrafa de água de Matthew caída debaixo de sua cama. *Aplaque-os com água*, Lindenmere dissera. Não havia água suficiente ali para derramar sobre todos eles, mas, pelo menos, era o suficiente para testar uma teoria.

No entanto, para sua surpresa, não foi assim que aconteceu.

Ele desenroscou a tampa.

Imediatamente, os cães foram despejados na garrafa.

Em um momento, o quarto estava cheio deles, o chão coberto por seus corpos nebulosos. No instante seguinte, a água na garrafa escureceu momentaneamente e girou e então ficou clara outra vez. A única evidência de que os cães do sol ainda estavam lá, de alguma forma, era um pequeno fiapo de escuridão que não derretia totalmente, como um fio de óleo escuro.

Ronan tampou a garrafa.

— A barra tá limpa. Hennessy, a barra tá limpa!

O alçapão do sótão despejou seus irmãos: Matthew, depois, Declan, depois, Jordan.

Jordan correu pelo quarto e abraçou Hennessy com tanta força que Hennessy tropeçou e teve que se segurar no batente.

— Achei que você estivesse morta — disse Hennessy com a voz vazia.

— Elas estão mortas — Jordan sussurrou. — Elas estão todas mortas.

Matthew foi até Ronan para ter sua cabeça abraçada, como quando ele era menor, e Ronan o abraçou com força.

— Desculpa ter mentido — disse a Matthew. Declan e Ronan olharam por cima dos cachos dourados de Matthew. Naquele olhar compartilhado, Ronan viu o que a casa destruída já implicava: tinha sido ruim.

Declan disse:

— Sem os seus monstros, a gente estaria morto. Eles estão...

Ronan balançou a garrafa de água.

— Eles estão aqui dentro. — Ele entregou a garrafa para Matthew, que se afastou de seu abraço para sentar na cama e estudá-la. — Pronto, garoto, não diga que eu nunca te dei nada.

Declan arrancou a garrafa de Matthew.

— É como dar um revólver a uma criança. Você sabe o que essas coisas fazem? Você viu antes de mandá-las para cá?

Ronan balançou a cabeça.

Declan colocou a garrafa de água firmemente de volta na mão de Ronan.

— Eu colocaria isso em uma prateleira alta. Olhe do outro lado da cama.

Um breve reconhecimento do outro lado do quarto revelou que havia um braço entre a cama e a janela, e muito sangue, que Ronan presumiu pertencer ao braço. Ele se virou para verificar se não pertencia a Matthew ou Declan. Parecia que não. Ronan procurou dentro de si por algum arrependimento e não conseguiu encontrar. Procurou o medo também, mas tudo que encontrou foi uma raiva incandescente.

— Precisamos conversar — disse Declan. Ele desviou o olhar de Jordan e Hennessy. — Porque eles vão voltar.

75

Os Visionários nunca queriam fazer isso depois de ver um ataque. Lock havia se acostumado. Eles estavam mais do que entusiasmados para lutar pela causa quando conheciam os Moderadores, mas então viam como as coisas realmente aconteciam, e todos ficavam com medo. Por um curto tempo, Lock pensou que a resposta fosse mantê-los longe dos ataques, se possível, mas então percebeu que também era inútil. Em dado momento, eles enxergavam os ataques nas suas visões, então de uma forma ou de outra, a hora do acerto de contas sempre acabava chegando.

Com Liliana não foi diferente. Lock havia se hospedado no mesmo hotel que Farooq-Lane e Ramsay, e quando a viu com Carmen no saguão do hotel, percebeu que ela não seria o tipo de pessoa com estômago de ferro. Ela era mais do tipo diáfano, pacifista e chorona. Pessoas que se pareciam com ela queriam fazer aquilo para tornar o mundo um lugar melhor, e pessoas que se pareciam com ela raramente viam como alvejar adolescentes na cabeça e na barriga estava tornando o mundo um lugar melhor.

Então ele já sabia antes de saírem que, quando voltassem, a situação ia requerer alguma negociação.

E, quando tudo terminasse, ele sabia que faria o que fosse necessário, porque as informações que ela tinha eram de ouro.

Claro, tinha sido um show de horror. Bellos agora tinha um braço só. Ramsay tinha levado um tiro no mesmo braço em que tinha sido apunhalado com um crucifixo, que era apenas o seu braço ruim, mas, pelo menos, ele ainda o tinha. Nikolenko levara uma puta de uma mordida — uma *mordida!* — no pescoço. Um belo número de sonhos tinha escapado. Era impossível dizer se alguma daquelas garotas era a Jordan Hennessy original. Ronan Lynch não estava em lugar nenhum.

Mas isso não era culpa de Liliana. Suas informações tinham sido espetaculares. Informações específicas, brilhantes e especiais sobre dois Zeds totalmente separados em dois locais totalmente diferentes. Ela era a Visionária que eles estavam esperando sem dúvida. Lock nunca tinha visto nada semelhante.

Parecia que essa coisa poderia realmente ser consertada; *essa coisa*, no caso, sendo o apocalipse.

Que bom. Fazia anos que ele não via seu cachorro.

Muitas pessoas não considerariam o trabalho de Lock um trabalho fácil e recompensador; chefiar uma força-tarefa amplamente clandestina não permitia muitos elogios públicos e não rendia tão bem quanto o setor privado, mas Lock não trabalhava para essas coisas, ele trabalhava para o senso de propósito, para a aquisição de confiança, para a eventual construção de uma pirâmide de humanos que presumiam que ele cumpriria a tarefa do jeito certo e na primeira tentativa. Ele presumia que, ao final de tudo aquilo, supondo que o mundo fosse salvo, ele poderia negociar essa sua reserva de diversão e prêmios de natureza indeterminada.

Lock caminhou até Farooq-Lane no bar do hotel.

— Como ela está?

— Ela quer desistir — Farooq-Lane sibilou. Ele nunca a tinha visto com tanta raiva. Era tão inapropriado quanto a dor dela quando o irmão tinha sido baleado. Dava vontade de lhe dar algo para colocar por cima do rosto até ela conseguir recuperar a dignidade. — E por que você acha que poderia ser? Talvez você deva colocar Ramsay na *coleira* ou simplesmente colocá-lo a sete palmos.

— Se tirássemos Ramsay de operação, você acha que seria o suficiente para fazê-la mudar de ideia?

— Pode não ser o suficiente para mudar a *minha* opinião — disse Farooq-Lane.

Lock lançou um olhar para ela. Ele não disse nada, mas o olhar disse em seu lugar. O olhar dizia, lembre-se de que falamos sobre isso. O olhar dizia, lembre-se de que não temos certeza absoluta se você não sabia sobre toda a merda que seu irmão tinha feito antes de o pegarmos. O olhar dizia, lembre-se de que sempre podemos iniciar uma investigação pública longa e confusa para descobrir se você foi cúmplice. O olhar dizia: *você não vai mudar de ideia*. O olhar dizia: *aliás, diga-se de passagem, estamos salvando o mundo e quem quer optar por ficar de fora?*

Farooq-Lane desviou os olhos diante desse olhar. Ela disse:

— Acho que vai demorar mais do que isso.

Lock disse:

— Qual é o número do quarto dela?

Farooq-Lane disse:

— É 215. Por enquanto.

— Durma um pouco, Carmen — sugeriu Lock. — Precisamos do seu cérebro maravilhoso bem afiado. Você se saiu muito bem esta semana.

Ele subiu no elevador até o segundo andar e cruzou o corredor. Liliana estava em uma suíte lateral que Lock sabia que apagaria os ocupantes de, pelo menos, dez outros quartos se ela ainda não tivesse aprendido a direcionar as visões para dentro. Deus, ele não conseguia nem imaginar o quanto as informações proporcionadas por ela seriam boas se ela aprendesse a focá-las internamente. Essa coisa estaria acabada antes de começar. Os Zeds não teriam chance.

Lock bateu na porta de Liliana. Três batidas autoritárias. A primeira dizia: atenda. Segunda: a. Terceira: porta.

Ela atendeu.

— Posso entrar? — perguntou ele.

O nariz e os olhos dela estavam vermelhos por causa do choro. Ela o deixou entrar.

Ele se sentou na ponta do sofá e deu um tapinha para indicar que ela deveria equilibrar sentando-se na outra extremidade. Ela o fez.

— Entendo que você tenha achado o dia de hoje muito desagradável — disse ele —, porque foi muito desagradável. — Ele descobrira que não havia motivo para rodeios. Não adiantava transformar uma verdade tão asquerosa em algo menos asqueroso; já estava gravado na mente deles. — Não preciso dizer por que estamos fazendo isso; afinal, você pode ver por si mesma, em primeira mão. É uma tarefa desagradável que simplesmente não podemos fazer sem você. — O próximo passo sempre tinha sido lembrá-los de por que eles estavam dispostos a fazer aquilo, antes de mais nada. — Eu entendo perfeitamente se você tiver que nos deixar, mas peço que nos ajude a encontrar outro Visionário para tomar seu lugar antes de você ir. — Então era importante, Lock havia descoberto, deixá-los compreender que eles não estavam presos. Criaturas aprisionadas faziam coisas desesperadas, então era importante lembrá-las de que a janela estava aberta, mesmo que elas não pudessem voar por ela imediatamente sem fazer papel de cretinas. — Mas, se você ficar com a gente, prometo que faremos o possível para que valha a pena.

Finalmente, Lock havia descoberto que era importante nos primeiros minutos do encontro com um novo Visionário descobrir o que ele mais desejava no mundo e ver se estava a seu alcance oferecê-lo. As pessoas eram simples. Mulheres, armas, ouro — era como dizia a canção.

Lock olhou para a garota ruiva chorando, leu sua linguagem corporal e supôs o que ela queria.

— Se você ficar com a gente, eu estava pensando que o que poderíamos fazer é tirá-la deste hotel e levá-la a uma casa de campo alugada para onde você pudesse voltar entre uma viagem e outra e mantê-la em outras residências alugadas em cada lugar para onde a gente for, assim você pode sentir mais como se estivesse em casa. Você teria um Moderador com você em cada lugar para te ajudar a obter tudo o que você precisasse de alimentação ou roupas.

Essa Visionária queria estabilidade, ele supôs. Ela queria um lugar onde não precisasse se preocupar em explodir inocentes em pedaços. Um lugar onde não precisasse colocar a escova de dentes de volta na mala todas as noites. Ela não parecia ter nenhuma bagagem. Talvez ela quisesse isso também, mas ele guardaria algo para mais tarde.

Liliana baixou os cílios; eram tão ruivos quanto os cabelos. Ela era realmente adorável, mas de uma forma tão extrema que Lock percebeu que devia ser parte do que a tornava uma Visionária. Todos eles tinham algum atributo estranho que atuava no presente de maneiras estranhas, e isso devia ser parte dela.

Ela estava pensando a respeito.

Ela mordeu o lábio e tomou uma decisão.

— Farooq-Lane pode ficar comigo?

76

Então o mundo havia se quebrado.

O mundo havia se quebrado e, no final, Declan não tinha certeza se havia algo que ele pudesse ter feito para impedir. Ele não sabia se as pessoas que haviam invadido sua casa tinham vindo porque ele não fora cuidadoso o suficiente, ou porque chamara a atenção demais para si, ou porque ligara para um número em Boston a respeito da *Dama sombria*, ou porque tinha ligado para outro número querendo saber sobre Boudicca, ou por causa de nenhuma dessas coisas.

Ele apenas sabia que o mundo tinha se quebrado e agora nenhum de seus irmãos estava seguro.

PARE DE SONHAR.

Estavam sentados no Shenandoah Café. Ficava bem longe da casa geminada de Declan, o que parecia importante, e era um lugar público, o que parecia muito importante, e ficava aberto 24 horas nos fins de semana, o que parecia muito, muito importante.

Eles não estavam realmente conversando. Deveriam estar, mas depois de algumas atualizações preliminares, todos ficaram em silêncio. Hennessy apoiava a cabeça no ombro de Jordan, parecendo abatida, exausta, infeliz e aliviada pelo fato de o ombro de Jordan estar ali para sustentá-la. Jordan fitava algumas bugigangas na parede. Não sonhadora, mas assombrada. Matthew encarava Jordan, e por que não o faria? O primeiro sonho vivo que ele via desde que ficara sabendo que era um. Ronan cerrava e abria o punho sobre a mesa, olhando pela porta da frente para os dois carros parados nas vagas do estacionamento. Ficava olhando para o celular: tinha uma mensagem enviada para Adam ainda sem resposta. Declan também estava esperando um retorno em seu celular. Ele havia digitado e-mails e mensagens para Matthew enquanto eles se dirigiam para o café, havia feito ligações e deixado mensagens de voz, acionando todos os contatos que ele tivesse coragem de acionar que pudessem saber quem estava matando sonhadores em Washington, DC.

A garçonete, Wendy, se inclinou com uma grande bandeja.

— Trouxe bolinhos de maçã duplos para vocês — disse ela. — Parece que vocês tiveram uma noite daquelas, crianças.

— Eu sabia que eu gostava dela — falou Hennessy depois que Wendy saiu, e apoiou a cabeça nos braços.

Era estranho vê-la ao lado de Jordan. Elas eram a mesma garota, mas também não eram. Tinham o mesmo rosto, mas o usavam de maneiras totalmente diferentes. Era difícil acreditar que Hennessy fosse a sonhadora. Parecia que Jordan deveria ter vindo primeiro. Hennessy era... menos.

Não pense nisso, Declan pensou. *Apenas pare.*

O celular tocou.

Mas não era o de Declan; era o de Ronan. SARGENTO, dizia o identificador de chamadas.

Ronan pegou o aparelho e o colocou no ouvido. Ele abaixou a cabeça e ouviu, falando muito pouco. *O que Gansey disse? Não, mas por que... não. Não, fique longe. Você teve notícias do Ad... Você teve notícias do Parrish? Algumas horas. Eu sei. Eu sei.*

Depois de desligar, Ronan falou:

— Eles falaram com o sr. Cinzento.

Os dois irmãos Lynch mais velhos levaram um momento para erguer a cabeça e travar a mandíbula. Sua relação com o sr. Cinzento era complicada: ele era o homem que recebera a ordem de matar Niall Lynch. Niall era apenas uma das muitas pessoas que ele havia matado para seu empregador, Colin Greenmantle, que tinha lhe feito chantagens. Isso fazia dele a pessoa que tinha matado Niall? Sim. Isso o tornava seu assassino? Possivelmente. Ou possivelmente o sr. Cinzento era a arma na mão de Greenmantle.

O sr. Cinzento havia passado muito tempo desde que se libertara de Greenmantle tentando compensar os irmãos Lynch, embora matar o pai de alguém simplesmente não fosse o tipo de coisa de que um relacionamento conseguisse se recuperar incólume. A despeito disso, significava que ele sempre forneceria informações, se pudesse.

Mas os Lynch nunca falavam com ele.

— Ele disse que tudo que está circulando nas ruas é que um grupo está matando sonhadores, e eles têm respaldo do governo. Há muitos deles.

— Por quê? — perguntou Matthew.

— Eles não sabem por quê.

— Quantos são "muitos"? — Declan quis saber.

— Pelo visto, o suficiente para que outro ataque acontecesse na África do Sul enquanto eles estavam atacando a sua casa esta noite — disse Ronan.

O mundo estava quebrado, Declan pensou. Estava quebrado e não tinha conserto.

Ele pensou: *E eu também nunca vivi de verdade.*

— Então, como eles sabem sobre os sonhadores? — perguntou Jordan. — Nós nem sabíamos que você existia até que você apareceu na nossa porta, não é?

Porque os sonhadores foram feitos para serem um segredo, Declan pensou. Porque todos sabiam que o segredo era a única maneira de sobreviver. Porra, ele pensou desamparado. *E agora?*

— E eu não sabia sobre você até Bryde — disse Ronan. — Ah. Você se lembra do que ele disse, Hennessy? Quando ele foi embora?

Hennessy virou a cabeça para que sua voz fosse audível.

— "Vai dar merda no mundo." Ele sabia. Era uma surpresa para ele, mas ele sabia.

— Declan — disse Ronan —, não me diga para não fazer.

— O que eu estou te dizendo para não fazer?

— Não me diga para não ir atrás do Bryde — disse Ronan. — Não me diga pra ficar na minha.

Tudo em Declan queria dizer justamente isso, no entanto. O mundo sempre poderia se quebrar um pouco mais. Enquanto seus irmãos estivessem vivos, sempre poderia acontecer coisa pior.

— Me fala de outra forma — Ronan continuou. — Me fala alguma coisa que não seja pedir a ajuda de Bryde e eu faço.

Declan odiava isso. O antigo e familiar nó no estômago. O azedume rançoso do perigo. Não era medo por si mesmo, ele percebeu. Porque tinha sido perigoso ir ver o novo Fenian, mas a sensação tinha sido diferente. Aquilo tinha sido ilícito e emocionante, e não apenas porque Jordan estava com ele. Porque o sangue criminoso de seu pai corria através dele. Não, Declan odiava a ideia de seus irmãos estarem em perigo.

— O que ele poderia fazer de bom? Você não sabe nada sobre ele.

— Sabemos que ele é poderoso — disse Hennessy. — A gente sabe que todo mundo estava falando sobre ele no Mercado das Fadas.

— Ele conhece mais sonhadores do que apenas a gente — acrescentou Ronan. — E ele sabe mais sobre como isso funciona do que eu. Sabemos que o monstro na cabeça da Hennessy tem medo dele.

— Mas vai ser necessário vocês dois para convencê-lo — disse Jordan. — Não foi isso que você disse quando chegamos aqui? Você e a Hennessy. E ela só tem mais um sonho sobrando.

Hennessy se sentou.

— Eu posso fazer isso.

Jordan disse:

— Não tem como voltar atrás.

— Eu posso fazer — disse Hennessy. — Ou morrer tentando. Ou vai ser isso ou vai ser da próxima vez que a meleca preta, a tinta noturna, vier.

Ronan disse:

— A gente consegue. Eu sei.

Não era típico de Ronan mentir.

Ele desviou os olhos dos de Declan.

— E quanto a vocês?

Matthew se manifestou:

— Eu não quero fingir.

Declan observou seu irmão mais novo. Ele parecia diferente de alguns dias antes, porque pela primeira vez em vários meses, ele havia perdido o sono. Ele tinha olheiras sob seus olhos agradáveis e linhas de expressão ao redor da boca normalmente sorridente.

Ele continuou:

— Fui para o futebol e a única coisa em que eu conseguia pensar era naquilo que você disse sobre eu talvez não ter órgãos internos.

— Ma... — começou Declan.

— Não é real — disse Matthew. — Não é real fingir que qualquer um dos outros caras vai sair do campus e não se lembrar por que o fizeram. Não é real fingir que todos estão caminhando para Great Falls. Não é real, simplesmente não é real. Eu quero ser real. Eu quero saber por que isso está acontecendo. Eu quero saber se posso pará-lo. Não tem sentido em ser diferente, D., simplesmente não tem sentido.

— Tudo bem — disse Declan suavemente.

Todos na mesa olharam para ele.

De qualquer modo, Declan era incapaz de negar a Matthew qualquer coisa que ele quisesse, mas era mais do que isso. Era que ele havia desistido de tudo e não recebido nada em troca. Era que ele não era um sonhador, e ele não era um sonho, e ele não poderia ser humano; não sobrava mais nada. Apenas um oceano turquesa sem nenhum sinal de que ele já tenha existido. Alguma coisa precisava mudar.

— Vamos para a Barns — disse ele. — Fica escondida, não fica? Vamos procurar respostas de lá. Não vamos fingir mais.

— E Ronan e eu vamos entrar em contato com Bryde — disse Hennessy. — Jordan, eu quero que você vá com o Declan e com o Matthew.

Jordan estava sentada sozinha no canto da mesa, uma perna esticada no nicho ao lado agora que Hennessy havia se sentado ereta. Ela de alguma forma parecia mais real do que qualquer um deles. Um sonho, mas mais real do que Declan. Aquilo tudo era confuso demais.

— Se ela vier — disse Declan —, vou cuidar para que ela fique protegida caso algo aconteça com a Hennessy.

Jordan olhou para sua sonhadora, e então olhou para Declan, e então para Ronan. Ela balançou a cabeça.

— Não. Eu vou para vigiar você dormir.

— Jordan — disse Hennessy. — Por favor, vá com ele. Caso algo aconteça.

Jordan balançou a cabeça.

— Não vou deixar você fazer isso sozinha.

— Jordan — Hennessy implorou. — As outras estão todas mortas. Elas morreram pensando que eu simplesmente as tinha deixado, que eu nem estava tentando. Eu *vi* os rostos delas. Por favor, me deixa fazer isso por você. Por favor. Por favor, só fique segura.

Tudo isso era o oposto de seguro, mas Declan sabia o que ela queria dizer. Ela não queria realmente dizer *segura*, mais do que a vida dele antes daquilo tudo tinha sido segura. Ela queria dizer *algo que eu posso controlar*.

— Jordan — disse Declan. — Eu deixo você dirigir.

77

O parque Great Falls parecia selvagem à noite. Não havia turistas, nem sons de carros, nem pássaros cantando. Havia apenas o fluxo de milhões de litros de água descendo da Virgínia Ocidental em direção ao Atlântico, e as árvores murmurando em solidariedade.

Estava frio, finalmente frio, um novembro verdadeiro. Eles pararam o carro em um estacionamento a mais de um quilômetro da cachoeira. Planejavam andar pelo resto do caminho, já que o parque estava fechado do anoitecer até o amanhecer. Era assim que eles queriam. Vazio. Imperturbável.

Teria sido melhor sonhar mais perto da linha ley, mas nenhum deles sentia que tinha esse tipo de tempo. E eles já sabiam muito bem que Great Falls era a melhor fonte de energia alternativa por perto.

Em algum lugar, os outros dois irmãos Lynch estavam correndo pelo estado em direção à Barns. Hennessy tinha visto Ronan e Matthew se abraçarem, e então viu Ronan e Declan se encarando. Ronan havia chutado o chão como se estivesse com raiva. Declan disse: *vejo você na Barns*.

E então Jordan e Hennessy se despediram. Talvez a última vez que elas fossem se ver, seus rostos tão parecidos e ainda assim nada parecidos. Jordan, que sempre tinha acreditado no mundo, e Hennessy, que sempre soubera que o mundo estava esperando que ela morresse. A Hennessy que nunca tinha visto a Renda e a Hennessy que tinha.

— Não faça nada que eu não faria — falou Hennessy. Era uma piada.

— Me traga uma camiseta — falou Jordan. Outra piada.

Então elas se abraçaram com força.

Hennessy não queria que Jordan dormisse para sempre.

E agora estavam em Great Falls. Hennessy e Ronan estavam deitados no meio do Mirante 1, olhando para as folhas negras contra o céu negro, desconfortavelmente semelhantes à aparência da Renda. A água parecia impossivelmente próxima quando eles ficavam com a cabeça apoiada nas tábuas, como se estivessem a apenas alguns centímetros abaixo da plataforma.

Ela estava cansada, porque estava sempre cansada, mas não sabia como dormiria assim — sabendo que poderia ser a última vez.

Depois de vários minutos, ela perguntou:

— Como você acha que ele vai ser?

— Bryde? Não sei.

— O que você quer que ele seja? — perguntou Hennessy.

— Melhor nisso do que eu — disse Ronan.

— O que é *isso*?

— Sonhar. Continuar vivo. Saber o que fazer quanto à tinta noturna. Saber o que fazer quanto ao Matthew. Saber o que fazer com esses assassinos de sonhos. Como você quer que ele seja?

Ela queria que ele lhe dissesse como continuar viva. Queria que ele lhe dissesse como salvar Jordan para sempre, para que Jordan não precisasse mais contar com ela, que sempre era e sempre tinha sido alguém em quem não se podia confiar. Ela queria que Jordan tivesse a vida que ela merecia.

— Delicinha — disse Hennessy.

Ambos riram.

Cada som parecia amplificado; a risada ribombava.

Um retângulo brilhante iluminou a noite enquanto Ronan olhava o celular. Ele estava procurando uma resposta à última mensagem enviada para GERÊNCIA. Hennessy podia ver uma tela inteira de mensagens que Ronan enviara sobre Bryde, e uma delas, onde Ronan havia escrito *Tamquam*, estava marcada como não lida.

Ele guardou o celular.

Ela percebeu que ele tinha esperança de receber uma resposta antes que dessem o próximo passo.

— Beleza. Beleza — disse Ronan. — Você vai dormir primeiro, porque eu sei como te encontrar no espaço do sonho, mas isso significa que quando adormecer, você *tem* que fazer alguma coisa para manter a Renda longe de você. Imediatamente. Você não pode ser afugentada desse sonho antes de eu chegar lá para chamar o Bryde, ou você morre e o jogo acaba.

Ela não respondeu.

— Você conseguiu em Lindenmere. Você viu como eu fazia.

Ela viu. Não apenas com aqueles pequenos enfeites de alegria, mas com aqueles cães do sol. A parte mais incrível de ver Ronan manifestá-los não foram os cães do sol em si. Foi quando Ronan disse ao vasto espaço do sonho, que conhecia cada parte dele: *Estou confiando em você*. Um problemático selvagem como Ronan conseguia confiar em seu subconsciente tão profundamente.

Será que ela poderia?

— Vou fazer uma coisa também — disse Ronan. — Assim que eu te vir.

Ela estava com tanto medo.

— Hennessy? — chamou Ronan, em uma voz um pouco diferente.

— Lynch.

— Estou sozinho há muito tempo — disse ele.

Parte dela pensava que ele não estava, no entanto. Seus irmãos, seu namorado, seus amigos, que ligavam para ele com informações no meio da noite.

Mas a maior parte dela entendia, porque ela estava sozinha também. Porque, no final das contas, ninguém mais poderia imaginar como era viver com aquelas possibilidades infinitas dentro da cabeça.

Hennessy tinha vindo ali naquela noite pensando que não queria que Jordan dormisse para sempre, caso desse errado.

Mas agora sabia de mais uma coisa: ela também não queria morrer.

Hennessy esticou o braço entre eles e tateou até sentir as pulseiras de couro, e então encontrou sua mão. Ela a segurou. Ele segurou a dela com força.

78

Ronan estava no inferno.
Ele estava sonhando.

A Renda estava em toda parte; era o sonho inteiro. Era errado dizer que o cercava, porque isso implicaria dizer que ele ainda existia, e ele não tinha certeza disso. O sonho era a Renda. Ele era a Renda.

Era o inferno.

Era o sonhado sistema de segurança.

Era o grito de Adam.

Era sua última floresta morrendo.

Era o corpo destruído de seu pai.

Era o túmulo de sua mãe.

Eram seus amigos partindo no velho Camaro de Gansey para uma viagem de um ano sem ele.

Era Adam, sentado com ele no labirinto em Harvard, dizendo que aquilo nunca ia funcionar.

Era *tamquam* marcado como não lido.

A Renda.

Ela também o mataria, segundo tinha dito. Você não tem nada além de si mesmo e o que é isso?

Mas então houve um furioso lampejo de luz, e nele, Ronan sentiu uma explosão de esperança.

Ele fazia parte de algo maior.

Ele se lembrou do que havia prometido a Hennessy. Uma coisa. Uma arma. Uma coisa. Ele a sentiu na mão. Ele olhou. Não era mais apenas ele e a Renda. Agora era seu corpo, sua mão e, em sua mão, o punho de espada com o qual ele havia acordado no BMW depois de perseguir Mór Ó Corra.

— Hennessy? — gritou.

Não houve resposta.

Merda.

Ele tinha adormecido e ido para lá.

E ela havia adormecido e ido para onde sempre ia. Para a Renda. Talvez já estivesse morta.

— *Hennessy!* — gritou ele. — Lindenmere, você está aqui? Ela está aqui?

A Renda fazia pressão, faminta, terrível.

Se ao menos Opala estivesse ali, ou Motosserra. Ele precisava de um de seus psicopompos. Precisava de Adam para fortalecer a energia da linha ley enquanto ele sonhava. Ele precisava...

Ele precisava de outro sonhador.

Ele gritou:

— Somos mais do que isso, Hennessy!

Aquela lâmina de luz voltou, tão branca que ele não conseguia olhar. Ele percebeu agora que tinha estado atrás da Renda o tempo todo, e ele a tinha visto antes através de uma das aberturas irregulares. A Renda estava girando em um círculo enorme e estava se aproximando.

Hennessy vinha atrás dela. Ela estava girando uma faixa de luz à sua frente, e estava afastando a Renda. Não a derrotando, mas impedindo que se aproximasse mais.

Era uma espada. Cada vez que cortava o ar, lançava luz branca pura como a lua e as estrelas.

— Bryde me deu isso aqui — disse Hennessy. Seu rosto estava surpreso.

Ronan olhou para o cabo em sua mão. Ele agora tinha uma bela lâmina preta para combinar com o punho. Ronan a ergueu e, ao fazer isso, a espada gravou uma linha de brilho solar atrás dela.

A Renda recuou.

Juntos eles podiam não ser capazes de vencer o antigo sonho de Hennessy, mas conseguiam mantê-lo à distância.

Agora conseguiam recuperar o fôlego. Agora conseguiam recuperar o fôlego o suficiente para dizer juntos:

— Bryde.

79

O primeiríssimo sonho do qual Ronan se orgulhara de verdade, que o tinha deixado eufórico de verdade, tinha sido uma cópia.

Foi durante o ensino médio. Ronan não era bom em sobreviver ao ensino médio e não era bom em sobreviver a amizades, então, enquanto seu amigo Gansey estava de costas, ele havia roubado o carro de Gansey. Era um lindo carro. Um Camaro laranja bem vivo, 1973, com listras no capô que se estendiam até a traseira. Fazia meses que Ronan queria dirigir aquele carro, mesmo que Gansey o proibisse.

Talvez porque ele proibisse.

Poucas horas depois de roubá-lo, Ronan tinha dado PT no carro.

Gansey não queria que ele o dirigisse porque achava que ele fosse enganchar a embreagem, emperrá-la, ou fritar os pneus ou talvez, *talvez*, explodir o motor.

E lá estava Ronan depois de dar perda total no carro.

Ronan amava Richard C. Gansey III muito mais do que amava a si mesmo naquele momento, e não sabia como iria encará-lo quando voltasse para a cidade.

E então Joseph Kavinsky o ensinara a sonhar uma cópia.

Antes disso, todos os sonhos de Ronan — de que ele sabia, Matthew não contava — tinham sido acidentes e tralhas, as bizarras e as inúteis. Quando ele copiou com sucesso um carro, um carro inteiro, ele ficou louco de alegria. O carro sonhado era perfeito até o último detalhe. Exatamente como o original. O ápice dos sonhos.

Agora uma cópia era algo menos impressionante para ele. Ronan conseguia copiar qualquer coisa que quisesse. Isso fazia dele uma fotocopiadora muito etérea. Uma impressora 3D humana.

Os sonhos de que ele se orgulhava agora eram sonhos de originais. Sonhos que não poderiam existir de outra forma. Sonhos que aproveitavam ao máximo a impossibilidade do espaço dos sonhos de uma forma que fosse astuta ou adorável ou eficaz ou todas as opções anteriores. Os cães do sol. Lindenmere. Sonhos que tinham que ser sonhos.

No passado, todos os seus sonhos bons assim eram presentes de Lindenmere ou acidentes, em vez de coisas que ele havia conscientemente criado. Estava começando a perceber, depois de ouvir Bryde, que isso acontecia porque ele estava pensando pequeno demais. Sua consciência estava lentamente tomando a forma do mundo concreto e desperto, e estava reduzindo todos os seus sonhos ao provável. Bryde estava certo: ele precisava começar a perceber que o *possível* e o *impossível* não significavam para ele a mesma coisa que significavam para as outras pessoas. Ele precisava se livrar do hábito das regras, da dúvida, da física. Seu "e se" tinha ficado domesticado demais.

Você é feito de sonhos e este mundo não é para você.

Ele não deixaria a tinta noturna levá-lo e levar Matthew.

Ele não deixaria o mundo matá-lo pouco a pouco.

Ele merecia um lugar ali também.

Ele acordou.

Ronan se viu do alto. Estranhamente iluminado. Muito iluminado. Hennessy estava deitada diante dele, também imóvel. Havia uma espada sobre seu peito e uma espada sobre o peito dela: formavam um par. As mãos de Ronan estavam cruzadas sobre o punho onde se lia RUMO AO PESADELO e as de Hennessy sobre o punho onde se lia NASCIDA DO CAOS. Ambas estavam embainhadas em couro escuro.

Ela havia conseguido.

Eles haviam conseguido.

Haviam conseguido afugentar a Renda, Hennessy havia manifestado algo diferente dela mesma no sonho e acordado sem sangrar e sem uma cópia sua. Ainda havia uma lacuna em sua tatuagem onde outra rosa poderia caber.

Ronan ouviu vozes; gritos.

Isso estava errado.

As luzes que passavam por eles estavam erradas. Faróis ou lanternas.

Mexa-se, ele disse para seu corpo.

Mas não era possível apressar seu corpo.

Se aqueles assassinos de sonhos tivessem chegado até eles ali de alguma forma, e se os tivessem encontrado antes que a paralisia se dissipasse, não importaria se as espadas iriam funcionar como no sonho ou não. Eles seriam alvejados ali mesmo onde estavam.

Mexa-se, ele disse para seu corpo.

Nem de perto algum movimento. Ainda estava olhando para si mesmo do alto.

— Por aqui! — gritou uma das vozes, aproximando-se do mirante.

Não.

Agora ele podia ouvir o farfalhar das árvores, as folhas sendo chutadas, as botas no cascalho. Estavam descendo para a área de observação. Não haveria tempo para negociações, ameaças, para qualquer coisa exceto morrer.

— Não se aproxime — disse uma voz muito familiar.

Era calma, em tom controlado, infinitamente menos surreal quando falada em um espaço para caminhadas em vez de nos sonhos de Ronan.

A pessoa que havia falado não estava visível dentro do raio de alcance pouco privilegiado de Ronan, mas Ronan sabia quem era mesmo assim.

Bryde.

— Sugiro que pare aí mesmo, ou serei forçado a detonar minha arma — disse Bryde calmamente. Próximo. Num local muito próximo, mas fora de vista. Ronan só conseguia olhar para si mesmo e para Hennessy ali de cima.

— Mostre-se! — exclamou uma voz áspera.

Bryde parecia achar graça, se é que achava alguma coisa.

— Prefiro não me mostrar. Vamos ter um pouco mais de espaço. E aí na frente, por favor, baixem suas armas. Isso não é civilizado.

Finalmente, Ronan estava conseguindo um vislumbre do céu negro acima. Estava voltando para o seu corpo.

— Quem é você? — questionou uma das outras vozes mais adiante no caminho.

— Você já me conhece como Bryde.

— O que você quer?

— Que tal uma conversa — disse Bryde —, antes de você entrar correndo aqui e atirar na cabeça de mais alguém?

Ronan conseguia se mexer. Finalmente. Ele disse:

— Vou me sentar.

— Você está ouvindo? — gritou Bryde. — Eles vão se sentar. Ninguém faça nenhuma idiotice. Como eu falei, é melhor não me levar a um massacre.

Ronan e Hennessy olharam pelo caminho que levava até ali. Havia dezenas de pessoas. Provavelmente sessenta. Algumas estavam vestidas com roupas normais; muitas outras estavam de uniforme. Coletes à prova de balas.

Ronan apertou os olhos na direção da voz de Bryde. Ele viu uma silhueta entre as árvores, olhos brilhando em meio à escuridão. Podia sentir seu pulso acelerado.

Um dos assassinos de sonhos gritou:

— O que você quer?

— Por que você está tentando nos matar?

— Tentando, não — disse Hennessy. — Por que vocês estão nos matando? Vocês mataram minha família inteira. Não estávamos fazendo merda nenhuma com vocês.

— Sabemos com grande autoridade que um de vocês, Zeds, vai acabar com o mundo — resmungou uma das pessoas no grupo. — Não é nada pessoal. É simplesmente muito poder para uma pessoa só.

— Que tipo de autoridade? — zombou Ronan.

— Bom — disse a voz. — Pensei ter dito isso antes.

— Então você só quer que a gente *morra*? — questionou Hennessy.

— Ou parem de sonhar — sugeriu outro.

Bryde entrou suavemente na conversa:

— Isso é um pouco jocoso, não acha? Todos nós sabemos agora que os sonhadores devem sonhar. Então esse não é realmente um acordo que vocês ou qualquer um de nós possa fazer. Isso é uma coisa que você oferece para poder dormir à noite. Essa é a história que você conta a seus filhos quando liga para eles. Não é algo que você fala a outro adulto com uma cara séria.

— Minhas meninas estavam apenas tentando sobreviver — disse Hennessy. — Vocês as mataram por nada. Por nada.

— Olha — disse uma voz baixa. Pertencia a uma mulher de cabelos escuros e um terninho de linho muito limpo. — Talvez possamos trabalhar com vocês se vocês se entregarem. Querem trabalhar com a gente?

— Carmen — disse a voz rouca. — Isso não é...

— Não — disse Hennessy. — Vocês mataram a minha família. Que tal apenas nos deixarem em paz e a gente deixa vocês em paz? Como vocês fariam com qualquer outra pessoa neste país?

— Vocês não são quaisquer outras pessoas — disse a voz rouca.

Em voz baixa, Bryde disse a Ronan e Hennessy:

— Isso não é uma negociação, é ganhar tempo. Estamos prestes a ser alvejados por algumas armas muito grandes. Eu falei o que significaria se você me chamasse.

— Continuar se escondendo — disse Ronan.

— Fugir e se esconder são duas coisas diferentes.

— Quanto tempo? — perguntou Ronan.

— O tempo que for necessário.

Seu celular ainda não tinha apitado; ele não tinha nenhuma resposta de Adam. Não conseguiria receber uma resposta antes que tivesse de tomar uma decisão.

Ronan colocou a mão no punho da RUMO AO PESADELO. Se ele puxasse a espada da bainha, não haveria como negar o que ele era. Todos ali saberiam do que ele era capaz. Aquilo não era só um vendedor no Mercado das Fadas e alguns visitantes de mercados clandestinos. Era uma multidão de sessenta pessoas, a maioria delas consideraria tal prova de sonho uma sentença de morte definitiva.

Hennessy e Ronan se entreolharam.

Eles puxaram as espadas.

RUMO AO PESADELO tinha um brilho ofuscante. A lâmina era feita do céu, e o sol batia forte ao longo de cada centímetro dela. Enquanto ele a brandia em um enorme arco sobre a cabeça, a espada cintilou e refletiu e fez explodir a luz do sol para fora dela, obscurecendo Ronan. Ao lado dele, Hennessy havia desembainhado a NASCIDA DO CAOS e agora a espada brilhava com o branco puro e frio da lua cheia, e quando ela a brandia, faíscas e estrelas e uma fumegante trilha de cometa pingavam e explodiam para fora da lâmina, escondendo o restante deles de vista.

Isso forçou os assassinos de sonhos a recuar com ainda mais certeza do que forçara a Renda.

Bryde entrou naquela luz furiosa. Ele era mais velho que Ronan e Hennessy, mas era difícil dizer quanto. Seus olhos eram intensos e vivos sobre o nariz adunco. Ele era alto, com cabelos castanho-claros, e uma confiança discreta em seus movimentos, uma maneira elegante e correta de se portar em toda a sua altura. Ele parecia um homem que não precisava forçar uma postura, que conhecia sua força. Parecia um homem que não perdia a paciência com muita facilidade. Ele parecia, pensou Ronan, um herói.

Bryde disse:

— Agora nós sonhamos.

Em suas mãos havia uma forma muito familiar: um clone daquela prancha flutuante que Ronan havia sonhado em Harvard.

Ele a jogou no chão. A prancha balançou até Hennessy e Ronan e pairou um pouco acima do solo.

Ronan brandiu a RUMO AO PESADELO mais uma vez, criando uma nova chuva de luz ofuscante, e então Bryde, Ronan e Hennessy subiram na prancha, segurando-se um no outro.

Bryde, na frente, lançou a prancha sobre o rio caudaloso e furioso.

Quando a luz clareou, os sonhadores tinham desaparecido.

Agradecimentos

Este livro demorou muito para chegar e, por quase um ano, não acreditei nele. Eu estava doente demais para contar histórias, o que não era um tipo de doença que eu achasse possível, mas descobri que se deve evitar abrigar parasitas, tanto quanto possível, porque eles nunca pagam aluguel suficiente para justificar sua ocupação. Como levou muito tempo para eu ser diagnosticada e depois ainda mais tempo para curar, provavelmente eu precisaria de mais palavras para contar a história da minha doença do que para contar este livro, mas não é exagero dizer que este livro não existiria sem a equipe médica da Resilient Roots Functional Medicine de Charlottesville, o dr. Ryan Hall e o dr. Robert Abbott. Eu não tenho como agradecê-los o suficiente por me ajudarem no meu esforço para melhorar.

Minhas queridas amigas e parceiras de crítica de longa data, Brenna Yovanoff e Sarah Batista-Pereira, estiveram presentes em cada passo árduo do caminho, suportando mais reclamações do que dois seres humanos deveriam suportar, mesmo quando eu estava meio adormecida. Afinal, vocês sempre foram boas em me encontrar nos meus sonhos.

Sou imensamente grata ao meu editor, David Levithan, e à minha agente, Laura Rennert, por sua paciência. Eles receberam por e-mail muitas coisas que não eram livros antes de finalmente conseguirem ver um livro de fato. Obrigada por me darem tempo para abrir os olhos e acordar.

Agradeço também a Bridget e Victoria, pela leitura de muitos rascunhos feios sem pé nem cabeça, e a Harvard Ryan, pelas aventuras noturnas de Thayer, e a Will, por aguentar uma sonhadora por tanto tempo.

E obrigada, como sempre, a Ed. Foi um longo pesadelo, mas acordamos juntos e estou feliz em descobrir que ainda estamos de mãos dadas com força agora que acordamos.

Impresso no Brasil pelo Sistema Cameron da Divisão Gráfica da
DISTRIBUIDORA RECORD DE SERVIÇOS DE IMPRENSA S.A.